OPOSTOS

SAGA LUX LIVRO 5

JENNIFER L. ARMENTROUT

Opostos

SAGA LUX LIVRO 5

valentina
Rio de Janeiro, 2022
2ª Edição

Copyright © 2014 *by* Jennifer L. Armentrout
Publicado mediante contrato com Entangled Publishing, LLC, através da Rights Mix.

TÍTULO ORIGINAL
Opposition

CAPA
Beatriz Cyrillo

FOTO DE CAPA
Renzo79/Getty Images

FOTO DA AUTORA
Vanessa Applegate

DIAGRAMAÇÃO
Imagem Virtual Editoração

Impresso no Brasil
Printed in Brazil
2022

CIP-BRASIL. CATALOGAÇÃO NA FONTE
SINDICATO NACIONAL DOS EDITORES DE LIVROS, RJ
LEANDRA FELIX DA CRUZ - BIBLIOTECÁRIA - CRB-7/6135

A76o
2.ed.

Armentrout, Jennifer L.
    Opostos / Jennifer L. Armentrout; tradução Bruna Hartstein. - 2. ed. - Rio de Janeiro: Valentina, 2022.
    344 p. ; 23 cm. (Lux; 5)

Tradução de: Oppositon
Sequência de: Originais
ISBN 978-85-5889-068-7

1. Romance americano. I. Hartstein, Bruna. II. Título. III. Série.

18-49794
CDD: 813
CDU: 82-31(73)

Todos os livros da Editora Valentina estão em conformidade com
o novo Acordo Ortográfico da Língua Portuguesa.

Todos os direitos desta edição reservados à

EDITORA VALENTINA
Rua Santa Clara 50/1107 – Copacabana
Rio de Janeiro – 22041-012
Tel/Fax: (21) 3208-8777
www.editoravalentina.com.br

Para todos os leitores que se depararam com *Obsidiana* em algum momento e pensaram: *Alienígenas no colégio? Ora, por que não? Já li coisas mais estranhas.* E no final acabaram se apaixonando pela Katy, pelo Daemon e por seus amigos tanto quanto eu.
Este é para vocês. Obrigada.

[1]

Katy

Eu costumava ter um plano para a remota possibilidade de estar viva quando chegasse o fim do mundo. Ele consistia em subir no telhado de casa e botar para tocar "It's the End of the World as We Know It (And I Feel Fine)", do REM, o mais alto que os ouvidos humanos conseguissem aguentar, mas a vida real quase nunca é tão legal.

Estava acontecendo, tal como dizia o título da música do REM — o mundo como o conhecíamos estava chegando ao fim. Só que eu não estava nem um pouco bem. Ou tranquila.

Abri os olhos e afastei a delicada cortina branca para dar uma espiada na mata densa que circundava a clareira em torno da cabana do Luc, situada no meio da floresta de Coeur d'Alene, uma cidade de Idaho que eu não fazia a mínima ideia de como pronunciar ou mesmo soletrar.

O jardim estava deserto. Nenhuma luz branca e pulsante reluzia em meio às árvores. Não havia ninguém lá fora. Correção. Não havia *nada* lá fora. Nem pássaros trinando ou folhas farfalhando. Nenhum sinal de pequenos animais silvestres zanzando pela área. Não dava para ouvir nem mesmo o zumbido baixo dos insetos. Tudo estava parado e silencioso, assustadoramente quieto.

Mantive os olhos pregados na mata, fixos no último lugar em que vira o Daemon. Uma dor surda e profunda se espalhou pelo meu peito. A noite em que tínhamos adormecido juntos no sofá e que eu acordara suada e ofuscada pela luz dele em sua forma verdadeira parecia ter acontecido há séculos, não a meras quarenta e oito horas atrás. Ele não havia sido capaz de controlar a transformação, e mesmo que soubéssemos o que isso significava, o desfecho provavelmente teria sido o mesmo.

Tantos alienígenas, centenas — para não dizer milhares —, de Luxen tinham chegado à Terra, e o Daemon... ele se fora, juntamente com a irmã e o irmão, enquanto nós continuávamos ali na cabana.

A pressão no peito aumentou, como se alguém estivesse esmagando com um torno meu coração e meus pulmões. De tempos em tempos, as palavras do sargento Dasher voltavam para me assombrar. Eu realmente achava que o homem — que todo o pessoal do Daedalus — tivesse embarcado num trem desgovernado rumo à Terra da Insanidade, mas eles estavam certos.

Céus, eles estavam *absolutamente* certos.

Os Luxen tinham chegado, tal como o Daedalus avisara, a invasão para a qual vinham se preparando, e o Daemon... A dor pulsante roubou o ar dos meus pulmões, e fechei os olhos com força. Não fazia ideia do motivo de ele ter nos deixado nem de não ter recebido notícias de nenhum dos três. O medo e a confusão decorrentes do desaparecimento dele eram como uma sombra constante que pairava sobre cada momento de consciência e até mesmo sobre os poucos minutos que eu tinha sido capaz de dormir.

De que lado o Daemon ficaria? Dasher havia me perguntado isso uma vez durante o tempo em que eu passara na Área 51, que por sinal não era um mito. Não podia acreditar que o que acontecera fosse a resposta para essa pergunta.

Nos últimos dois dias, mais Luxen tinham despencado do céu. Eles continuaram chegando numa série interminável de estrelas cadentes. Além disso, havia...

— Nada.

Abri os olhos e soltei a cortina, que se fechou suavemente.

LUX 5 Opostos

— Sai da minha cabeça!

— Não consigo evitar — retrucou Archer, sentado no sofá. — Você está transmitindo seus pensamentos com tanta força que sinto como se devesse ir me sentar num canto e começar a me balançar, murmurando o nome do Daemon sem parar.

Fui imediatamente acometida por uma forte irritação. Por mais que eu tentasse manter meus pensamentos, meus medos e preocupações só para mim, era inútil, visto que não havia apenas um, mas dois originais na casa. A habilidade deles em ler pensamentos tornava-se rapidamente irritante.

Afastei a cortina de novo e voltei a observar a mata.

— Nenhum sinal de outros Luxen?

— Não. Nem um único feixe reluzente de luz despencando em direção à Terra nas últimas cinco horas. — Archer parecia tão cansado quanto eu. Ele também não estava conseguindo dormir direito. Enquanto eu me concentrava em manter um olho pregado lá fora, ele não tirava os dele da televisão. O "fenômeno" vinha sendo transmitido sem parar por todos os noticiários do mundo.

— Alguns telejornais estão dizendo que foi apenas uma forte chuva de meteoros.

Bufei.

— A essa altura, tentar encobrir a verdade é inútil. — Archer soltou um suspiro cansado. Estava absolutamente certo.

O que acontecera em Las Vegas — o que nós tínhamos feito — tinha sido filmado e havia bombado na internet em questão de horas. No dia seguinte à total destruição de Las Vegas, todos os vídeos haviam sido retirados do ar, porém o dano já fora feito. Com as imagens feitas pelo helicóptero da mídia antes de o Daedalus abatê-lo e as capturadas pelas câmeras dos celulares de quem testemunhou o espetáculo, não havia como encobrir a verdade. E a internet era uma coisa engraçada. Enquanto uns postavam em seus blogs que era o final dos tempos, outros optavam por uma abordagem mais criativa. Ao que parecia, já fora até criado um meme.

Um meme com um reluzente alienígena incrivelmente fotogênico.

Que por sinal era o Daemon assumindo sua forma verdadeira. Os traços humanos estavam borrados, irreconhecíveis, mas eu sabia que era ele. Se o Daemon estivesse aqui conosco para ver isso, com certeza teria adorado, mas eu não...

— Pode parar — disse Archer de maneira delicada. — Não sabemos o que diabos o Daemon e os outros estão fazendo, nem por quê. Eles vão voltar.

Dei as costas para a janela e finalmente encarei o soldado. Seu cabelo, de um castanho alourado, era cortado rente à cabeça, num estilo tipicamente militar. Ele era alto e tinha ombros largos, o tipo capaz de derrubar alguém num piscar de olhos, o que era realmente verdade.

Archer podia ser letal quando queria.

A primeira vez que eu o vi na Área 51, achei que ele fosse apenas outro soldado. Só depois que o Daemon apareceu que descobrimos que ele era o espião do Luc dentro do Daedalus e, tal como o pestinha mafioso, um original, filho de um Luxen com uma híbrida.

Fechei os dedos com força.

— Você realmente acredita nisso? Que eles vão voltar?

Aqueles olhos da cor da ametista se desviaram da televisão e repousaram em mim.

— É tudo em que posso acreditar no momento. Em que nós todos precisamos acreditar.

O que não era muito tranquilizador.

— Sinto muito — continuou ele, deixando claro que tinha lido meus pensamentos mais uma vez. Apontou com a cabeça para a televisão antes que eu pudesse ficar novamente irritada. — Tem alguma coisa acontecendo. Por que tantos Luxen viriam para a Terra para em seguida desaparecerem do mapa?

A pergunta do ano.

— Acho que a resposta é óbvia — disse uma voz vinda do corredor. Virei no exato instante em que o Luc surgia no vão da porta. Magro e alto, com cabelos castanhos presos num rabo de cavalo baixo, Luc era mais novo do que a gente, por volta dos 14 ou 15 anos. Era, contudo, uma espécie de líder mafioso adolescente e, de vez em quando, mais assustador do que o próprio Archer. — E você sabe exatamente do que estou falando — acrescentou, olhando de relance para o original mais velho.

LUX 5 Opostos

Enquanto os dois se encaravam numa espécie de batalha para ver quem desvia os olhos primeiro, algo que vinham fazendo bastante nos últimos dois dias, sentei no braço de uma poltrona posicionada ao lado da janela.

— Se importa em explicar?

Luc tinha um rosto bonito e com certo ar pueril, como se ainda não tivesse perdido os traços arredondados da infância, porém seus olhos violeta transmitiam a sabedoria de alguém muito mais velho.

Ele se recostou na moldura da porta e cruzou os braços.

— Eles estão planejando. Bolando uma estratégia. Aguardando.

O que não soava nada bem, mas não fiquei surpresa. Uma dor pulsante se formou em minhas têmporas. Sem dizer nada, Archer voltou a atenção novamente para a TV.

— Por que outro motivo eles viriam para cá? — prosseguiu Luc, inclinando a cabeça ligeiramente de lado e olhando para a cortina que ocultava a janela ao meu lado. — Tenho certeza de que não foi para trocar apertos de mãos ou paparicar bebezinhos. Eles estão aqui por uma razão, e não pode ser coisa boa.

— O Daedalus sempre acreditou que eles estavam planejando uma invasão — retrucou Archer, fechando as mãos sobre os joelhos. — O Projeto Originais foi criado em resposta a essa possibilidade. Afinal de contas, os Luxen não são conhecidos por agirem de forma bacana com outras formas de vida inteligentes. Mas por que agora?

Meu corpo se contraiu de forma involuntária e eu esfreguei as têmporas. Não tinha acreditado quando o dr. Roth me dissera que os Luxen haviam sido os responsáveis pela guerra entre eles e os Arum — uma guerra que destruíra os planetas de ambos. E eu costumava achar que tanto o sargento Dasher quanto a Nancy Husher, a vaca no comando do Daedalus, eram loucos de carteirinha.

Eu estava errada.

Assim como o Daemon.

Luc arqueou uma sobrancelha e tossiu para disfarçar uma risada.

— Não sei. Talvez tenha algo a ver com o espetáculo que armamos em Las Vegas. A gente sabia da existência de espiões, Luxen que não gostam muito dos humanos. Como eles se comunicaram com os outros fora do planeta eu não faço ideia, mas será que isso importa? Foi o momento perfeito para uma entrada triunfal.

Estreitei os olhos.

— Você disse que era uma ideia brilhante.

— Eu acho muitas ideias brilhantes. Tais como armas nucleares, refrigerantes zero e coletes jeans — retrucou ele. — O que não significa que devemos exterminar pessoas, que esses refrigerantes dietéticos sejam saborosos ou que você deva ir correndo até o Walmart mais próximo comprar um colete jeans. Vocês não devem dar ouvidos a tudo o que eu digo.

Revirei os olhos com tanta força que quase saltaram pela parte de trás da cabeça.

— Bem, o que mais a gente poderia ter feito? Se o Daemon e os outros não tivessem se exposto, teríamos sido capturados.

Nenhum dos dois disse nada, mas as palavras ficaram subentendidas. Se tivéssemos sido capturados, estaríamos ferrados e mal pagos, mas pelo menos o Paris, a Ash e o Andrew provavelmente ainda estariam vivos. Assim como os humanos inocentes que tinham perdido a vida quando o caos se instaurou.

Mas não havia nada que pudéssemos fazer agora a respeito disso. O tempo podia ser congelado por curtos períodos, mas não dava para voltar atrás e mudar os fatos. O que estava feito estava feito, e o Daemon tomara essa decisão no intuito de nos proteger. Não deixaria ninguém jogar a culpa nele, nem por cima do meu cadáver.

— Você parece exausta — comentou Archer. Levei alguns instantes para perceber que ele estava falando comigo.

Luc pousou aqueles olhos perturbadores em mim.

— Para ser honesto, você está com uma cara péssima.

Credo. Valeu.

Archer o ignorou.

— Acho que devia tentar dormir um pouco. Se alguma coisa acontecer, a gente te acorda.

— Não. — Fiz que não para o caso de a resposta verbal não ser suficiente. — Estou bem. — O que era uma mentira deslavada. Estava provavelmente a um passo de ir me sentar num canto escuro e começar a me balançar para a frente e para trás, mas não podia desmoronar agora, e não conseguiria dormir. Não com o Daemon em algum lugar lá fora, e com o mundo à beira de... diabos, de virar uma distopia como aquelas dos romances que eu costumava ler.

Suspirei. Livros. Sentia tanta falta deles!

Archer franziu o cenho, e seu belo rosto tornou-se um tanto assustador, mas antes que ele pudesse me passar um sermão, Luc se afastou da porta e disse:

— Acho que ela devia ir conversar com a Beth.

Surpresa, olhei de relance para a escada no corredor. Da última vez que eu checara, a garota estava dormindo. Ao que parecia, era tudo o que a Beth conseguia fazer. Sentia quase inveja da capacidade dela de dormir em meio a tudo o que estava acontecendo.

— Por quê? — perguntei. — Ela acordou?

Luc entrou gingando na sala.

— Acho que vocês duas precisam ter uma conversa de mulher para mulher.

Deixei os ombros penderem e soltei um suspiro.

— Luc, não acho que seja a hora de querer reforçar laços femininos de amizade.

— Não? — Ele despencou no sofá ao lado do Archer e apoiou os pés sobre a mesinha de centro. — Por acaso você está fazendo algo além de ficar olhando pela janela ou tentando escapar da gente para se meter na mata e procurar pelo Daemon, correndo o risco de acabar virando comida de algum leão da montanha?

Uma raiva súbita se alastrou por mim ao mesmo tempo que eu puxava meu rabo de cavalo por cima do ombro.

— Em primeiro lugar, eu não viraria comida de nenhum leão da montanha. Em segundo, estaria tentando fazer algo além de ficar apenas sentada aqui.

Archer suspirou.

Luc, porém, abriu um sorriso radiante.

— Vamos discutir isso de novo? — Ele olhou de relance para um sisudo Archer. — Porque adoro quando vocês começam a se bicar. É como observar papai e mamãe tendo uma forte divergência de opinião. Sinto como se devesse ir me esconder no quarto ou algo que chame mais a atenção. Tipo bater uma porta ou...

— Cala a boca, Luc — rosnou Archer, voltando o olhar irritado para mim. — Já discutimos isso tantas vezes que perdi a conta. Ir atrás deles não é inteligente. Eles são muitos, e não sabemos se...

— Se o Daemon se juntou a eles? — gritei, levantando num pulo, a respiração ofegante. — Ele jamais faria isso. Nem a Dee ou o Dawson. Não sei o que está acontecendo. — Um bolo de emoção fechou minha garganta e minha voz falhou. — Mas eles não fariam isso. *Ele* não faria isso.

Archer chegou o corpo para a frente, os olhos brilhando.

— Você não tem como ter certeza. Nenhum de nós tem.

— Você falou ainda há pouco que eles iriam voltar! — rebati.

Archer não disse nada. Simplesmente voltou a olhar para a televisão, confirmando o que lá no fundo eu já sabia. Ele não acreditava que o Daemon ou os outros voltariam.

Apertei os lábios com força e sacudi a cabeça tão rápido que meu rabo de cavalo virou um chicote. Dando as costas para os dois, segui em direção à porta antes que a discussão esquentasse, de novo.

— Aonde você vai? — perguntou Archer.

Controlei a vontade de mandá-lo ir se catar.

— Ter uma conversa de mulher para mulher com a Beth.

— Me parece um bom plano — comentou Luc.

Ignorando-o, segui para a escada e subi pisando duro. Odiava ficar sentada sem fazer nada. Odiava também o fato de que toda vez que eu abria a porta da frente o Luc ou o Archer apareciam para me deter. E odiava mais que tudo saber que eles podiam fazer isso.

Eu podia ser uma híbrida, com todos aqueles poderes especiais dos Luxen, mas eles eram originais, o que significava que podiam chutar meu traseiro daqui até a Califórnia se fosse preciso.

O andar de cima estava quieto e escuro, nada convidativo. Não sabia dizer por que, mas os pelos da minha nuca se eriçavam toda vez que eu subia e atravessava aquele longo e estreito corredor.

Beth e Dawson tinham confiscado o último quarto à direita logo na primeira noite, e era lá que ela vinha se escondendo desde que... desde que ele se fora. Não conhecia a garota muito bem, mas sabia que ela havia passado por poucas e boas durante o tempo em que permanecera sob o jugo do Daedalus. Tampouco acreditava que ela fosse a mais estável dos híbridos espalhados pelo planeta, mas isso não era culpa dela. Por mais que odiasse admitir, de vez em quando a Beth me deixava de cabelo em pé.

Parei diante da porta e dei uma batidinha com os nós dos dedos, em vez de ir logo entrando.

— Pode entrar — disse uma voz aguda e esganiçada.

Contraí-me de forma involuntária e abri a porta. A voz da Beth estava péssima, e, ao botar os olhos nela, percebi que sua aparência também. Ela estava sentada com as costas coladas na cabeceira da cama e uma montanha de cobertores ao redor do corpo. Exibia fortes olheiras, e o rosto, já abatido, estava ainda mais encovado e pálido. O cabelo estava sujo e emaranhado. Evitei respirar fundo, pois o quarto fedia a vômito e suor.

Parei ao lado da cama, chocada.

— Você está doente?

Seu olhar vidrado desviou-se de mim para a porta do banheiro. Não fazia sentido. Os híbridos — a gente não adoecia. Não ficávamos resfriados nem corríamos o risco de desenvolver algum câncer. Tal como os Luxen, éramos imunes a toda e qualquer doença, mas a Beth? É, ela não estava com uma cara muito boa.

Uma forte inquietação brotou em minhas entranhas, fazendo meus músculos enrijecerem.

— Beth?

Seu olhar desfocado recaiu novamente em mim.

— Dawson já voltou?

Meu coração apertou de forma quase dolorida. Os dois tinham passado por tanta coisa, mais do que eu e o Daemon, e isso... ó Pai, isso não era justo.

— Não, ainda não. Mas e você? Você parece doente.

Ela ergueu uma das mãos, magra e lívida, e a fechou em volta da garganta.

— Não estou me sentindo muito bem.

Não fazia ideia do quão ruim isso podia ser, e tinha quase medo de descobrir.

— Qual é o problema?

Ela deu de ombros, mas com um só, e o gesto pareceu lhe custar um tremendo esforço.

— Não se preocupe — respondeu numa voz fraca, fechando os dedos em volta da ponta do cobertor. — Não é nada. Vou ficar bem quando o Dawson voltar. — Seu olhar desviou-se de mim novamente. Ela soltou a ponta do cobertor e, apoiando uma das mãos sobre a barriga coberta, disse: — Nós vamos ficar bem quando o Dawson voltar.

— Nós...? — Arregalei os olhos, sem conseguir terminar a frase. De queixo caído, encarei-a.

A ficha demorou, mas caiu, e observei, horrorizada, Beth acariciar a barriga com movimentos lentos e circulares.

Ah, não! Não, não e não. Impossível!

Fiz menção de me aproximar, mas parei no meio do caminho.

— Beth, você... você está grávida?

Ela encostou a cabeça na parede e fechou os olhos.

— A gente devia ter sido mais cuidadoso.

Minhas pernas ficaram subitamente bambas. O sono constante. A exaustão. Agora tudo fazia sentido. Beth estava grávida. Mas, a princípio, como uma perfeita idiota, não consegui entender como isso havia acontecido. O bom senso, então, falou mais alto, e senti vontade de gritar. *Nunca ouviram falar em camisinha, não?* Isso, porém, agora era irrelevante.

A imagem do Micah, o menininho que havia nos ajudado a escapar do Daedalus, pipocou em minha mente. O garoto havia partido pescoços e fritado cérebros com um simples pensamento.

Santos bebezinhos alienígenas, ela estava carregando um deles? Uma daquelas crianças assustadoras — assustadoras, perigosas e extremamente letais? Certo, Archer e Luc provavelmente tinham sido como elas em algum momento, o que não servia de nada para me tranquilizar, visto que essa nova leva de originais que o Daedalus vinha produzindo era bem diferente das que haviam gerado o Luc e o Archer.

E os dois já eram assustadores o bastante.

— Você está me olhando como se tivesse ficado incomodada com essa notícia — comentou Beth baixinho.

Forcei um sorriso, que provavelmente pareceu um tanto insano.

— Não, só estou surpresa.

LUX 5 Opostos

Um ligeiro sorriso repuxou-lhe os lábios.

— É, a gente ficou, também. Não foi o momento ideal, foi?

Ah-ah. O eufemismo do século!

Enquanto a observava, seu sorriso foi desaparecendo lentamente. Não fazia ideia do que dizer. Parabéns? Por algum motivo, não me parecia apropriado, mas, por outro lado, não dizer nada também parecia errado. Será que eles sabiam sobre os originais, sobre todas aquelas crianças sob a guarda do Daedalus?

E será que esse bebê seria igual ao Micah?

Deus do céu, será? A gente já não tinha problemas o bastante com os quais nos preocuparmos no momento? Ao sentir o peito apertar, imaginei se não estaria tendo um ataque de pânico.

— Quanto... quanto tempo tem?

— Três meses — respondeu ela, engolindo em seco.

Eu precisava me sentar.

Merda, precisava era de um adulto.

Imagens de fraldas sujas e rostinhos vermelhos e zangados dançaram em minha mente. Será que seria só um neném ou três? Jamais tínhamos pensado nisso no que dizia respeito aos originais, mas os Luxen sempre vinham em trio.

Ah, santo dramalhão mexicano, *três* bebês?

Beth pousou os olhos em mim novamente, e algo em seu olhar me fez estremecer. Ela se inclinou ligeiramente para a frente, a mão apertando a barriga.

— Eles não vão voltar do jeito que eram, vão?

— O quê?

— Eles — repetiu ela. — O Dawson, o Daemon e a Dee. Eles não vão voltar do jeito que eram, certo?

✹ ✹ ✹

Quando voltei para a sala uns trinta minutos depois, estava completamente atordoada. Os rapazes continuavam onde eu os deixara, sentados no sofá, assistindo ao noticiário. Assim que entrei, Luc me lançou um rápido olhar de relance. Archer, por sua vez, estava com cara de quem havia comido algo estragado.

Foi então que *me dei conta*.

— Vocês sabiam sobre a Beth? — Ambos me fitaram com o rosto sem expressão, e senti vontade de socá-los. — E ninguém achou que seria interessante me contar?

Archer deu de ombros.

— A gente esperava que isso não se tornasse um problema.

— Ai, meu Deus! — Que não se tornasse um problema? Que estar grávida de um bebezinho híbrido-alienígena não fosse nada de mais e que, sei lá, a coisa se resolvesse sozinha? Despenquei numa poltrona e apoiei o rosto entre as mãos. E agora? Fala sério! — Ela vai ter um bebê!

— Isso é o que geralmente acontece quando as pessoas transam sem proteção — comentou Luc. — Mas fico feliz que vocês duas tenham conversado. Não queria ser o portador dessa notícia.

— Ela vai ter um daqueles bebezinhos assustadores — continuei, esfregando a testa com as pontas dos dedos. — Ela vai ter um bebê, o Dawson não está aqui e o mundo inteiro está prestes a desmoronar.

— Ela está só com três meses. — Archer pigarreou. — Não vamos entrar em pânico.

— Entrar em pânico? — repeti baixinho. A dor de cabeça estava piorando. — Ela precisa de um monte de coisas, tipo, sei lá, um médico que se certifique de que a gravidez corra sem problemas. Vitaminas e alimentos específicos, e, provavelmente, bolachas de sal e picles e...

— E podemos arrumar tudo isso pra ela — retrucou Archer. Ergui a cabeça. — Tudo, exceto o médico. Exames de sangue podem vir a ser um problema, principalmente levando em consideração o que está acontecendo.

Simplesmente o encarei.

— Espera um pouco. Minha mãe...

— Não. — Luc se virou rapidamente para mim. — Você não pode entrar em contato com a sua mãe.

Empertiguei as costas.

— Ela pode ajudar. Pelo menos nos dar uma ideia de como cuidar da Beth. — Assim que a ideia pipocou em minha mente, agarrei-a com unhas e dentes. Mas não me deixei enganar. Parte do motivo de a ideia parecer tão boa era que eu queria falar com ela. *Precisava* falar com ela.

— A gente sabe o que a Beth precisa e, a menos que sua mãe saiba como cuidar de uma híbrida grávida, não há muito que ela possa nos dizer que não consigamos encontrar no Google. — Luc tirou os pés de cima da mesinha de centro e os bateu com força no chão. — Além disso, seria arriscado tentar entrar em contato com a sua mãe. O telefone dela pode estar grampeado. Seria perigoso demais tanto para nós quanto para ela.

— Você realmente acha que o Daedalus está preocupado com a gente no momento?

— Está disposta a correr esse risco? — perguntou Archer, me fitando no fundo dos olhos. — Está disposta a botar todos nós em perigo, inclusive a Beth, com base na esperança de que eles estejam ocupados demais no momento? Está disposta a fazer sua mãe correr esse risco?

Calei a boca e o fuzilei com os olhos, mas a vontade de discutir se esvaiu como ar escapando de um balão. Não. Eu jamais correria esse risco. Jamais faria isso com a gente ou com a minha mãe. Sentindo as lágrimas assomarem aos olhos, me forcei a inspirar fundo.

— Estou trabalhando numa coisa que, com sorte, vai resolver o problema com a Nancy — declarou Luc. No entanto, a única coisa que eu o vira fazendo era aprimorando a arte de permanecer sentado.

— Certo — retruquei, rezando para que a dor de cabeça desaparecesse e o pânico em minhas entranhas retrocedesse. Precisava me controlar, ainda que a ideia de ir me sentar num canto escuro parecesse cada vez mais convidativa. — Precisamos arrumar um monte de coisas para a Beth.

Archer assentiu.

— Tem razão.

Menos de uma hora depois, Luc me entregou uma lista com vários itens que ele havia pesquisado na internet. A situação como um todo fazia com que eu me sentisse numa espécie de filminho de sessão da tarde bizarro.

Abafando a vontade de rir, dobrei o pedaço de papel e o meti no bolso de trás do jeans. Se começasse, provavelmente não conseguiria parar.

Luc ficaria na cabana com a Beth para o caso de... bem, para o caso de algo ainda pior acontecer, enquanto Archer e eu iríamos até a cidade providenciar o necessário. Na verdade, achava que seria uma boa ideia sair um pouco. Pelo menos assim sentiria como se estivesse fazendo alguma coisa e talvez... talvez a viagem até a cidade nos desse alguma pista de onde o Daemon e seus irmãos tinham se metido.

Para não ser reconhecida, prendi o cabelo sob um boné de beisebol que escondia mais da metade do meu rosto. Não fazia ideia se havia uma probabilidade real de isso acontecer, mas não estava disposta a arriscar.

Faltava pouco para o anoitecer, e a brisa do lado de fora da cabana, fria, fez com que me sentisse grata por estar usando uma das camisetas de manga comprida do Daemon. Mesmo com o forte aroma de pinho que impregnava o ar, se inspirasse fundo podia sentir aquele perfume de natureza e especiarias tão inerente a ele.

Com as mãos e o lábio inferior tremendo, me acomodei no banco do carona e prendi o cinto. Ao sentir Archer me lançar um rápido olhar de esguelha, eu me forcei a parar de pensar no Daemon e em qualquer outra coisa que não desejasse compartilhar com ele, o que no momento era basicamente tudo.

Assim sendo, pensei em raposas com saiotes feitos de grama executando a dança do ventre.

Archer bufou.

— Você é estranha.

— E você é intrometido. — Enquanto percorríamos o caminho de entrada, inclinei o corpo para a frente e fiquei espiando pelo para-brisa, os olhos estreitados a fim de enxergar melhor a área entre as árvores, mas não vi nada.

— Como eu disse, às vezes é difícil bloquear seus pensamentos. — Ele parou ao final do caminho de cascalho e olhou para os dois lados antes de pegar a estrada. — Acredite em mim, de vez em quando adoraria não ter essa habilidade.

— Imagino que tenha se sentido assim nesses dois últimos dias aqui comigo.

— Honestamente? Não tem sido tão ruim. — Ergui as sobrancelhas ao senti-lo me lançar outro olhar de relance. — Você tem conseguido se controlar.

A princípio, não soube o que dizer. Desde que os outros Luxen tinham chegado, sentia como se estivesse prestes a ter um colapso nervoso. E não

LUX 5 Opostos

sabia exatamente o que estava me impedindo de desmoronar. Um ano antes eu teria surtado e feito do canto escuro meu melhor amigo, mas já não era a mesma garota que havia batido na porta do Daemon para obter informações.

E provavelmente jamais voltaria a ser.

Tinha passado por muita coisa, principalmente durante o tempo em que permanecera sob o jugo do Daedalus. Vivenciara situações sobre as quais não queria nem pensar, porém o tempo com o Daemon e os meses com o Daedalus tinham me deixado mais forte. Pelo menos gostava de pensar que sim.

— Não posso surtar — falei por fim, fechando os braços em volta da cintura e olhando rapidamente para os pinheiros que ladeavam a estrada. Os galhos espinhosos pareciam um borrão. — Porque sei que o Daemon não surtou quando eu... quando eu fui capturada. De modo que não posso ceder à tentação.

— Mas...

— Você não está preocupado com a Dee? — interrompi, voltando a atenção para ele.

Archer trincou o maxilar, mas não respondeu. Enquanto seguíamos até a maior cidade de Idaho, não consegui evitar pensar que isso não era o que eu realmente deveria estar fazendo. Deveria era estar fazendo o que o Daemon tinha feito por mim.

Ele tinha vindo atrás de mim quando fui capturada.

— A situação era diferente — comentou Archer, lendo meus pensamentos enquanto seguia em direção ao supermercado mais próximo. — Ele sabia no que estava se metendo. Você não.

— Sabia mesmo? — rebati. Archer encontrou uma vaga próximo à entrada. — Ele talvez tivesse uma ideia, mas não acho que soubesse de verdade no que estava se metendo, e, ainda assim, foi atrás de mim. Ele foi corajoso.

Archer me fitou por um longo tempo e, em seguida, tirou a chave da ignição.

— Você também é corajosa, mas não é burra. Pelo menos espero que continue me mostrando que não. — Abriu a porta do carro. — Fique perto de mim.

Com uma careta, saltei também. O estacionamento estava razoavelmente cheio. Imaginei se as pessoas estariam estocando suprimentos a fim de se prevenirem contra o iminente apocalipse. Segundo os noticiários, houvera saques em muitas das principais cidades após a "chuva de meteoros". A polícia e os militares estavam tomando as devidas precauções, mas não era à toa que existia um programa de TV chamado *Preparados para o Fim*. De modo geral, Coeur d'Alene não parecia ter sido afetada pelos recentes acontecimentos, ainda que tantos Luxen tivessem aterrissado nas florestas das redondezas.

Muitas pessoas zanzavam pelo mercado, os carrinhos lotados de alimentos enlatados e garrafas de água mineral. Tentei manter os olhos abaixados enquanto pescava a lista no bolso de trás da calça e Archer pegava uma cestinha. Não consegui, porém, evitar reparar que ninguém estava pegando papel higiênico.

Essa seria a primeira coisa que eu estocaria se achasse que estava prestes a encarar o fim do mundo.

Eu me mantive grudada no Archer ao seguirmos para a seção de medicamentos e começarmos a vasculhar as intermináveis fileiras de frascos marrons com tampinhas amarelas.

Soltando um suspiro, corri os olhos pela lista.

— Ele não podia ter colocado tudo em ordem alfabética?

— Assim seria fácil demais. — Archer pegou um frasco, o braço bloqueando minha visão. — Tem ferro na lista, não tem?

— Tem. — Meus dedos pairaram por alguns instantes sobre um vidrinho de ácido fólico. Não tinha a menor ideia do que era esse negócio nem para que servia.

O soldado se ajoelhou.

— A resposta para sua pergunta é sim.

— Ahn?

Ele ergueu a cabeça e me fitou através das pestanas.

— Você me perguntou se eu não estava preocupado com a Dee. Estou.

Meus dedos se fecharam em volta do vidrinho ao mesmo tempo que minha respiração travava na garganta.

— Você gosta dela, não gosta?

LUX 5 Opostos

— Gosto. — Ele voltou a atenção para os potes gigantescos de vitaminas específicas para gestantes. — Apesar de ela ser irmã do Daemon.

Enquanto o fitava, meus lábios se repuxaram no primeiro sorriso desde que os Luxen tinham...

De repente, como o soar súbito de um trovão, uma vassoura surgiu do nada e bateu contra a estante de frascos de remédios, fazendo-a chacoalhar. Dei um pulo para trás.

Archer se levantou num movimento fluido e correu os olhos pelo supermercado lotado. As pessoas tinham parado no meio dos corredores, algumas fechando as mãos com força na barra do carrinho enquanto outras os soltavam com um empurrãozinho, as rodas guinchando.

— O que foi isso? — perguntou uma mulher ao homem que estava ao seu lado, abaixando-se e pegando no colo uma garotinha que não podia ter mais que 3 aninhos. Segurando a criança junto ao peito, ela girou nos calcanhares, o rosto lívido. — O que foi...?

Outra explosão trovejante ressoou por toda a loja. Alguém gritou. Garrafas caíram das prateleiras. Passos ecoaram sobre o piso de linóleo. Com o coração aos pulos, virei-me para a frente da loja. Algo espocou no meio do estacionamento, como um raio atingindo o chão.

— Merda! — rosnou Archer.

Com os pelos dos braços eriçados, segui até a ponta do corredor, esquecendo completamente de manter a cabeça abaixada.

Seguiu-se um momento de silêncio e, então, o trovejar recomeçou, um atrás do outro, chacoalhando os ossos do meu corpo enquanto feixes de luz clareavam todo o estacionamento numa sequência ininterrupta. A vidraça da frente rachou, e os gritos... os gritos intensificaram, passando da surpresa ao terror quando o vidro explodiu e lançou uma chuva de cacos sobre as pessoas que aguardavam nas filas dos caixas.

Os feixes de luz no estacionamento começaram a assumir contornos humanos, ganhando braços e pernas. Seus corpos eram altos e esguios, debruados de vermelho, assim como o do Daemon, porém com um tom mais fechado e vibrante.

— Ai, meu Deus! — murmurei. O frasco de comprimidos escapou dos meus dedos e se espatifou no chão.

Eram dezenas de Luxen, e eles estavam por todos os lados.

[2]

Katy

Todos, inclusive eu, pareceram congelar por um instante, como se o tempo houvesse parado, mas eu sabia que isso não havia acontecido.

Os seres no estacionamento se viraram, esticando os pescoços e inclinando-os ligeiramente de lado, os passos fluidos e sinuosos. Seus movimentos não pareciam naturais, nada semelhantes aos dos Luxen que tinham chegado à Terra anos antes.

Com um guinchar de pneus, uma caminhonete vermelha saiu de uma das vagas, liberando fumaça e um cheiro de borracha queimada no ar. Ela, então, deu meia-volta, como se o motorista tivesse a intenção de abrir caminho à força por entre os Luxen.

— Ah, não! — murmurei, o coração martelando pesadamente.

Archer me agarrou pela mão.

— Precisamos dar o fora daqui.

Eu, porém, estava enraizada no lugar. Finalmente entendia por que as pessoas paravam para observar acidentes de carro. Sabia o que estava por vir, e sabia que era algo que eu não queria ver, mas não conseguia desviar os olhos.

LUX 5 Opostos

Um deles deu um passo à frente e ergueu o braço, o contorno do corpo pulsando em vermelho.

A caminhonete deu um solavanco; as silhuetas do homem ao volante e de outra pessoa menor ao lado dele ficariam para sempre gravadas em minha memória.

Pequenas centelhas de eletricidade espocaram da mão do Luxen ao mesmo tempo que uma brilhante luz avermelhada envolvia-lhe o braço. Um segundo depois, um raio emergiu de sua palma e cruzou o ar com um cheiro de ozônio queimado. A luz — a emissão mais pura da Fonte que eu já vira na vida — acertou a caminhonete em cheio.

A explosão estremeceu o mercado e lançou o veículo sobre a fileira de carros mais próxima. Chamas irromperam pelo para-brisa quebrado quando ele parou de cabeça para baixo, as rodas girando no ar.

Instaurou-se o caos. Pessoas corriam para se afastar da frente do mercado, gritos quebravam o silêncio. Tal como o estouro de uma manada, elas tentavam fugir em desespero, trombando nos carrinhos e umas nas outras. Algumas se jogaram de quatro no chão, enquanto os gritos, cada vez mais estridentes, se misturavam ao choro das crianças pequenas.

Num piscar de olhos, os Luxen estavam dentro do mercado, espalhados por todos os espaços. Archer me puxou de encontro à extremidade de uma das estantes, pressionando nossos corpos contra a quina pontuda. Um adolescente passou correndo pela gente, e tudo em que consegui pensar foi no profundo tom vermelho de seus cabelos — quase escarlates —, mas então me dei conta de que aquela não era a cor natural, e sim... sangue. Assim que alcançou a seção de sabonetes, uma explosão de luz o acertou no meio das costas. O garoto despencou de cara no chão e permaneceu ali, imóvel, com um buraco soltando fumaça no centro da coluna.

— Jesus! — exclamei num suspiro, sentindo o estômago revirar.

Archer o fitou, os olhos arregalados e as narinas infladas.

— Isso não é nada bom!

Aproximei-me da beirada do corredor e estiquei o pescoço para dar uma espiada, sentindo o estômago revirar novamente ao ver a mulher que minutos antes estava segurando a garotinha.

Ela estava parada de boca aberta diante de um dos Luxen, aparentemente petrificada de medo. A garotinha estava encolhida numa bola ao lado da estante de livros, chorando e se balançando para a frente e para trás. Levei um momento para perceber por que ela chorava tão copiosamente.

— Papai! Papai!

O homem estava estatelado em meio a uma poça de sangue aos pés dela.

A energia crepitou pela minha pele, afastando o Archer com um choque quando o Luxen estendeu o braço e encostou a mão no peito da mulher.

— Que diabos...? — murmurei.

Ela empertigou as costas como se alguém a tivesse amarrado a uma haste de aço. Seus olhos se esbugalharam, as pupilas dilatando. Uma luz branca e pulsante irradiou da mão do Luxen e a envolveu como uma cascata. A luz esmoreceu ao alcançar os sapatos de bico fino e salto alto, escorrendo para o chão. De repente, a mulher jogou a cabeça para trás e abriu a boca num grito silencioso. Suas veias se acenderam, uma teia branca brilhante que lhe cruzou a testa, preencheu-lhe os olhos, e, em seguida, desceu para as faces e a garganta.

O que diabos estava acontecendo? Com o corpo do Archer pressionado contra o meu, observei o Luxen se afastar um passo da mulher, que tremia violentamente. Enquanto a luz que o envolvia pulsava de modo constante, o brilho nas veias dela retrocedeu e toda a cor pareceu se esvair de sua pele. Tudo aconteceu ao mesmo tempo — a pele da mulher enrugou e encarquilhou como se ela tivesse envelhecido décadas em questão de segundos, e o Luxen começou a mudar de forma. Foi como se o corpo dela estivesse se desmanchando, como se a vida estivesse sendo sugada de sua alma. Ela se dobrou como uma folha de papel, a pele acinzentada e os traços irreconhecíveis. A luz do Luxen, então, foi se apagando gradativamente, revelando sua nova forma.

Uma forma idêntica à da mulher: o mesmo tom de pele bronzeado, o mesmo nariz arrebitado. Os cabelos castanho-claros pendiam sobre ombros desnudos, porém os olhos... eles eram de um azul sobrenatural, como duas safiras incrustadas no meio do rosto. Olhos iguais aos da Ash e do Andrew.

Eles estão assimilando o DNA dos humanos, reverberou a voz do Archer em minha mente. *Numa velocidade incrível. Nunca tinha visto algo assim nem sabia que era possível.* Havia um certo quê de espanto maravilhado em sua voz.

LUX 5 Opostos

Era como assistir à versão Luxen de *Os Invasores de Corpos*. Uma versão mortal, e que estava acontecendo por todo o mercado. Para onde quer que eu olhasse, havia um corpo despencando no chão.

— Precisamos dar o fora daqui. — Archer apertou minha mão e me puxou mais uma vez de encontro a ele. — Agora!

— Não! — Finquei os pés no chão. — A gente tem...

— A gente não tem que fazer nada a não ser dar o fora daqui. — Ele me arrastou de volta até a extremidade da estante, me mantendo grudada ao seu lado.

Lutei para me desvencilhar ao senti-lo tentar me puxar para outro corredor.

— A gente pode ajudar.

— Não, não podemos — rosnou ele.

— Você é um original! — rebati. — É supostamente um bebê de proveta alienígena fodástico, e está...

— Fugindo? Pode apostar. Original ou não, há dezenas de Luxen aqui, e eles são poderosos. — Ele me empurrou em direção às prateleiras de pasta de dente. Continuava segurando a cestinha com os frascos de comprimidos na mão esquerda. Tinha me esquecido completamente deles. — Você não viu o que eles acabaram de fazer?

Com um soco no estômago que o empurrou para trás, consegui finalmente me desvencilhar dele.

— Eles estão matando as pessoas! Nós podemos ajudar.

Archer deu um passo à frente, o rosto contorcido numa careta de frustração.

— Não existe um único Luxen na face da Terra capaz de assimilar DNA humano desse jeito. Esses aí são mais fortes. Precisamos dar o fora daqui, voltar para a cabana e...

Girei nos calcanhares ao escutar um grito. De onde estava, vi a Luxen que tinha assumido a aparência da mulher olhando para a garotinha, os lábios repuxados num sorrisinho zombeteiro.

Não. De forma alguma eu podia deixar a criança para trás. Não tinha a menor ideia de quais eram as intenções da Luxen, mas duvidava de que tivesse algo a ver com instinto materno. Olhei de relance para o Archer, que soltou um palavrão por entre os dentes.

— Katy — rosnou ele, soltando a cestinha. — Não.

Tarde demais. Pegando impulso, parti com tudo em direção à frente do mercado, passando pelo corredor adjacente. Assim que alcancei a estante de livros pelo outro lado, o trovejar recomeçou, e o estacionamento se acendeu com a chegada de mais Luxen. Um atrás do outro, os rugidos retumbantes faziam com que meu coração parecesse prestes a implodir.

Com os sapatos derrapando sobre o piso, contornei a estante.

A Luxen congelou diante da garotinha e virou a cabeça para mim. Seus olhos brilhantes se cravaram nos meus. Os lábios rosados se entreabriram. A frieza em seu olhar era como mergulhar numa piscina de águas semicongeladas. Não havia nada de humano naquele olhar, nem mesmo uma leve insinuação de compaixão, apenas uma frieza calculista.

Durante o breve segundo em que nossos olhares se cruzaram, percebi que este era o começo e, ao mesmo tempo, o fim. Isso era definitivamente uma invasão.

Engolindo a pontada de medo enregelante, avancei e peguei a garotinha por trás. Com um grito que atravessou minha alma, ela começou a se debater, chutando minhas pernas. Fechei os braços com força em volta dela, apertando-a de encontro a mim, e comecei a recuar.

A Luxen se ergueu como uma coluna de água. Pequenas centelhas de energia crepitavam ao longo dos braços. Ela me fitou como se conseguisse enxergar dentro de mim. As palavras fluíram de sua boca como se estivesse aprendendo inglês numa velocidade estonteante.

— O que você é?

Ah, merda!

Percebi duas coisas num piscar de olhos. Ela podia sentir que eu não era uma simples humana amigável como os outros e, pela forma como recuou, erguendo uma das mãos, isso não era uma boa coisa. Também me dei conta de que ela não fazia ideia do que era um híbrido.

A menininha em meu colo se contorceu mais uma vez e soltou um dos braços. Virando-se para mim, arrancou meu boné, fazendo meu cabelo escorrer pelas costas. A Luxen deu um passo à frente, os lábios repuxados deixando os dentes à mostra.

Péssimo sinal.

LUX 5 Opostos

Com os braços envolvendo uma criança que berrava e se debatia sem parar, eu sabia que precisava recuar. Girando nos calcanhares, parti para o corredor mais próximo. Um cheiro de plástico e carne queimada assaltou minhas narinas assim que dobrei a esquina, chutando uma série de pãezinhos para tirá-los do caminho. Mas, então, parei. Uau!

Santos alienígenas pelados. Eles estavam em tudo quanto era lugar.

Mesmo que eu não fosse uma híbrida e soubesse que a melhor forma de checar se a pessoa era um alienígena ou não era observando os olhos, teria sido bem fácil distinguir os Luxen no momento, considerando a aparente falta de modéstia deles no que dizia respeito à completa nudez.

Chocada, dei-me conta de que estava vendo mais homens e mulheres pelados do que jamais desejara ver, mas ao me virar e me deparar com o Archer vindo em minha direção, percebi que tínhamos um problema bem maior.

Estávamos cercados.

— Satisfeita? — grunhiu Archer, os olhos ametista cintilando.

Havia pelo menos uns seis Luxen com os olhos fixos na gente, tentando descobrir exatamente o que nós éramos. Três já tinham assumido uma forma humana, e estavam parados ao lado dos corpos que haviam assimilado. Os outros três estavam em sua forma verdadeira, os corpos envoltos numa luz branco-avermelhada. De repente, a Luxen que estava na frente do mercado surgiu atrás da gente.

Nenhum deles parecia disposto a fazer amizade.

Com o coração martelando contra as costelas, ajoelhei bem devagar e olhei para o rostinho sujo de lágrimas da menina.

— Quando eu soltar você, corre! — murmurei. — O mais rápido que conseguir, e não pare.

Não tinha certeza se ela havia me entendido, mas rezei para que sim. Expelindo o ar com força, soltei-a com um leve empurrão em direção ao vão entre dois corredores. A menininha não me desapontou. Girando nos calcanhares, ela correu na direção indicada, e eu me levantei, desejando poder fazer mais pela criança.

Um dos reluzentes Luxen avançou como se deslizasse e, então, parou, inclinando a cabeça ligeiramente de lado. Os outros, tanto os que estavam em sua forma verdadeira quanto os que tinham assumido uma forma humana, olharam para a mulher de quem eu havia resgatado a menina.

Isso não vai terminar bem, a voz do Archer ressoou em minha mente. *Seria ingenuidade de minha parte acreditar que se eu mandar você correr, você vai?*

Inspirei fundo. *Não vou deixá-lo sozinho.*

Seus lábios se curvaram num dos cantos. *Foi o que imaginei. Então vamos partir para o ataque. Tentar abrir caminho até a frente do mercado.*

Durante o tempo em que passara com o Daedalus, tinha aprendido a lutar não só como humana, mas usando a Fonte. E recorrera a esse treinamento quando estávamos em Las Vegas. No entanto, embora parte de mim acreditasse que eu era capaz de encarar o melhor deles, uma gélida pontada de medo subiu pela minha espinha.

Sem mais avisos, Archer partiu com tudo.

Ele deu um passo à frente, o braço esticado para trás. Um feixe de energia pura desceu pelo braço dele, emergiu da palma e acertou um dos Luxen bem no meio do peito desnudo, forçando-o a abandonar a forma humana e o lançando contra a porta de vidro da seção de laticínios. Algumas caixas explodiram, espalhando rios de leite pelo chão.

Um dos reluzentes Luxen avançou em direção ao soldado, que tinha se virado e mirava o ataque seguinte na mulher nua. Invoquei a Fonte. A luz que espiralou pelo meu braço não era nem de longe tão intensa quanto a do Archer, mas surtiu o efeito desejado. Ela cruzou o corredor num arco e acertou o ombro do Luxen, fazendo-o girar.

Estava me preparando para soltar outro raio de energia quando uma fisgada de dor se espalhou pelo meu ombro. Num segundo eu estava de pé e, no seguinte, de joelhos no chão, com o ombro esquerdo chamuscado. Apertando-o com cuidado, me forcei a levantar de novo. Ao retirar a mão do ferimento, percebi que ela estava manchada de sangue.

Virei e quase tomei um soco no meio do rosto de outro Luxen que assumira a forma humana — um Luxen jovem, do sexo masculino. Cambaleei alguns passos, mas consegui me recobrar e ergui o joelho. Sentindo um suave deslocamento de ar à minha volta, plantei o pé numa área que não fiz a menor questão de olhar.

O jovem alienígena se dobrou ao meio.

LUX 5 Opostos

Com um sorrisinho feroz, agarrei-o pelos cabelos castanhos no exato instante em que ele começou a se transformar. Sentindo seu calor envolver minhas mãos, dei-lhe uma forte joelhada no nariz. Seguiu-se o som de osso se quebrando, mas eu sabia que isso não seria suficiente para tirá-lo de combate.

E sabia o que precisava ser feito.

Archer soltou outra bola de energia enquanto eu voltava a invocar a Fonte. Ela desceu pelo meu braço e escorreu por cima da cabeça do Luxen, cujos olhos brilhavam feito duas órbitas brancas.

No segundo seguinte, fui arremessada para trás como se um carro tivesse colidido com tudo contra mim. A estática crepitou no ar quando caí estatelada de costas no chão. Momentaneamente atordoada, olhei para a danificada lâmpada de luz fluorescente no teto, que piscava sem parar.

Ai, caramba. Que dor!

Gemendo, rolei de lado e apertei os olhos com força. O Luxen estava a alguns metros de distância, também caído de costas. Enquanto lutava para me levantar, vi o Archer lançar outro Luxen contra a seção de congelados. Ele, então, se virou para mim, viu que eu estava me levantando e assentiu com um menear de cabeça.

Tínhamos conseguido abrir uma passagem em meio às caixas de sorvete derramado. Uma passagem, porém, com alguns obstáculos. Vários Luxen estavam espalhados pelo chão, piscando de forma intermitente, nocauteados por ora, mas não totalmente fora de combate.

Uma explosão em algum outro ponto do mercado chacoalhou as prateleiras mais altas. Enquanto Archer e eu cruzávamos o corredor, as portas do freezer imploriram, e o vidro se estilhaçou a poucos centímetros atrás da gente. Passamos deslizando pelo piso escorregadio diante da padaria e, enfim, alcançamos a parte da frente. À nossa volta, humanos em choque e cobertos de sangue fugiam em direção às vidraças quebradas.

Assim que o estacionamento e os prédios ao redor surgiram à vista, senti meu coração ir parar no estômago. Gigantescas colunas de fumaça desprendiam-se das chamas vermelho-alaranjadas. Um poste de luz havia caído sobre uma fileira de carros, afundando seus respectivos tetos. Sirenes soavam ao longe. Um carro passou em alta velocidade pelo estacionamento e colidiu contra outro veículo. Um ruído de metal enrugando e se partindo reverberou pelo ar.

— Parece o apocalipse — murmurou Archer.

Engoli em seco.

— Só estão faltando os zumbis.

Ele me fitou com as sobrancelhas erguidas e abriu a boca para dizer alguma coisa, mas, então, a seção de petiscos foi pelos ares.

Batatas fritas e rosquinhas voaram para todos os lados, assim como biscoitinhos de queijo e embalagens, e uma chuva de salgadinhos e invólucros caiu sobre o piso de linóleo. Tudo o que restava da seção de petiscos agora era um buraco bem no meio dela.

— Vamos dar o fora daqui — repetiu Archer e, dessa vez, não discuti.

Estava poupando toda a minha argumentação para um diferente tipo de batalha, pois sabia que quando voltássemos para a cabana, Archer ia tentar nos persuadir a deixar Idaho. Tinha consciência de que nosso esconderijo já não era mais seguro e, se ele quisesse partir, tudo bem. Levando em consideração a situação da Beth, o mais esperto a fazer seria realmente afastá-la de tudo isso. Eu, porém, não partiria sem o Daemon de jeito nenhum.

Nem arrastada.

Passamos correndo por um dos caixas destruídos. Archer seguia na frente quando parei de supetão, sentindo todos os músculos tencionarem em resposta a uma série de arrepios quentes na nuca.

Meus joelhos ficaram bambos e o ar escapou de meus pulmões. Lá estava o quente e familiar arrepio que eu não sentia havia dois dias. Meu coração acelerou como um trem desgovernado, fazendo o sangue rugir em minhas veias.

Daemon.

Como se estivesse mergulhada em areia movediça, girei lentamente nos calcanhares e corri os olhos pelos corredores destruídos. Feixes de luz pulsavam por todo o devastado mercado. O tempo pareceu desacelerar e o ar ficou mais denso, até que respirar tornou-se quase impossível. Tonta e cheia de esperanças pela crescente onda mista de emoções, andei de volta em direção aos feixes de luz.

— Katy! — A voz do Archer ecoou de algum lugar próximo às portas quebradas. — O que você está fazendo?

Acelerei o passo ao me aproximar da vitrine de doces tombada. As embalagens de salgadinhos estalavam sob meus pés. Minha boca estava

5 Opostos

seca e meus olhos, enevoados, mas a dor ardente que irradiava do ombro ficou relegada a segundo plano.

Uma lufada de vento soprou as mechas soltas de cabelo em torno do meu rosto, mas não soube dizer de onde ele vinha. Continuei avançando, aproximando-me da seção destruída de petiscos.

Dei um passo para o lado e corri os olhos pelo destruído corredor até a extremidade oposta. Meu coração parou e o mundo inteiro pareceu congelar.

— Merda! — gritou Archer, a voz soando mais próxima. — Não!

Tarde demais.

Eu *o* vi.

E *ele* me viu.

Ele estava na outra extremidade do corredor, em sua forma verdadeira, brilhando feito um diamante. Nada o distinguia do restante dos Luxen, mas eu sabia que era ele. Todas as células do meu corpo pareceram se acender e gritar seu nome. Daemon continuava sendo a coisa mais bonita que eu já vira na vida. Alto e reluzente como mil sóis, com o contorno do corpo pulsando num leve tom avermelhado.

Dei um passo na direção dele ao mesmo tempo que ele deu outro em minha direção, tentando alcançá-lo do jeito que só a gente podia, porque ao me curar tanto tempo atrás, ele havia nos conectado. Para sempre.

Daemon?, chamei, usando essa conexão.

Ele desapareceu, movendo-se tão rápido que eu não consegui acompanhar.

— Kat? — berrou Archer, mas ao mesmo tempo podia jurar ter escutado meu nome ecoando em minha mente numa voz grave e sedosa que fez meu estômago dar uma cambalhota e meu coração bater mais forte.

Ao sentir um leve calor em minhas costas, me virei, ficando frente a frente com um estonteante par de olhos cor de esmeralda, uma pele sempre bronzeada, independentemente da época do ano, ossos da face proeminentes e bem talhados, e cabelos pretos bagunçados roçando sobrancelhas igualmente negras.

E lábios cheios que se curvaram um tiquinho nos cantos.

Não era o Daemon.

Uns bons vinte centímetros mais alto do que eu, Dawson me fitou no fundo dos olhos. Tive a impressão de perceber um lampejo de remorso, mas isso provavelmente era apenas fruto da minha imaginação.

De repente, a luz cintilou por trás das pupilas, tornando seus olhos inteiramente brancos, e a estática se espalhou pelas bochechas como pequeninos dedos de eletricidade.

Seguiu-se um intenso espocar, acompanhado por uma onda de calor que pareceu me erguer do chão e, então, nada.

[3]

DAEMON

O fluxo constante de vozes em minha língua nativa, juntamente com uma dúzia de outros idiomas humanos, estava provocando um forte pulsar em minhas têmporas. As palavras. Frases. Ameaças. Promessas. O maldito falatório ininterrupto dos recém-chegados membros de minha família estendida ao descobrirem algo novo, o que acontecia a cada cinco segundos.

Oh! Um liquidificador.

Oh! Um carro.

Oh! Os humanos realmente sangram muito e podem ser destruídos com facilidade.

Merda, bastava abrirem os olhos que eles estavam vendo algo pela primeira vez, e embora o ar maravilhado ao descobrirem como funcionavam os aparelhos ou a anatomia humana fosse quase infantil, era também um tanto ou quanto demente.

Os recém-chegados eram os filhos da mãe mais insensíveis que eu já vira na vida.

Nas últimas 48 horas, milhares de Luxen tinham pousado na Terra pela primeira vez. E a coisa toda era como uma gigantesca colmeia. Estávamos todos conectados uns aos outros, como pequenas abelhas operárias trabalhando para a rainha.

Quem quer que fosse ela.

A conexão era, por vezes, opressiva, os desejos, necessidades e vontades de milhares reunidos na primeira linha de pensamento de cada Luxen. Assumam o controle. Governem. Dominem. Subjuguem. Os únicos breves momentos de alívio eram quando eu estava em minha forma humana. Isso parecia enfraquecer a conexão, bloqueá-la ligeiramente, mas não para todos.

Enquanto atravessava o piso de madeira encerada do átrio de uma mansão capaz de acomodar um pelotão inteiro e ainda ter espaço para visitantes de ocasião, vi minha visão ser tingida de vermelho ao olhar para meu irmão gêmeo. Ele estava recostado contra a parede, próximo a um par de portas duplas fechadas. Com o queixo abaixado e as sobrancelhas franzidas em concentração, corria os dedos pela tela de um celular. Assim que cheguei na metade do aposento fortemente iluminado que cheirava a rosas e sangue derramado, ele ergueu a cabeça.

Ao ver que eu me aproximava, inspirou fundo.

— Oi — disse ele. — Aí está você. Eles...

Arranquei o telefone da mão dele, me virei de costas e o atirei longe. O pequeno objeto quadrado atravessou todo o salão e se espatifou contra a parede oposta.

— Que diabos foi isso, irmão? — gritou Dawson, erguendo as mãos. — Eu estava no nível 69 de *Candy Crush*, seu imbecil. Faz ideia do quanto é difícil...?

Virando-me de volta para ele, dei-lhe um soco no maxilar. Dawson bateu contra a parede e levou uma das mãos ao rosto. Uma doentia sensação de satisfação revirou minhas entranhas.

Ele levantou novamente a cabeça e a inclinou meio de lado.

— Jesus! — grunhiu, abaixando a mão. — Eu não a matei. Obviamente.

Minha mente esvaziou como uma tigela de água sendo despejada no ralo. Inspirei, mas o ar só entrou superficialmente.

— Eu sabia o que estava fazendo, Daemon. — Olhou de relance para as portas e acrescentou num tom mais baixo: — Não havia mais nada que eu pudesse fazer.

LUX 5 Opostos

Avancei e o suspendi pelo colarinho da camisa, erguendo-o até deixá-lo na ponta dos pés. A desculpa não era boa o bastante.

— Você nunca conseguiu controlar a Fonte direito. Por que diabos seria diferente agora?

As pupilas dele começaram a adquirir um brilho branco. Dawson meteu os braços entre os meus, me forçando a soltá-lo.

— Não tive escolha.

— Ah, tá. Deixa pra lá. — Passei direto por ele, me forçando a botar alguma distância entre nós antes que o arremessasse através da parede ou diante de um tanque de guerra.

Dawson se virou, e pude sentir seu olhar penetrante em minhas costas.

— Você precisa se controlar, irmão.

Parei diante das portas fechadas e olhei por cima do ombro para ele. Ele balançou a cabeça, frustrado.

— Eu…

— Nem tenta — avisei.

Seus olhos se fecharam por um instante e, ao reabri-los, manteve-os fixos nas portas fechadas. Parecia devastado.

— Quanto tempo mais? — murmurou.

Senti uma fisgada de medo real. A coisa toda estava passando dos limites. Sabia que ele estava com a guarda abaixada e que estivera diante de uma situação terrível. Dawson não tivera escolha.

— Não sei, por causa…

Não precisei nem mesmo terminar a frase. A julgar pela expressão, ele havia entendido.

— Da Dee…

Fitei-o fixamente. Não havia mais nada a dizer. Virando-me de volta para as portas, abri uma das folhas, e o zumbido constante que ecoava em meu cérebro tornou-se mais forte assim que entrei no amplo escritório circular.

Havia mais recém-chegados no aposento, porém o que estava sentado de costas para mim era quem realmente importava, o que havia nos atraído no momento em que surgira diante da cabana.

Ele estava sentado numa cadeira de couro, assistindo ao noticiário local numa grande tela plana presa à parede. As imagens mostravam o centro de

Coeur d'Alene, totalmente diferente do que fora até três dias atrás. Colunas de fumaça desprendiam-se dos prédios. O fogo ocultava a visão do lado oeste da cidade como um pôr do sol em chamas. As ruas estavam caóticas. Uma verdadeira zona de guerra.

— Olha só para os humanos — disse ele, com um estranho e melódico sotaque ao pronunciar as palavras no novo idioma. — Correndo de um lado para o outro em desespero.

Ao que parecia, metade deles tentava saquear uma loja de eletrônicos.

— Eles são tão fracos e desorganizados. Inferiores. — Soltou uma risada grave, quase contagiosa. — Vai ser extremamente fácil dominar este planeta.

Ainda me surpreendia o fato de eles terem passado tanto tempo, gerações e gerações desde a destruição do nosso próprio planeta, escondidos em algum universo esquecido que pelo visto não era tão confortável quanto a Terra.

Ele balançou a cabeça de forma quase maravilhada quando as imagens passaram a mostrar os tanques entrando na cidade. Riu de novo.

— Eles não vão conseguir se defender.

Um dos recém-chegados, uma ruiva alta vestida com uma saia preta justa e uma camisa branca de botão, pigarreou. Seu nome era Sadi, o que tinha tudo a ver, porque eu gostava de me referir a ela como Sadi, a Sádica.

Ela não parecia se importar, pois no curto período desde que chegara, fizera por merecer o apelido. A única outra coisa que eu sabia a respeito dela era que seu olhar geralmente estava pregado na minha bunda.

— Na verdade, eles têm armas — disse ela.

— Não boas o bastante, minha querida. Isso está acontecendo nas maiores cidades de cada estado, cada país. Deixe que eles brinquem com suas pequenas armas. Podemos perder alguns, mas essas perdas não causarão nenhum impacto em nossa iniciativa. — Ao vê-lo girar a cadeira, os músculos do meu pescoço tensionaram. A forma humana escolhida por ele era de um homem de quarenta e poucos anos, com cabelos castanho-escuros repartidos de forma precisa e um sorriso amplo de dentes retos e brancos.

Era a forma do prefeito da cidade, e ele gostava de ser chamado pelo nome do falecido: Rolland Slone. Um tanto estranho.

— Nosso objetivo será alcançado. Não é mesmo, Daemon Black?

LUX 5 Opostos

Encarei-o.

— Não acho que eles conseguirão deter você.

— Claro que não. — Ele entrelaçou os dedos sob o queixo. — Ouvi dizer que você trouxe algo para casa, verdade?

Embora tivesse dito isso em forma de pergunta, já sabia a resposta. Fiz que sim.

Visivelmente interessada, Sadi inclinou o corpo em minha direção, e seus olhos frios como aço se acenderam. Ao lado da parede, outro dos recém-chegados se remexeu ligeiramente.

— Uma garota? — perguntou ela, que devia ter captado a rápida imagem que cruzou minha mente.

— Até a última vez que verifiquei, era. — Sorri ao vê-la estreitar os olhos. — Ainda não estou convencido de que você possui todas as partes femininas certas.

Sadi esticou os dedos ao lado do corpo.

— Quer checar?

Soltei uma risadinha presunçosa.

— Não, acho que vou deixar passar a oferta.

Rolland riu e cruzou as pernas.

— Essa garota. Ela não é exatamente humana, é?

Sadi desviou os olhos de mim ao me ver negar com um sacudir de cabeça. Um músculo ou nervo ou algo mais igualmente irritante começou a pulsar sob meu olho.

— Não. Não é.

Rolland pousou as mãos no colo, uma sobre a outra.

— O que ela é exatamente?

— Uma mutante — respondeu Dee, entrando no escritório, as longas ondas escuras balançando às suas costas. Um doce sorriso se formou em seus lábios ao olhar para o Rolland. — Na verdade, ela foi transformada pelo meu irmão.

— Qual deles? — perguntou o Luxen.

— Esse aí. — Ela apontou a cabeça para mim, fechando as mãos na cintura. — Ele a curou há cerca de um ano. A garota é uma híbrida.

Todos os olhos se voltaram novamente para mim.

— Estava tentando esconder isso da gente, Daemon?

— Será que preciso responder a essa pergunta?

— Tem razão — murmurou Rolland, me fitando com atenção. — Você é difícil de ler, Daemon. Ao contrário da sua adorável irmã.

Cruzei os braços e dei de ombros.

— Gosto de pensar que sou um livro aberto.

— De todos nós, ele sempre foi o que tinha menos simpatia pelos humanos — comentou Dee.

Rolland ergueu as sobrancelhas.

— Exceto pela garota, imagino.

— Exceto por ela. — Pelo visto, Dee tinha virado minha porta-voz pessoal. — Daemon estava apaixonado por ela.

— Apaixonado? — Sadi tossiu para encobrir uma risadinha surpreendentemente delicada. — Isso demonstra tanta... — Deu a impressão de estar procurando pela palavra certa. — Fraqueza?

Empertiguei os ombros e murmurei:

— "Estava" é a palavra-chave aqui.

— Explique esse negócio de cura e mutação — mandou Rolland, inclinando-se para a frente.

Esperei que a Dee se intrometesse, mas para variar ela pareceu feliz em permanecer quieta.

— Ela sofreu um ferimento fatal, e eu a curei sem saber que isso a transformaria. O que fez com que adquirisse alguns dos meus poderes, e ficamos conectados desde então.

— O que te levou a querer curá-la? — A voz dele esbanjava curiosidade.

Dee bufou.

— Eu não acho que ele estava pensando com a cabeça de cima, se entende o que quero dizer.

Enquanto eu resistia à vontade de fuzilar minha irmã com os olhos, Rolland me fitou por alguns instantes e então sorriu, como se não apenas entendesse o que a Dee tinha querido dizer, mas também estivesse bastante interessado nos detalhes.

— Interessante — murmurou Sadi, jogando uma generosa quantidade de cabelos cor de cobre por cima do ombro. — Quão forte é esse laço ou conexão entre vocês?

LUX 5 Opostos

Mudei o peso de um pé para o outro, olhando de relance para o silencioso Luxen que continuava recostado contra a parede.

— Se ela morrer, eu morro. Forte o bastante pra você?

Rolland arregalou os olhos.

— Isso não é nada bom... para você.

— Eu sei — resmunguei.

Um lento repuxar de lábios deu a Sadi uma expressão faminta.

— Então ela sente o que você sente? E vice-versa?

— Só se for um ferimento quase fatal — respondi, numa voz sem entonação.

Ela olhou de relance para o Rolland, e percebi que eles estavam se comunicando. As palavras se perderam em meio ao zumbido das outras, mas a expectativa que se desenhou no rosto dela fez com que eu crispasse os punhos.

Eu não confiava nela.

Tampouco confiava no senhor Silencioso.

— Você não precisa confiar nela — disse Rolland, abrindo um sorriso de orelha a orelha. — Nós é que precisamos confiar em você.

Dee enrijeceu.

— Nós somos confiáveis.

— Eu sei. — Ele inclinou a cabeça ligeiramente de lado. — Mas havia mais alguém lá, certo? Ele conseguiu fugir?

Como um bom e prestativo minion, Dee assentiu com um menear de cabeça e se sentou numa das poltronas, jogando as pernas por cima do braço.

— Um Original, filho de um Luxen com uma híbrida. Espero que não tenhamos que matá-lo. O cara é um gatinho.

— Interessante. — Rolland olhou de relance para a Sadi, e saquei que eles estavam mais uma vez trocando segredinhos.

Ele se levantou e abotoou o paletó bege.

— Tem muita coisa que a gente não sabe. Esses híbridos, por exemplo, são novidade — disse, o que quase me fez rir. Para uma raça de seres que nunca estivera na Terra, eles pareciam saber muita coisa sobre o planeta. Mas havia algo mais que eu ainda não conseguira descobrir. Alguém, ou alguéns, tinha se infiltrado e estava passando informações. Parecia importante. — Contamos com você e sua família, e outros como vocês, para nos ajudar nessas situações.

Assenti com um curto menear de cabeça, assim como a Dee.

— Agora, tenho coisas a fazer. — Ele contornou a escrivaninha de carvalho, e o outro Luxen enfim se afastou da parede. — Preciso encontrar algumas pessoas e tranquilizá-las.

Fui pego de surpresa.

— Tranquilizá-las?

Ao passar por mim, com Sadi e o Homem de Poucas Palavras grudados nos calcanhares, abriu um sorriso radiante mais uma vez.

— A gente se vê daqui a pouco, Daemon.

As portas se fecharam assim que eles saíram do escritório, reforçando o fato de que eu não estava sendo incluído em todos os pensamentos e planos. Havia muita coisa escondida.

Com um suspiro, virei-me para minha irmã e, por um segundo, tudo ficou mais claro. Eu quase não a reconhecia.

Dee ergueu a cabeça e me fitou.

— Achei que você ia ficar de olho nela — falei.

Ela deu de ombros.

— Ela não vai a lugar nenhum tão cedo. Dawson a nocauteou pra valer.

Os músculos da minha nuca enrijeceram.

— Quer dizer que ela está sozinha?

— Não faço a menor ideia. — Dee olhou para as unhas e franziu o cenho. — E, para ser honesta, não dou a mínima.

Fitei-a por alguns instantes. Palavras nas quais não deveria nem pensar brotaram na ponta da língua, mas me forcei a engoli-las.

— Estou surpreso por você não ter mencionado a Beth.

Ela arqueou uma sobrancelha.

— A Beth é fraca... mais fraca do que a Katy. Ela provavelmente sairia correndo assim que nos visse, cairia e acabaria se matando, levando o Dawson junto. Acho que, pelo bem dele, precisamos mantê-la em segredo.

— Você vai mentir pro Rolland?

— A gente já não está mentindo? É óbvio que o Dawson está mantendo este pequeno segredo bem enterrado, assim como você, e eu. Eles não sabem sobre a Beth e não sabiam sobra a Katy até pouco tempo atrás.

LUX 5 Opostos

Meu peito apertou, mas me forcei a me acalmar ao ver a Dee inclinar a cabeça ligeiramente de lado para me observar.

— Se você acha que isso é o melhor a fazer.

— Acho, sim — retrucou ela com frieza.

Não havia mais nada a dizer, de modo que me virei para a porta.

— Você pretende ir vê-la.

Parei, mas não olhei para trás.

— E daí?

— Por que você faria isso? — perguntou ela.

— Se os ferimentos infeccionarem e ela morrer, bem, você sabe o que vai acontecer comigo.

A risada da Dee me fez pensar em pingentes de gelo se desprendendo do teto da varanda de nossa casa durante o inverno.

— E desde quando os ferimentos dos híbridos infeccionam?

— Os híbridos não ficam gripados nem desenvolvem câncer, Dee, mas quem sabe o que um buraco no corpo causado pela Fonte pode fazer? Você sabe?

— Bom argumento, mas...

Virei para ela, as mãos crispadas ao lado do corpo.

— O que você está insinuando?

Seus lábios se curvaram nos cantos.

— O pior que poderia acontecer é o braço dela necrosar.

Simplesmente a encarei.

Ela jogou a cabeça para trás e riu, batendo palmas.

— Você devia ver a sua cara. Olha só, tudo o que estou tentando dizer é que parece que você quer vê-la por algum outro motivo.

Senti um músculo pulsar desde o olho até o maxilar.

— Você estava certa.

Ela enrugou a testa.

— Ahn?

Deixei que meu antigo sorriso repuxasse meus lábios.

— Sobre estar pensando com uma cabeça diferente.

— Eca! — Dee franziu o nariz. — Certo, não preciso saber mais nada. Tchau.

Com uma piscadinha, girei nos calcanhares e saí do escritório. Dawson não estava mais no átrio. Não gostava da ideia de não saber onde ele estava nem o que estava fazendo. Nada de bom poderia derivar disso, mas eu não tinha neurônios suficientes para lidar com essa situação e, além disso, com o que me aguardava lá em cima.

Não fora eu quem a trouxera para cá.

Dawson tinha feito isso, e eu não estava junto quando ele a carregara para um dos quartos, mas não precisava perguntar a ninguém para saber onde a encontrar. Terceiro andar. Último quarto à direita.

Fotos emolduradas do verdadeiro prefeito Rolland Slone e de sua família ornavam a parede da escada, uma linda esposa loura e dois filhos com menos de dez anos. Eu não tinha visto nem a mulher, nem as crianças, quando chegara à casa. A última foto no patamar do segundo andar estava rachada e suja de sangue seco.

Continuei subindo.

Estava andando mais rápido do que pretendia, porém os andares superiores estavam basicamente vazios e, ao entrar no amplo corredor com quadros dos lagos que cercavam a cidade decorando as paredes verde-floresta, o zumbido e o falatório amainaram até me sentir quase sozinho em minha cabeça. Quase.

Corri os dedos pelo cabelo e soltei um suspiro entrecortado, que imediatamente se transformou numa rápida maldição quando avistei a última porta.

Ela estava entreaberta.

Será que a Dee a deixara assim? Talvez. Deixei as mãos penderem ao lado do corpo enquanto me aproximava. Com o coração martelando contra as costelas, estendi o braço e a empurrei. Uma luz absurdamente brilhante se espalhou pelo corredor.

Um Luxen estava no quarto com ela, debruçado sobre a cama, o corpo bloqueando minha visão da Kat.

Não pensei duas vezes.

[4]

DAEMON

Os cantos da minha visão se tingiram de vermelho e, como uma cobra irritada dando o bote, atravessei o quarto como um raio. O Luxen sentiu minha presença e se empertigou. Ele se virou, reassumindo a forma humana que havia adotado — um jovem de vinte e poucos anos. Acho que seu nome era Quincy. Não que eu desse a mínima.

— Você não devia…

Meu punho o acertou no ponto logo abaixo das costelas, fazendo-o se dobrar ao meio. Antes que ele caísse sobre a cama, agarrei-o pelos ombros e o empurrei para o lado.

Quincy bateu contra a parede, o impacto chacoalhando as fotos emolduradas ao longo dela. Ao ver um lampejo de branco naqueles olhos azuis, avancei e fechei as mãos novamente em seus ombros, pressionando-o contra a parede.

Praticamente encostei o nariz na cara dele.

— O que está fazendo aqui?

Quincy repuxou os lábios e arreganhou os dentes.

— Não te devo satisfações.

— Se não quiser descobrir qual a sensação de ter essa pele humana arrancada do corpo pedacinho por pedacinho... — retruquei, enterrando os dedos na camisa dele. — É melhor responder.

Ele riu.

— Você não me assusta.

Uma raiva profunda borbulhou dentro de mim, juntamente com uma sensação de frustração e mil outras emoções desagradáveis. Tudo o que eu mais queria era poder descontar no babaca.

— Pois devia. Se chegar perto dela de novo, se sequer olhar ou respirar na direção dela, eu te mato.

— Por quê? — Ele olhou por cima do meu ombro para a cama. Agarrei-o pelo queixo, forçando-o a me encarar novamente. O contorno do corpo dele começou a pulsar. — Por que a está protegendo? Posso sentir que ela não é uma simples humana, embora também não seja uma de nós.

— Isso não importa. — A pele e o osso do queixo rangeram sob minha mão.

Ele se desvencilhou de mim com um movimento brusco. Rindo, inclinou a cabeça para trás e a apoiou contra a parede.

— Você viveu entre os humanos por muito tempo. Esse é o problema. Você é humano *demais*. Acha que eu não percebi? Que os outros não repararam?

Meus lábios se curvaram num sorriso frio.

— Você deve ser particularmente estúpido se acha que o fato de ter crescido na Terra irá me impedir de matá-lo. Fique longe dela e da minha família.

Quincy me fitou no fundo dos olhos e engoliu em seco. O que quer que tivesse visto em meu olhar o fez recuar. Ampliei ainda mais o sorriso e o brilho branco desapareceu de seus olhos.

— Vou contar ao Rolland — grunhiu ele.

Afastei-me com um tapinha em sua bochecha.

— Faça isso.

Ele hesitou por um momento e, então, desgrudou da parede. Cruzou o quarto e saiu sem sequer um rápido olhar na direção da cama. O cara tinha entendido. Com um leve brandir da minha mão, a porta se fechou lentamente. O clique da fechadura reverberou pelas minhas veias. Trancar

LUX 5 Opostos

a porta era inútil numa casa repleta de Luxen, mas era uma atitude demasiadamente *humana*.

Fechei os olhos e esfreguei o rosto com as mãos, subitamente exausto até os ossos. Vir aqui talvez não tivesse sido a mais esperta das ideias que eu já tivera na vida, mas não pude evitar. Desde que voltei para esta casa, o quarto me atraía, e essa atração era tão forte quanto a exercida pela minha própria espécie.

Não podia nem *pensar* no nome dela.

Minhas defesas estavam abaixadas. Tentei esvaziar a mente, mas ao me virar para a cama, senti como se tivesse tomado um soco na boca do estômago. Não conseguia me mover nem respirar. Fiquei parado ali como que suspenso no ar. Dois dias haviam se passado desde a última vez que a vira, mas a sensação era de que fazia uma vida.

E tinha sido uma vida — num mundo diferente com um futuro diferente.

Enquanto olhava para ela, lembrei de quando chegara à Área 51 e a encontrara dormindo após meses de separação. Depois disso, as coisas tinham sido diferentes — melhores até. Quase ri ao pensar que estar sob o jugo do Daedalus seria melhor para ela do que a situação atual, mas era verdade.

Ela estava deitada de costas e, pela posição, era óbvio que quem quer que a tivesse trazido até o quarto, sem dúvida não o Dawson, não dera a mínima para seu conforto. Kat tinha sido simplesmente largada ali como um saco de roupa suja. Tinha sorte por eles a terem soltado na cama, em vez de no chão.

Ela continuava de tênis, com uma das pernas dobrada e enfiada sob a outra. Os joelhos dos jeans estavam sujos de sangue seco. Um dos braços estava dobrado e o outro repousado ao lado do corpo. A camiseta gigantesca — *minha* camiseta — havia subido, deixando à mostra uma faixa de pele branca. Crispei as mãos, apertando com tanta força que as articulações doeram.

O que o Quincy estava fazendo no quarto? Será que ele tinha vindo até aqui simplesmente por curiosidade? Duvidava de que já tivesse visto ou sentido um híbrido antes, e esses Luxen recém-chegados deixavam George, o Curioso, no chinelo. Ou será que fora por outro motivo?

Jesus! Não podia sequer pensar nas possibilidades, visto que nenhuma delas podia ser boa coisa. Enquanto Rolland valorizasse minha presença, ela continuaria viva, mas após passar dois dias com eles, sabia que havia coisas piores do que a morte.

Quando dei por mim, estava parado ao lado da cama. Eu não devia estar aqui; este era o último lugar em que eu deveria estar, mas, em vez de me virar e ir embora como uma pessoa com dois neurônios faria, sentei ao lado dela, os olhos pregados na mão que repousava logo acima do umbigo.

Sua mão parecia tão pequena, tão pálida. Frágil, apesar do fato de que ela não era uma simples humana. Percorri com os olhos todo o braço. A camiseta estava rasgada e chamuscada no ombro, o tecido azul-marinho ainda mais escuro devido ao sangue.

Debrucei-me sobre ela, apoiando uma das mãos ao lado do quadril imóvel. O sangue havia escorrido e manchado tanto o edredom branco quanto os lençóis. Não era de admirar que ela estivesse tão pálida. Com o coração martelando com força, observei as longas mechas de cabelos castanhos espalhadas sobre o travesseiro.

Meus dedos coçavam de vontade de tocar aquele cabelo, de *tocá-la*, mas cada músculo do meu corpo se contraiu quando meus olhos recaíram sobre seus lábios entreabertos.

Fui assaltado por uma quantidade avassaladora de lembranças, e lutei para não me afogar nelas, a pulsação acelerando. A única coisa que pareceu amenizar o rugido em minhas veias e a tensão em cada músculo do meu corpo foi a chocante mancha escarlate sob o canto do lábio inferior.

Sangue.

Senti o peito apertar ao erguer os olhos e ver o feioso hematoma arroxeado que lhe decorava a têmpora. Quando Dawson a acertara, ela havia caído e batido com a cabeça no chão; o som oco ainda ecoava em minha mente, me assombrando. A verdade é que isso iria me assombrar pelo resto da vida.

As pestanas grossas estavam totalmente imóveis, e fortes olheiras se destacavam sob seus olhos. Havia ainda outro hematoma ao longo da linha do cabelo, mas ela continuava sendo a coisa mais...

Bloqueei esse pensamento, fechando os olhos e exalando o ar lentamente. Por algum motivo, o rosto do Archer me veio à mente, a expressão

LUX 5 Opostos

dele quando os nossos olhos se cruzaram um segundo após ela ter sido nocauteada. Em meio a todo aquele caos sanguinolento, foi como se o tempo tivesse parado. Archer fez menção de se aproximar dela, e eu... eu queria deixá-la lá. Sabia que precisava deixá-la, mas alguém foi mais rápido que o soldado e a pegou.

E eu não o impedi.

Reabri os olhos. Meu braço tremeu quando suspendi sua mão direita. Assim que a toquei, uma corrente de eletricidade passou da pele dela para a minha, me chacoalhando por dentro. Com cuidado, eu puxei a bainha da camiseta para cobri-la, os nós dos dedos roçando a pele do estômago. O contato foi breve, mas torturante.

O carinho que fiz nela a seguir foi a minha perdição.

Meus dedos roçaram sua face gelada, afastando uma sedosa mecha de cabelo. Não sei quanto tempo fiquei sentado ali, percorrendo com as pontas dos dedos a linha do maxilar e o contorno dos lábios. Sequer me dei conta de que a estava curando, mas os hematomas começaram a desaparecer e o sangramento parou. Eu queria pegá-la no colo, limpá-la, mas isso seria demais.

O que eu acabara de fazer provavelmente já tinha sido demais, mas e agora?

Um leve rubor se insinuou em suas bochechas, um suave tom rosado que começou a se espalhar pelas faces, e percebi que ela não demoraria muito para acordar.

E eu não podia estar ali quando isso acontecesse.

Com gentileza, retirei os tênis e ajeitei as pernas dela sob o edredom. Outras coisas ainda poderiam ser feitas, *deveriam* ser feitas, mas isso... isso teria que ser o suficiente.

Fechei os olhos e abaixei a cabeça, inalando aquele doce e suave perfume que somente ela possuía e, em seguida, beijei-lhe os lábios entreabertos. Fui acometido por uma forte sensação, uma descarga de alguma coisa que só poderia ser descrita como sublime, mas, então, me forcei a erguer a cabeça, me levantar e dar o fora dali antes que fosse tarde demais, o que provavelmente já era, murmurou uma vozinha insidiosa em minha mente.

Mil coisas poderiam resultar disso e, até onde eu conseguia enxergar, nenhuma delas com um final feliz.

Katy

Precisei abrir caminho através da névoa de inconsciência, e meu cérebro demorou a religar. Permaneci deitada sem me mover por alguns instantes, surpresa pelo fato de não estar sentindo nenhuma dor excruciante. Havia uma espécie de dor embotada em meu ombro e um leve pulsar em algum ponto atrás dos olhos, mas eu esperava mais.

Fui tomada por uma profunda confusão ao me lembrar daqueles preciosos minutos antes de mergulhar de cabeça no mundo da inconsciência. A merda fora definitivamente jogada no ventilador lá no mercado, com Luxen espalhados por todos os lados, assimilando o DNA humano numa velocidade tal que isso fizera algo com eles, matando-os. Rezei para que a garotinha tivesse conseguido encontrar um esconderijo seguro, mas será que havia algum lugar assim? Eles estavam em tudo quanto era lugar e...

Meu coração acelerou ao me lembrar de ter sentido o Daemon, de vê-lo em sua forma verdadeira. Sabia que ele tinha me visto também, mas ele, então, desaparecera e... e o *Dawson* me acertara com uma rajada da Fonte. Por que ele faria isso? Melhor ainda, por que o Daemon não tinha vindo me salvar?

Um sussurro insidioso nos recônditos mais profundos da minha mente me deu a resposta para essa pergunta. Luc e Archer já desconfiavam, mas eu não me permitira acreditar que eles estavam certos e que nosso maior medo se concretizara.

Só de pensar que o Daemon podia ter se tornado alguém diferente, que ele agora podia ser um *deles* — o que quer que eles realmente fossem — fazia meu coração apertar.

Inspirei fundo e abri os olhos, e soltei imediatamente um suspiro de surpresa. Sentei tão rápido que senti como se minha cabeça fosse se soltar do pescoço.

Um par de olhos esmeralda, emoldurados por grossas pestanas pretas, estava fixo nos meus. Fui imediatamente remetida ao último verão,

LUX 5 Opostos

para aquela manhã após descobrir que o Daemon Black não era um simples humano — quando ele parara o tempo, impedindo um caminhão de me fazer virar patê no meio da rua. Eu tinha acordado e pego a Dee me fitando fixamente.

Tal como agora.

Dee estava aboletada no pé da cama, com os joelhos pressionados contra o peito e o queixo repousado neles. Um manto de cabelos negros pendia por cima de seus ombros em ondas largas. Acho que ela era provavelmente a garota mais linda que eu já tinha visto na vida real, assim como a Ash, porém ela... ela já não estava mais entre nós.

Mas Dee estava, e bem diante de mim.

O alívio que senti ao olhar para ela, para a garota que havia se tornado minha melhor amiga, e que continuava sendo mesmo após a tragédia com o Adam, acalmou a tensão nos músculos das minhas costas. Dee estava aqui, e isso só podia significar algo bom, na verdade ótimo. Deixando o edredom escorregar para o colo, fiz menção de me aproximar, mas então parei.

Ela me fitava sem piscar, tal como fizera naquela manhã longínqua. No entanto, havia algo errado ali.

Engoli em seco.

— Dee?

Ela arqueou uma das sobrancelhas perfeitamente delineadas.

— Katy?

Senti uma forte inquietação ao escutar seu tom de voz. Havia algo de diferente nele, mais frio e distante. O instinto me disse para me manter afastada, ainda que para mim isso não fizesse o menor sentido.

— Estava começando a imaginar se você iria acordar — disse ela, soltando os braços que envolviam as pernas. — Você dorme como se estivesse morta.

Pisquei lentamente e corri os olhos pelo quarto. Não reconheci nem a parede verde nem as fotos emolduradas de cenários paradisíacos. Nada ali me parecia familiar.

Nem mesmo a Dee.

Puxei as pernas de encontro ao corpo e engoli em seco novamente, olhando de relance para uma porta fechada ao lado de uma grande cômoda de carvalho.

— Eu... estou morrendo de sede.

— E daí?

O tom cortante me fez olhar de volta para ela.

— Que foi? — Dee revirou os olhos e esticou uma das pernas compridas e esguias. — Tá esperando que eu vá pegar algo pra você beber? — Riu, e o som estranho me fez arregalar os olhos. — Pois pode ficar esperando. Você não vai morrer de sede tão cedo.

Chocada pela atitude, tudo o que consegui fazer foi ficar olhando para ela, que se levantou e esfregou as mãos nas coxas. Talvez eu tivesse realmente fritado o cérebro lá no mercado ou acordado num universo alternativo, onde minha doce amiga Dee se transformara numa vaca.

Ela me encarou, estreitando os olhos de um jeito que me fez lembrar a mulher no supermercado após a Luxen ter confiscado seu corpo.

— Você está cheirando a sangue e suor.

Ergui as sobrancelhas.

— É um tanto nojento. — Dee fez uma pausa, franzindo o nariz. — Só estou dizendo.

Ceeerto. Recostei-me de volta na cabeceira da cama.

— Qual é o seu problema?

— Meu problema? — Ela riu. — Não tem nada de errado comigo.

Simplesmente a fitei.

— Eu... não entendo.

— Claro que entende. Você não é burra. E sabe o que mais também não é?

— O quê? — perguntei num sussurro.

Dee curvou os lábios num sorriso cruel, quase desdenhoso, que transformou sua beleza em algo venenoso.

— Você também...

Ela avançou em minha direção, erguendo uma das mãos. Sem pensar, ergui o braço e agarrei-lhe o pulso antes que ela pudesse me dar uma bofetada.

— Você também não é fraca — respondeu ela, desvencilhando-se de mim com facilidade. Em seguida, recuou e apoiou as mãos nos quadris delgados. — Portanto, pode continuar sentada aí me olhando como se fosse

LUX 5 Opostos

meio idiota, mas não temos muito tempo para brincar de botar o papo em dia, especialmente agora que, pelo visto, o Daemon a curou.

Incomodada com aquela atitude e a realização de que eu tinha sido alvejada pela Fonte duas vezes, algo com o qual provavelmente deveria estar preocupada, baixei os olhos para minha mão. Crostas de sangue seco manchavam minha palma. Levei a mão ao ombro esquerdo. A camiseta estava queimada e a pele sensível, mas nada estava faltando.

Ergui os olhos.

— Ele... ele esteve aqui?

— Esteve.

Sentindo o coração pesar, resolvi me mexer. Esquece a Dee e seu novo jeito vaca de ser ou o fato de que aparentemente eu estava fedendo. Precisava ver o Daemon. Afastei o edredom e apoiei os pés no chão. Sem tênis, nem meias. Que diabos? Não fazia diferença.

— Onde ele está?

— Não faço a menor ideia. — Ela soltou um suspiro, afastou a cortina de uma das janelas e deu uma espiada lá fora. — Mas, da última vez que eu vi, ele estava entrando em um dos quartos. — A cortina escapou de seus dedos e se fechou novamente. Dee se virou para mim com um sorriso frio. — E não estava sozinho.

Congelei.

— Sadi entrou logo atrás. Ela criou rapidamente o hábito de segui-lo para tudo quanto é lugar. Provavelmente está tentando molestá-lo. — Fez uma pausa, batendo com a ponta do indicador no queixo. — Mas, por outro lado, acho que não podemos usar o verbo molestar quando a vontade é mútua.

Pequeninas pedras de gelo se formaram em meu estômago.

— Sadi?

— Exatamente. Você não a conhece. Mas tenho certeza de que vai.

Balancei a cabeça, sentindo o corpo inteiro se rebelar contra aquela insinuação.

— Não, de jeito nenhum. — Levantei, as pernas bambas. — Não sei qual é o seu problema ou o que aconteceu com você, mas o Daemon jamais faria algo assim. Nunca.

Dee me lançou um olhar afiado como se eu não merecesse o chão que ela pisava.

— As coisas não são mais do jeito como costumavam ser, Katy. Quanto mais rápido você entender isso, melhor, porque, no momento, você é a fraqueza dele. Isso é *tudo* o que você significa para ele. — Ela deu um passo deliberado à frente, mas me mantive firme no lugar. — Você só está viva no momento por causa dele. Não porque o Daemon a ame, visto que esse barco partiu em direção ao horizonte assim que abrimos nossos olhos. Graças aos céus.

Encolhi-me ao escutar essas palavras, e o gelo em meu estômago se espalhou para as veias.

— E já não era sem tempo — continuou ela, inclinando a cabeça ligeiramente de lado. — Desde que você entrou na vida dele, nas nossas vidas, tudo virou de cabeça para baixo. Se isso não fosse matá-lo, adoraria acabar com você agora. E ele também. Você não significa mais nada para a gente. Nada além de um problema que precisamos descobrir como resolver.

Inspirei fundo, o que não me ajudou em nada. Um bolo se formou em minha garganta, tornando difícil engolir, mas disse a mim mesma que o que a Dee estava falando não tinha a menor importância. Havia algo definitivamente errado com ela, porque o Daemon não apenas me amava, ele estava *apaixonado* por mim, e faria qualquer coisa para estar comigo. Assim como eu faria para estar com ele, e nada podia mudar isso. O compromisso que havíamos assumido em Las Vegas talvez não tivesse um valor legal, mas para mim era real — para *nós*. As palavras dela, porém... me feriram mais do que qualquer lâmina poderia fazer.

Dee abaixou as pestanas e contraiu o rosto.

— Então...?

Abri a boca, mas o bolo de emoções me impediu de responder por um momento. Quando enfim consegui, minha voz soou rouca.

— O que você espera que eu diga?

Ela deu de ombros.

— Na verdade, nada, mas preciso levar você até ele.

— Até o Daemon? — Tencionei.

LUX 5 Opostos

— Não. — Ela deu uma risadinha, o som tão suave e alegre que por um momento me fez lembrar da Dee que eu conhecia. — Não estou falando dele.

Ao ver que ela não ia acrescentar mais nada, permaneci onde estava. Dee estalou a língua de maneira frustrada e deu um passo à frente. Em seguida, agarrou meu braço com força e saiu me arrastando em direção ao amplo corredor.

— Vamos logo — incitou ela, impaciente.

Lutei para acompanhar seus passos largos. Descalça, exausta e mais do que confusa, estava me sentindo mais humana do que híbrida, mas quando chegamos ao patamar da escada ela me deu um puxão tão forte que quase arrancou meu braço, provocando uma fisgada de dor em meu ombro.

— Posso andar com minhas próprias pernas. Você não precisa me arrastar. — Soltei o braço com um safanão, sabendo que só consegui fazer isso porque ela permitiu. — Posso... — A foto emoldurada de uma linda família ao lado da escada atraiu meu olho. O vidro estava quebrado e uma mancha cor de ferrugem cruzava a imagem de ponta a ponta.

Meu estômago revirou.

— Vai ficar simplesmente parada aí? — Ela estreitou os olhos. — Se não se mexer, vou jogá-la escada abaixo. Isso vai doer, e você pode acabar quebrando o pescoço. São três andares. Alguém irá curá-la. Ou talvez a gente resolva deixá-la assim, viva, porém incapaz de...

— Já entendi — rebati com irritação. Respirei fundo a fim de não ceder à tentação de empurrar *a Dee* escada abaixo.

— Ótimo — cantarolou ela, dando uma risadinha.

Por algum motivo, enquanto tentava conciliar a imagem da garota que tinha ido para a cozinha comigo alguns dias antes preparar espaguete com essa cruel criatura parada diante de mim, me lembrei do Archer.

— O que aconteceu com o...? — Parei subitamente no meio da frase, preocupada, e não sem motivo, em falar qualquer coisa que pudesse remeter às pessoas que haviam ficado na cabana.

— O Archer? Ele fugiu. — Ela começou a descer os degraus.

Olhei para as costas dela, o coração martelando feito um louco.

— Estou falando sério — disse Dee. — Se não descer, vou te jogar escada abaixo.

Levei alguns segundos acalentando a ideia de acertá-la com um chute na parte de trás da cabeça. A única coisa que me impediu foi o fato de que eu estava convencida de que ela devia ter um inseto alienígena agarrado em algum lugar do corpo que estava mudando sua personalidade, e que aquela atitude, no fundo, não era culpa dela.

Enquanto descia a escada, forcei meu cérebro a voltar a funcionar normalmente e fiz um rápido reconhecimento do entorno. A casa era grande, do tipo que dava inveja até em gente rica. Havia um número imenso de quartos e corredores. Quando alcançamos o patamar do segundo andar, pude ver o saguão lá embaixo, iluminado por um lustre de cristal. Tipo, cristal de verdade.

Ao terminarmos de descer, vi também um monte de Luxen, todos em suas formas humanas. Nenhum deles me pareceu familiar. Pelo menos estes tinham descoberto a utilidade das roupas, mas enquanto passava os olhos de um em um, reparei que não havia nenhum trio de gêmeos além dos Black. Todos eram diferentes uns dos outros. Meus dedos estavam dormentes de tanto apertá-los com força. Os Luxen me fitavam do mesmo jeito que a Dee tinha feito. Alguns se afastaram da parede ao passarmos por eles, inclinando a cabeça daquela forma estranha que me fazia lembrar uma cobra. Outro se levantou de uma espreguiçadeira de couro. Todos pareciam ter entre 25 e 40 anos, embora quem saberia dizer qual a idade verdadeira deles?

O que eu tinha visto no mercado não se assemelhava em nada com o que o Daemon e a Dee haviam me contado. O que aqueles Luxen tinham feito era algo bem diferente.

Uma mulher de cabelos claros ao lado de uma cadeira de couro bufou e deu a impressão de que queria pular por cima da pesada mesa de carvalho, montar em meus ombros e arrancar minha cabeça fora. Forcei-me a manter o queixo erguido, ainda que meu coração estivesse batendo tão rápido que achei que fosse vomitar.

Atravessamos o longo átrio, e pela escuridão do exterior das paredes de vidro, me dei conta de que já devia ser noite. Ao chegarmos à metade do caminho, senti novamente um arrepio se espalhar pela minha nuca.

LUX 5 Opostos

Meu coração parou e, em seguida, pulou uma batida. Daemon estava ali, atrás daquelas portas duplas. Um misto de esperança e incerteza se instalou em meu âmago.

As portas se abriram antes que as alcançássemos, revelando uma espécie de escritório como eu jamais vira numa casa. Meu olhar foi imediatamente atraído para uma escrivaninha posicionada no centro do aposento. Um homem estava sentado atrás dela, sorrindo, mas o que mais me chocou foi o fato de que eu acabara de vê-lo poucos segundos antes.

Era o mesmo homem da foto quebrada da escada, mas eu sabia que ele não era humano. Seus olhos azuis emitiam um brilho sobrenatural. Ele se levantou com um movimento fluido ao entrarmos no escritório, as portas se fechando em seguida, mas minha atenção foi imediatamente atraída para outro ponto.

Havia outros Luxen no cômodo, dois homens e uma linda e esguia ruiva. Mas eu não dava a mínima para nenhum deles. Parado bem ao lado da ruiva, à direita do homem atrás da escrivaninha, estava o Daemon.

Meu coração deu uma pequena cambalhota ao mesmo tempo que uma série de arrepios se espalhou por minha pele. Assim que nossos olhos se cruzaram, fiquei novamente tonta. Um milhão de coisas brotou dentro de mim e, com seu nome na ponta da língua, dei um passo na direção dele, mas minha voz se recusou a sair. Ficamos nos olhando por mais um segundo e então... ele desviou os olhos com uma expressão estoica e impenetrável. Meu coração foi parar nos pés, mas mantive os olhos fixos nele.

— Daemon? — chamei, mas ele não me respondeu. Em vez disso olhou para o homem atrás da mesa como se... como se estivesse entediado. Tentei de novo. — Daemon?

Tal como na noite em que os Luxen tinham chegado, não obtive resposta.

[5]

Katy

Continuei olhando para o Daemon, ciente de que, com exceção dele, todos os demais estavam me observando. Atentamente. Mas por que ele não olhava para mim? As garras afiadas do pânico se fincaram em minhas entranhas. *Não.* Isso não podia estar acontecendo. *De jeito nenhum.*

Meu corpo se moveu antes que eu me desse conta do que estava fazendo. Pelo canto do olho, vi a Dee balançar a cabeça e um dos Luxen dar um passo à frente, mas eu estava sendo impulsionada por uma inerente necessidade de provar que meus piores medos não estavam se concretizando.

Afinal de contas, ele havia me curado, mas então me lembrei do que a Dee tinha dito, de como ela havia se comportado comigo. E se o Daemon agora fosse como a irmã? E se ele houvesse se tornado alguém tão frio e distante? Ele teria me curado apenas para garantir seu próprio bem-estar.

Ainda assim, não parei.

Por favor, pensei repetidas vezes. *Por favor. Por favor. Por favor.*

Com as pernas bambas, cruzei o comprido aposento. Mesmo que o Daemon não parecesse sequer reconhecer minha existência, fui direto até ele e apoiei as mãos trêmulas em seu peito.

LUX 5 Opostos

— Daemon? — murmurei, a voz grossa.

Ele virou a cabeça e me fitou. Nossos olhares se encontraram mais uma vez e, por um momento, pude perceber uma dor profunda naqueles belos olhos. Em seguida, suas mãos grandes envolveram meus braços. Pude sentir o contato através da camiseta, uma espécie de arrepio quente na pele, e achei — esperei — que ele me puxasse de encontro a si, que me abraçasse. Embora soubesse que isso não resolveria nossos problemas, tudo ficaria melhor.

As mãos dele tremeram em torno dos meus braços. Inspirei fundo, mas o ar não entrou direito.

Com os olhos verdes brilhando intensamente, ele me suspendeu do chão e me depositou de volta uns bons 30 centímetros mais longe.

Fitei-o, sentindo algo se partir no fundo do peito.

— Daemon?

Ele não disse nada, simplesmente me soltou dedo por dedo e deixou as mãos penderem ao lado do corpo. Em seguida, recuou um passo e voltou a atenção mais uma vez para o homem atrás da escrivaninha.

— Tão... estranho — comentou a ruiva com uma risadinha presunçosa.

Eu estava enraizada no lugar, sentindo a rejeição queimar minha pele e dilacerar minhas entranhas como se eu não fosse nada além de uma boneca de papel machê.

— Acho que alguém esperava mais desse reencontro — observou o Luxen atrás da mesa, a voz transbordando divertimento. — O que você acha, Daemon?

Ele ergueu um dos ombros de forma indiferente.

— Não acho nada.

Abri a boca para dizer alguma coisa, mas estava sem palavras. A voz dele, o tom, não chegava a ser como o da irmã, mas era o mesmo que ele usara quando nos conhecemos. Daemon costumava falar comigo com uma mal contida irritação, como se cada palavra lhe demandasse um profundo grau de tolerância.

O buraco em meu peito aumentou.

Pela centésima vez desde que os Luxen tinham chegado, o aviso do sargento Dasher ecoou em minha mente. De que lado o Daemon e sua família ficariam? Um calafrio desceu pela minha espinha. Fechei os braços em volta de mim mesma, incapaz de processar o que acabara de acontecer.

— E você? — perguntou o homem. Ao não obter resposta, tentou de novo. — Katy?

Forcei-me a olhar para ele, e senti uma imediata vontade de me encolher.

— Que foi? — Não dei a mínima para o fato de que minha voz falhou nessas duas palavrinhas.

O homem sorriu e contornou a mesa. Meu olhar se voltou novamente para o Daemon quando ele mudou de posição, atraindo a atenção da linda ruiva.

— Estava esperando uma recepção mais carinhosa? — perguntou ele. — Talvez algo mais íntimo?

Não fazia ideia do que responder. Sentia como se estivesse caindo num buraco sem fundo, com sininhos de alerta repicando por todos os lados. Algum instinto primitivo dentro de mim me disse que eu estava cercada por predadores.

Totalmente cercada.

— Não sei o que... pensar. — Um bolo tenebroso de lágrimas ameaçava fechar minha garganta.

— Imagino que seja muita coisa para digerir. O mundo que você conhecia está prestes a sofrer uma grande mudança, e você está aqui e não sabe sequer o meu nome. — Ele abriu um sorriso tão amplo que imaginei se não iria rachar o rosto. — Pode me chamar de Rolland.

Dizendo isso, estendeu a mão.

Meu olhar recaiu sobre ela, mas não fiz menção de apertá-la.

Rolland riu, se virou e voltou para junto da escrivaninha.

— Quer dizer que você é uma híbrida? Transformada e conectada a ele de tal forma que se um morrer o outro morre?

A pergunta me pegou desprevenida, mas continuei calada.

Ele se sentou na beirinha da mesa.

— Você é o primeiro híbrido que eu conheço.

— Ela não me parece grande coisa — ironizou a ruiva. — Para ser franca, parece mais um daqueles animaizinhos imundos.

LUX 5 Opostos

Por mais idiota que isso pudesse ser, minhas bochechas queimaram. Era verdade, eu estava imunda, e o Daemon tinha fisicamente me afastado dele. Meu orgulho — meu *tudo* — estava literalmente ferido.

Rolland deu uma risadinha.

— Ela teve um dia difícil, Sadi.

Ao escutar o nome dela, cada músculo do meu corpo se contraiu e meus olhos se voltaram imediatamente para a mulher. *Essa* era a Sadi? A que a Dee disse que estava tentando molestar o Daemon — meu Daemon? A raiva abriu caminho entre a dor e a confusão. Claro que ela só podia ser uma perfeita modelo em carne osso, e não uma bruxa.

— Dia difícil ou não, não acredito que ela fique muito melhor limpa. — Sadi olhou para o Daemon e apoiou uma das mãos em seu peito. — Estou um pouco desapontada.

— Está? — retrucou ele.

Todos os pelos do meu corpo se arrepiaram. Descruzei os braços.

— Estou — ronronou ela. — Acho que você merece coisa melhor. Muito melhor. — Enquanto falava, correu uma das unhas pintadas de vermelho pelo meio do peito dele, passando pelo abdômen e continuando em direção ao botão do jeans.

Ah, ao inferno com isso!

— Tire as mãos de cima dele.

Sadi virou a cabeça para mim.

— O que foi que você disse?

— Acho que fui bem clara. — Dei um passo à frente. — Mas pelo visto você precisa que eu repita. Tire suas mãos sujas de cima dele.

Um dos cantos daqueles lábios cheios se curvou numa espécie de sorriso.

— Vai me obrigar?

Em algum lugar no fundo da mente, reconheci que Sadi não falava nem se movia como os outros Luxen. Suas maneiras eram humanas demais, mas afastei rapidamente esse pensamento quando o Daemon estendeu o braço e afastou a mão dela.

— Pare com isso — murmurou ele, *naquele* tom baixo e provocativo que tanto gostava de usar.

Minha visão ficou vermelha feito sangue.

Os quadros na parede chacoalharam e os papéis começaram a voar. A estática envolveu minha pele. Eu estava prestes a dar uma de Beth, prestes a flutuar até o teto e arrancar cada fio vermelho...

— E *você*, pare com isso também — disse Daemon, mas sem o tom provocativo. O alerta em sua voz fez com que eu abaixasse a bola.

Os quadros pararam de tremer enquanto eu o fitava de boca aberta. Tomar uma bofetada teria sido melhor.

— Fantástico — comentou Rolland, me olhando como eu imaginava que todos os cientistas do Daedalus tivessem feito ao verem um Luxen pela primeira vez. — Você assimilou muitas das habilidades dele. Isso é fantástico e, ao mesmo tempo, perturbador.

— Preciso concordar — observou um dos outros Luxen.

Rolland inclinou a cabeça ligeiramente de lado.

— Somos uma forma de vida mais evoluída. Um de nós se misturar tão intimamente com algo feito você é... bem, de certa forma abominável. Você não deveria existir. Qualquer ferimento que tenha sofrido deveria tê-la matado.

Um músculo começou a pulsar no maxilar do Daemon.

— Afinal de contas, trata-se da sobrevivência do mais forte. Não é o que os humanos dizem? Você não teria sobrevivido sem a nossa interferência.

Bom, isso era realmente insultante.

— Mas, de qualquer forma, isso não pode ser desfeito, pode? — Seu olhar se voltou para o Daemon. — Tem tanta coisa que a gente não sabe. Éramos todos muito jovens quando nosso planeta foi destruído e fomos forçados a nos espalhar pelo universo. Nunca estivemos aqui, mas, pelo visto, muitos da nossa espécie que vieram para a Terra também não sabem nada sobre isso.

Muitos Luxen realmente não sabiam sobre os híbridos. O próprio Daemon não sabia até eu ser transformada, portanto não era preciso ser um gênio para deduzir que estes que haviam chegado agora não faziam ideia da nossa existência. O que me fez pensar se por acaso sabiam sobre a fraqueza deles aqui — o ônix e os escudos de diamante. Será que havia quaisquer dessas coisas no buraco de onde tinham saído? Duvidava de que já houvessem tido contato com as PEP, as tais armas criadas pelo governo que podiam mandar um Luxen dessa para melhor com apenas um tiro.

LUX 5 Opostos

— Somos curiosos por natureza. Você sabia disso? — perguntou Rolland, lançando um rápido olhar na direção do Daemon. — Tenho certeza que sim. Afinal, o que mais o teria atraído até você? Ou será que foi outra coisa?

Daemon apertou os lábios numa linha fina, mas, se aquilo era uma isca, ele não a fisgou.

— Amor — murmurou Rolland com uma risada.

Dee olhou de relance para o irmão.

— Isso foi antes.

— Será? — perguntou ele.

Daemon encarou o Rolland por alguns instantes.

— Isso foi antes.

O estrondo do meu coração se partindo devia ter sido ouvido nas cidades mais próximas. Inspirei fundo, e o Daemon finalmente olhou para mim. Suas costas estavam anormalmente rígidas, e os olhos, apesar de fixos nos meus, pareciam olhar através de mim.

— Me pergunto se isso realmente ficou no passado — alfinetou Sadi, mas ao ver que o Daemon a ignorou por completo sua expressão azedou.

Os pelos da minha nuca se eriçaram mais uma vez, porém por um motivo totalmente diferente. O sorriso do Rolland se ampliou ainda mais.

— Como eu disse, somos criaturas curiosas. Quincy? — Ele lançou um rápido olhar por cima do ombro e, após alguns instantes, o outro Luxen assentiu.

Arregalei os olhos ao ver o sujeito avançar. Ele não era tão alto quanto o Daemon, mas era mais largo, e caminhava como se deslizasse sobre a água. Ao passar pelo Daemon, ofereceu-lhe um sorrisinho zombeteiro.

Recuei um passo, abrindo e fechando as mãos ao lado do corpo. Não fazia ideia do que esperar de nenhum deles. A essa altura, nem mesmo do Daemon. Uma sensação de horror fez meu estômago revirar.

Quincy tinha a constituição de um jogador de futebol americano, e a expressão em seus olhos me provocou um calafrio de cima a baixo. Meus pés escorregaram sobre o frio piso de madeira enquanto uma bola de energia se formava no fundo do meu estômago. Com o coração martelando, olhei de relance para o Daemon. Seus olhos encontraram os meus no exato instante em que o Quincy parava diante de mim, os traços belos e duros.

Com um sorriso que me deixou de cabelo em pé, ele estendeu a mão. Dei um pulo para trás, afastando seu braço com um tapa.

— Não me toque — avisei, sentindo uma descarga de energia percorrer minha pele.

O sorriso desapareceu e ele estreitou os olhos.

— O que é isso? — perguntou Daemon.

— Estou curioso — respondeu Rolland numa voz quase melada de tão doce, olhando de esguelha para meu "marido". — Segure ela.

Com o coração nos pés, meus olhos dardejaram entre o Daemon e o Luxen. Por um momento, Daemon não se mexeu, apenas ficou encarando o Rolland. Mas então ele girou nos calcanhares e se aproximou pisando duro. Empertiguei as costas, a garganta seca.

Ele lançou um olhar assassino na direção do Quincy e parou atrás de mim. Assim que suas mãos se fecharam em meus ombros, mantendo-me no lugar, achei que fosse vomitar. Literalmente despejar todo o conteúdo do estômago sobre aquele presunçoso Luxen.

Contraí-me de forma involuntária, pressionando o corpo contra o Daemon, quando Quincy estendeu o braço de novo e agarrou meu queixo com dedos gelados, mas não consegui sair do lugar. Daemon parecia um muro às minhas costas.

Ele enrijeceu ao ver o Quincy abaixar a cabeça até nossos olhos ficarem no mesmo nível. Nunca imaginei que me veria nessa situação, que em vez de o Daemon me proteger, ele permitiria que um repulsivo Luxen qualquer praticamente encostasse o nariz na minha cara. Pelo menos não desde o dia em que passáramos no lago, a primeira vez em que ele se abrira e me contara sobre o irmão.

— A sensação que ela provoca é diferente — declarou Quincy, deslizando as mãos pelo meu pescoço até encontrar minha acelerada pulsação. — Nada semelhante aos outros humanos. Além de sentirmos algo neles, somos capazes de verificar pelo toque. — Fez uma pausa e ergueu os olhos para o Daemon. O sorriso falhou ao mesmo tempo que seus dedos compridos envolviam minha garganta. — Você está muito irritado.

— Jura? — Os dedos do Daemon se flexionaram em volta dos meus braços. — Lembra do que eu te falei mais cedo? Continua valendo.

LUX 5 Opostos

— Tem certeza? — Quincy hesitou por um momento, mas então apoiou a mão em meu peito, sobre o mesmo ponto que eu vira os Luxen tocarem as pessoas no mercado.

Um rugido baixo reverberou pelas minhas costas, mas não soube dizer se vinha do Daemon ou de dentro do meu corpo trêmulo. As sobrancelhas do Luxen se uniram em concentração. Passados alguns segundos, ele olhou de relance para o Rolland.

— Nada — disse ele. — Não consigo assimilar o DNA dela.

Arregalei os olhos quando a ficha finalmente caiu. Deus do céu! Tinha visto o que acontecera com os humanos após terem seu DNA assimilado numa velocidade supersônica. Ele teria matado tanto a mim quanto ao Daemon! A essa altura, porém, tudo o que eu desejava era dar-lhe uma joelhada no saco. Fervendo de raiva, debati-me em seus braços, tentando me soltar. Eu precisava de espaço, mas ele apenas me segurou com mais força enquanto lágrimas de ódio assomavam-me aos olhos.

— Isso é interessante — comentou Rolland. — O que mais os dois podem fazer? Nós sabemos que, se um morrer, o outro morre também. E ela pode obviamente invocar a Fonte. Tem mais alguma coisa?

— Tal como a gente, ela não fica doente. — As palavras do Daemon foram precisas, direto ao ponto. — Além disso, é rápida e forte.

Inspirei fundo ao sentir a feiosa semente da traição brotar em meu peito.

— Formidável! — Rolland aplaudiu como se tivéssemos acabado de executar o ato principal de *O Lago dos Cisnes*, em vez estarmos simplesmente parados diante dele.

— Só isso? — perguntou Sadi, nem um pouco impressionada.

— Só — respondeu Daemon. Arregalei os olhos, mas mantive uma expressão impassível.

Prendi a respiração, mas a Dee permaneceu quieta. Os dois tinham acabado de mentir descaradamente por omissão. Havia mais, sim. Quando estava em sua forma verdadeira, Daemon e eu podíamos nos comunicar da mesma forma que ele fazia com os outros Luxen. Não sabia o que pensar a respeito disso, mas um quê de esperança brotou no fundo do meu peito. Meu olhar recaiu sobre a Dee, mas ela observava a parede como se houvesse algo extraordinário nela.

O que estava realmente acontecendo aqui? Tinha que haver...

Meus pensamentos mudaram de curso até serem totalmente deixados de lado quando Quincy, que não estava sequer me olhando, e sim encarando o Daemon, deslizou a mão pelo meu peito, tipo tirando casquinha *mesmo*. O choque inicial foi rapidamente substituído por uma raiva e asco profundos. Meu corpo inteiro se contraiu.

De repente, me vi deslizando pelo piso de madeira até colidir contra uma das cadeiras de couro vazias. Surpresa, ergui a cabeça e dei uma espiada através da cascata de cabelos que havia caído diante do meu rosto.

Os dois Luxen se encaravam sem nem piscar. Diante de mim, Dee já não mais olhava para a parede; em vez disso, observava atentamente o irmão. O silêncio no escritório era tamanho que dava para ouvir uma mosca soluçando.

Mas, então, Daemon explodiu como um coquetel molotov.

DAEMON

A raiva me deixou com um gosto de sangue no fundo da boca, a ponto de eu não conseguir ver nem pensar direito. Eu podia lidar com um monte de coisas, podia me forçar a ser tolerante e até *paciente*. No entanto, vê-lo tocar *nela* daquele jeito não apenas passou do limite, mas o explodiu por completo.

Assumi minha forma verdadeira e fui imediatamente bombardeado pelos desejos e necessidades dos outros da minha raça numa espécie de ciclone furioso. Minha raiva, porém, era ainda maior. Agarrei o Quincy um segundo antes de ele conseguir se transformar e o lancei contra a parede mais distante, só que dessa vez com muito mais força do que quando o encontrara no quarto dela.

Diga olá para a parede, babaca!

Ele colidiu contra ela sem conseguir se transformar. O reboco rachou e se partiu com o impacto. Uma poeira branca se espalhou pelo ar. Quincy

LUX 5 Opostos

começou a deslizar parede abaixo. Isso era o que havia de engraçado a respeito dos Luxen. Eles não faziam ideia do quanto eram fracos na forma humana.

Eu estava em cima dele antes mesmo que ele atingisse o chão.

Dei-lhe um soco no queixo, rindo comigo mesmo ao escutar o estalar de sua cabeça batendo novamente contra a parede. Mas estava longe de me dar por satisfeito. Suspendi-o e, dessa vez, praticamente o fiz atravessá-la. As vigas de suporte ficaram à mostra.

Aí, então, o soltei.

Quincy despencou no chão, piscando como um vaga-lume esmagado. Um líquido azul brilhante começou a escorrer de sua cabeça. Continuei olhando para ele, tentando decidir se queria ou não arremessá-lo como uma bola de futebol pela janela mais próxima. Só então percebi o silêncio que reinava no aposento.

Deixei o Quincy de lado, ou o que quer que restasse dele, voltei à forma humana e me virei. Talvez tivesse ido um pouco longe demais, mas não havia nada que pudesse fazer agora.

Rolland arqueou uma sobrancelha.

— Bom, isso...

Arfando, lancei-lhe um rápido olhar de esguelha antes de me virar para onde *ela* estava. Com as mãos fechadas no encosto de uma das cadeiras, Kat me fitava com os olhos cinzentos arregalados e o rosto pálido.

Nossos olhares se cruzaram, e pude dizer por sua expressão contida que ela não fazia ideia do que interpretar de tudo isso. Percebi confusão, mágoa e uma fúria possante emanando dela e impregnando o ar, quase me estrangulando.

Levei alguns instantes para me recobrar. Forçando minha respiração a voltar ao normal, me virei para o Rolland. Ele me fitava com curiosidade.

— Avisei a ele para não tocar nela, e que se ele fizesse isso eu o mataria. Não sou um mentiroso.

Sadi olhou para onde o Quincy continuava estatelado.

— Ele não está morto.

— Ainda — rebati.

Um olhar de expectativa, de pura ansiedade, cruzou o rosto da Sadi ao mesmo tempo que ela mordia o lábio inferior.

— Por que você se incomodaria com o fato de ele a tocá-la?

Por milhares de motivos.

— Ela pertence a mim. — Quase podia senti-la fuzilando minhas costas com os olhos, mas não me virei. — Só a mim. Simples assim.

Rolland me fitou com atenção por alguns instantes e, então, se afastou da mesa. Empertigando o corpo, entrelaçou as mãos.

— Todos vocês. Escutem.

Tencionei, sabendo que o que viria a seguir provavelmente não seria boa coisa.

— Você. — Ele apontou para um dos outros Luxen. — Tire o Quincy daqui. Me avise se ele acordar.

Parte de mim esperava que o cretino acordasse mesmo para que eu pudesse surrá-lo de novo.

Em seguida, Rolland lançou um olhar penetrante na direção da Sadi.

— Acompanhe nossa bela... jovem aqui e certifique-se de que ela consiga se limpar e fique *confortável*.

Diabos, nem pensar. Abri a boca para retrucar, mas Sadi interveio, os olhos brilhando com um prazer malicioso.

— Claro — respondeu ela, abrindo um meio sorriso na minha direção enquanto passava quase quicando por mim. Dei um passo à frente para interceptá-la e fazer bom uso da janela.

— Você. — Dessa vez Rolland se dirigiu a mim. — Fique onde está. — Virando-se, então, para a Dee, abriu um sorriso. — Está tarde. E essa forma humana me deixa com uma fome voraz. Você poderia pegar algo para eu comer?

Dee hesitou, mas, em seguida, assentiu. Virando-se, lançou-me um olhar preocupado enquanto saía do escritório para atender ao pedido do Rolland.

Observando o modo como a Sadi a arrastou para fora do escritório, imaginei que havia uma boa chance de eu vir a socar mais alguém. Os pelos da minha nuca arrepiaram e minha pele se eriçou assim que a porta se fechou atrás delas, deixando-me sozinho com o Rolland e mais outro cara cujo nome eu me recusava a memorizar.

Rolland contornou a escrivaninha e se sentou.

LUX 5 Opostos

— Quincy estava bastante puto com você mais cedo. Disse que você partiu pra cima dele porque ele estava no quarto com aquela... aquela garota. — Ele se recostou na cadeira e cruzou as pernas. Em seguida, apontou para a parede danificada. — Não que a raiva dele seja um problema no momento.

Dei de ombros.

— Tenho certeza de que ele não é o único. Não confio na Sadi com ela.

Ele ergueu as sobrancelhas.

— Não?

— Não.

Rolland entrelaçou as mãos e me observou com atenção.

— Quero que me responda uma pergunta, Daemon Black, e quero que seja honesto.

Meu maxilar doía tamanha a força com que eu apertava meus molares. Não precisava estar ali agora. Precisava era estar onde quer que a Sadi estivesse no momento, mas assenti mesmo assim.

— Como eu disse, você é difícil de ler. Seu irmão e a sua irmã, não, mas você é diferente.

— As pessoas costumam dizer que sou especial.

Ele riu por entre os dentes.

— O que aquela garota significa pra você, Daemon? Quero uma resposta honesta.

Crispei as mãos. O tempo estava passando.

— Ela pertence a mim.

— Você já disse isso.

Forcei-me a inspirar fundo.

— Ela é minha e é uma parte de mim. Portanto, sim, ela significa muito, mas o que eu sinto por ela não muda em nada minha situação aqui com vocês. — Encarei-o sem piscar. — Eu apoio o que você está fazendo.

— Eu? — Ele riu. — Não é a mim que precisa apoiar. Eu sou apenas... uma abelhinha operária, assim como você.

Tudo bem, então.

— Você ainda a ama? — perguntou ele, voltando ao assunto. — Ainda a deseja?

O que ele queria saber era se eu ainda acalentava alguma emoção *humana* após a chegada deles, ou se era tão leal à colmeia quanto o restante dos Luxen.

— Desejo.

— Fisicamente?

Com o maxilar latejando, forcei-me a menear a cabeça em assentimento.

— E quer mais alguma coisa além disso?

Escolhi as palavras com cuidado.

— O que eu *quero* é uma casa onde minha família possa viver em segurança, e só nós podemos providenciar isso. Nós somos a prioridade.

Rolland inclinou a cabeça ligeiramente de lado, mas manteve os olhos fixos em mim.

— Tem razão. Em pouco tempo você terá uma casa assim. Já estamos providenciando isso.

Queria perguntar exatamente como, pois tudo o que os vira fazendo até o momento era matar com requintes de crueldade.

Um silêncio tenso recaiu entre nós, até que Rolland o quebrou com um leve brandir da mão em direção à porta.

— Vá fazer o que você tem que fazer, mas por favor não arremesse a Sadi em cima de nada. Ela poderá vir a ser muito útil para mim mais tarde.

Sendo eu uma daquelas pessoas que acham que cavalo dado não se olha os dentes, girei nos calcanhares e segui para a porta.

— Ah! Daemon?

Merda. Parei e me virei de novo para ele.

O maldito sorriso estava de volta. O mesmo que ele usara ao se dirigir ao público mais cedo no noticiário local. Quando dissera aos habitantes da cidade, ou o que quer que restasse deles, que tudo ficaria bem, que a humanidade prevaleceria e um monte de outras bobagens que fez com que soassem plausíveis.

— Não faça com que eu me arrependa de não tê-lo matado lá na clareira, porque se você for um *trataaie* — disse ele, recorrendo à nossa língua nativa —, não será a mim que terá que temer, mas o *senitraaie*. Você não só perderá sua família, como aquela garotinha lá em cima sofrerá uma morte lenta e dolorosa, e o pavor dela será a última coisa que você verá. *Inteliaaie?*

LUX 5 Opostos

Com as costas rígidas, anuí mais uma vez.

— Não sou um traidor, e só respondo ao nosso líder. Entendi.

— Ótimo — retrucou ele, erguendo a mão. O controle remoto levitou da mesa e veio até ela. — Lembre-se, não machuque a Sadi.

Dispensado com uma ameaça direta, saí do escritório e quase atropelei minha irmã ao deixar o átrio.

Ela agarrou meu braço, enterrando os dedos em minha pele.

— O que diabos você estava pensando?

— Você não deveria estar preparando algo para ele comer?

Seus olhos faiscaram.

— Você poderia ter sido morto por tentar protegê-la.

Fitei-a por um momento, procurando algo em seus olhos, qualquer coisa, mas não encontrei nada. Com delicadeza, soltei-lhe a mão.

— Não tenho tempo para isso.

— Daemon.

Ignorando-a, passei direto por uma sala de visitas e subi a escada de dois em dois degraus. Ao alcançar o segundo andar, pude ouvir os gritos que vinham do terceiro.

Jesus!

Parti em disparada ao escutar o barulho de algo se quebrando acima de mim. Alcancei a última porta do terceiro andar em menos de um segundo. Abri-a num movimento brusco e corri os olhos pelo quarto, imaginando como ia me impedir de arremessar a Sadi contra alguma coisa.

O quarto estava vazio, mas parecia que um furacão tinha passado por ali. A poltrona verde-oliva estava caída de lado, com um dos pés de madeira quebrado. As cortinas brancas tinham sido arrancadas da janela. Os travesseiros, sujos e ensanguentados, estavam espalhados pelo chão.

E a camiseta que ela estivera usando — minha camiseta — encontrava-se em trapos ao pé da cama. Que diabos?

Meu olhar se voltou para a porta do banheiro ao escutar algo que soou como um corpo colidindo contra ela, seguido por um grito que ecoou por todo o quarto.

Abri a porta com um chute e parei de supetão. O banheiro era grande, do tipo que possui banheira e chuveiro separados. Mas, tal como o quarto, ele também já tinha visto dias melhores. O espelho acima da pia dupla estava quebrado. Vários frascos tinham tombado e se aberto. Uma gosma branca cobria quase todo o piso.

Ela estava parada diante da gigantesca banheira, com o cabelo emaranhado pendendo em torno do rosto corado, as pernas abertas e os olhos cinzentos chispando ódio. Um fio de sangue escorria de seu nariz. E, em sua mão havia um pedaço de vidro quebrado.

Ela estava apenas de sutiã e jeans — um sutiã branco com pequenas margaridinhas estampadas. O peito subia e descia de fúria e indignação.

Pelo visto, Sadi havia levado a história da limpeza para um patamar totalmente diferente.

Meu olhar recaiu no ponto onde a Luxen se encontrava a menos de um metro dela, ofegando intensamente. A blusa branca estava sem nenhum botão e toda rasgada. O cabelo normalmente muito bem arrumado parecia ter passado por um túnel de vento. Mas a melhor parte?

Um dos lados do rosto estava totalmente unhado, e fios de sangue azul-avermelhado escorriam dos arranhões. Um profundo e perturbador orgulho brotou em meu peito.

A gatinha tinha garras afiadas.

— Ela não é muito educada — bufou Sadi. — Estou aqui tentando ensinar a ela boas maneiras.

— E eu estou pronta para arrancar seu coração, piranha.

Apesar da tremenda confusão, meus lábios se curvaram num ligeiro sorriso.

— Sai.

Sadi voltou o olhar irritado para mim.

— Eu...

— Fora. — Vendo que ela não se mexia, aproximei-me, suspendi-a do chão e a tirei do banheiro à força. Sadi se recobrou rapidamente e fez menção de voltar para junto da gente. — Rolland precisa de você hoje à noite, portanto, se quiser estar em condições de ajudá-lo, não dê mais um passo.

Com as narinas infladas e as bochechas vermelhas de raiva, Sadi parou e crispou as mãos. No entanto, passou-se um segundo sem que fizesse menção de ir embora. Pelo visto, ela pretendia me testar. Fala sério!

Bati a porta do banheiro na cara da alienígena e me virei. Com o coração martelando, olhei para ela de novo e imediatamente me esqueci da Sadi.

LUX 5 Opostos

Ela continuava parada diante da banheira, segurando o pedaço de vidro na mão e me fitando como um animal acuado. Naquele momento, porém, não me fez pensar numa gatinha inofensiva.

Mais parecia uma verdadeira tigresa pronta para continuar lutando. Só que agora comigo. Será que eu podia culpá-la? Enquanto nos fitávamos, seus olhos adquiriram um leve brilho de lágrimas, o que foi pior do que um chute no meio das pernas.

Eu estava atolado na merda até o pescoço. *Ambos* estávamos, e eu não a queria ali. Queria mantê-la longe de tudo isso, mas agora era tarde.

Tarde para nós dois, e provavelmente para os demais também.

Com o lábio inferior tremendo, ela mudou o peso de um pé para o outro, mergulhando os dedos numa poça de xampu ou condicionador. Uma eternidade pareceu se passar enquanto eu a engolia com os olhos. Fui bombardeado por uma chuva de lembranças — desde o dia em que ela batera na minha porta e mudara a minha vida, até a primeira vez em que dissera aquelas três palavrinhas mágicas que me redefiniram por completo. Só que não eram apenas as lembranças. Sabia que não devia estar sentindo nada disso, mas cada célula do meu corpo clamava por ela. Meu sangue ferveu.

Eu a desejava.

Precisava dela.

E a amava.

Ela recuou um passo, batendo com a parte de trás da perna na borda da banheira.

— *Kat* — falei, dizendo seu nome pela primeira vez em dias, permitindo a mim mesmo *pensar* nele. Assim que isso aconteceu, todas as minhas defesas ruíram.

[6]

Katy

Enquanto olhava para o Daemon, podia sentir as quinas irregulares do pedaço de vidro machucando minha palma. Depois de tudo o que acontecera no escritório e com aquela mulher detestável, não conseguia controlar a respiração nem impedir meu braço de tremer. Observei-o dar um passo à frente. A expressão naqueles olhos incandescentes e a determinação em seu andar provocaram um calafrio em minha espinha.

— Não se aproxime.

Ele estreitou os olhos.

A mágoa em meu peito era profunda demais, aliada a um monte de outras coisas terríveis que a Sadi dissera estar planejando fazer com o Daemon. Coisas que, pela cara dele lá no escritório, ele não se incomodaria nem um pouco que ela fizesse.

Sentia como se estivesse com a pele em carne viva e as entranhas expostas. Queria despejar minha raiva, descontar em algo ou alguém. Lágrimas queimavam minha garganta.

— Tem certeza de que não quer ir atrás da sua nova amiguinha?

Só dava para ver uma nesga de verde em seus olhos agora.

LUX 5 Opostos

— Tenho. Certeza absoluta.
— Não é o que parecia. Vocês dois...
— Não diga mais nada — Daemon praticamente rosnou.
Pisquei ao sentir a raiva fervilhar dentro de mim.
— O quê? Quem você...?
Num segundo ele estava num canto do banheiro e, no seguinte, bem diante de mim. Tentei me desviar para o lado e acabei pisando na gosma que cobria o piso.
Soltei um gritinho esganiçado.
— *Odeio* quando você...
Daemon envolveu meu rosto entre as mãos. Assim que senti o toque dele em minha pele, meu cérebro pareceu entrar em curto. O pedaço de vidro escorregou dos meus dedos, caindo inofensivamente sobre uma esponja de banho.
Ele abaixou a cabeça até nossas bocas ficarem tão próximas que eu podia sentir seu hálito. Era tão injusto. Desde o momento em que ele desaparecera, tudo o que eu queria era vê-lo de novo, tocá-lo, amá-lo, mas agora não sabia o que de fato estava parado diante de mim.
Desde que os Luxen tinham chegado, nada mais fazia sentido.
Daemon não se moveu. Em vez disso, correu seu luminoso olhar esmeralda por todo o meu rosto como se estivesse memorizando cada centímetro. Um leve calor acompanhou o olhar, e a dor pulsante em meu nariz decorrente de uma bofetada daquela piranha horrorosa desapareceu.
Ele estava me curando. De novo. Após me afastar e dizer que *costumava me amar*, no pretérito, e de se associar aos piores tipos de monstros, isso era insuportável.
— Isso é tão errado — murmurei, a voz falhando. — Tudo está tão confuso...
Daemon me beijou.
Não foi um beijo suave nem hesitante. Ele pressionou a boca contra a minha, me forçando a entreabrir os lábios, e me beijou como se estivesse faminto. A súbita sensação de arrebatamento me deixou com as pernas bambas. Meu estômago foi parar no chão ao escutar o profundo ronronar em sua garganta, que pareceu reverberar por todo o meu corpo.

A fagulha de esperança em meu peito ficou mais forte, contudo, tal como um cachorrinho irritante que não larga o calcanhar de alguém, foi logo sucedida por um misto de confusão e raiva. Daemon inclinou a cabeça ligeiramente de lado ao mesmo tempo que tirava uma das mãos do meu rosto e a enterrava em meus cabelos. Meu coração começou a martelar com força. Isso era demais.

Apoiei as mãos no peito dele e o empurrei.

— Gatinha — grunhiu ele, mordiscando meu lábio inferior.

Soltei o ar de forma entrecortada.

— Você...

— Ela continua aí fora — murmurou ele de encontro à minha boca. Em seguida, me beijou de novo.

As palavras se perderam por alguns instantes quando a outra mão deslizou por todo o meu tronco até parar na curva da cintura. Ele, então, me puxou de encontro a si, colando nossos corpos, e a sensação foi ao mesmo tempo surpreendentemente nova e docemente familiar. O beijo se aprofundou até o gosto dele ficar entranhado em mim.

Com as mãos trêmulas, fechei os dedos no suave tecido da camiseta dele, deixando escapar um suspiro. O tremor subiu pelos meus braços e continuou se espalhando até eu me ver tremendo da cabeça aos pés.

— Ela se foi. — Daemon ergueu a cabeça, mas mantive os olhos fechados. Não conseguia parar de tremer. — Ah, gatinha...?

Queria dizer a ele para não me chamar assim, mas um soluço bloqueou minha garganta. Pressionei a boca com força porque, a essa altura, desmoronar e chorar não ia ajudar em nada. Além disso, já houvera lágrimas demais entre a gente.

Daemon passou um dos braços em volta de mim e enterrou os dedos em minha nuca, puxando minha cabeça para o seu peito. Manteve-me assim, num abraço tão apertado que eu até podia sentir seu coração martelando contra minha bochecha.

— Sinto muito — murmurou ele de encontro ao topo da minha cabeça. — Me desculpa, gatinha.

— É... é você mesmo? — Minha voz falhou. — Isso é real?

— Tão real quanto pode ser. — sussurrou ele, a voz tão baixa e rouca que mal dava para ouvir. — Jesus, Kat, eu...

LUX 5 Opostos

Senti como se meu peito tivesse implodido. Ergui o braço e enterrei os dedos nos cabelos da nuca dele. Minhas bochechas estavam molhadas.

— Sinto muito mesmo — repetiu Daemon e, por um momento, pareceu ser tudo o que ele era capaz de dizer. Virando-se, pressionou as costas contra a parede e, em seguida, deslizou até o chão, me puxando para o colo e me aninhando entre os joelhos dobrados e o tórax largo. — Não sei muito bem o que posso dizer nem quanto tempo vou conseguir mantê-los fora da minha mente.

Mantê-los fora da mente? Abri os olhos, piscando para conter as lágrimas.

— Não... entendo o que está acontecendo.

— Eu sei. — Um lampejo de dor cruzou aquele belo rosto quando ele encostou a testa na minha. — Estamos conectados... todos nós. Desde que eles chegaram, posso sentir todos em minha mente. Não sei bem como isso funciona. Nunca passei por nada assim. Talvez seja porque haja tantos de nós aqui, mas quando estou em minha forma verdadeira, não tenho como me esconder deles. Não é tão ruim assim... por ora. Tem coisas que eles não sabem, que conseguimos manter em segredo, mas não sei por quanto tempo mais.

— Conseguimos? — murmurei.

Ele assentiu.

— Eu e o Dawson.

Franzi o cenho. Até onde podia me lembrar, Dawson não tinha sido muito amigável.

— Mas ele me acertou com uma rajada da Fonte. — E tinha quase certeza de que rachara meu crânio no processo.

Seus olhos escureceram, assumindo um vibrante tom de musgo.

— É verdade, e o queixo dele ficou muito grato por isso. Mas ele não teve escolha. Tinha outro indo para cima de você, de modo que Dawson fez o que fez para impedi-lo de matá-la.

— E você por tabela. — Minha mente estava a mil, tentando acompanhar tudo. A coisa toda tinha sido uma farsa. — E quanto a Dee?

Daemon baixou as pestanas grossas e balançou a cabeça, frustrado.

— Que foi? — Inspirei fundo, mas ao perceber o desapontamento dele, o ar não entrou direito. As palavras da Dee tinham me machucado, mas devia ser pior tanto para ele quanto para o irmão. — Ela não... está fingindo?

— Não. Dee foi sugada por eles. É tipo uma colmeia. — Ele balançou a cabeça de novo, e pude ver o cansaço começando a se insinuar nas linhas que circundavam aqueles lábios cheios. — Não sei como o Dawson e eu somos capazes de... pensar por nós mesmos e ela não.

Acariciei de leve o rosto dele com as pontas dos dedos, sentindo a barba incipiente.

— Acho que eu sei.

Daemon arqueou as sobrancelhas.

— O Dawson tem a Beth — disse eu baixinho, fitando-o no fundo dos olhos. — E você tem a mim. Talvez seja isso. Que nem o negócio da mutação. Simples assim.

— Nada a seu respeito é simples.

Um ligeiro sorriso repuxou meus lábios.

— Senti tanto medo — admiti após alguns instantes. — Quando você foi embora com eles, e depois quando o vi de novo daquele... daquele jeito. Achei que tinha te perdido. — A emoção travou minha garganta, e levei alguns segundos para conseguir falar de novo. — Depois de tudo o que a gente passou, achei que tivesse te perdido pra valer.

— Você não me perdeu, gatinha. Você nunca vai me perder. — Ele me embrulhou em seus braços e acrescentou em voz baixa, os lábios roçando minha bochecha: — Mas eu não queria que estivesse aqui. Não é seguro.

A profunda dor em meu peito começou a ceder um pouco à medida que as palavras iam sendo digeridas, porém a mágoa e o medo ainda deixavam um gosto amargo no fundo da garganta. Havia muita coisa que eu ainda não compreendia, coisas que não sabia nem se o Daemon entendia direito.

Ele pegou uma das minhas mãos e a segurou de encontro ao peito, logo acima do coração.

— Você realmente achou que eu ia esquecê-la?

Baixei o queixo. Era fácil demais lembrar a frieza em seu olhar.

— Eu não sabia o que pensar. Você... você me olhou do mesmo jeito que fez da primeira vez que nos vimos.

LUX 5 Opostos

— Kat. — Ele murmurou meu nome como se fosse uma prece e, em seguida, pressionou um beijo no ponto logo atrás da orelha. — Eu quebrei todas as regras da minha espécie para curar você e mantê-la comigo. Me casei com você e incendiei uma cidade inteira para protegê-la. Eu já *matei* por você. Acha que esqueceria o quanto você significa para mim? Que qualquer coisa neste mundo, ou em qualquer outro, seria mais forte do que meu amor por você?

Ao sentir um soluço estrangulado escapar dos meus lábios, enterrei o rosto no espaço entre o ombro e o pescoço dele. Em seguida, passei os braços em volta dos seus ombros e fiquei ali, agarrada a ele como uma macaquinha carente. Apertei-o até escutar sua risada baixa contra minha bochecha.

— Você está me estrangulando — disse ele, acariciando minhas costas. — Só um pouquinho.

— Desculpa — murmurei contra seu ombro, mas não o soltei. Ele plantou um beijo no topo da minha cabeça, me fazendo suspirar. Céus, nada estava nos eixos. Longe disso, mas o *Daemon* estava bem. Era ele mesmo, e merda, juntos podíamos encarar qualquer coisa. E iríamos, porque era preciso. — O que a gente vai fazer?

Ele afastou uma mecha emaranhada de cabelo do meu rosto, expondo minha bochecha para seus lábios.

— Continuar fingindo. Provavelmente vou ter que dizer algumas coisas desagradáveis, talvez até...

— Eu entendo. — Mas meu coração pesou mesmo assim. Não queria reviver toda aquela história no escritório de novo, mas se fosse preciso faria. Tinha que fazer.

— Claro que sim. — Ele pressionou um beijo no canto da minha boca. — Mas não é algo que eu gostaria que você tivesse que entender. — Seus lábios acompanharam a curva do meu maxilar, me deixando toda arrepiada. — Vamos dar o fora daqui, mas não posso ir sem a Dee.

Assenti com um menear de cabeça. Jamais esperaria que ele a deixasse para trás, mesmo que ela houvesse se tornado uma vaca raivosa que aparentemente desejava me jogar uns três andares escada abaixo.

— E não antes de eu descobrir o que eles estão planejando — acrescentou. — Eles estão tramando algo grande.

— Sem dúvida. — Sorri de leve. — Essa história de invadir a Terra meio que deixou isso claro.

— Espertinha. — Seus dentes se fecharam no lóbulo da minha orelha, e a suave mordiscada me provocou um arrepio de cima a baixo.

Soltei um suspiro, o que o fez rir, uma risada sacana e totalmente inapropriada naquela situação. Com o rosto pegando fogo, afastei-me um pouco.

— Só você pra se comportar assim com tudo o que está acontecendo.

Sua boca se curvou num dos cantos ao mesmo tempo que o olhar recaía sobre meus lábios e, em seguida, descia para outro ponto mais embaixo.

— Bom, você está sentada no meu colo só de jeans e sutiã, um sutiã bem bonitinho por sinal, e isso depois de ter dado uma surra em outra garota. É excitante. Fico louco de tesão.

O rubor desceu até a beirada do sutiã, porque eu sabia que ele realmente ficava excitado com isso.

— Você é ridículo.

— E você é linda.

— Estou fedendo — murmurei.

Daemon soltou uma risada rouca.

— Posso te ajudar a dar um jeito nisso. Posso ser *muito* prestativo nesse departamento.

— Ó céus, tá falando sério?

— Ei, sou supostamente um escravo da minha libido. — Fez uma pausa quando o encarei. — Certo, acho que supostamente não é o termo correto. Em se tratando de você, minha libido fica a mil o tempo quase todo. — Suas mãos deslizaram pelos meus braços nus, deixando um rastro de suaves arrepios.

Joguei a cabeça para trás.

— Quer dizer que além do óbvio, que se eu morrer você morre, os outros Luxen acham que você quer me manter só porque gosta de...?

— Transar de forma louca e selvagem com você? — sugeriu ele.

Fiz um muxoxo.

— Mais ou menos isso. — Sua boca roçou a minha enquanto falava, e as mãos se fecharam em meus quadris. — Embora depois de tudo o que aconteceu lá no escritório, duvido que eles achem que você fosse topar.

— Eu *não* vou topar isso agora, seu babaca.

LUX 5 Opostos

Ele ergueu uma das sobrancelhas.

— Aposto que posso fazê-la mudar de ideia.

— Daemon. — Plantei as mãos em seus ombros. — Acho que precisamos nos focar em outras coisas. — Havia tantas! — Eles por acaso sabem sobre a Beth, sobre...?

— Nem sobre ela nem sobre o Luc. E precisamos que continue assim. — Suas mãos deslizaram para minhas costas e a percorreram até encontrar o fecho do sutiã.

— Mas eles sabem sobre o Archer. — Mordi o lábio ao sentir dois dedos se enfiarem por baixo das alças. — A Beth está grávida.

Ele abaixou a cabeça para meu ombro desnudo.

— Eu sei.

Meu queixo caiu.

— O quê? — Daemon não respondeu. Ele estava ocupado demais *lambendo* meu ombro. Jesus! Agarrei um tufo de cabelos dele e o forcei a erguer a cabeça. — E você não me contou?

Ele capturou minha boca num beijo tão profundo e ardente que quase me fez esquecer sobre o que falávamos ou onde estávamos. Seus beijos tinham esse tipo de efeito mágico.

— Não tive chance. — Enganchou o dedo mindinho em uma das alças e a abaixou um ou dois centímetros. — Lembre-se. Santa invasão alienígena.

— Ah, é. Verdade. — Semicerrei os olhos ao sentir seus lábios acompanharem o caminho da alça. Uma leve tensão brotou no fundo do meu estômago. — Mas a Beth não tem passado muito bem. Não sei se isso é normal ou não. Foi... foi por isso que fomos até o mercado. Arrumar algumas coisas pra ela.

— Archer jamais deveria ter permitido que você saísse daquela casa. — Subitamente, Daemon ergueu a cabeça e a virou para a porta do banheiro. Suas pupilas brilhavam feito diamantes. — Tem alguém aí fora.

Enrijeci em seus braços, o coração na boca.

Daemon voltou a atenção novamente para mim. Envolvendo meu rosto, colou a boca na minha mais uma vez e me beijou com tanta ferocidade, fazendo meus sentidos enlouquecerem tão rápido e furiosamente, que quando me soltou, eu gemi. Literalmente gemi.

— Finja que está puta comigo. Me ataque.

Encarei-o sem piscar, ainda tonta com o último beijo.

— O quê?

De repente eu estava de costas no chão, perigosamente próxima dos cacos de vidro, chafurdando em xampu e condicionador. Daemon pairava acima de mim, as mãos segurando meus pulsos e mantendo-os firmemente colados ao chão enquanto uma das pernas se metia entre as minhas.

Arquejei.

— Que diabos...?

Ele encostou a testa na minha e disse em voz baixa:

— Finja que eu sou a Sadi.

Se eu fizesse isso, iria machucá-lo de verdade.

Estreitei os olhos, mas a porta do banheiro se abriu subitamente e um Luxen — o que se mantivera em silêncio lá no escritório — surgiu no vão. Meu rosto esquentou, em parte pela pouca roupa que eu estava usando, e em parte pela posição em que nos encontrávamos no momento.

— Está tudo bem aí? — perguntou ele naquele estranho jeito cadenciado.

— Só brincando um pouquinho aqui com ela — respondeu Daemon. Prendi a respiração ao escutar a mudança em sua voz. Voltara a assumir aquele tom presunçoso e irônico que fazia com que eu quisesse dar uma joelhada numa parte importante de sua anatomia.

Por cima da cabeça dele, vi o Luxen inclinar a própria ligeiramente de lado.

— Acho que as coisas não estão indo muito bem.

— Bom... — Daemon abriu um sorriso. — Seria mais fácil se ela não estivesse tão irritada. Não é verdade? — perguntou para mim. — Mas tudo bem. Gosto do jeito como ela *tenta* lutar.

— Tenta? — rosnei, fechando os dedos com força. — Eu vou...

— Quietinha — murmurou ele de maneira preguiçosa. E então, movendo-se na velocidade da luz, e num ângulo que o Luxen pudesse ver, mordiscou minha orelha novamente. Mordi o lábio para me impedir de gritar *e* lhe dar uma joelhada no saco.

Daemon ia me pagar caro por isso.

Ele fez da arte de me comer com os olhos como se eu fosse um banquete totalmente liberado um verdadeiro espetáculo e, em seguida, olhou de relance para o outro Luxen.

LUX 5 Opostos

— Pode nos dar licença? Ou você está pretendendo assistir?

O lampejo de interesse que cruzou o rosto do Luxen fez meu estômago revirar.

— Por mais interessante que isso soe, vou passar. Dessa vez.

Eca, que nojo! Liberando uma perna, enfiei com tudo meu calcanhar na panturrilha do Daemon como punição por ter deixado a conversa tomar esse rumo.

— *Ai!* — Ele me fuzilou com os olhos.

Repuxei os lábios num ligeiro sorriso, profundamente satisfeita.

— Rolland só queria se certificar de que estava tudo bem — disse o Luxen, permitindo que aquele olhar frio e cristalizado vagasse por áreas que não me deixaram nem um pouco feliz.

Daemon mudou de posição, bloqueando como quem não quer nada boa parte do meu corpo.

— Isso é tudo?

— Não — respondeu ele. — Rolland também pediu que você participe da coletiva de imprensa amanhã. E ele quer que você leve a garota.

Coletiva de imprensa? Me levar? Um calafrio percorreu minha pele. Não estava gostando nem um pouco do som disso.

Daemon sorriu de maneira presunçosa.

— Acho que vai ser divertido.

O Luxen hesitou e, em seguida, assentiu. Após mais um longo olhar em minha direção, se virou e saiu do banheiro.

— Divirtam-se.

Nenhum de nós se moveu ou falou por cerca de um minuto depois que o Luxen foi embora. E, então, Daemon baixou os olhos para mim.

Inspirei fundo.

— Não estou gostando dessa história de amanhã.

— Nem eu.

Passei a língua nos lábios para umedecê-los.

— Você acha que o Rolland não sacou que você está fingindo?

— Não. — Ele soou tão seguro. — Tenho sido supercuidadoso.

— Então o que acha que ele está planejando?

Daemon fez que não sabia com a cabeça, fazendo com que o cabelo negro lhe roçasse as sobrancelhas.

— Ele gravou um comunicado de imprensa mais cedo. Rolland está fingindo ser o prefeito...

Daemon não terminou a frase. Com uma expressão distante, soltou meus pulsos e saiu de cima de mim. Tive a sensação de que ele estava pensando a mesma coisa que eu. Sentei e passei os braços em volta da cintura. Ele se virou para mim e nossos olhares se encontraram.

— Você acha que ele está fingindo? — perguntei. — Que está realmente fingindo ser o prefeito, como... — Como alguém que trabalha infiltrado para assumir o controle. — E se houver outros como ele? Luxen que assimilaram os corpos de pessoas importantes?

Ele soltou uma maldição por entre os dentes, correndo ambas as mãos pelos cabelos.

— Eu devia ter sacado de cara. Quero dizer, óbvio que eu sabia que ele estava fingindo ser o prefeito, mas não pensei além. Eles não estão assimilando e matando aleatoriamente. Estão se concentrando em grupos específicos. Mesma faixa etária. Pessoas velhas o bastante para terem...

— Famílias — murmurei. O que era ainda pior do que assimilar pessoas em posição de poder, porque se fingissem serem pais, mães e professores, conseguiriam se espalhar por todos os lados, e ninguém nunca suspeitaria, mesmo que houvesse testemunhas. Relatos de alienígenas roubando corpos jamais deteria algo tão grande.

Olhei para o Daemon.

Os Luxen habitavam a Terra havia décadas e ninguém aqui tinha a menor ideia.

— A TV do quarto funciona? — perguntei.

— Acredito que sim.

— Acho que devíamos ligá-la.

Daemon me ajudou a levantar e esfregou meus braços, aplacando o frio súbito.

— Tome um banho enquanto eu encontro algo para você vestir.

Olhei de relance para a porta, e hesitei. Ficar nua numa casa cheia de Luxen com nenhuma noção de respeito por espaço pessoal me dava vontade de vomitar.

Ele abaixou a cabeça e roçou os lábios nos meus.

— Não vou deixar ninguém entrar aqui. Você está segura.

LUX 5 Opostos

Você está segura.

Três palavrinhas que mal podia esperar nunca ter que escutá-las de novo. Fechei os olhos, me espreguicei e dei-lhe um suave beijinho.

— Então tudo bem.

Ele me puxou para um rápido abraço e se dirigiu para a porta. Parando no meio do caminho, torceu o corpo e correu os olhos por mim mais uma vez, aquecendo minha pele gelada.

— Gatinha?

— Que foi?

Seus lindos olhos se fixaram nos meus, claros e luminosos, e um longo momento se estendeu entre nós.

— Eu te amo.

[7]

Katy

Quando voltei para o quarto enrolada numa toalha, Daemon tinha ligado a TV, deixando o volume baixo.

Ele se virou para mim e, com as pestanas semicerradas, correu os olhos da ponta dos meus dedos dos pés, agora limpos, até o topo da minha cabeça molhada.

— Olá!

Pareceu esquecer que estava assistindo a um canal de notícias internacional. Eu não tinha visto nada desde que deixara a cabana.

— Vem aqui. — Sentado na beirinha da cama, estendeu um dos braços.

O quarto estava de volta ao que era antes da Sadi e eu termos nossa pequena desavença, exceto pela poltrona e pelas cortinas, que continuavam numa pilha no chão. Os lençóis e as fronhas tinham sido trocados.

Com a mão fechada em volta do nó da toalha, andei até a cama. Fiz menção de me sentar ao lado dele, mas Daemon passou um braço em torno da minha cintura e me puxou para o colo. Apesar do frio no aposento, o calor que emanava de seu corpo imediatamente me aqueceu. Ele era como um cobertor elétrico de carne e osso.

Na TV, o grisalho repórter olhava com seriedade para a câmera enquanto falava. No canto superior direito da tela estava sendo veiculado

LUX 5 Opostos

um vídeo ao vivo de uma das afiliadas de Los Angeles. A cena parecia estar sendo filmada de um helicóptero que sobrevoava a cidade. As imagens de prédios em chamas, do trânsito totalmente congestionado nas principais avenidas e das ruas repletas de gente não eram bom sinal. Em seguida, o pequeno vídeo mudou para imagens ao vivo de Nova York, que pelo visto se encontrava na mesma situação.

— Fontes acreditam que o primeiro ataque ocorreu em Las Vegas, mas ainda precisamos confirmar essa informação. — O cansaço era visível tanto nas linhas do rosto quanto no tom grave do repórter. — Acredita-se agora que a chuva de meteoros de três noites atrás não foi, de fato, uma chuva de meteoros, e sim... — Ele pigarreou e pareceu se esforçar para dizer as palavras seguintes: — A primeira leva de uma maciça... invasão extraterrestre.

— Acho que ele engasgou ao dizer "extraterrestre" — comentou Daemon de modo seco.

Concordei com um menear de cabeça. O cara parecia não estar acreditando que acabara de dizer isso em rede nacional.

Ele olhou rapidamente para os papéis em sua mão e balançou a cabeça devagar.

— Continuamos aguardando o dr. Kapur para ver se conseguimos obter mais informações sobre... a natureza e possíveis consequências desses eventos, mas, por enquanto, tudo o que sabemos é que houve um período de silêncio após a chegada em massa desses seres, e então... — Ergueu os olhos novamente para a tela com uma expressão tensa. — Uma série de ataques estratégicos em cada uma das principais metrópoles do planeta. Não temos ainda dados precisos, mas imaginamos que o número de mortos seja substancial tanto nessas áreas quanto nas cidades mais próximas.

Estremeci ao escutar todo aquele horror. Mesmo sendo uma híbrida e tendo visto tanta coisa no último ano, era extremamente difícil digerir tudo aquilo. Não era só o *meu* mundo que havia mudado. O dos demais também.

Enquanto assistia ao jornal, os braços do Daemon se fecharam com mais força em volta da minha cintura, mas ele não disse nada. Era um daqueles momentos em que não havia palavras fortes o bastante para descrever o que qualquer um de nós estava sentindo.

O repórter apertou os papéis em sua mão.

— O que sabemos é que os ataques a essas cidades duraram algumas horas e que desde então... essas formas de vida alienígena não foram mais vistas.

Olhei de relance para o Daemon e percebi um músculo pulsando em seu maxilar. Fazia ideia do motivo de ninguém ter visto mais nenhum Luxen. Eles não estavam mais em suas formas verdadeiras.

— Soubemos também de algo extremamente inquietante e... assustador. Honestamente, não há palavras para descrever uma coisa dessas. Se ainda não tiverem visto o vídeo, devo avisá-los de que ele talvez não seja adequado aos mais jovens. — O repórter olhou para algum ponto fora do enquadramento da câmera e assentiu com um menear de cabeça. — Isso foi enviado por um espectador de Miami, na Flórida. Acreditamos que as imagens tenham sido feitas com um celular em algum momento do dia de ontem, durante os ataques.

O quadro no canto superior mudou para uma imagem tremida e, em seguida, expandiu para a tela inteira. Arregalei os olhos.

Pelo visto, quem quer que tivesse filmado tinha se escondido atrás de um carro tombado de lado. A imagem mostrava um Luxen brilhando feito um vaga-lume, perseguindo um rapaz que parecia ter por volta dos 20 anos de idade. Os movimentos do Luxen eram fluidos como água enquanto acuava o pobre humano contra um ônibus abandonado. A expressão do rapaz era de puro horror ao ver o alienígena avançar e encostar uma reluzente mão branca em seu peito.

Eu sabia o que estava prestes a acontecer.

— Ai, meu Deus! Ai, meu santo Deus! — murmurou quem quer que estivesse filmando ao ver o Luxen assimilar rapidamente o DNA do jovem e assumir suas características e forma física até não restar nada do garoto além de uma carcaça ressecada encolhida no chão.

O vídeo começou a tremer mais ainda, e me dei conta de que devia ser a pessoa se afastando o mais rápido possível do que acabara de presenciar.

O repórter reapareceu assim que a filmagem terminou. Parecia ter envelhecido dez anos.

— Continuamos esperando uma coletiva de imprensa com o presidente dos Estados Unidos, e ouvimos falar que muitos dos governantes das cidades atacadas farão seus pronunciamentos ainda hoje.

LUX 5 Opostos

— Como eles estão fazendo isso? — perguntei.

Daemon sabia do que eu estava falando.

— Após chegarmos e sermos resgatados pelo Daedalus, passamos pela assimilação. — Ele deslizou as mãos pelos meus braços até fechá-las em volta dos meus dedos gelados. — Fomos expostos a um humano, nós três, por um certo período de tempo. Isso durou vários meses, e quando finalmente pudemos assumir nossa forma humana, tínhamos as mesmas características dele: o mesmo cabelo preto, tom de pele e traços faciais. Ele atuou como uma espécie de matriz, mas nós não o matamos. Pelo menos até onde eu sei. Assim que fomos embora, juntamente com... o Matthew e os Thompson, nunca mais o vimos.

Daemon jamais me dera tantos detalhes. E tentar visualizar três alienígenas miniaturas assimilando um humano durante um determinado período de tempo fez meu cérebro doer. Como diabos o Daedalus tinha conseguido que humanos se voluntariassem para uma coisa dessas?

— Então esses Luxen estão fazendo o que vocês fizeram, só que mais rápido... rápido demais?

Ele anuiu.

— Eles estão fazendo exatamente o que fomos ensinados a fazer. — Levou minhas mãos até os lábios e pressionou um beijo em minhas articulações. — É estranho. Eles sabem muita coisa, coisas demais para um povo que nunca esteve aqui. Mas também tem muitas coisas que eles não sabem. Algo ou alguém devia estar enviando informações daqui.

— Sadi?

Daemon ergueu as sobrancelhas.

— Acho que não só ela, mas você não percebeu? Sadi não se move ou fala como os outros Luxen — expliquei. — Ela é mais humana. Acho que já estava aqui.

Ele fez um muxoxo.

— Não tinha percebido, mas, também, tento me manter longe dela. Sadi é um pouco pegajosa demais.

Uma súbita raiva começou a esquentar minhas veias.

— Não gosto dela.

— Eu sei. — Daemon me deu um beijo no rosto e, com cuidado, me tirou do colo. Oscilei um pouco ao ficar de pé, e ele me lançou um olhar preocupado. — Você precisa descansar. Temos mais algumas horas antes de o sol nascer e termos que ir para a coletiva.

Cruzei os braços sobre a beirada da toalha.

— Por que será que ele quer que a gente participe?

— Não faço ideia. Rolland diz que não consegue me ler, mas eu também não consigo lê-lo. — Estendeu o braço para trás e pegou uma camiseta. — Encontrei isso para você dormir.

Era uma camiseta masculina. Enquanto a vestia, tentei não pensar de onde ela havia saído. Soltei a toalha e a camiseta escorregou até praticamente os meus joelhos.

— Vou ficar aqui com você. — Ele se levantou e olhou de relance para a porta. — Não acredito que isso vá levantar suspeitas.

Não quando eles achavam que a gente estava trepando feito coelhos. Senti as bochechas queimarem, mesmo sabendo que era idiotice ficar constrangida por uma coisa dessas, mas era como se os Luxen me vissem apenas como propriedade do Daemon e nada além disso.

O que me deixava enjoada e desconfortável em minha própria pele.

Subi na cama e deitei de lado. Daemon fez uma rápida ronda pelo quarto, verificando a porta e as janelas, ainda que ambos soubéssemos que isso não adiantaria de nada, e, em seguida, desligou a TV. O colchão afundou atrás de mim quando ele se acomodou. Passando um braço em volta da minha cintura, ele me puxou contra o peito, me envolvendo em seu calor.

Ele, então, prendeu meu cabelo atrás da orelha, a respiração dançando sobre minha têmpora. Fechei os olhos ao sentir seus lábios roçarem minha pele.

— Já estivemos em situações piores — murmurou ele. — Vamos sair dessa.

Já tínhamos mesmo? Pelo menos com o Daedalus sabíamos que eles nos queriam vivos. Para fazer coisas impensáveis para eles, mas de alguma forma isso soava melhor. Com os Luxen, tinha certeza de que eles não davam a mínima se acordaríamos no dia seguinte ou não.

E acho que o Daemon sabia também.

— Precisamos dar o fora daqui. — Corri os olhos pela escuridão do quarto. — Amanhã, quando estivermos longe, será a oportunidade perfeita.

LUX 5 Opostos

Daemon não respondeu e, após alguns momentos, fechei os olhos. Amanhã talvez fosse nossa única oportunidade de escapar, mas havia um grande obstáculo em nosso caminho, algo que talvez o detivesse.

E esse algo era a Dee.

※ ※ ※

DAEMON

Parado do lado de fora do quarto onde a Kat estava dormindo, Dawson parecia tão nervoso quanto eu. Não tinha me surpreendido ao vê-lo ali logo que o dia amanheceu, quando a maioria, se não todos os Luxen, estava dormindo, nem um pouco preocupados com a possibilidade de alguém tentar acabar com eles.

As pessoas diziam que eu era arrogante, mas diabos, esses Luxen me botavam no chinelo.

Matá-los enquanto dormiam era algo que havíamos discutido logo que descobrimos que todos eles tinham um sono de pedra, mas nenhum de nós era tão burro assim. Conseguiríamos acabar com alguns, contudo, havia mais de duas dúzias de Luxen espalhados pela casa, e não estaríamos arriscando apenas nossas próprias vidas.

— Como ela está? — perguntou Dawson em voz baixa, apontando com a cabeça para a porta fechada.

— Ela finalmente dormiu. — Recostei-me na parede e fiquei observando a outra extremidade do corredor. Ninguém mais dormia naquele andar, nem mesmo a Dee, mas eu não ia abaixar a guarda.

— Sinto muito, de verdade. Ela tem consciência disso, não tem? — Com uma careta, Dawson correu uma das mãos pelo cabelo. — Devo tudo a ela, e...

— Tem. — Mudei o peso de um pé para o outro. — Sabe por que ela estava no mercado com o Archer? A fim de comprar suprimentos específicos para a gravidez da Beth.

O sangue se esvaiu do rosto dele.

— Ela não tem passado muito bem, e não sei se isso é normal ou algo mais. — Pensei naquelas malditas crianças lá na Área 51, mas não achava que era a hora de perguntar ao meu irmão se ele sabia sobre elas e correr o risco de deixá-lo ainda mais assustado. — Kat também não sabe. Nenhum de nós sabe nada sobre gravidez.

Ele fechou os olhos e soltou o ar com força.

— Sei que não podemos ir embora sem a Dee, mas...

Mas quanto tempo mais o Dawson conseguiria ficar longe da Beth, a garota que ele amava, que estava esperando um filho dele? A garota que precisava dele agora mais do que de qualquer outra coisa?

Quanto tempo mais eu conseguiria esperar?

Antes de a Kat aparecer, estava disposto a esperar até descobrir quem liderava os Luxen e como ele ou ela planejava botar em prática o plano final de tomada do poder, pois sabia que a Kat estava segura com o Luc e o Archer. Odiava não estar com ela; ficava louco só de saber que não podia sequer pensar nela por medo de que os outros captassem algo.

Mas agora?

Os Luxen que se fodessem.

A humanidade que se fodesse.

Queria a Kat longe dali. Cada célula do meu corpo demandava que eu a protegesse, mesmo sabendo que ela era mais do que capaz de se cuidar sozinha. Ainda assim, a queria longe dali. Diabos, seria capaz de envolvê-la da cabeça aos pés em plástico-bolha se isso não fosse tão bizarro e inconveniente, principalmente se levasse em consideração que eu tinha o péssimo hábito de estourar todas as bolhinhas até não restar mais nenhuma.

Tirá-la dali era o que eu mais queria, mas não podia fazer isso. Como poderíamos deixar a Dee daquele jeito? Precisávamos quebrar a influência deles sobre ela, mas nenhum de nós sabia como. E para onde a Kat e eu iríamos? Que futuro estaria aguardando o Dawson, a Bethany e o... bebê?

Não fazia a menor ideia.

Pouco depois de contar ao meu irmão que a Beth não estava passando bem, sombras escuras de preocupação surgiram sob seus olhos, me levando a imaginar se não deveria ter ficado quieto.

Afastei-me da parede, apoiei uma das mãos no ombro dele e apertei. Quando nossos olhares se encontraram, imaginei um torno esmagando

LUX 5 Opostos

meu peito. Não era a primeira vez que visualizava isso. Desde que havia sacado que a Kat seria levada para nossa base alienígena, essa imagem estivera ali, nos recônditos da minha consciência. E sabia que para o Dawson era a mesma coisa.

Ele estremeceu ao apoiar uma das mãos em meu ombro também.

— Não vou conseguir aguentar muito mais.

O que significava que ele não esperaria muito para dar o fora dali e ir atrás da Beth, com ou sem nossa irmã.

— Eu sei. — Uma dor física atravessou meu peito ao pensar em deixar a Dee com aqueles seres que adoraria não ter absolutamente nada em comum.

Dawson anuiu e recuou um passo, abaixando o braço.

— Que merda!

Abafei uma risada e olhei de relance para a porta.

— Você pode ficar de olho aqui um minuto enquanto eu tento encontrar algo para ela vestir?

— Claro.

Deixei-o de guarda ao lado da porta e fui até um quarto próximo em que vira a Dee pegando algumas roupas. O quarto estava uma zona. A cama destruída. As cômodas viradas e seus conteúdos espalhados. Passei por cima de frascos de perfume e porta-retratos e entrei no closet. Corri os olhos em volta em busca de algo que coubesse na Kat, e percebi que não havia muitas opções. A antiga dona da casa era obviamente uma mulher bem pequena. Com base no tamanho e estilo de seus vestidos, ela jamais comera um x-burguer duplo.

Peguei um vestido azul cintilante. Ele tinha uma fenda que ia até quase o quadril e, apesar de tudo, imaginei a Kat nele.

Em seguida, imaginei-a tirando-o.

A imagem foi como um soco no estômago.

Legal. Agora ficaria de pau duro a manhã inteira. Tudo o que eu precisava.

Por fim, encontrei um par de calças brancas que achei que fossem servir e um suéter preto de mangas curtas. Havia também um par de sandálias rasteiras do tamanho dela. Após pegar tudo, virei e voltei para o aposento principal. Meu olhar, então, recaiu sobre a mesinha de cabeceira.

Parei de supetão.

As gavetas estavam abertas. Uma delas continha um verdadeiro estoque de *brinquedinhos* sexuais. Cara, o prefeito e a mulher sem dúvida gostavam de um pouco de perversão. Na gaveta de cima havia outras... coisinhas interessantes. Entre elas estava uma caixa preta repleta de camisinhas.

O que realmente não era necessário, mas...

Peguei um punhado e as meti no bolso de trás da calça.

Nada como estar preparado.

Sorrindo comigo mesmo, girei nos calcanhares e voltei para junto do Dawson.

— Que sorrisinho é esse? — perguntou ele.

— Nada.

Ele me lançou um olhar desconfiado que dizia que eu não o tinha enganado.

— Você precisa de mais alguma coisa? — Ao me ver negar com um balançar de cabeça, começou a se afastar, mas então parou. — Rolland quer que você participe da coletiva de imprensa hoje?

Com a mão livre em volta da maçaneta, fiz que sim.

— E quer a Kat lá também.

Dawson franziu o cenho.

— Precisamos estar preparados para o que der e vier — falei.

Ele inspirou fundo e anuiu. Observei-o cruzar o corredor e, em seguida, entrei no quarto sem fazer barulho. Fiquei surpreso ao ver a Kat sentada na cama. Os cabelos secos pendiam em volta do rosto em ondas desordenadas.

— Está tudo bem? — Ela esfregou os olhos com os punhos.

— Está. Encontrei algumas roupas pra você. — Fiquei fitando-a por alguns instantes enquanto ela abaixava as mãos, afastava as cobertas e se levantava. Meu coração pulou uma batida.

De vez em quando — e isso acontecia quando eu menos esperava — sentia-me chocado pelo fato de ela ser *minha* e eu ser *dela*. Este era um desses momentos.

Ofereci-lhe as roupas.

— Pra você — falei como um completo idiota.

Um sorriso cansado iluminou-lhe o rosto ao pegar as peças.

LUX 5 Opostos

— Obrigada.

Observei-a passar por mim e desaparecer banheiro adentro. Fiquei ali, escutando a água começar a escorrer. Ainda era muito cedo e ela podia ter dormido mais, mas sendo o egoísta que eu era, estava feliz por encontrá-la acordada.

No entanto, era uma droga não ter a chance de observá-la trocar de roupa. Isso teria me proporcionado a injeção extra de energia que eu precisava. Continuava parado no meio do quarto quando a porta do banheiro se abriu de novo e ela saiu.

Por sorte, a calça que lhe entregara não cabia direito.

Ela era um número menor, e envolvia o traseiro da Kat como uma luva, fazendo de mim um homem muito, muito feliz.

Kat me pegou olhando e revirou os olhos.

— Graças a Deus que a calça é de *stretch*.

— Estou tendo pensamentos nada apropriados no momento — confessei.

Ela cruzou os braços logo abaixo dos seios, atraindo minha atenção para outra parte de sua anatomia pela qual eu me sentia absurdamente fascinado.

— Por que será que isso não me surpreende?

— Só achei que devia te dizer.

Quando ela passou por mim e se curvou para botar os sapatos no chão, pude dar uma boa conferida, e meu cérebro travou. Talvez eu estivesse tão exausto que não desse a mínima para minhas prioridades naquela hora da manhã, com tudo tão quieto. Talvez fosse o vestido que tinha visto no closet ou todos aqueles brinquedinhos na gaveta. Ou talvez, como um bom exemplar do sexo masculino, eu só pensasse em sexo, independentemente da situação. Qualquer que fosse o caso, meu cérebro travou, o que era um problema recorrente em se tratando dela.

Estendi o braço e, envolvendo-a pela cintura, ergui-a do chão. Um gritinho de surpresa escapou de seus lábios ao mesmo tempo que a puxava de encontro ao peito, enterrava a outra mão em seus cabelos e pressionava minha boca contra a dela.

Beijei-a profundamente, sugando tudo o que podia — seu gosto, sua língua e cada suave gemido que ela produziu contra minha boca.

Lá no fundo da mente, sabia que não devia estar fazendo isso. Diabos, a gente devia estar planejando o que iria fazer e tudo o mais, mas para o inferno com isso.

Como sempre, eu a desejava.

Soltei-a de volta no chão, traçando um caminho de suaves beijinhos até o lóbulo de sua orelha enquanto enfiava os dedos por baixo da bainha do suéter. A pele estava quente, macia como seda. Afastei-me, puxando o suéter pela cabeça dela e o soltando no chão.

Tracei um novo caminho por sua garganta, beijando cada uma daquelas pequenas margaridinhas amarelas, demorando-me mais em umas do que em outras. Em seguida, virei-a de costas e o ar congelou em meus pulmões.

As cicatrizes.

Um grunhido baixo e animalesco escapou de minha garganta.

— Daemon? — Ela lançou um rápido olhar por cima do ombro.

Engoli em seco.

— Está... está tudo bem.

Mas não estava.

Odiava ver aquelas cicatrizes, mesmo que não passassem de suaves riscos rosados e uniformes, mas elas sempre me lembrariam do sofrimento pelo qual a Kat havia passado e da sensação de impotência que eu sentira. Péssimas lembranças.

Toquei-lhe os ombros com cuidado, baixando a boca para o ponto logo abaixo das omoplatas e plantando um reverente beijo em cada uma delas. Desejava poder eliminá-las de alguma forma, apagar aquela maldita lembrança. Fechei os olhos e rocei os lábios pela base do pescoço dela, prometendo a mim mesmo que faria qualquer coisa para protegê-la.

Não haveria outra cicatriz no corpo da Kat.

Nem uma única.

Com os dedos trêmulos, abri o fecho do sutiã e deslizei as alças por seus braços. Kat inspirou fundo ao mesmo tempo que eu empertigava as costas e colava o corpo contra o dela.

Em seguida, capturando o lóbulo de sua orelha entre os dentes, passei o braço em volta de sua cintura e abri o pequeno botão da calça. Não só adorava aquele pequeno pedaço de carne, como os sons que ela emitiu fizeram meu sangue ferver.

LUX 5 Opostos

— Não consigo me controlar quando estou perto de você — cochichei em seu ouvido. — Mas acho que você já sabe.

Com a cabeça da Kat apoiada em meu peito, deslizei as mãos por seu tronco. Ela mordeu o lábio inferior, já inchado. Senti minha própria pulsação em cada pedacinho do corpo e desejei poder ir com mais calma, idolatrar cada centímetro dela, porém o amor e o desejo me consumiam com demasiada intensidade.

A verdade era que o tempo não estava do nosso lado. Eu daria um jeito de arrumar um pouco mais tarde. Diabos, arrumaria tempo o bastante para que pudéssemos passar, tipo, uns três meses sozinhos sem nenhuma aporrinhação.

Virei-a de frente para mim, a peguei no colo e a botei sentada na cama. Em seguida, tomei sua boca num beijo tão profundo e ardente que me deixou com as pernas bambas. Assim que me afastei, pude ver o brilho branco em seus olhos e soube que, tal como nossos corações, eles refletiam os meus. Arranquei a maldita calça branca e justa, e esse simples gesto foi a minha perdição. Olhei de relance para ela, as sobrancelhas erguidas em questionamento.

— Que foi? — O rosto da Kat adquiriu um lindo tom rosado. — Você não me trouxe nenhuma calcinha. E, para ser sincera, também não usaria a de outra pessoa.

Deslizei as mãos por suas panturrilhas.

— Não tenho problema algum com isso. Nenhum mesmo. Tipo, nem agora, nem nunca. Fui claro?

Ela soltou uma suave risada.

— Acho que entendo aonde você quer chegar.

— Tem certeza? — Beijei-lhe o ponto logo atrás do joelho, rindo quando ela puxou a perna. — Porque posso fazer disso uma regra.

— Não acho que seja necessário.

Ri de novo, afastando-me ligeiramente e tirando a roupa o mais rápido que eu já fizera na vida. Kat baixou os olhos, que cintilaram ainda mais, e soltou um suspiro. Um orgulho ridículo trouxe um sorriso aos meus lábios.

— Gosta?

Ela ergueu os olhos.

— O que você acha?

— Acho que sim, e muito.

Ela inspirou fundo, inflando o peito.

— Mas não temos nenhuma proteção, e levando em consideração que quase desmaiei ao descobrir que a Beth estava grávida, acho que realmente precisamos de uma camisinha.

— Eu tenho. — Peguei meu jeans e pesquei uma das embalagens. Entretanto, por mais estranho que isso pudesse parecer, ao olhar para ela deitada ali na cama, esperando por mim, somente eu, quase esqueci como colocá-la.

Isso teria sido realmente bizarro.

— Ai, meu Deus — comentou Kat com um tom falsamente exasperado, deitando a cabeça no travesseiro. Parecia uma maldita deusa naquela posição. — Até parece que você tem um dom especial para encontrar camisinhas. Sério. Elas devem cair do céu quando você chega perto.

Dei uma piscadinha e rasguei a embalagem com os dentes.

— Sou dotado onde importa, gatinha.

Ela riu, e aquele olhar sensual, com as pestanas semicerradas, me deixou em ponto de bala. Posicionei-me sobre ela, passando direto por algumas partes. Daria uma atenção especial a cada uma dessas partes depois. Abri a boca, provavelmente para dizer alguma coisa superpresunçosa ou absurdamente pervertida, mas o que quer que fosse se perdeu quando a Kat ergueu as mãos e envolveu meu rosto, me puxando para um beijo que me dilacerou de dentro para fora com uma perfeição inacreditável. Estava maravilhado, totalmente estarrecido com o modo como uma simples palavra, olhar ou toque, ou um simples e suave beijo podia me botar no meu devido lugar e me deixar de quatro por ela.

Depois disso, não houve mais espaço para palavras ou pensamentos. Minha boca estava em tudo quanto era lugar. Acariciando-a, descobri que ela estava pronta, e o beijo que se seguiu aumentou ainda mais o meu tesão. Enquanto nos movíamos juntos, com as mãos entrelaçadas, ergui ligeiramente o corpo e olhei fundo naqueles olhos cinza pontilhados de branco.

E me apaixonei mais uma vez.

Uma luz intermitente pulsava nas paredes, enquanto nossos corações batiam no mesmo descompasso. Kat me abraçou com força, fechando as pernas em volta de mim e me puxando para si. Engoli seu grito com um

LUX 5 Opostos

beijo quando uma espiral entontecedora de sensações desceu pela minha espinha.

Não sei quanto tempo se passou, mas deitado ali, envolvendo o corpo dela com o meu de modo a não haver sequer um centímetro entre nós, finalmente fechei os olhos. E, apesar de toda a merda em que estávamos metidos, encontrei paz.

[8]

Katy

antive a boca fechada enquanto o Luxen — o mesmo que na véspera aparecera na porta do banheiro para dar uma checada no Daemon — me conduzia para um veículo diferente do que os três irmãos tinham entrado.

A frota de carros seria escoltada pela polícia e, embora isso parecesse uma coisa normal em tempos de guerra ou durante uma invasão alienígena, cada oficial que vi sem óculos escuros ostentava um par de olhos tipicamente Luxen.

Claro.

Quando saquei que o alienígena de cabelos escuros estava me guiando em direção a uma limusine preta brilhante, uma série de nós se formou no fundo do meu estômago. Arrisquei uma rápida olhadela pela fileira de carros e vi o Daemon parado ao lado de um Hummer. Sua expressão me disse que ele estava prestes a deixar o fingimento de lado e exigir uma troca de lugares, o que não seria nada bom, nada mesmo.

Fiz que não de leve e apressei o passo em direção ao carro que nos aguardava de porta aberta. A pressão que o Luxen de cabelos escuros imprimia em minhas costas não era lá muito gentil, e quase me fez cair estatelada

LUX 5 Opostos

no banco de couro. Enquanto me empertigava e afastava algumas mechas de cabelo do rosto, ele se acomodou do meu lado.

Rolland estava sentado diante de mim, juntamente com aquela piranha, Sadi, cujo rosto não exibia marca nenhuma de nossa briguinha da véspera. Malditos Luxen e seus poderes de cura. Adoraria ver minha mão estampada na cara dela, em vez daquele sorrisinho melosamente doce.

Quando a porta se fechou, senti como se estivessem baixando a tampa de um caixão.

De terno azul-marinho, com as pernas cruzadas e as mãos entrelaçadas sobre o colo, Rolland parecia um verdadeiro político. Ao seu lado, Sadi usava algo no mesmo estilo do dia anterior: um tailleur de risca de giz e o cabelo preso num coque severo. Eles formavam um casal assustadoramente plástico de tão perfeito.

Uma fina camada de suor cobria minhas palmas ao olhar de relance para a janela, imaginando com que rapidez eu conseguiria invocar a Fonte e explodir a janela caso precisasse realizar uma fuga estratégica.

— Você deve estar pensando no motivo de estar indo com a gente — declarou Rolland.

Virei-me de volta para ele e encarei aqueles olhos azuis. Não havia um pingo de humanidade naquele olhar gelado.

— Estou mesmo.

Um lento sorriso repuxou-lhe os lábios.

— Estou curioso sobre sua espécie, Katy Swartz, sobre você e o Daemon. Ele possui uma conexão física muito forte com você. O que você sente por ele?

A limusine se pôs em movimento. Imaginei que o melhor seria ser o mais honesta possível. Nenhum de nós tinha a menor ideia do quanto Rolland realmente sabia sobre a gente, o que a Dee e os irmãos talvez tivessem inadvertidamente compartilhado com ele.

— Sinto uma forte conexão com ele — respondi. Lembrando como havia sido nossa manhã, isso *definitivamente* não era mentira.

— Mas vocês estavam brigando ontem à noite. — Rolland apontou com a cabeça para o silencioso Luxen ao meu lado. — Por quê?

— Não gostei da forma como ele me tratou no escritório. — Isso também era verdade.

— Você o ama — acrescentou Sadi, de um jeito que fez parecer com que amar alguém fosse o mesmo que atravessar a rua na frente de um ônibus.

Inspirei fundo e assenti.

— Amo.

— E acha que ele te ama? — Rolland ajeitou a gravata.

— Achava, mas... — Forcei meus olhos a se encherem de lágrimas, o que não foi difícil levando em consideração o modo como o Daemon agira antes de eu descobrir o que estava acontecendo. A mágoa ainda queimava como a ferroada de um marimbondo. — Agora já não sei. As coisas que ele disse e... o jeito como agiu depois. — Acrescentei um estremecimento involuntário para reforçar o argumento. Alguém, por favor, podia me entregar um Oscar? — Já não sei mais nada.

Seguiu-se um momento de silêncio e, então, Rolland riu com vontade. Por essa eu não esperava.

— Você é uma graça — disse ele por fim.

Ahn?

Ele riu de novo.

— Sentada aí, tão pequena e frágil, é difícil acreditar que horas atrás você fez a Sadi sangrar bastante.

Sadi franziu o cenho e me lançou um olhar que prometia retribuição. Cerrei as mãos sobre o colo, com vontade de gritar: *vem, manda ver*. Ou melhor, me jogar sobre ela e estrangulá-la.

— Você parou diante de mim e invocou a Fonte com extrema facilidade, e agora está sentada aí como uma criaturinha tímida — continuou ele, recostando-se no assento e esticando as pernas até pressionar uma das panturrilhas contra a minha.

Enrijeci.

O sorriso dele tornou-se ainda mais amplo.

— Só queria ressaltar isso.

A limusine deu um solavanco ao passar por cima de um buraco, me jogando contra o silencioso Luxen. No momento, me sentia como um camundongo sendo perseguido por um gato. Um gato grande e faminto. Meu coração martelava contra o peito. Talvez eu não devesse estar escrevendo meu discurso de agradecimento pelo Oscar.

LUX 5 Opostos

— Tudo bem.

— Quero saber mais sobre o Original que estava no mercado com você — demandou Rolland. — Quem é ele?

Não respondi.

Rolland balançou a cabeça com um sorrisinho indulgente e olhou de relance para o Luxen ao meu lado. Antes que eu tivesse a chance de respirar, a mão do sujeito se fechou em minha garganta, os dedos se enterrando em minha pele e cortando a passagem de ar. Senti uma fisgada de pânico e arregalei os olhos. Tinha dado o último suspiro sem nem mesmo perceber.

Rolland inclinou-se para a frente e apoiou ambas as mãos em meus joelhos.

— Quero fazer isso do jeito fácil. Tudo o que você precisa fazer é responder.

Cravei as unhas na mão do Luxen, mas ele começou a mudar de forma, o calor abrasando minha pele e a luz me ofuscando.

— E se quiser que o Daemon continue vivo, é melhor dar mais valor à sua própria vida — prosseguiu ele, num tom que mais parecia que estávamos discutindo o que comer no jantar. — Entendeu?

Fiz que sim da melhor forma possível.

O Luxen me soltou e sua luz retrocedeu. Em seguida, recostou-se de volta no assento e calmamente ajustou as mangas. Rolland não se moveu. Continuou inclinado e com as mãos fechadas em meus joelhos, me provocando uma onda de repulsa.

— Quem é ele?

Odiava o que estava prestes a fazer, mas não era só em mim que tinha que pensar. Ainda que salvar minha própria pele significasse proteger o Daemon, sabia que provavelmente estaria jogando o Archer e só Deus sabe quem mais na fogueira.

— O nome dele é Archer. Não sei seu sobrenome e nem mesmo se ele tem um. — Senti a pele repuxar.

— E como você o conheceu? — perguntou Rolland. Quando ele enfim se recostou, Sadi pulou do assento deles e se acomodou ao meu lado.

Todos os músculos do meu corpo se contraíram ao senti-la pousar a mão em meu joelho.

— Não minta, Katy. — Ela se aproximou ligeiramente e cochichou em meu ouvido: — Sabemos mais do que você pensa.

Tentei inspirar fundo, mas o ar só entrou superficialmente.

— Eu o conheci no Daedalus.

— E o que seria isso? — indagou Rolland.

Por mais que eu quisesse me afastar da Sadi, permaneci onde estava.

— O Daedalus é um órgão do governo que trabalha com a assimilação dos Luxen. Eles cuidam deles, os monitoram...

— E os controlam?

— Até certo ponto. — Soltei um arquejo ao sentir a Sadi estender o braço por trás de mim e se aproximar ainda mais, praticamente invadindo meu espaço vital. — Eles fazem alguns experimentos. — Enquanto contava a eles sobre o Daedalus, lutei contra a vontade de cravar as unhas na cara da Luxen.

Rolland escutava com atenção.

— Obrigado por ser tão direta, Katy. Ficaria muito desapontado se você mentisse.

— E a gente perceberia na hora. — A outra mão da Sadi estava em algum lugar próximo ao meu umbigo. — Entenda, a gente sabe sobre a pequena arma deles e sobre o ônix. Essas coisas podem realmente nos afetar, mas sabemos que elas existem. Estaremos preparados.

Confusa, desviei os olhos dela e os fixei no Rolland. Ele estendeu os braços por trás do encosto de cabeça do assento, parecendo totalmente à vontade.

— Tivemos ajuda de gente daqui. Mas tenho certeza de que você já tinha se dado conta disso.

Um súbito mau pressentimento fez meu peito apertar.

— Tipo ela?

A risada rouca que a Sadi soltou me deixou com os braços arrepiados.

— É, tipo eu. E tipo o seu Archer. Ah! Não tem mais alguém que você está deixando de mencionar?

O ar escapou de meus pulmões.

Rolland fez um leve ruído de repreensão no fundo da garganta.

— Está escondendo algo ou alguém da gente, Katy?

LUX 5 Opostos

— Está, sim. — Sadi correu um dedo pelo meu braço. Pequenos calafrios acompanharam a perturbadora carícia. — Se não me engano, o nome dele é Luc.

Ó céus!

— E isso não é tudo. — Ela olhou para o Rolland.

Ele riu.

— Claro que não.

O dedo dela percorreu a linha do meu maxilar.

— Tem também uma tal de Beth... e um bebê.

— Ah, querida — murmurou Rolland.

Encarei-o. Meu cérebro se recusava a digerir aquela reviravolta na situação.

Ele tamborilou os dedos no encosto de cabeça.

— Vocês acham que a gente teria vindo para cá sem sermos convidados? Que os humanos, com toda a sua inteligência e avanços tecnológicos, não acabariam sendo a fonte de sua própria destruição?

— Afinal de contas, batizar um soro de Prometeu? — A respiração da Sadi fez cócegas contra o meu rosto. — Quero dizer, não é um pouco arrogante demais?

Segundo a mitologia grega, Prometeu tinha criado o homem a partir do barro e, desobedecendo aos deuses, ensinara a humanidade a fazer fogo, garantindo assim o começo da civilização. Ele tinha sido punido por sua própria ingenuidade.

Tal como o Daedalus, murmurou Sadi em meio aos meus turbulentos pensamentos.

Horrorizada, virei a cabeça lentamente para ela. Seus olhos eram de um azul tão brilhante que não podia ser real. Lentes de contato. Que nem o Archer, que os escondera da gente, fazendo-os parecerem olhos humanos. Sadi, porém, escolhera lentes que os tornavam iguais aos dos Luxen.

Só que ela não era.

Era uma Original.

E não só conseguira pescar meus pensamentos durante todo aquele tempo, como também os do Dawson e do Daemon, tanto em suas formas verdadeiras quanto nas humanas.

— Isso mesmo — sussurrou ela, os lábios roçando minha bochecha e provocando um calafrio em minha espinha. — Vocês estão totalmente ferrados!

De repente, a limusine pareceu pequena demais.

— Por quê? — Soltei a única coisa em que consegui pensar.

— Por que te contar isso? — Rolland ergueu os braços como se fosse se espreguiçar. — Ou por que te fazer todas essas perguntas? Entenda, não sabíamos o que estava acontecendo. Os dois irmãos são espertos. Mesmo na forma humana, eles não pensavam em nada.

— Eles são lindos de morrer e, embora a maioria das pessoas bonitas não seja abençoada com inteligência — disse Sadi, rindo ao me ver trincar o maxilar. — Duvido que a cabeça deles seja *tão* oca assim.

— Sadi conseguia pescar algumas coisas de vez em quando... breves flashes de pensamentos que nos fizeram suspeitar da honestidade deles para com a gente — prosseguiu Rolland. — Mas não conseguíamos descobrir o que havia de errado, o que fazia com que eles fossem tão resistentes à nossa causa, uma vez que a irmã aderiu num piscar de olhos. Até que você apareceu.

Sadi bateu com a unha na ponta do meu nariz.

— Sorte a nossa.

— Você é a resposta. Por ter sido transformada, criou um vínculo inquebrável com o Daemon.

— E sabíamos que o Dawson também estava escondendo alguma coisa da gente — acrescentou Sadi. — Ou alguém. Com certeza essa Beth.

— Agora sabemos que talvez haja mais Luxen espalhados por aí que, tal como o Daemon e o Dawson, tenham criado um vínculo com algum humano que poderá vir a ser um problema para a nossa causa. Não acredito que vocês quatro sejam os únicos. Tem que haver mais, e é disso que vamos tratar hoje.

Merda. Merda. Merda.

Sadi riu.

— Precisamos acalmar os pobres humanos, fazê-los pensar que seus governantes irão protegê-los, mas você e eu, bem, nós sabemos que não é isso que vai acontecer. — Ele sorriu daquele jeito charmoso tão típico

LUX 5 Opostos

dele. — Mas também precisamos passar um recado para qualquer Luxen que não deseje nos apoiar.

O pulsar em minha garganta parecia um pica-pau tentando abrir um buraco à força.

— Então é isso que nós somos? Um recado?

— Garota esperta — retrucou ele ao mesmo tempo que a limusine fazia uma curva fechada à direita.

— Ela quer saber como — interveio Sadi. Fuzilei-a com os olhos, mas ela simplesmente me deu um tapinha na bochecha. — Você acha que devemos contar?

Ele deu de ombros.

— Veja bem, alguns Luxen irão assistir à coletiva, e mesmo através da TV e de todos os canais em que ela será transmitida, eles saberão o que nós somos — explicou ela. — Vamos fazer exatamente o que você estava preocupada que fizéssemos. Vamos jogar os dois irmãos na fogueira. Iremos expor a natureza alienígena de ambos.

Puta merda!

— Isso servirá a outro propósito também. — Rolland se inclinou novamente para a frente. — Quando os humanos virem com seus próprios olhos que os Luxen são fisicamente idênticos a eles e que contam com a ajuda de outros humanos, isso irá gerar uma onda de pânico.

Tornando mais fácil para eles assumirem o controle.

— Exatamente — murmurou Sadi, correndo o dedo pelo meu lábio inferior.

— E também irá mandar uma mensagem clara para os Luxen de que não iremos tolerar ninguém que se oponha à gente. — O sorriso desapareceu do rosto dele e as pupilas ficaram brancas. — Como eu disse, essa coletiva irá servir a dois propósitos.

Deus do céu! Eles iriam instaurar um pânico de proporções épicas. Mesmo que a princípio o vídeo só fosse visto por uma pequena porcentagem do planeta, ele se tornaria viral. Se houvesse outros Luxen como o Daemon e o Dawson, eles definitivamente receberiam a mensagem.

Eu tinha que fazer alguma coisa.

— Não há nada que você possa fazer — disse Sadi, lendo a minha mente.

Mas havia, sim.

Ela jogou a cabeça para trás e riu. Comecei a imaginar todos rebolando — todos eles. O Silencioso Luxen. O Rolland. A Sadi. Todos balançando a bunda no ar, como malditos idiotas.

Sadi se afastou e franziu o cenho.

— O que...?

Virando no assento, agi sem pensar, me guiando apenas pelo instinto. O risco era grande, mas não podia deixá-los chegarem a seu destino.

Sadi gritou alguma coisa ao mesmo tempo que eu invocava a Fonte. O Silencioso Luxen fechou a mão novamente em minha garganta enquanto a energia escorria pelo meu braço e era lançada no ar numa espiral de luz.

A passagem de ar foi cortada e eu não conseguia respirar, porém a bola de energia acertou o alvo, explodindo contra a cabeça do motorista.

A limusine deu uma guinada forte para a direita, mas continuou prosseguindo numa velocidade ainda maior quando o motorista caiu sobre o volante. Duas das rodas descolaram do chão e, com a mão do desgraçado apertando meu pescoço ainda mais, ela levantou voo.

[9]

DAEMON

Não gostei nem um pouco do arranjo. Saber que a Kat estava num carro diferente já era ruim o bastante, mas ela ir com o Rolland e a Sadi fazia com que eu quisesse dar um soco em alguém.

Dee estava sentada no banco da frente, ao lado de um dos recém-chegados, parecendo uma mini Sadi naquele terninho. Deus do céu, tinha a sensação de que minha pele ia se soltar dos ossos. Havia no mínimo umas cem coisas que eu não gostava a respeito disso, e todas elas me deixavam com vontade de socar a mim mesmo.

É, eu estava louco para dar umas porradas.

Isso era tão bizarro após o êxtase que experimentara com a Kat de manhã cedinho. O tempo passado com ela, dentro dela, parecia ter acontecido há séculos. Havia algo de estranho e desesperador em meus pensamentos, uma coisa da qual não conseguia me livrar. Tipo, a sensação dos lábios dela, e como isso quase parecia algo tão distante no passado.

Meu irmão me lançou um longo e demorado olhar antes de voltar os olhos novamente para a janela. Estava tenso, quase tanto quanto as cordas de um violão.

O prefeito morava numa área rural, e estávamos ainda a uns 8 quilômetros de distância da cidade. Queria poder dizer ao sujeito atrás do volante para se apressar.

De repente, o carro à nossa frente pisou nos freios e quase fui lançado pelo para-brisa quando nosso Hummer o imitou. Agarrei o assento diante de mim e soltei uma maldição por entre os dentes.

— O que está acontecendo? — perguntou Dee, franzindo o cenho. — A gente não devia estar parando.

Mais adiante, um sedã preto deu uma súbita e forte guinada à esquerda, e vi algo que fez meu coração congelar. Uma sensação de horror brotou em minhas entranhas.

A limusine onde a Kat estava entrou na pista da direita com duas das rodas descolando do chão. Ela bateu de raspão num dos policiais que estavam de moto e começou a girar, entrando direto no caminho de outro. O piloto demorou um segundo a mais para se transformar e acabou colidindo contra o para-brisa do sedã. A limusine levantou voo, deslizando alguns metros no ar antes de cair de cabeça para baixo. Um som de metal enrugando ecoou por todo o entorno.

— Pare o carro! — gritou Dawson.

Eu já estava com a mão na maçaneta quando o Hummer parou com um cavalo de pau. Abri a porta e parti em disparada, sem parar para pensar no que minha atitude poderia parecer para a cerca de uma dúzia de Luxen que saltavam de seus respectivos veículos. Não dava a mínima.

Passei feito um tufão por um dos Luxen uniformizados e segui direto até a limusine destruída. Só sabia que a Kat estava viva porque ainda conseguia respirar, o que não significava nada. Ela podia estar machucada, e a ideia de que podia ser algo grave quase me fez perder o controle das pernas.

Com o Dawson e a Dee nos calcanhares, contornei o corpo desconjuntado do Luxen da motocicleta, cuja luz agora pulsava de forma errática.

Uma explosão de luz branca emergiu de dentro da limusine.

Parei com um leve derrapar.

Uma das portas de trás voou pelos ares com tanta força que cruzou a estrada e atravessou outro Luxen uniformizado. Tipo, um Luxen de repente virou dois não tão inteiros assim.

— Santos corpos pela metade — murmurou Dawson.

LUX 5 Opostos

Assim que essas palavras saíram da boca do meu irmão, uma forma azul, vermelha e branca seguiu o mesmo trajeto da porta, zunindo através da estrada e colidindo contra um pinheiro. A árvore ancestral balançou. Uma chuva de pequeninas pinhas se desprendeu dela ao mesmo tempo que o borrão caía de cara no chão.

Sadi.

Com os olhos arregalados, virei de volta para a limusine a tempo de ver uma pequena e delicada mão se apoiar no asfalto, seguida por um braço esguio que revelou a manga curta de um suéter preto.

Kat se arrastou para fora do veículo pelo buraco onde antes havia a porta. Colocando-se de pé, afastou os longos cabelos do rosto. Um filete de sangue escorria de sua boca e a perna direita da calça estava rasgada na altura da coxa, coberta de vermelho.

Fiz menção de ir ao encontro dela. Duas palavrinhas me impediram.

Ela olhou para mim e inspirou fundo. Uma luz branca debruada de vermelho envolvia-lhe ambos os braços.

— Eles sabem.

Dawson soltou um palavrão. Ele também tinha entendido. Dee gritou ao mesmo tempo que eu abandonava a forma humana. Era como despir um agasalho. Fim de jogo. A única coisa em que conseguia pensar no momento era em tirar todos os que eu amava o mais rápido dali.

Girei nos calcanhares e lancei uma descarga da Fonte sobre o motorista antes que ele tivesse a chance de dar uma de Luxen para cima da gente.

Nossa espécie não era das mais fáceis de matar. Éramos como coelhinhos Duracell alienígenas. A gente continuava se levantando e voltando para a luta. A descarga de energia tinha que ser catastrófica para o sistema. Que nem com os zumbis — uma analogia que a Kat aprovaria —, cortar a cabeça fora era uma das soluções. Atravessar o coração com alguma coisa era outra. Mas uma única descarga da Fonte nem sempre resolvia o problema.

O motorista levantou cambaleando e se preparou para a revanche, mas o atingi de novo, e de novo, logo acima do coração.

Várias descargas da Fonte resolveriam o problema.

A luz branca espocou sobre dele, pulsando através da malha de veias, mas então apagou e ele se dobrou como um saco de papel vazio.

Dawson dava vazão a toda a agressividade acumulada enquanto atacava um Luxen com uniforme de oficial. Kat tinha se virado de volta para a limusine; erguendo os braços, virou-a de cabeça para cima.

Dayum.

O Luxen alto que mal abria a boca saiu de dentro do carro. Comecei a avançar em direção a ele, desviando-me com facilidade de uma bola de energia, mas parei de supetão ao ver as longas mechas de cabelo da Kat levitarem em torno dos ombros. Estática estalava no ar à sua volta.

Uma rajada da Fonte emergiu de sua mão e acertou o Luxen, arremessando-o no ar. Ela, porém, não parou, lançando outra e mais outra até ele cair sobre o capô do carro. Uma poça de líquido incandescente rapidamente se formou sob o corpo imóvel.

Ah, ver aquilo fez certa parte do meu corpo dar sinal de vida.

Kat se virou para mim, os olhos irradiando uma luz que vinha de dentro. Parecia uma deusa — a deusa da vingança.

Se não estivéssemos no meio de uma guerra, eu te prensava numa árvore neste exato momento.

Um dos cantos dos lábios dela se curvou ligeiramente para cima. *Isso é tão... Atrás de você!*

Girei e agarrei o Luxen pelo braço.

Trataaie, rosnou ele, me chamando de traidor.

Pense o que quiser. Virando de lado, segurei o Luxen com força, o suspendi do chão e o arremessei como um frisbee. Ele rodopiou no ar e bateu com tudo num poste telefônico. A madeira lascou. As linhas se partiram e a eletricidade foi liberada, soltando uma chuva de faíscas no ar.

Kat passou correndo por mim, lançando uma descarga da Fonte num Luxen que se aproximava sorrateiramente do Dawson enquanto este cuidava de outros dois. O recém-chegado se virou para ela, levou a mão ao ombro com um urro de dor e contra-atacou.

Minha gatinha se manteve firme no lugar.

Ela pulou de lado no último minuto, dando uma forte joelhada entre as pernas dele e espalmando as mãos em sua cabeça curvada. A Fonte emergiu de suas palmas e escorreu por cima da cabeça do desgraçado.

Mais um fora de combate.

Maldição, Kat era absolutamente fantástica.

LUX 5 Opostos

Próxima ao acostamento, Sadi tinha se levantado e avançava com passos titubeantes. Apoiou uma das mãos no capô de um jipe para se firmar.

Kat foi para cima dela, o rosto pálido com uma expressão determinada. Abaixando-se, pegou a porta danificada da limusine e a brandiu como um taco de beisebol. A porta acertou a Sadi bem no meio do peito, afastando-a do jipe e a deixando apoiada numa perna só.

— Isso foi por você ser uma verdadeira vaca. — Ela pegou a Luxen pelas costas e a empurrou. — Isso é por pensar que não haveria problemas em encostar o dedo em mim. — O último golpe veio pela frente, lançando a cabeça da Sadi com toda a força para trás. — E isso é por ousar pronunciar o nome do Daemon.

A alienígena caiu de bunda no chão, as pernas dobradas sob o corpo. Ofegando, Kat se virou para mim.

Caramba, gatinha, você é dura na queda. Chega a dar medo, mas ao mesmo tempo me deixa superexcitado!

Ela soltou a porta no chão.

— Não acho que ela esteja morta.

Para mim, parece que sim.

Seus lábios se curvaram num meio sorriso.

— Ela é uma Original. Nem sei como matar um deles, mas adoraria descobrir.

Antes que eu pudesse processar a revelação, um Luxen saiu de trás da pequena caravana e se aproximou correndo, provavelmente desejando tomar parte na nossa incrível sessão de porradas. Recuei um passo, corri os olhos em volta e, ao ver a arma perfeita, invoquei o poder que havia dentro de mim.

Uma intensa onda de choque emergiu de mim, rachando o asfalto e virando um dos jipes de lado. Sirenes dispararam ao mesmo tempo que a onda atingia os pinheiros que ladeavam a estrada. Dois deles se balançaram violentamente e foram arrancados do chão. As raízes grossas pendiam da base, cobertas de detritos. Um cheiro forte e pungente de terra impregnou o ar.

Abaixem-se!, avisei, e tanto a Kat quanto o Dawson se jogaram no chão sem pestanejar.

Os pinheiros cruzaram a estrada como duas gigantescas cordas de pendurar roupa, batendo e arrastando consigo a fileira de criaturas reluzentes, carregando-as através das pistas até o outro grupo denso de árvores no lado oposto.

Abaixei os braços, aliviando a tensão que começava a se insinuar em meus ombros, e dei um passo à frente. Alguns pareciam insetos esmagados contra um para-brisa, cobertos por um líquido brilhante. Eles não se levantariam tão cedo, mas os outros, sim.

Kat se levantou. Empertigando o corpo, apontou para a limusine. Rolland estava se arrastando para fora, ainda na forma humana.

— Matem eles! — gritou, e repetiu a ordem em nossa língua nativa.

Havia cerca de uns sete ainda de pé. Corri ao encontro da Kat e do meu irmão, sabendo que as chances não estavam do nosso lado. Estávamos conseguindo provocar alguns danos, tirando de combate um ou outro Luxen, mas ainda restavam muitos. Mais do que daria para encarar.

Dee se manteve ali durante toda a luta, mas não interveio para ajudar nem a gente nem eles. Permaneceu na beira da estrada, os punhos cerrados, observando os Luxen remanescentes nos cercarem. Estendi o braço na direção dela. Minha irmã tinha que vir se juntar a nós. Não havia outra saída. Por mais forte que fosse a influência deles, nós éramos sua verdadeira família.

Ela, porém, não moveu um músculo.

Dee?

Ela olhou para mim e fez que não, recuando um passo. Eu não conseguia acreditar. Fitei-a, sentindo o peito comprimir. Ela não podia estar fazendo essa escolha. De jeito nenhum.

Os Luxen estavam fechando o cerco.

Isso não é nada bom, a voz do Dawson ecoou em minha mente. *Na verdade, é péssimo.*

E era mesmo, mas a gente não ia morrer assim. Dei a mão a Kat, que a apertou, fazendo a luz pulsar pelo meu braço. Puxei-a mais para perto de mim enquanto o Dawson se postava na frente dela. Isso não significava que qualquer um de nós achasse que ela não era capaz de se proteger. Só que éramos mais fortes. Podíamos aguentar uma quantidade maior de

LUX 5 OPOSTOS

descargas da Fonte, e sem dúvida estávamos prestes a encarar um ataque de proporções épicas...

De repente, um som semelhante ao de uma centena de pássaros gigantescos batendo as asas reverberou pela floresta ao nosso redor. Todos nos viramos, tanto a gente quanto os Luxen, a tempo de ver seis helicópteros negros sobrevoando os pinheiros altos.

Eles se inclinaram ligeiramente de lado ao se aproximarem da estrada, todos com as portas abertas, exceto um, que fez um círculo em volta da gente e, em seguida, abriu a porta também.

Já tinha visto *Falcão Negro em Perigo* algumas vezes, e sabia o que estava para acontecer.

Cordas foram lançadas pelas aberturas, caindo até quase o chão. Em questão de segundos, surgiram os soldados, todos vestidos de preto, os rostos escondidos atrás de capacetes com viseiras. Alguns começaram a descer pelas cordas. Já outros se ajoelharam na beirada da abertura e apontaram as armas, que mais pareciam pequenos lança-foguetes.

Os que estavam descendo traziam o mesmo tipo de arma pendurada nas costas — as famosas PEP, que utilizavam projéteis de energia pulsante. Armas letais para os Luxen, híbridos e originais.

Ah, merda!

Katy

Meu corpo inteiro doía. Em questão de segundos, as coisas foram de *ah, merda* para *fodeu de vez*. Estávamos definitivamente ferrados e mal pagos.

Os irmãos voltaram à forma humana e me empurraram contra um dos jipes destruídos assim que os soldados pisaram no chão. Não tínhamos a menor chance. Não com tantos soldados caindo do céu à nossa volta.

Daemon apertou minha mão ao ver um dos Luxen recuar um passo e lançar uma descarga da Fonte no helicóptero mais próximo. O feixe de energia acertou o ponto logo abaixo das hélices. Centelhas espocaram ao mesmo tempo que o helicóptero dava uma guinada forte, girando fora de controle em direção aos pinheiros. O impacto chacoalhou o chão, e a onda de calor decorrente da explosão fez com que me encolhesse ainda mais contra o jipe.

Um dos soldados se colocou em posição de tiro, com um dos joelhos no chão, e ergueu a arma. Um espocar azulado emergiu da ponta do cano, seguido por um feixe de luz muito semelhante ao da Fonte, porém num tom brilhante de azul. Ele acertou o Luxen, acendendo-o como se o alienígena tivesse sido atingido por um raio. Seguiu-se um vibrante pulsar vermelho-esbranquiçado e, então, o desgraçado caiu de costas. Quando a luz enfim retrocedeu, ficou óbvio que ele estava morto.

Instaurou-se o caos.

Feixes das PEP cruzavam a estrada, assim como descargas da Fonte. Ambos os lados eram derrubados rapidamente, caindo uns por cima dos outros como peças de dominó enfileiradas.

— Jesus! — grunhiu Daemon, me empurrando para o lado.

Bati contra o peito do Dawson ao mesmo tempo que um feixe de uma das PEP acertava o jipe. Ele me empurrou, me forçando a contornar o capô, e continuou empurrando. Eu, porém, enterrei os calcanhares no chão, esticando o pescoço de modo a poder ver o Daemon.

Ele se movia entre os carros abandonados, com feixes de luz branca e azul cortando o ar à sua volta.

— Dee! — gritou ele.

Corri os olhos em torno, procurando por ela, até que a encontrei um pouco mais afastada, não muito longe do Rolland, que batia em retirada. Ele estava indo ao encontro dela, mal conseguindo se desviar dos tiros. Meu coração deu um pulo ao ver o feixe de uma das PEP acertar o chão a menos de um metro de seus pés.

— Daemon! — Fiz menção de ir me juntar a ele, mas fui agarrada por trás.

— Você vai acabar sendo morta! — Dawson me puxou de encontro ao peito. Lutei para me desvencilhar, mas ele simplesmente me suspendeu do chão.

Fechei as mãos nos braços dele e comecei a chutar.

LUX 5 Opostos

— Me solta!

Ele me carregou até o acostamento enquanto o Daemon pulava por cima de um sedã, correndo em direção à irmã. Dawson, então, se virou. Próximo à limusine, os feixes de luz eram praticamente ofuscantes.

— Deus do céu! — murmurou junto ao meu ouvido. — Olha só para eles.

Por um momento, tudo o que conseguimos fazer foi olhar. Ele, enfim, me botou de volta no chão e diminuiu a força com que me segurava. Ficamos ali os dois, observando com uma espécie de fascinação mórbida.

Um a um, os Luxen atacavam e eram derrubados pelo disparo de algum soldado. Eles tinham formado um paredão praticamente impenetrável com as suas PEP.

Todos os Luxen conheciam o efeito daquelas armas, mas nenhum parecia compreender direito que bastava um único tiro certeiro para derrubá-los. Por mim, eles podiam continuar correndo ao encontro dos soldados o quanto quisessem. Problema deles.

No entanto, dois dos soldados vinham descendo pelo meio da estrada, entre os carros, caçando os Luxen que aparentemente tinham um pingo de bom senso e tentavam escapar.

Um deles seguia em direção ao Daemon, que havia alcançado a Dee e a segurava pelos ombros, sacudindo-a. Rolland encontrava-se na beira da estrada, perto demais deles. Nada de bom poderia resultar daquela situação.

Tudo em que conseguia pensar era em ir ajudar o Daemon.

Pisei com força no pé do Dawson, assustando-o de tal forma que ele me soltou e, assim que me vi livre, parti correndo pela beira da estrada, seus palavrões acompanhando cada um dos meus passos. Senti uma fisgada de dor na perna ao passar feito um tufão por entre um Hummer e uma SUV.

O soldado se colocou em posição de tiro.

Mais adiante, bem na frente dele, Dee se desvencilhou do irmão, o rosto com uma expressão contrariada.

— Não!

— Por favor... — Daemon a agarrou novamente.

— Não. Você não entende! — Ela o empurrou, fazendo-o recuar alguns passos, mais pelo susto do que pela força dela. — Pela primeira vez em muito tempo, não estou *sofrendo*. Nem *preocupada*. É isso o que eu quero.

Uma luz azul pulsou na ponta do cano, mas não consegui invocar a Fonte. Eu estava esgotada, totalmente drenada. Continuei avançando com o que restava da minha força física, mais do que disposta a encarar um combate mano a mano.

Estava a pouco mais de um metro do soldado apoiado num só joelho quando o outro surgiu subitamente diante de mim. Parei com um leve derrapar, mas perdi o equilíbrio e caí de bunda no chão.

O cano da PEP apontava para minha cara.

— Não se mexa — disse uma voz abafada por trás do capacete.

Um feixe de luz azul espocou da outra arma. Soltei um grito, horrorizada. Daemon se virou, protegendo a irmã com o próprio corpo, mas ela aproveitou a distração para se desvencilhar dele novamente. O tiro passou pelo meio dos carros, vencendo a distância que separava a arma do ponto onde o Daemon e a Dee estavam, e acertou o alvo bem no meio do peito.

Atrás deles, Rolland foi lançado para trás, alternando entre a forma humana e a alienígena. Ele soltou um grito quando sua cabeça bateu no asfalto. A aura de luz que o envolvia pulsou uma vez e, logo em seguida, se apagou.

O soldado não tinha mirado no Daemon, que por sua vez o encarava com os olhos arregalados, arfando visivelmente.

Dee hesitou por um instante, mas então se virou e, assumindo a forma alienígena, desapareceu em meio aos densos pinheiros. Outro feixe de luz azul ricocheteou ao bater nos troncos. Daemon fez menção de se virar de novo e ir atrás dela, mas parou quando me viu. Pelo canto do olho, vi o Dawson sendo escoltado até onde eu estava, ainda sentada no chão.

— Eu te falei para ficar quieta — resmungou ele, sem tirar o olho do soldado que continuava com a arma apontada para mim.

— Pelo visto, funcionou muito bem pra você — rebati.

Daemon tinha sido rendido pelo outro soldado e estava vindo se juntar a nós também. Assim que nos alcançou, começou a se agachar devagarinho.

— Fique parado — bradou o soldado.

Visivelmente irritado, Daemon lançou-lhe um olhar que dizia "tente me deter" e continuou. O dedo que estava no gatilho tremeu de leve quando ele estendeu as mãos para mim e me ajudou a levantar. Em seguida, me puxou para si, posicionando o corpo de modo a me encobrir quase toda.

LUX 5 Opostos

Um músculo pulsou no maxilar do Dawson.

— Ah, merda!

O som das hélices de um helicóptero reverberou pelo ar e, em questão de segundos, outro falcão negro surgiu acima dos pinheiros. Ele pousou no meio das pistas, a alguns metros de onde estávamos, provocando uma ventania que açoitou meu cabelo enquanto eu pressionava o corpo ainda mais contra o Daemon.

Exausta, ferida e drenada como uma esponja espremida até não sobrar uma gota de água, sabia que estávamos ferrados. Nós três. Se eles decidissem abrir fogo, seria o fim. Uma sensação de enjoo me subiu à garganta. Queria fechar os olhos, mas isso seria covardia.

A porta do helicóptero se abriu com um ranger de metal, revelando aos poucos a pessoa ajoelhada lá dentro, nos encarando. Esperando. Como sempre.

Nancy Husher.

[10]

DAEMON

á momentos na vida em que a gente não acredita que as coisas possam ficar ainda piores do que já estão, principalmente depois de ver minha irmã fugir correndo para se juntar aos malditos Luxen.

Mas cada vez o mundo me provava o quanto eu estava errado.

Nancy nos fitava com aqueles olhos escuros, o rosto sem expressão, totalmente impassível.

Dawson soltou um palavrão e começou a se transformar, mas ela se pronunciou antes que ele pudesse fazer algo que acabasse provocando mais explosões e um caos generalizado.

— Se vocês quiserem continuar vivos — disse numa voz contida. — Entrem no maldito helicóptero. Agora!

Não tínhamos escolha. Ou a gente partia para a luta e acabava morto por uma daquelas armas ou entrava no helicóptero. E depois? Se ficar o bicho pega, se correr o bicho come. A primeira opção, porém, provavelmente significava morrer agora, enquanto a segunda, morrer depois. Pelo menos assim teríamos algum tempo para tentar pensar numa saída.

LUX 5 Opostos

Olhei para meu irmão como quem diz: *baixa a bola*. Por um momento, achei que ele não fosse me dar ouvidos, mas então Dawson empertigou os ombros e pulou para o helicóptero.

Em seguida, virei para a Kat e a fitei no fundo dos olhos. Além da dor e da exaustão, pude perceber medo naquelas íris acinzentadas. Senti-me rasgar por dentro ao ver aquilo, sabendo que não havia nada que eu pudesse fazer no momento para reverter a situação.

Inclinei a cabeça e rocei os lábios nos dela.

— Vai dar tudo certo.

Ela anuiu.

— Que bonitinho! — alfinetou Nancy.

Com os lábios repuxados, voltei a atenção para ela.

— Lembra a última vez que você achou que nos tinha sob controle?

Um lampejo de irritação cruzou aquele rosto estoico.

— Pode acreditar, não é algo que eu vá esquecer.

— Ótimo — grunhi, suspendendo a Kat e a entregando ao Dawson, que terminou de puxá-la enquanto eu entrava também, praticamente empurrando a Nancy. Ela recuou e se sentou no banco, me encarando. — Mas dessa vez vai ser diferente.

— Vai mesmo?

Com o nariz praticamente colado no dela, baixei a voz para que apenas a agente pudesse me ouvir. O som das hélices ajudou a abafar minhas palavras.

— Vai, porque dessa vez vou me certificar de que você termine morta.

Nancy enrijeceu. Afastei-me e estendi o braço na direção da Kat. Dawson a devolveu a mim. A agente não disse nada, em vez disso, inclinou a cabeça para trás e fechou os olhos. Precisava reconhecer, a mulher tinha mais colhão do que eu.

Eu puxei a Kat para junto de mim enquanto Dawson se acomodava do outro lado dela. Dois soldados entraram também e se sentaram um de cada lado da Nancy. Um deles se inclinou para trás e fez sinal para o piloto decolar.

Assim que o pássaro levantou voo, Kat fechou os olhos com força. Com um tremor involuntário, crispou a mão na minha camisa. Seu coração batia rápido demais. Ela não gostava de voar, de modo que estar num helicóptero provavelmente a deixava a um passo de ter um colapso nervoso.

Com os olhos fixos na Nancy e em seus pequenos subordinados, suspendi a Kat e a botei no colo. Passei os braços em volta dela e enrosquei uma das mãos em sua nuca, posicionando-a de forma que seu coração ficasse colado ao meu.

Um dos soldados apoiou a arma entre as pernas, ergueu a mão e tirou o capacete. Em seguida, correu-a pelos cabelos alourados e, após massagear um ponto em seu pescoço, abriu os olhos.

Tom de ametista.

Maldito original.

Claro que só podia ser uma das crias bem-sucedidas da Nancy, tal como o Archer e o Luc. Não conseguia captar nada em relação a ele, mas o mesmo tinha acontecido com o Archer até o soldado me contar o que era. E com o Luc também. Sempre desconfiara de que havia algo estranho a respeito do garoto, mas não conseguia identificar o quê. Já a Sadi, ela me parecera uma simples Luxen.

Outro talento dos originais, ponderei, a capacidade de se misturar perfeitamente a outras espécies. Tinha muita coisa a respeito deles que eu não sabia e, no momento, não dava a mínima.

Abaixei a cabeça, mas mantive um olho nos três diante de mim enquanto cochichava no ouvido da Kat. Não falei sobre nada importante. Apenas sobre o último episódio de *Caçadores de Fantasmas* que tinha visto e como desejava checar o sanatório abandonado algum dia. Contei a ela também sobre a vez que convencera o Adam de que tinha visto o bicho-papão durante uma das buscas por Arum. Em seguida, lembrei-lhe que faltava somente um mês para o Halloween, e que precisávamos encontrar uma fantasia de Gizmo e outra de Gremlin. Falei sobre um monte de coisas, tentando fazê-la esquecer que estávamos voando, seguindo para Deus sabe onde. Funcionou até certo ponto. O coração dela desacelerou um pouco e os dedos em minha camisa afrouxaram.

Ninguém mais disse nada durante o trajeto. Mas, também, não dava para escutar nada a menos que você falasse direto no ouvido da pessoa. A barulheira do helicóptero reverberava em nossos corpos, fazendo a gente se sentir como se estivesse dentro de um tambor de metal.

LUX 5 Opostos

Não tenho ideia de quanto tempo durou o voo. Acho que mais ou menos uma hora até o helicóptero se inclinar, preparando-se para o pouso. Tive quase certeza de que a Kat começou a rezar por entre os dentes. Em qualquer outro momento, eu teria caído na risada, porém o que senti foi uma forte preocupação em cada célula do corpo.

O que estaria nos aguardando? Será que seríamos trancafiados de novo? Observei a Nancy abrir os olhos e esfregar as palmas na calça preta. Duvidava de que ela quisesse nos manter vivos. Sua obsessão em cruzar híbridas com Luxen para criar uma raça perfeita só podia ir até certo ponto. Nancy tinha um bom motivo para estar puta com a gente. Afinal, tínhamos conseguido escapar, matado um bom número de soldados, participado da destruição de uma cidade inteira e exposto quem éramos, antes da chegada dos Luxen.

Diabos, o que a gente fez possivelmente funcionou como uma espécie de catalisador para a invasão da minha espécie.

Por outro lado, se ela nos quisesse mortos, teria sido fácil acabar com a gente na estrada que levava a Coeur d'Alene. Eu não tinha, portanto, a mínima ideia do que a Nancy estaria tramando.

As portas se abriram imediatamente quando o helicóptero pousou. Assim que a Kat se afastou, pude dar a primeira olhada no que havia lá fora. Tudo o que vi foi uma cerca alta e uma montanha cinzenta ao longe. As Rochosas?

Um dos soldados saltou e fez sinal para que a gente saísse também. Dawson foi o primeiro e, em seguida, a Kat. O objetivo era mantê-la entre nós e, assim que pus os pés no chão, peguei sua mão. Corri os olhos de novo pelo entorno e não gostei do que vi.

Era óbvio que estávamos numa base militar, uma base gigante, que se estendia até onde os olhos conseguiam enxergar. Uma fileira atrás da outra de abrigos, aviões, tanques e algumas importantes inconveniências no que dizia respeito a bolar um plano de fuga. Mais adiante, havia um prédio alto e largo em forma de U.

E um batalhão inteiro de soldados.

Alguns de roupa camuflada. Outros de preto, como os que haviam surgido na estrada. Tinha a sensação de que estes eram superespeciais.

— Sejam bem-vindos à Base Aérea de Malmstrom — disse Nancy, passando pela gente. Ao cruzarmos as fileiras de soldados, esperei que eles a cumprimentassem com um bater de continência, mas não. — A base inteira está sob estado de emergência. Ninguém entra, ninguém sai, incluindo os Luxen.

Fuzilei as costas dela com os olhos.

Por Deus, a mulher tinha um alvo colado na cabeça. Não só pelo que fizera com a Kat, mas também com o meu irmão, a Beth e todas as outras vidas que aquelas mãos nojentas tinham tocado.

Eu não gostava de tirar a vida de ninguém, nem mesmo de alguém como ela. Mas seria mentira dizer que não ansiava pelo momento de lhe retribuir mais do que em dobro tudo o que ela fizera.

— Por que você nos trouxe para cá? — demandou Dawson.

Nancy continuou andando com passos rápidos.

— Vocês verão que a base está preparada para lidar com a sua espécie.

O que significava ônix, diamantes e uma tonelada de outras coisinhas deliciosas que o Daedalus havia acumulado no decorrer dos anos.

— Isso não responde à minha pergunta — retrucou meu irmão.

Nancy parou diante de um par de portas de aço. Pelo visto, não iríamos usar a entrada principal. Ela, então, se virou e olhou para a gente e, pela primeira vez desde que a conhecia pude perceber algo naqueles olhos escuros que jamais vira antes.

Medo.

Que diabos...?

As portas se abriram com um leve ranger de metal, revelando um túnel fortemente iluminado e uma pessoa parada no meio dele com as mãos nos bolsos da calça jeans surrada.

Kat recuou em choque, colidindo contra mim.

— Já estava mais do que na hora de vocês aparecerem. Eu estava ficando entediado. — Com um sorriso de orelha a orelha, Luc se balançou nos calcanhares. — Mas acho que você esqueceu uma pessoa, Nancy.

Nancy enrijeceu e inspirou fundo pelas narinas.

— Dee foi embora com os Luxen. Ela está sob o controle deles.

O sorriso desapareceu.

— Que merda!

LUX 5 Opostos

"Merda" não dava nem para o começo, mas eu não fazia ideia do que esperar de tudo aquilo. Balancei a cabeça, frustrado, e o encarei.

— O que diabos está acontecendo, Luc?

Ele arqueou uma sobrancelha.

— Que tal me agradecerem primeiro? Ahn? Quero dizer, consegui tirar vocês de uma tremenda enrascada, não foi? Acho que mereço um obrigado. Quem sabe um abraço? Estou um pouco carente.

— Cadê a Beth? — Dawson deu um passo à frente, aparentemente esquecendo que a Nancy estava bem *ali*. Não que ele parecesse se importar. — Por favor, me diga que ela não...

— Calma — retrucou Luc, tirando as mãos dos bolsos. — Ela está bem. Na verdade, está aqui. Tenho certeza que algum desses senhores tão... prestativos... — Apontou para os soldados com uniforme camuflado lá fora. — Que não tenho a menor ideia do que fazem aqui, pode levá-lo até ela.

Dawson fez menção de se virar, mas um dos soldados rapidamente se voluntariou. Dei um pulo, agarrando meu irmão pelo ombro.

— Espera um pouco — intervim antes que ele saísse atrás do soldado sem pensar duas vezes. — O que diabos você está fazendo aqui com ela, Luc?

O sorriso retornou.

— Está tudo certo, Daemon. Não precisa dar uma de Hulk pra cima de ninguém. Vocês estão seguros aqui. Nancy não vai ser um problema, vai? — perguntou Luc para a mulher, que observava tudo com os lábios apertados.

Ela deu a impressão de que tinha algo extremamente desconfortável enfiado num lugar definitivamente estranho.

O silêncio da Nancy não ajudou em nada a me deixar mais tranquilo, mas mesmo que ela tivesse respondido que não, isso não teria me convencido. Não cedi, nem a Kat, porém o Dawson parecia prestes a dar uma de Papa-Léguas para cima da gente.

Luc suspirou e ergueu ambas as mãos.

— Vejam bem, isso não é uma armadilha, um teste ou uma pegadinha. O Archer está aqui também. Na verdade, ele está esperando a gente, e eu estou mais do que disposto a explicar tudo, só não aqui. Não quando encontrei um monte de coisas gostosinhas pra comer pouco antes de vocês aparecerem, e estou louco para preparar um apetitoso sanduíche de biscoito com presunto e queijo.

Simplesmente o encarei.

— Que foi? Eles também têm pacotes de Oreo — replicou ele. — Essa merda é uma delícia.

— Deus do céu, você tinha *tanto* potencial — murmurou Nancy por entre os dentes.

Luc voltou os olhos violeta para ela e disse numa voz praticamente inaudível:

— E você está realmente me deixando irritado. Acho que não quer fazer isso, quer?

Uau! A mulher ficou tão branca quanto uma folha de papel novinha. Olhei de relance para a Kat e, ao ver seus olhos arregalados, percebi que ela tinha reparado também.

Ainda assim, hesitei.

— Eles também têm suco de caixinha — acrescentou Luc. — E vitaminas. Sem brincadeira, é um verdadeiro paraíso gastronômico de guloseimas.

Bom, o que quer que eu fizesse ou decidisse de agora em diante, sempre haveria um risco. Além disso, nunca sabia onde estava pisando quando se tratava do Luc. Acho que ninguém sabia. A verdade é que não tínhamos muita escolha.

Meu olhar recaiu novamente sobre ele.

— Se você ferrar a gente, juro...

— Por Deus, Jesus Cristo e o Espírito Santo que vai me matar ou qualquer coisa parecida — interveio ele. — Entendi. E, pode até não parecer, mas estou me sentindo devidamente ameaçado. Portanto, garotos, que tal a gente ir andando?

Com um rápido suspiro, soltei o ombro do Dawson. O soldado esperou até meu irmão se juntar a ele. Nancy deu um passo para o lado, permitindo que os dois passassem. Eu não estava gostando nada daquilo, mas ele só tinha um foco — a Bethany. E não olhou para trás nem uma única vez.

Dee também não tinha olhado.

Só de pensar na minha irmã, senti os ombros pesarem, e soltei outro suspiro, estendendo a mão para a Kat. No mesmo instante, ela entrelaçou os dedos nos meus.

LUX 5 Opostos

— Tudo bem — disse eu por fim. — Vamos lá.

Luc bateu palmas e girou nos calcanhares. Percorremos o túnel e, em determinado momento, viramos à direita. Dawson tinha seguido na direção oposta. Aquele lugar me fazia lembrar a Área 51. Corredores largos. Inúmeras portas fechadas. E um cheiro estranho de antisséptico.

De certa forma era melhor do que estar com os outros Luxen. Pelo menos esse inimigo a gente já estava careca de conhecer.

Luc abriu com o joelho outro par de portas e segurou uma delas com a mão. Nancy entrou logo atrás dele. Tal como o jovem mafioso dissera, as guloseimas estavam dispostas numa das pontas de uma mesa comprida. Archer estava sentado na outra, com os pés apoiados sobre o tampo e os braços cruzados atrás da cabeça.

Quando a porta se fechou sem que ninguém mais entrasse além da Nancy, saquei que algo muito estranho estava acontecendo. A mulher não costumava andar sem uma trupe de guarda-costas.

— Aí está você! — exclamou Kat. Ela soltou minha mão e, mancando, contornou a mesa. — Eu estava tão preocupada!

Archer tirou as pernas de cima da mesa e se levantou. Um segundo depois, estava com os braços em volta da Kat.

— Eu falei para ficar perto de mim. Mas você não me deu ouvidos. — Ele olhou para mim por cima da cabeça dela. — Juro que mandei a Kat não se afastar.

Luc franziu o cenho.

— Por que eu não ganhei um abraço?

Ninguém lhe deu atenção.

— Desculpa. — A voz da Kat soou abafada. — Eu precisava, entende?

— Entendo. Mas, que droga, garota, as coisas podiam não ter terminado assim — retrucou Archer. — Podiam ter dado uma merda federal. Aí, quem ia me levar até um Olive Garden para que eu possa experimentar a tal porção interminável de palitinhos de alho?

Kat riu, mas a risada soou grossa e engasgada.

Fiquei onde estava, dizendo a mim mesmo que aquele calor horroroso em minhas veias era devido à indigestão e não ao ciúme. Claro que não, pois o soldado não chegava aos meus pés.

Mas será que ele precisava abraçá-la por tanto tempo? E tão forte? Que inferno!

Seus olhos violeta se fixaram nos meus por cima do ombro dela. *Sim. Preciso, sim.*

Estreitei os olhos. *Continuo não gostando de você.*

Rindo, ele enfim a soltou e se afastou. Em seguida, puxou uma cadeira.

— Você tá com cara de quem está prestes a desmaiar. Por que não se senta um pouco?

Kat realmente parecia exausta ao se sentar na cadeira de metal dobrável.

— O que está acontecendo? Por que vocês estão aqui com *ela*?

Archer me lançou outro rápido olhar de relance e se sentou também.

— Cadê a Dee?

Sentindo a pressão no peito aumentar, fui me sentar ao lado da Kat. Uma expressão tensa se insinuou no rosto do Archer, principalmente em torno dos olhos.

— Ela... — Balancei a cabeça, frustrado, sem saber ao certo como explicar o que estava acontecendo com a minha irmã.

Ele crispou as mãos sobre a mesa.

— Ela não... ela não *morreu*, certo?

— Não — intrometeu-se Kat. — Mas a Dee não é mais a mesma. Ela meio que virou a casaca.

Archer abriu a boca para dizer alguma coisa, mas pareceu desistir e se recostou de volta na cadeira. Não tinha certeza do quanto eles sabiam sobre tudo o que se passara, e não podia entrar nesse assunto até descobrir o que estava acontecendo.

Virei para o Luc, arqueando uma sobrancelha ao vê-lo empilhar várias fatias de queijo e presunto num biscoito.

— O que está acontecendo?

— Nancy vai se comportar — respondeu ele, arrumando o queijo entre as fatias de presunto.

Ela havia se sentado ao lado dele e estava com uma cara de quem queria começar a quebrar alguma coisa. Seus olhos encontraram os meus.

— Confie em mim, se eu tivesse opção, vocês todos estariam mortos.

Luc fez um ruído baixo de repreensão no fundo da garganta.

— Isso não foi muito delicado.

LUX 5 OPOSTOS

Não conseguia entender. Enquanto o Luc devorava seu pequeno sanduíche, debrucei-me sobre o tampo.

— O que a está impedindo de fazer isso?

— Digamos apenas que todo mundo tem um calcanhar de Aquiles, e eu encontrei o dela. — O jovem mafioso começou a preparar outro sanduíche. — E ele não é nada bonito. É algo que nem mesmo eu posso aceitar. Mas deixa pra lá.

O que não nos dizia droga nenhuma.

Kat puxou a cadeira mais para perto.

— Como vocês acabaram aqui?

— Eu consegui voltar pra cabana. E depois de contar ao Luc o que tinha acontecido no mercado, achamos melhor sair de lá — explicou Archer. — Mas não conseguimos fazer isso antes de o Daedalus aparecer.

Nancy pressionou os lábios numa linha fina.

— Ela achou que tinha nos pegado. — Luc equilibrou um mini Oreo sobre o pequeno sanduíche de queijo com presunto. Nojento!

— Mas...

— Você disse que estava trabalhando em algo — falou Kat, olhando de relance para uma silenciosa Nancy. — Um meio de lidar com o Daedalus? Encontrou alguma coisa?

— Sou uma pessoa bem relacionada — respondeu Luc com a boca cheia. — Assim que eles puseram a porta da cabana abaixo e Nancy entrou como se fosse a agente mais fodástica deste lado do país, pude provar o quão bem relacionado eu sou.

— Como você fez isso? — Mantive os olhos fixos na Nancy.

— Como eu disse, todo mundo tem um calcanhar de Aquiles. O dela é bem óbvio. — Luc espetou o canudo na caixinha de suco. — Nancy só se importa com uma coisa neste mundo, algo que seria capaz de jogar a família na frente de um tanque para preservar... se é que ela algum dia teve família e não nasceu de chocadeira, o que tenho minhas dúvidas... e essa coisa são os pequenos originais.

— Pequenos originais? — repeti.

— Como o Micah? E os outros? — perguntou Kat.

Ele assentiu.

— Exatamente.

— O interessante é que a maior parte dos híbridos e dos originais mais velhos, como os que foram com ela salvar vocês, não aprecia muito o tratamento do Daedalus. — Archer sorriu, mas sem o menor humor. — Os que eram leais, bem...

— Desgraçados — rosnou Nancy. — Vocês fazem ideia de quanto tempo levamos para criar algo tão leal e confiável...?

— *Algo?* — Kat elevou a voz. — Viu? É por isso que todo mundo te considera uma vaca desnaturada. Os híbridos e os originais não são uma *coisa*. São pessoas de carne e osso.

— Você não entende. — Nancy lançou um olhar irritado na direção da Kat. — Você nunca criou nada.

— E você criou? Só porque forçou duas pessoas a terem um filho e depois os separou não significa que tenha criado nada. — A raiva fez com que Kat apertasse os lábios. — Você não é a mãe deles. Não é nada além de um monstro para eles.

Um lampejo de algo semelhante à dor cruzou o rosto da agente.

— De qualquer forma, eles são muito importantes para ela, e eu sei onde estão sendo mantidos — explicou Luc, terminando de comer o último biscoito. — Conta pra eles o que os figurões queriam, doce Nancy.

Ela fechou as mãos na beirada do tampo da mesa.

— Depois que os Luxen chegaram, eles me mandaram desmontar o projeto Daedalus.

— Desmontar? — murmurou Kat. Eu já sabia o que a Nancy tentara dizer com isso, e acho que a Kat também. Ela só não queria acreditar.

— Eles me mandaram acabar com o programa, eliminar tudo — explicou Nancy.

— Ai, meu Deus! — murmurou Kat.

Fechei os olhos. Desmontar. Eliminar tudo. Em outras palavras, Nancy tinha recebido ordens de alguém hierarquicamente acima dela para apagar qualquer prova da existência do programa.

— Eles queriam que você matasse as crianças?

Ela soltou o ar com força e assentiu.

— Negação plausível, foi o termo que usaram. As pessoas não podiam descobrir que não apenas estávamos cientes da existência de formas de vida alienígenas, como vínhamos trabalhando com elas há décadas.

LUX 5 Opostos

— Jesus! — Esfreguei a testa. — E não só as crianças, certo? Os Luxen que estavam lá por livre e espontânea vontade também? Os mesmos que permitiam que vocês fizessem os testes? Inclusive os que não tinham assimilado de acordo com seus padrões, correto?

— Correto — respondeu ela.

— Claro que ela não teve problema algum em acabar com eles. Afinal de contas, como ela mesma disse, eles eram dispensáveis. Mas os originais? — Luc balançou a cabeça lentamente. — Nancy não conseguiu fazer isso.

Ergui as sobrancelhas. Será que a mulher tinha um coração em algum lugar do peito?

Luc soltou uma risada ao captar meus pensamentos.

— Não, Daemon, ela não tem coração. Não como uma pessoa normal que desenvolve afeto por uma turma cheia de pequenas aberrações estranhamente adoráveis. Ela não queria que todo o seu trabalho fosse por água abaixo, de modo que os tirou da Área 51 e achou que os tinha escondido.

— E não escondeu? — Kat prendeu uma mecha de cabelo atrás da orelha.

Ele fez que não.

— Como eu disse, sou muito bem relacionado. Sei onde eles estão e sei o quanto a Nancy deseja voltar para junto deles quando tudo isso terminar, a fim de ajudar a transformá-los de pequenas em grandes aberrações. Isso se a gente sobreviver, é claro.

— Que nem eu fiz com você? — perguntou ela.

Luc não lhe deu atenção.

— Ela sabe que se tocar num único fio de cabelo de algum de nós, ou se sequer olhar para a gente de um jeito que eu ache irritante...

A estudada máscara de indiferença que ele sempre ostentava desapareceu num piscar de olhos. Luc se inclinou para a frente e a fitou quando ela se virou para ele, os olhos brilhando feito diamantes arroxeados.

Naquele momento, pude ver o Luc que fazia com que homens adultos fizessem xixi nas calças, alguém que eu não queria jamais ter como inimigo. Com aquela expressão, ele era profundamente perturbador.

— Ela sabe que só preciso de alguns segundos para que todos estejam mortos — acrescentou em voz baixa. — Se meu pessoal não tiver notícias minhas, se por algum motivo eu não conseguir chegar a um telefone a tempo, todos eles irão morrer. E, como resultado, Nancy ficará sem nada.

Deus do céu!

Kat o fitava como se nunca o tivesse visto antes.

Não tinha dúvidas de que ele era capaz de cumprir a ameaça. Por mais errado e surtado que isso fosse, Luc levaria a decisão a cabo. Só não acreditava que ele algum dia fosse devolver as crianças para ela.

Perguntei a mim mesmo se ela realmente acreditava que as teria de volta. Mas, por outro lado, que escolha Nancy tinha?

— Por que você não a matou e pronto? — perguntei.

— A gente meio que precisa dela — disse Archer. — Pelo menos, precisamos do governo, de um lugar seguro até... bom espero que seja "até" e não para sempre. Também precisávamos tirar vocês de lá e...

— Por mais incríveis que sejamos... — intrometeu-se Luc, voltando a assumir sua típica expressão não-tão-perturbadora-assim de original mafioso.

Archer lançou-lhe um olhar indulgente.

— Encarar tantos Luxen seria complicado. No momento, ela é um mal necessário.

— A palavra-chave aqui é mal. — Luc riu.

Recostei de volta na cadeira e corri uma das mãos pelo cabelo. Pelo visto, Luc tinha a Nancy na coleira. Um milhão de coisas turbilhonavam em minha mente.

— E agora? — perguntou Kat, atraindo minha atenção. — Precisamos resgatar a Dee.

O comentário fez com que eu quisesse tatuar o nome dela em minha testa.

— E encontrar um meio de deter os Luxen, de...

Já isso fez com que eu quisesse trancafiá-la num armário ou coisa parecida.

— O que vocês precisam é descansar e comer alguma coisa — interveio Archer, olhando de relance para mim. — Os dois. Essa é a prioridade.

— Estão rolando algumas coisas. Tenho certeza de que a Nancy vai ficar feliz em colocá-los a par de tudo, mas vamos deixar isso para outra hora. — Luc estendeu o braço e deu um tapinha na mão da Nancy como

LUX 5 OPOSTOS

se ela fosse uma criança pequena. — Antes, porém, tem algo que ela precisa contar a vocês.

A agente projetou o queixo de maneira teimosa.

Soltei uma risadinha presunçosa.

— Duvido que ela tenha algo a dizer que eu considere importante.

— Na verdade... — Luc pronunciou as palavras de modo arrastado. — Acho que você e a Katy vão achar isso importante.

Kat ficou tensa.

— O que foi agora?

— Conta pra eles — instigou ele, mas ao ver que a Nancy continuou quieta, acrescentou num tom duro: — Conta a verdade pra eles.

Ah, merda! Meu estômago foi parar no chão.

— A verdade sobre o quê?

Nancy fez um muxoxo.

Archer se levantou e cruzou os braços de forma ameaçadora. Não estava gostando nem um pouco do rumo daquela conversa.

— Que diabos? Conta logo! — Minha paciência estava no limite.

A agente inspirou fundo e empertigou os ombros.

— Como vocês sabem, o Daedalus produziu vários soros até conseguirmos obter algum sucesso e, em certos casos... — Ela fez uma pausa e lançou um olhar afiado para o Luc, que sorria alegremente. — Esse sucesso acabou se tornando um fracasso. Estou falando do soro Dédalo, que foi administrado na Beth, no Blake e em vários outros.

Kat inspirou fundo ao escutar o nome do desgraçado que eu esperava estar apodrecendo em algum canto especial do inferno. Odiava que ele fosse sequer citado na presença dela. Kat o matara em legítima defesa, mas eu sabia que isso ainda a incomodava.

— Depois, é claro, veio o Prometeu — continuou ela, os olhos brilhando como uma criança que pegou o coelhinho da Páscoa escondendo os ovos. — O soro administrado nos homens que você transformou.

— Você quer dizer os homens que obrigou a passarem pela transformação? — alfinetei.

— Os *voluntários* que você transformou receberam o Prometeu, assim como as híbridas que geraram a última leva de originais — explicou Nancy, me surpreendendo.

— Espera um pouco — intrometeu-se Kat. — Vocês começaram a testar esse soro quando a gente estava lá.

Luc fez que não.

— O que ela quis dizer é que os humanos transformados acidentalmente no decorrer dos anos receberam o Prometeu durante períodos de teste. Não humanos como os que o Daemon transformou, mas pessoas como você, a Beth e outras curadas por um Luxen.

Fiquei confuso.

— Quer dizer que até então o Prometeu nunca tinha sido testado em transformações forçadas?

— Como eu disse, eles se *voluntariaram* — corrigiu Nancy.

Eu estava prestes a dar um chute voluntário na cabeça de alguém.

— Certo, essa é uma informação muito interessante, mas basicamente inútil.

Pela primeira vez desde nosso adorável reencontro, um sorrisinho presunçoso se desenhou nos lábios da agente.

— O Prometeu é diferente do Dédalo. Ele garante que o humano transformado, híbrido ou híbrida, não fique vitalmente conectado ao Luxen.

Inclinei a cabeça ligeiramente de lado.

— E?

— Quando você curou a Kat e o dr. Michaels nos contou que ela havia ficado doente, decidimos não usar o soro Dédalo...

Kat tencionou.

— O quê? Ele disse...

— Você acha que ele realmente sabia o que tinha em mãos? — Nancy focou seu olhar sombrio na Kat. — Ele acreditou no que lhe dissemos, pura e simples. Entregamos ao dr. Michaels o Prometeu, e foi esse soro que você recebeu. — Sua atenção se voltou novamente para mim. — Exatamente o mesmo que administramos nos humanos que você transformou, Daemon.

— Não pode ser. — Debrucei-me sobre a mesa. — Não faz sentido. Quando a Kat foi baleada...

— Você passou mal. Achou que estivesse morrendo? Ah, nos poupe do drama. — Ela revirou os olhos. — Isso aconteceu porque você se conectou a ela em nível emocional. Você a ama — disse isso tudo como se amor fosse uma doença venérea. — É, a gente somou dois mais dois. Essa baboseira toda de desejo e necessidade reais.

— Bom pra vocês, mas eu estava morrendo.

Ela fez que não.

— Você pode ter ficado fraco e passado mal, mas se ela tivesse morrido, você teria sobrevivido. Teria melhorado. E a vida teria seguido em frente. Isso só não aconteceu porque obviamente alguém a curou.

Kat estava de queixo caído.

Levantei. O chão sob meus pés pareceu oscilar. Travei os joelhos. Eu estava surtando, incapaz de acreditar no que ela acabara de dizer.

Nancy inspirou fundo.

— A vida de vocês não está conectada como os dois acreditam que esteja. Se um de vocês morrer... o outro irá sentir... sentir tudo, até o último suspiro e batida do coração... mas irá respirar de novo e o coração continuará batendo.

[11]

Katy

Após a pequena bomba ser largada no nosso colo, ninguém tinha mais nada a dizer. Havíamos chegado ao limite no que dizia respeito a mentiras e conversa fiada.

Meu cérebro estava em parafuso. Não parava de pensar no que a Nancy acabara de nos contar, no que a Dee estaria fazendo, em onde estariam minha mãe e meus amigos, se o Luc tinha realmente controle sobre a agente e no que o futuro reservava para todos nós.

Não aguentava mais.

Daemon também não.

Encarregado de nos mostrar nosso quarto, Archer fez uma pequena parada no caminho. Após uma rápida batidinha na porta com os nós dos dedos, ele a abriu sem esperar resposta. Por sorte nenhum de nós saiu ferido.

Dawson estava parado ao pé da cama, próximo de onde a Beth estava sentada. Devíamos estar interrompendo alguma coisa, porém o sorriso que se desenhou no rosto dela quando o Archer de um passo para o lado e a gente entrou me fez tropeçar nos meus próprios pés.

Daemon olhou rapidamente para mim por cima do ombro, arqueando as sobrancelhas, mas minha atenção estava concentrada na Beth. Ela...

LUX 5 Opostos

ela parecia *bem* sentada ali de pernas cruzadas, com as mãos apoiadas sobre o colo. Seu belo rosto ainda ostentava marcas de cansaço. A pele continuava pálida demais e olheiras circundavam-lhe os olhos, porém o olhar estava límpido e focado.

— Que bom ver vocês! — exclamou ela, pousando uma das mãos sobre o ventre. — Eu estava tão preocupada!

— Estamos bem — retrucou Daemon, olhando de relance para o irmão. Embora nos encontrássemos parados diante do Dawson e da Beth, que obviamente estava sã e salva, Daemon exalava tensão pelos poros. — E vocês?

Dawson fez que sim com um menear de cabeça e se sentou ao lado dela.

— Está tudo bem. Beth foi ver o médico da base. — Ele fechou uma das mãos no joelho dela. — Ao que parece, eles têm experiência com esse tipo de situação. Um tanto estranho, mas acho que no fundo é bom pra gente.

Daemon lançou um rápido olhar na direção do Archer antes de pousar os olhos novamente na Beth.

— O médico te tratou bem?

— Ela... a dra. Ramsey... foi muito delicada e disse que... bom, a gravidez está progredindo de acordo com o esperado. Ela falou que eu preciso descansar e começar a tomar vitaminas. — Beth fez uma pausa e apontou para a cômoda. Sobre ela havia três frascos grandes como os que Archer e eu tínhamos tentado comprar no mercado. Seus olhos acompanharam os meus. — Obrigada por sair naquele dia. Você se arriscou demais. De novo.

Pisquei algumas vezes, demorando a me dar conta de que ela estava falando comigo. Dei de ombros.

— Não foi nada. Só gostaria que pudéssemos ter arrumado as vitaminas pra você naquele dia.

— Foi, sim — corrigiu Dawson. — Você e o Archer podiam... — Deixou as palavras no ar ao ver o irmão enrijecer. — Bom, vocês sabem o que podia ter acontecido.

— Mas não aconteceu, não é mesmo? — Archer se recostou na porta e cruzou os braços. — No final, deu tudo certo.

— Estamos todos aqui. — Beth franziu as sobrancelhas e abaixou a cabeça. — Bem, quase todos. A Dee não está. Sinto... sinto muito. — Ergueu os olhos para o Daemon, que olhava fixamente para a parede atrás da cama.

— Vamos trazê-la de volta — repliquei. Tínhamos que fazer isso, merda. Só precisávamos descobrir como.

— Então... — Archer pigarreou. — Vocês já sabem se é menino ou menina?

A mudança de assunto não poderia ter acontecido em hora melhor, e pude jurar que o Dawson enrubesceu ligeiramente.

— Ainda não — respondeu ele, virando-se para a Beth. — A médica falou algo sobre fazer um ultrassom?

— Essa semana — retrucou ela, apoiando o rosto no ombro dele. — Eles querem fazer, sim. Mas talvez seja muito cedo para descobrir o sexo do bebê.

Um ligeiro sorriso iluminou o rosto do Archer.

— Se for menino, vocês deviam chamá-lo de Archer.

Eu ri.

Daemon se virou para o original.

— Eles deviam chamá-lo de Daemon.

— Daemon 2.0? Acho que o mundo não aguentaria. — Dawson riu, fazendo que não. — Honestamente, ainda não pensamos nisso.

— É, ainda não — disse Beth. — Mas acho que precisamos começar a pensar.

Eles se fitaram, e foi como se esquecessem que havia outras pessoas no quarto. Eram só os dois. Podia entender aquele tipo de conexão. Sentia a mesma coisa com o Daemon, e me perguntei se a gente também ficava com aquela cara de bobo apaixonado.

— Ficam, sim — comentou Archer baixinho.

Ai, isso era um tanto constrangedor.

— É mesmo — acrescentou ele.

Lancei-lhe um olhar irritado por cima do ombro ao mesmo tempo que o Daemon rosnava:

— Sai da mente dela.

Archer riu.

LUX 5 OPOSTOS

— Desculpa. Não consigo evitar.

Revirei os olhos, mas não me intrometi quando os dois começaram a se bicar. Já estava na hora de a gente deixar a Beth e o Dawson um pouco em paz. Assim que deixamos o quarto deles, Archer nos mostrou o nosso, o qual me lembrou demais os alojamentos da Área 51. Tanto que não consegui reprimir o calafrio que desceu pela minha espinha.

— Essa base é praticamente uma cidade — comentou Archer, parado na porta. — Tem casas, uma escola, lojas e até mesmo um hospital. No andar de cima há um refeitório. Guardei alguns agasalhos que peguei pra vocês mais cedo na cômoda.

Daemon assentiu e correu os olhos pelo quarto, reparando na televisão presa à parede, na porta que dava para o banheiro, na cômoda simples e na escrivaninha de metal.

— Tem certeza de que esse lugar é seguro? — perguntei, tentando desfazer os nós do cabelo.

— Tão seguro quanto qualquer outro no momento. E, considerando tudo, definitivamente o melhor lugar para a Beth.

Verdade. Ter um hospital perto era realmente bom para ela.

Daemon cruzou os braços.

— Luc mataria aqueles garotos mesmo?

— Ele é capaz de qualquer coisa.

Sentei na beirinha da cama e estiquei a perna dolorida. Não conseguia imaginar o Luc fazendo uma coisa dessas. Não que eu achasse que ele não conseguiria, só não queria acreditar que fosse capaz.

— E ele pretende devolver as crianças para a Nancy no final? — perguntou Daemon.

Archer deu de ombros.

— Como eu disse, Luc é capaz de qualquer coisa, especialmente quando se trata de conseguir o que quer. Para nossa sorte, ele nos quer vivos. — Ele se afastou da porta. — Precisamos conversar sobre várias outras coisas. Mas volto mais tarde.

Assim que ele se virou para ir embora, lembrei de algo.

— Espera. Você por acaso trouxe as nossas coisas?

Ele assentiu.

— Trouxe tudo que me pareceu importante, inclusive aqueles papéis.

Aqueles papéis. Soltei o ar que eu nem sabia que estivera prendendo. Os tais papéis eram a nossa certidão de casamento e as identidades falsas. Embora o casamento não fosse tecnicamente válido, era legítimo para mim e para o Daemon.

— Obrigada.

Ele assentiu de novo. Feito isso, saiu e fechou a porta. Apurei bem os ouvidos para escutar a tranca, e quando isso não aconteceu, meus ombros relaxaram.

Daemon se virou para mim.

— Você achou que a gente seria trancado, não achou?

Corri os olhos por aquele rosto belíssimo, demorando-me nas sombras suaves que começavam a se formar sob seus olhos.

— Na verdade, não sei o que pensar. Confio no Archer e no Luc, mas já confiei em muita gente e acabei me dando mal. Espero que isso não faça de mim uma louca.

— Acho que somos todos um pouco loucos por confiarmos nas pessoas.

Observei-o atravessar o quarto, parar diante da cômoda e inspecionar o que havia dentro. Em seguida, Daemon foi até a escrivaninha, ergueu uma das mãos e correu os dedos pelo emaranhado de ondas escuras. Era possível perceber a tensão em cada um de seus passos.

Saber que ele provavelmente estava pensando na irmã fez meu peito apertar. Conhecia a sensação de perder alguém sem que a pessoa tivesse morrido. Não passava uma hora sequer sem pensar na minha mãe.

— A gente vai resgatar a Dee. Não sei como ainda, mas vamos.

Ele abaixou a mão lentamente e se virou para mim. Os ombros, porém, continuavam tensos.

— Se aqui é seguro de verdade, você cogitaria sair para entrar num ninho de vespas a fim de tirar minha irmã de lá?

— Será que precisa realmente perguntar isso? Você sabe que sim.

Ele se aproximou de onde eu estava sentada.

— Não quero que você se ponha em perigo.

— Não vou ficar aqui enquanto você sai para procurá-la. De jeito nenhum.

Daemon curvou os lábios num meio sorriso. Era incrível como aquele simples gesto conseguia revirar minhas entranhas.

LUX 5 Opostos

— Sei que não, e eu não a deixaria aqui sozinha. Aonde eu for, você vai, e vice-versa. Você não vai se livrar de mim assim tão fácil, nem mesmo por pouco tempo.

— Fico feliz que a gente concorde nesse aspecto. — Até pouco tempo atrás, ele teria tentado me deter, mas acho que havia aprendido que isso não funcionava muito bem.

Era a primeira vez em dias que estávamos juntos e podíamos falar abertamente um com o outro. Enquanto o observava, percebi que havia algo mais o incomodando além da irmã. Com tantas coisas com as quais nos preocuparmos, saber o quê era como tentar encontrar uma agulha num palheiro.

— Que foi? — perguntei.

Ele me fitou no fundo dos olhos. Soltei um suspiro. Aqueles olhos esmeralda, de um tom tão brilhante e surreal, nunca deixavam de chamar minha atenção. Daemon era inacreditavelmente lindo, e essa beleza ia muito além do exterior, que na verdade nem era sua forma verdadeira, residia em sua alma. Jamais teria acreditado nisso quando o conheci. Mas agora eu sabia.

Ele baixou as pestanas grossas.

— Estava pensando no que a Nancy disse sobre o soro... sobre a gente.

— Sobre a gente não estar conectado como pensávamos?

— É.

— Mas isso é bom. — Sorri ao vê-lo erguer os olhos. Não sabia o que pensar. Nossas vidas não estarem conectadas tinha que ser uma boa notícia, e não mudava nada entre nós. — Quero dizer, não me entenda mal. Estou puta em saber que a Nancy mentiu pra gente, que ela testou algo tão volátil em mim, mas... está tudo bem. Sei que posso chutar alguns traseiros e invocar a Fonte, mas você é mais forte do que eu. Sou fraca...

— Você não é fraca, gatinha. Nunca foi, nem antes nem depois da mutação.

— Obrigada por dizer isso, mas você sabe do que estou falando. Vamos ser realistas. Sou bem mais fraca quando o assunto é luta. Só consigo aguentar por certo tempo antes de me exaurir. Você não.

— Entendo. — Ele correu as mãos pelos cabelos novamente, franzindo o cenho.

Vasculhei seu rosto.

— Então qual é o problema?

— É só que... — Daemon se ajoelhou diante de mim, as sobrancelhas franzidas. Estendeu os braços e fechou as mãos em meus joelhos. — É só que desde que me dei conta do que curar você representava, ou o que eu achava que representava, jamais pensei que encararia um dia sem você ao meu lado. Que teria que me preocupar com a possibilidade de ser obrigado a seguir em frente sozinho. Não estou tentando tornar isso uma espécie de melodrama à la *Romeu e Julieta*, mas agora que sei que há uma chance disso acontecer... fico apavorado, Kat. De verdade.

Pisquei para conter uma súbita leva de lágrimas e envolvi o rosto dele entre as mãos. A barba incipiente pinicou meus dedos.

— A ideia de não te ter ao meu lado também me apavora.

Ele se inclinou e pressionou a testa contra a minha.

— Sei que isso é uma boa notícia e que o que estou sentindo é idiotice. Eu devia era ter medo de morrer, mas...

— Eu sei. — Fechei os olhos e pressionei os lábios nos dele. — Vamos simplesmente evitar morrer, combinado?

Pude sentir sua leve risadinha de encontro aos lábios.

— Gostei do plano.

— Você não deixa nada acontecer comigo — continuei, fechando as mãos em seus ombros e me afastando ligeiramente. — E eu não deixo nada acontecer com você.

— Essa é a minha gatinha — murmurou ele, correndo os olhos por mim de cima a baixo. — Por falar em não deixar nada acontecer, como está se sentindo?

— Cansada. Uma injeçãozinha de açúcar não cairia nada mal. — Por algum motivo, ingerir açúcar após usar a Fonte ajudava a recuperar as forças. O que sempre me fazia lembrar do Harry Potter.

— Vou pedir ao Archer para arrumar alguns doces pra gente quando ele retornar. — Ele se levantou e se acomodou na cama atrás de mim. — Mas por ora... — Fechou as mãos em meus quadris e me puxou de encontro ao peito.

— O que está fazendo? — Prendi a respiração ao senti-lo deslizar a mão direita pela minha coxa. — Ah!

LUX 5 Opostos

Sua risada reverberou por todo o meu corpo.

— Acredite se quiser, mas não estou pensando em coisas inapropriadas no momento.

Virei a cabeça para fitá-lo, as sobrancelhas erguidas.

O meio sorriso safado derreteu meu coração.

— Certo. Noventa e nove por cento do tempo estou pensando em algo que faria as pontas das suas orelhas ficarem vermelhas.

— E agora não?

Ele fez um muxoxo.

— Tudo bem, reconheço. Cem por cento do tempo, mas tenho motivos totalmente apropriados para tocá-la no momento.

— A-hã. — Apoiei a cabeça de encontro à bochecha dele. Em seguida, senti sua mão subir ainda mais por minha coxa. — O que você está fazendo?

— Cuidando de você.

O calor de seus dedos irradiou por minha pele.

— Não precisa fazer isso. É só um arranhão.

— Você quer dizer um corte feio, que a deixou mancando desde que aconteceu. Eu devia ter feito isso enquanto estávamos no helicóptero, mas estava ocupado demais tentando impedi-la de se jogar sobre o piloto.

— Não foi *tão* ruim assim. — Um ligeiro sorriso repuxou meus lábios. — Mas, de qualquer forma, obrigada. Estava com medo de vomitar em cima de você.

— Fico feliz que não tenha feito isso — retrucou ele de modo seco.

Quando a dor embotada em minha perna cedeu até se tornar apenas uma lembrança, fiz menção de me afastar, sabendo que o ato de curar podia exauri-lo. Mas, em vez de me soltar, Daemon se arrastou para fora da cama, me levando junto. Assim que seus pés tocaram o chão, ele me pegou no colo.

Soltei um gritinho de surpresa e o fitei com os olhos arregalados.

— Uau! O que você está fazendo agora?

— Ainda cuidando de você. — Ele deu um passo na direção do banheiro, os olhos semicerrados e os lábios repuxados num sorrisinho malicioso. — Acabei de me dar conta que nós dois podíamos fazer bom uso do chuveiro.

Verdade. Mais uma vez, estava coberta de sujeira e sangue seco. Ele também.

Daemon me carregou até o banheiro surpreendentemente espaçoso e, com cuidado, me botou no chão diante da banheira. Ela não era tão gigantesca quanto a que havia na mansão do prefeito, mas ainda assim era bem maior que o normal.

Ele acendeu as luzes de ponto e se virou para mim com um sorrisinho, fazendo sinal com o dedo para que eu me aproximasse. Dei um passo na direção dele.

— Mais perto.

Dei mais um passo.

— Levanta os braços.

Quase falei que era capaz de me despir por conta própria, porém o nervosismo fez com que as palavras ficassem presas na garganta. Ergui os braços e Daemon puxou o suéter arruinado pela minha cabeça, fazendo uma pequena pausa para soltar meu cabelo. Em seguida, soltou-o no chão. Sem dizer nada, abriu o pequeno botão da calça e a puxou para baixo.

Apoiei uma das mãos em seu ombro para me equilibrar enquanto desvencilhava um pé. Um leve rubor se formou em minhas bochechas e desceu por todo o meu corpo. Apesar de tudo o que já havíamos compartilhado, ainda me sentia tímida diante dele. Não sabia bem por que, talvez pelo fato de que ele não possuía uma única imperfeição enquanto eu, com meu corpo humano, era cheia delas.

A última peça de roupa caiu no chão. Fiquei ali parada como vim ao mundo, com ele ainda totalmente vestido. Cruzei os braços na frente do peito ao mesmo tempo que o Daemon estendia a mão por trás de mim e ligava a água.

Um vapor começou a se espalhar pelo banheiro. Daemon se empertigou, os lábios roçando minha bochecha e provocando um arrepio em minha espinha.

Jamais vira um cara se despir tão rápido quanto ele. Antes que desse por mim, estava cara a cara com aquele peitoral definido. Meu olhar desceu para o abdômen de tanquinho e, em seguida, baixou mais um pouco...

Com dois dedos sob meu queixo, Daemon me forçou a erguer a cabeça e fitá-lo no fundo daqueles olhos esmeralda, que pareciam emitir um brilho branco por trás das íris.

LUX 5 Opostos

— Mantenha os olhos aqui, ou vou começar a achar que sou um objeto sexual.

Senti as bochechas queimarem, mas ri mesmo assim.

— Até parece.

Ele puxou a cortina e deu uma piscadinha.

— Você primeiro.

Jamais havia tomado banho com um homem antes. Claro que não. Mas, mesmo que tivesse, acho que não se compararia a tomar um banho com o Daemon Black.

Com as mãos trêmulas, entrei debaixo do jato de água quente. Um segundo depois, ele estava na banheira também, que de repente já não parecia mais tão grande.

De maneira extremamente delicada, Daemon me virou de costas para o jato de água, as mãos imprimindo uma pressão quase imperceptível. Soltei um suspiro entrecortado e ergui a cabeça. Esperava que ele me beijasse ou fizesse algo que me deixaria com as pernas bambas, mas não foi o que aconteceu.

Ele me fitou no fundo dos olhos e, com todo o cuidado do mundo, afastou as mechas encharcadas que pendiam sobre meus ombros. Logo em seguida, suas mãos deslizaram pelos meus braços e continuaram em direção às costas.

Daemon, então, fechou os braços em volta de mim e me puxou de encontro ao peito, colando nossos corpos. Apertei os olhos com força ao sentir uma necessidade totalmente diferente brotar em minhas entranhas. A onda crescente de emoções ia muito além do físico e, enquanto me via ali naquele abraço apertado sem nem mesmo um centímetro entre nós, sabia que ele se sentia da mesma forma.

Não faço ideia de quanto tempo ficamos ali, simplesmente abraçados, com a água cascateando sobre a gente. Havia, porém, algo intensamente poderoso ocorrendo entre nós, algo que transcendia qualquer palavra.

Meus joelhos quase cederam quando ele repousou a bochecha no topo da minha cabeça e, de alguma forma, me puxou ainda mais para perto.

Deus do céu, eu o amava. Continuava tão apaixonada por ele quanto da primeira vez em que reconhecera o que aquela sensação de queimação, aquele choque elétrico sempre que nos tocávamos, significava.

Era difícil olhar para trás e imaginar todo o tempo que havíamos desperdiçado lutando contra nossos sentimentos, brigando um com o outro, ainda mais quando o futuro parecia tão assustadoramente incerto. Mas não podia pensar nisso agora. O importante é que estávamos juntos. Não fazia diferença quantas horas, dias, meses ou anos tínhamos pela frente; estaríamos sempre juntos.

Nosso amor era do tipo verdadeiro, mais forte do que um planeta inteiro de alienígenas psicopatas ou do que todo um governo.

Permanecemos ali abraçados por um longo tempo até finalmente decidirmos fazer uso do chuveiro — um uso normal, *apropriado*. Só que tomar banho com o Daemon era como... bem, tomar banho com o Daemon. Por fim saímos, nos secamos e vestimos nossos respectivos pares de calças de moletom com camisetas tamanho família, que no Daemon obviamente não ficavam grandes demais. A camiseta branca envolvia-lhe os ombros feito uma luva, ressaltando cada gominho de seu abdômen. Minha pele estava absurdamente sensível, ainda que não tivéssemos trocado nenhum tipo de amasso.

Encontrei um pente e me sentei na cama a fim de desembaraçar o cabelo, enquanto o Daemon ligava a TV e procurava o canal de notícias. Feito isso, ele soltou o controle remoto no pé da cama e se sentou ao meu lado.

Em seguida, tirou o pente da minha mão.

— Deixa que eu faço isso.

Fiz uma careta, mas fiquei quieta e deixei que ele penteasse meu cabelo. Olhei de relance para a TV, vi outra cidade em ruínas e desviei os olhos. Não queria pensar em nada disso, pois não sabia onde minha mãe estava nem como meus amigos estavam lidando com essa situação.

Daemon seguia desfazendo cada um dos nós com uma habilidade incrível.

— Será que existe alguma coisa que você não consiga fazer? — perguntei.

Ele riu.

— Você sabe a resposta para essa pergunta.

Ri também.

Assim que ele terminou, senti a ponta do pente cutucar minhas costas. Erguendo as sobrancelhas, lancei um olhar por cima do ombro.

LUX 5 Opostos

— Que foi?

Daemon se aproximou e me beijou com suavidade. As pontas de seus cabelos úmidos roçaram minhas bochechas quando ele inclinou a cabeça e aprofundou o beijo até meu coração começar a martelar contra as costelas.

Apoiei uma das mãos em seu peito, logo acima do coração, e fiquei sentindo as batidas no mesmo ritmo das minhas. Ergui a cabeça e nossos olhos se encontraram. De alguma forma, terminamos estirados sobre a cama, comigo de costas aconchegada contra ele.

— Ainda não terminei de curar você — disse ele numa voz grossa, os dedos acariciando uma área dolorida em minha têmpora.

Fechei os olhos e deixei-o fazer o que desejava. Afinal de contas, isso o fazia se sentir melhor. O calor da cura, porém, foi aos poucos se tornando algo mais quando as pontas de seus dedos deslizaram pelo meu braço e, insinuando-se por baixo da camiseta, acariciaram minha barriga. Não havia nada entre a pele dele e a minha.

— Você tem invocado muito a Fonte. — Ele espalmou a mão sobre meu ventre, o dedo mindinho deslizando por baixo do cós frouxo da calça de moletom. — Deve estar exausta.

Mais outro dedo se meteu por baixo do cós da calça e, de repente, não tive certeza se estava tão exausta assim. Todo o meu ser estava concentrado naquela mão — no peso e no calor que emanava dela, em sua exata posição.

— Gatinha?

— Hum?

Sua voz soou grave e acolhedora.

— Só verificando se você não tinha pego no sono.

— Eu jamais faria isso.

Ele ficou em silêncio por alguns instantes.

— Sabe no que andei pensando?

Em se tratando dele, podia ser qualquer coisa.

— No quê?

— Para onde vamos quando tudo isso terminar. — A essa altura, metade da mão já estava debaixo do cós da calça. — E o que vamos fazer.

— Alguma ideia?

— Várias.

Um doce e suave calor se espalhou por todo o meu corpo.

Daemon soltou uma risadinha enquanto seu polegar traçava lentos círculos logo abaixo do meu umbigo.

— Estava pensando na faculdade.

— Você acha que ainda haverá faculdades depois que tudo isso terminar?

— Acho que sim.

As pontas de dois dedos deslizaram um pouco mais para baixo, fazendo com que eu prendesse a respiração.

— Por que você acha isso?

— Fácil. — Ele plantou um beijo em meu rosto. — Se você me ensinou alguma coisa é que os humanos são resilientes, mais do que minha própria espécie. O que quer que aconteça, eles continuarão se reerguendo. Portanto não posso acreditar que as faculdades, empregos e coisas do gênero deixarão de existir.

Meus lábios se curvaram num ligeiro sorriso. Decidi entrar no jogo.

— Acho que cursar uma faculdade seria legal.

— Se não me engano, você mencionou a Universidade do Colorado uma vez — continuou ele, movendo os dedos mais para o sul e fazendo com que os músculos da minha barriga se contraíssem. — Que tal?

Lembrei a primeira vez que falara sobre a universidade, preocupada com a possibilidade de estar cruzando os limites de nossa relação na época. Agora parecia que tinha sido há séculos.

— Perfeito.

— Tenho certeza de que o Dawson e a Beth gostariam de lá. — Fez uma pausa. — A Dee também.

— É, ela gostaria mesmo. — Especialmente se o Archer se mantivesse por perto. Mas antes precisávamos fazê-la colocar a cabeça de volta no lugar. — Talvez... talvez eu consiga convencer minha mãe a se mudar para o Colorado também.

— Claro — murmurou ele. Mordi o lábio com força o bastante para tirar sangue quando Daemon enfiou o joelho entre os meus. — E ela vai, porque é lá que vamos encomendar nosso futuro.

Arregalei os olhos.

— Ahn, não tenho certeza se quero que minha mãe participe disso.

A risada dele fez cócegas em minha pele.

LUX 5 Opostos

— Que mente suja, gatinha. É lá que vamos encomendar nosso casamento de verdade. Com direito a tudo... madrinhas, padrinhos, um belo vestido branco e a cerimônia. Até mesmo uma recepção. Tudo!

Meu queixo caiu. Estava sem palavras. Fui envolvida pela fantasia de um casamento de verdade — com minha mãe lá para me ajudar a colocar um lindo vestido de princesa; a Dee e a Lesa ao meu lado; o Dawson, o Archer e até mesmo o Luc como padrinhos. Imaginei o Daemon num smoking e, maldição, isso era algo que eu adoraria ver de novo.

A gente tiraria fotos e mandaria servir carne assada na recepção. Teríamos um DJ tocando músicas de gosto duvidoso e Daemon e eu dançaríamos pela primeira vez como marido e mulher.

Meu coração deu algumas pequenas cambalhotas. Não tinha me dado conta até então do quanto desejava tudo aquilo. Isso era tão menininha, mas eu não dava a mínima.

— Gatinha?

— Gosto disso — murmurei, sentindo o peito apertar. — Quero dizer, de falar sobre isso. Dá uma sensação de normalidade. É como se a gente fosse...

Daemon se debruçou sobre mim e capturou minha boca com a dele. O beijo calou fundo em minha alma, acendendo cada célula do meu corpo.

— Nós vamos ter um futuro.

Eu parei de pensar quando seus lábios se fecharam sobre os meus novamente e ele me forçou a virar de costas. O resto do mundo, todas as preocupações, todos os riscos, desapareceram até ficarmos apenas nós dois. Daemon fez coisas loucas com a mão, provocando um fluxo de sensações como se eu estivesse cavalgando uma onda perfeita. Quando voltei a mim, empurrei-o de costas e montei sobre *ele*.

Ele ergueu as sobrancelhas.

— O que você está...?

Mas ele entrou no jogo rapidinho e, com o contorno do corpo começando a emitir aquele luminoso brilho vermelho-esbranquiçado, entrelaçou os dedos em meu cabelo úmido. Com uma expressão maravilhada, Daemon semicerrou os olhos, que já brilhavam feito diamantes brutos. Na verdade, eu não tinha a menor ideia do que estava fazendo, mas ele parecia estar adorando e acho que era porque me amava.

Tempos depois, deitados em silêncio um de frente para o outro, tentei encontrar coragem para perguntar a ele algo que havia mexido com a minha curiosidade.

— Por que você foi com os outros Luxen quando eles chegaram?

Daemon estava com os olhos fechados, a expressão relaxada.

— Quando eles saíram de dentro da mata, pude ouvir o que estavam pensando e o que desejavam. O mesmo aconteceu com o Dawson e a Dee. A conexão foi imediata. E, a princípio, ela suplantou todo o resto. Tive vontade de ir com eles. — Ele fez uma pausa e, abrindo os olhos, me fitou no fundo dos meus. — Foi como se não houvesse nada no mundo além deles. Eles se tornaram *tudo*.

Nada disso fazia o menor sentido para mim.

— Você ainda consegue escutá-los?

— Não. O máximo que consigo ouvir é um zumbido baixo no fundo da mente. — Fez outra pausa. — Não é a primeira vez que algo assim acontece. Quando muitos de nós estão reunidos, a coisa fica mais difícil, como um rádio sintonizado em milhares de estações ao mesmo tempo. É por isso que a gente não gostava da colônia. Quando nós estamos em número muito grande, ficamos todos conectados, quase como se fôssemos um único ser. Você acaba sendo influenciado a fazer coisas que não quer. Deixa de ser um indivíduo para ser um *todo*. Só não sabia que essa influência podia ser tão forte, não até eles chegarem.

— Mas você conseguiu superá-la — lembrei-o ao perceber que ele parecia desapontado consigo mesmo.

— Por causa do que eu sinto por você. O mesmo acontece com o Dawson, e provavelmente com qualquer outro Luxen conectado a alguém de outra espécie, mas a Dee... — Ele deixou a frase no ar e balançou a cabeça, frustrado. — Esses que chegaram agora são diferentes do resto de nós. Sei que isso é óbvio, mas eles... eles são tão frios! Não sentem a menor empatia ou compaixão. — Estremeceu da cabeça aos pés. — Não lembro dos meus pais, mas não acredito que eles fossem assim. Acho que a gente é diferente deles porque convivemos com humanos. Essa falta de compaixão e empatia os torna perigosos, Kat. Mais do que a gente poderia imaginar.

Enquanto eu percorria o polegar pelo maxilar dele, Daemon virou a cabeça e plantou um beijo em minha palma.

LUX 5 Opostos

— Mas eles têm que ter um ponto fraco. Qualquer coisa no universo tem.

Ele capturou minha mão e entrelaçou nossos dedos.

— Em cada colônia, existe um antigo que lidera o grupo. Sei que entre esses que chegaram agora tem que haver um que atua como uma espécie de... sargento. A rainha da colmeia. Tirar essa pessoa do jogo não porá um fim na invasão, mas irá enfraquecê-los... minar a influência deles sobre outros Luxen.

Como a Dee.

— Tem ideia de quem é essa pessoa ou de onde ela está? — perguntei.

Seus lábios se curvaram num dos cantos.

— Não. Rolland manteve essa informação guardada direitinho, o que agora faz sentido. Por causa da Sadi, ele sabia que não podia compartilhar esse pequeno detalhe. Maldita Sadi. Eu não sabia que ela era uma original, e acho que não é a única que vem fingindo e se escondendo entre os Luxen.

Franzi o cenho.

— Quem mais?

— É algo que eu nunca tinha reparado até fugir da colônia para procurar você. O engraçado é que eu nunca confiei nele. Sempre senti algo estranho a respeito do cara, e ele disse algumas coisas bizarras quando eu parti. Coisas que na hora não fizeram sentido e que não dei muita bola até o Archer revelar o que ele era... você sabe, o lance da cor dos olhos. — Ele se virou de barriga para cima e soltou o ar lentamente. — Ethan Smith.

Levei alguns segundos para me lembrar de quem ele estava falando.

— Ele não é o antigo da colônia lá da nossa área?

Daemon assentiu.

— Os olhos dele são iguaizinhos aos do Archer e do Luc.

— Puta merda! — Soltei num suspiro. Em seguida, sentei com as pernas dobradas debaixo do corpo. — Mas se ele é um original e se de alguma forma os originais ajudaram a trazer o restante dos Luxen para cá, a pergunta é: por quê?

Daemon se virou para mim.

— Essa é a pergunta de um milhão de dólares, certo? Por que alguns originais estariam trabalhando com os Luxen?

[12]

DAEMON

Kat parecia estar com dor de cabeça.

Não podia culpá-la. Tanta coisa estava sendo lançada sobre a gente que sentia como se devesse estar usando um daqueles uniformes de jogador de beisebol, mais especificamente de receptor.

Ainda deitados, não conseguia parar de remoer toda essa história do Ethan, tentando descansar um pouco antes que o Archer aparecesse e soltasse outra bomba ainda pior no nosso colo.

Embora quieta em meus braços, sabia que a Kat não estava dormindo. Tal como eu, ela estava tendo que digerir coisas demais. Só de pensar na Dee eu ficava com vontade de bater a cabeça na parede. Assim sendo, achei melhor tentar descobrir o que o Ethan tinha a ver com a invasão alienígena.

Essa era de fato a pergunta de um milhão de dólares. Por que os originais estavam trabalhando com os Luxen? Resolvi que eu ia perguntar ao Archer quando ele retornou com duas sacolas de roupas. Franzi o cenho ao vê-lo jogar uma barra de chocolate para a Kat, imaginando o quanto ele estaria captando dos nossos pensamentos.

Archer ergueu uma sobrancelha.

LUX 5 Opostos

— O bastante para saber que você se imagina arrancando minha cabeça sempre que estamos perto um do outro.

Sorri ao escutar isso. Kat parou de desembrulhar o chocolate e ergueu os olhos.

— Que foi? — perguntou ela.

— Nada — respondi, dando uma espiada numa das sacolas. Encontrei um par de jeans do meu tamanho. O que era tão estranho que chegava a ser perturbador.

— De volta à pergunta. Sobre os originais e os Luxen. — Archer se recostou na escrivaninha e cruzou os braços. — Para ser honesto, não faço a mínima ideia do que eles estariam ganhando com isso, a não ser a típica história de unir forças para dominar o mundo e blá-blá-blá…

— Isso é clichê — comentei.

— E óbvio demais — concordou ele.

Olhei de relance para a Kat. A expressão dela enquanto devorava o chocolate era de alguém que havia provado um pedacinho do céu pela primeira vez e estava prestes a ter um orgasmo alimentar, o que fez com que eu desejasse que o Archer não estivesse no quarto.

O sorriso dele se ampliou mais um pouco.

O que também me fez desejar que ele desse o fora da minha mente.

— Você sabia sobre o Ethan? — perguntei, me concentrando no que interessava.

Ele fez que não.

— Não somos como vocês, aberrações alienígenas, não unificamos nossas mentes nem sabemos onde os outros estão sem que alguém nos diga.

— Na última vez que verifiquei, você fazia parte da nossa família de aberrações, portanto…

Kat partiu um pedacinho do chocolate e o ofereceu a mim. Recusei com um balançar de cabeça e ela imediatamente o enfiou naquela boca deliciosa.

— Quer dizer que você não conhece o Ethan nem nunca ouviu falar dele? — perguntou ela.

— Existem muitos originais que nunca conheci e outros que não vi mais desde que foram transferidos para outras bases. O Daedalus tem vários espalhados pelo mundo afora em posições de poder. Mesmo que apenas uns poucos estejam trabalhando com os Luxen, isso vai ser um problemão.

— Como se já não estivéssemos cheios de problemas — ressaltei.

— É, bem, mas a diferença é que podemos fingir sermos humanos, Luxen ou até mesmo híbridos. Podemos ler a mente de vocês. Você próprio já se lascou uma vez por causa de uma original que fingiu ser uma Luxen. Provavelmente duas vezes se contar esse tal Ethan, o que torna bem mais difícil confiar nas coisas que você sabe ou vê — explicou Archer. — Digamos que um punhado de políticos, médicos ou militares sejam originais que na verdade estejam trabalhando com os Luxen. Isso vai virar uma bola de ne...

— E o que a gente pode fazer? — Kat se levantou da cama e jogou a embalagem na lixeira. — Quero dizer, não podemos simplesmente aceitar que estamos ferrados. Tem que haver algo que possamos fazer.

Um lampejo de tensão cruzou o rosto do Archer.

— Algo já está sendo feito.

Kat parou no meio do quarto, a expressão um misto de esperança e mau agouro.

— O quê?

Archer me lançou um rápido olhar de esguelha, que me disse que simples palavras não iriam explicar nada. Se eu não estava interpretando mal a vibe do soldado, a coisa não era nada boa.

— Por que vocês dois não se trocam e me encontram no corredor? — sugeriu ele.

Kat crispou as mãos.

— O que você não está querendo nos dizer?

— Não se trata disso. — Ele se afastou da escrivaninha e seguiu para a porta. — É só que eu acho que vocês precisam ver para acreditar.

— Não sei por que tanto mistério, mas tudo bem. — Levantei com a intenção de trocar a calça de moletom que estava usando. Ao perceber que o Archer continuava parado no vão da porta, ergui uma sobrancelha. — A menos que você queira me ver gloriosamente nu, sugiro que se mande.

Ele revirou os olhos.

— Eu passo, muito obrigado.

LUX 5 Opostos

Kat e eu nos trocamos rapidinho. O fato de o jeans dela ter caído feito uma luva fez com que eu fantasiasse mais uma vez com a chance de dar-um-murro-na-cara-do-Archer. Mas ela ficou bonita naquele jeans escuro com suéter cinza-claro, bem mais ao seu estilo. O cabelo havia secado em ondas suaves, e Kat dava a impressão de que íamos sair para comer alguma coisa ou pegar um cineminha.

No entanto, o que estávamos prestes a fazer ficava tão longe dessa fantasia que chegava a ser desanimador.

Assim que terminei de abotoar o jeans, a fitei no fundo dos olhos.

— Está preparada para o que estamos prestes a fazer, seja lá o que "isso" for?

Ela assentiu.

— Estou quase com medo de ver o que ele quer nos mostrar.

— Posso entender. A essa altura, qualquer coisa é possível. — Parei diante da porta fechada e estendi a mão para ela. Quando Kat a tomou, puxei-a de encontro a mim e passei os braços em volta de sua cintura. Em seguida, suspendi-a do chão e a apertei com vontade.

A risadinha suave que reverberou em meu ouvido era demasiadamente rara.

— Você está me sufocando.

— A-hã. — Botei-a de volta no chão e plantei um beijo em sua testa. — O que quer que aconteça, não esqueça nossos planos. — Achei importante relembrá-la deles.

Aqueles olhos cinza me fitaram com suavidade.

— Os planos de casamento?

— Esses mesmo. — Inclinei-me e sussurrei em seu ouvido: — Porque assim que virmos o que o Archer quer nos mostrar, que com certeza vai ser algo completamente surtado, vou me concentrar nesses planos, em levantar seu vestido de casamento e me ajoelhar diante de você.

— Ai, meu Deus — murmurou ela. Ao me afastar novamente, vi que suas bochechas estavam vermelhas feito um pimentão. — Você é... você é...

— O quê?

Ela balançou a cabeça e engoliu em seco.

— Muita coisa para administrar.

Dei uma risadinha presunçosa e abri a porta.

— Você primeiro, gatinha.

Assim que ela passou por mim, dei-lhe um belo tapa no traseiro, que a fez dar um pulo e se virar. Kat me fuzilou com os olhos e eu ri, nem um pouco arrependido. Eram essas pequenas coisas na vida que me deixavam feliz.

Archer ignorou a cena, o que significava que ele devia dar valor a certas partes de seu corpo. Após o seguirmos corredor abaixo, descemos uma escada e entramos em outro corredor. Mais adiante havia um par de portas de vidro com o que parecia ser um centro de comando da NASA do outro lado.

— Que negócio é esse? — perguntei.

— O que você imagina que seja. — Lancei-lhe um olhar irritado e ele sorriu, mas o sorriso não chegou aos olhos. — É o centro de comando da base. Eles estão conectados a satélites, mísseis e vários outros tipos de brinquedinhos.

Kat franziu o nariz, mas não disse nada.

Archer abriu a porta. Não fiquei nem um pouco surpreso ao ver o Luc sentado de costas para a gente, com os pés cruzados sobre uma bancada branca. Ele segurava uma caixinha de suco.

Balancei a cabeça. Surreal!

Nancy estava ligeiramente afastada, com os braços cruzados diante do tórax estreito e uma expressão amarga, como se estivesse chupando algo azedo. Ao lado dela havia um homem com uma indumentária militar completa. Pela quantidade de botões brilhantes e comendas, ele podia vir a ser um problema.

O aposento estava repleto de militares, todos usando fones de ouvido e plugados ao que quer que estivessem fazendo nos monitores à sua frente. Alguns olharam de relance para nós quando entramos. Nenhum pareceu surpreso. Um monitor gigantesco situava-se na parede diante do Luc.

Voltei a atenção novamente para o homem com olhos cinza frios como aço e cabelos castanho-claros cortados rente à cabeça.

— Quem é o palerma?

Kat arregalou os olhos e Luc se virou para a gente. Pelo som que ele emitiu, parecia estar se segurando para não rir.

— Sabia que tinha um motivo para gostar de você.

LUX 5 Opostos

— Não diga — murmurei.

Nancy não parecia nem um pouco feliz quando o homem se virou para a gente, os ombros empertigados.

— Esse é o general Jonathan Eaton, o oficial *mais* graduado das Forças Aéreas Americanas — informou ela, as palavras pronunciadas de modo seco, como pequenos socos. — Talvez vocês devessem demonstrar algum respeito.

Arqueei uma sobrancelha.

— Claro.

Tive que reconhecer, o general Qualquer Que Fosse Seu Nome merecia. Não havia nem mesmo um pingo de irritação quando seus olhos cinza repousaram em mim.

— Sei que você não tem os membros do governo... em alta conta — disse ele. — Mas posso assegurar-lhes que no momento nós não somos o inimigo.

— Me reservo o direito de decidir isso — rebati, olhando de relance para a tela, que, ao que parecia, mostrava uma distante visão aérea de alguma cidade importante. Dava para ver os topos dos arranha-céus e um borrão azul que talvez fosse o oceano.

— Compreensível — retrucou ele, chamando novamente minha atenção. — Só quero que saiba que nunca tive problemas com a sua espécie.

— E eu nunca havia tido com a sua — falei. — Não até vocês basicamente nos sequestrarem e começarem a realizar experiências horríveis com a gente. Até destruírem minha família e se tornarem um verdadeiro pé no saco.

Um lampejo de dor cruzou o rosto da Nancy, mas ela permaneceu quieta.

O general, por sua vez, não.

— Vários de nós não sabiam exatamente o que o Daedalus estava fazendo nem como eles adquiriam os Luxen e os híbridos. Teremos muitas mudanças no futuro.

— Ele é um dos figurões que mandou desmantelar o Daedalus. — Luc cruzou os braços atrás da cabeça. Eu não fazia a menor ideia de onde tinha ido parar a caixinha de suco. Ele voltou o olhar para a Nancy e curvou os lábios num sorriso frio. — A meu ver, é um cara legal.

— Isso significa muito para mim — replicou o general de modo seco. A tosse do Archer soou demasiadamente como uma risada. — Podemos não a ter a mesma visão ou pensar da mesma forma — continuou, falando comigo. — E sei que nada do que eu possa dizer irá compensar o que foi feito com a sua família ou com seus entes queridos. — Dizendo isso, lançou um olhar sisudo na direção da Nancy. — Os responsáveis pelos aspectos menos palatáveis do Daedalus serão punidos de acordo.

Kat o fitava de boca aberta.

— Espera um pouco. — Aproximei-me dela. Não que eu estivesse muito distante, mas me posicionei de forma a ficar praticamente montado sobre ela. — Todo esse seu amor pelos Luxen é muito bacana, mas por que diabos você confiaria na gente? E por que a gente confiaria em você?

O general projetou ligeiramente o queixo.

— Sei que não acha que você e seu irmão são os únicos Luxen que já transformaram um humano pelo qual tenham grande apreço. Na verdade, acho que você já concluiu que existem muitos Luxen espalhados pelo mundo afora que fariam qualquer coisa para proteger os humanos que amam. Sei que a conexão entre vocês é mais forte do que a influência exercida por esses que chegaram agora. Isso é fato.

— Como sabe disso? — perguntou Kat.

— Porque minha filha e o marido dela estão aqui na base — respondeu ele, olhando para mim. — E, sim, ele é um Luxen.

Enquanto observava o general, pude sentir os olhos da Kat pregados em mim. Por algum motivo, de todas as coisas que eu já escutara, essa era a mais louca. Eu ri. Não consegui evitar.

— Sua filha é casada com um Luxen?

Nancy contraiu os lábios, e suas bochechas pareceram que iam implodir.

— Eles estão casados há cinco anos — confirmou o general, cruzando os braços e fazendo com que o tecido azul-marinho do uniforme ficasse repuxado sobre os ombros.

— Sua filha é casada com um Luxen e ainda assim você não se incomodou com o que a Nancy estava fazendo com eles? Com a gente? — Um lampejo de raiva cruzou o rosto da Kat.

Um brilho de constrangimento se insinuou em seus olhos.

LUX 5 Opostos

— Como eu disse, havia muita coisa que a gente não sabia.

— Isso não é desculpa — revidou ela. Diabos, Kat parecia disposta a puxar uma briga.

O general repuxou os lábios como se estivesse se contendo para não sorrir.

— Você me lembra a minha filha.

Nancy virou a cara, mas pude jurar que revirou os olhos.

— Sei que não há nada que eu possa fazer para mudar o passado, apenas assegurar que nada disso jamais aconteça de novo. É uma promessa. — Ele inspirou fundo. — Mas, no momento, temos um desastre global sem precedentes em nossas mãos. É nisso que precisamos nos focar.

— Desastre global. — Luc arqueou uma sobrancelha. — Isso soa tão inacreditavelmente dramático, como se... — Um bipe baixo cortou sua frase pela metade. Ele enfiou a mão no bolso e pescou o celular.

Luc tirou os pés de cima de bancada e, com uma expressão grave, se levantou.

— Preciso resolver uma coisinha, pessoal.

Ele seguiu para a porta sem olhar para trás, a mão livre crispada ao lado do corpo. Sininhos de alerta soaram imediatamente, um atrás do outro. Jamais vira o Luc tão... tão perturbado.

Está tudo bem. A voz do Archer ressoou em minha mente. *O que ele tem que resolver não tem nada a ver com nosso problema aqui.*

Pode me chamar de paranoico, mas isso não me diz nada, falei de volta.

O general é legítimo, retrucou o soldado, me fitando no fundo dos olhos. *E, como eu disse, o que o Luc saiu para tratar não tem nada a ver com a gente.*

Eu ainda não estava cem por cento convencido, de modo que passei o braço em torno dos ombros da Kat só por segurança. Olhei para a Nancy e para o general. Não tinha muita certeza do que estava realmente acontecendo ali.

— Onde está o outro? — perguntei. — O sargento Dasher?

Nancy se virou para mim.

— Morto.

Ao meu lado, Kat enrijeceu.

— Como? — indagou ela.

— Ele morreu durante um confronto com os Luxen nos arredores de Las Vegas. — Ela nos fitou com os olhos escuros estreitados. — Isso deve deixá-los felizes.

— Não posso dizer que vou perder minha noite de sono por isso. — Encarei-a até ela desviar os olhos. Dasher podia não ser um completo sociopata como ela, mas também estava na minha lista de pessoas a matar.

Pelo menos agora podia cortar o nome dele.

— General Eaton. — A voz pertencia a um homem próximo à gigantesca tela. Ele estava em pé com as mãos na cintura. — Faltam apenas cinco minutos.

Cinco minutos para o quê?

Assim que terminei de formular esse pensamento, a imagem na tela se aproximou e o topo dos prédios tornou-se mais nítido, tal como as ruas congestionadas. Algumas áreas não eram nada além de colunas de fumaça cinzenta.

— O que é isso? — perguntou Kat, dando um passo à frente e se desvencilhando de mim.

Olhei de relance para o Archer e percebi imediatamente que era o que ele queria que a gente visse.

— O que está acontecendo?

O general atravessou o centro da sala, passando pelas fileiras de monitores menores e pelos homens concentrados em seus computadores.

— É o que estamos fazendo para deter a invasão.

Voltei o olhar novamente para a tela. Cara, estava com um péssimo pressentimento a respeito daquilo.

— Quatro minutos — informou outro sujeito.

Eu estava certo. Quando as pessoas começavam uma contagem regressiva, em geral era mau sinal. Kat pediu mais explicações, mas enquanto eu observava as luzes pulsantes da cidade, uma ideia começou a se formar no fundo da minha mente.

— O que você está vendo aí é Los Angeles — explicou o general. — Havia um número significativo de Luxen invasores na cidade, todos já apresentando uma forma humana, a maior parte em cargos do governo ou em outras posições de poder. Eles assimilaram rapidamente o DNA de pessoas que tinham idade suficiente para já terem constituído família.

LUX 5 Opostos

Temos gente infiltrada que tem nos mantido a par do que vem acontecendo, mas ontem à noite perdemos completamente o controle da cidade.

— Oh! Uau! — Kat fechou os braços em volta da cintura, olhando atentamente para a tela.

— Também perdemos Houston, Chicago e a cidade do Kansas — interveio Nancy. — Pelos menos essas são as que a gente já confirmou até o momento. A única que estamos conseguindo manter sem nenhum Luxen é Washington D.C., muito embora os invasores estejam reunindo forças nos arredores da cidade. Alexandria, Arlington, Mount Rainier e Silver Spring já estão quase completamente sob o controle deles.

Merda.

— E não sabemos se existem originais dentro da capital que talvez tenham unido forças com os Luxen invasores — acrescentou o general. — Rezamos para que não, mas temos um plano caso venhamos a constatar que sim.

— Três minutos.

Meu olhar recaiu nas costas do homem que fazia a contagem regressiva.

— O que vai acontecer daqui a três minutos?

Kat se virou, o rosto pálido, e me dei conta de que ela devia estar pensando o mesmo que eu, o que não seria nada agradável.

— Precisamos utilizar quaisquer meios necessários para deter os Luxen, mas que causem o menor número possível de fatalidades humanas. — O general inspirou fundo e empertigou os ombros. — Obviamente isso limita nossas ações.

Archer se afastou da parede e começou a se aproximar, como se esperasse que eu surtasse quando minhas suspeitas fossem confirmadas.

— O presidente dos Estados Unidos e o secretário de Defesa aprovaram em comum acordo um bombardeio de teste da PEM sobre a cidade de Los Angeles.

Olhei fixamente para o general.

— PEM? — perguntou Kat, os olhos arregalados.

— Bombas de pulsos eletromagnéticos. Normais, não atômicas — explicou ele, e meu estômago foi parar nos pés. — Elas irão funcionar como as PEP quando detonarem a cerca de 100 metros do chão, porém com um raio de ação maior. O número de mortes humanas será mínimo, limitado às pessoas com problemas cardíacos ou com doenças que as tornem suscetíveis a pulsos eletromagnéticos dessa magnitude... e claro, àquelas que dependem de sistemas de suporte para sobreviver.

— Dois minutos. Estamos agora a cerca de 250 metros — declarou o responsável pela contagem, seguido de uma voz chiada que informou a localização através de um sinal de rádio.

Archer estava agora parado ao meu lado.

— A maioria dos humanos irá experimentar uma explosão de dor e paralisia momentânea — continuou ele, ao mesmo tempo que a Kat se virava de volta para a tela. — A PEM irá atuar como uma arma letal para qualquer Luxen, híbrido ou original que estiver dentro de seu raio de ação.

Puta merda!

Eu entendia a necessidade daquela medida — eles precisavam fazer alguma coisa contra a invasão dos Luxen —, mas minha irmã estava lá em algum lugar, com sorte bem longe de Los Angeles. No entanto, tinha que haver Luxen, híbridos e até mesmo originais inocentes na área, que não tinham a menor ideia do que estava a caminho.

— Inocentes irão morrer, tanto humanos quanto alienígenas — disse o general, como se estivesse lendo a minha mente. — Mas precisamos sacrificar alguns para salvar o todo.

Virei-me de volta para a tela enquanto ela piscava rapidamente por alguns segundos antes de a imagem estabilizar. A câmera se aproximou mais uma vez, o suficiente para que eu pudesse ver movimento em torno do chão.

— Isso não é tudo o que a PEM faz — interveio Archer baixinho. — Ela foi criada com um propósito diferente.

O general assentiu.

— Originalmente, ela foi criada como uma arma de destruição em massa que limitaria a perda de vida humana. As PEM danificam irreversivelmente todo e qualquer aparelho eletrônico ou fonte de energia.

Puta merda.

Não conseguia pensar em nada além disso.

— Isso é tudo — murmurou Kat. — Absolutamente tudo na cidade... telefones, carros, hospitais, meios de comunicação... tudo.

— Um minuto. Estamos a cerca de 130 metros do chão.

LUX 5 Opostos

— Elas irão fazer Los Angeles voltar à Idade das Trevas. — Archer observava a tela. — Vocês estão prestes a ver a história tomar um novo rumo, uma história que jamais poderá ser reescrita.

— Vocês não podem fazer isso — falei.

Kat balançava a cabeça, aturdida.

— Ele tem razão. Tem gente lá que depende da eletricidade... pessoas inocentes, cujo estilo de vida está prestes a chegar ao fim. Vocês não podem...

— Tarde demais, obviamente — interveio Nancy, os olhos escuros chispando fogo. — Esse é o único meio que temos de detê-los. A única forma de nos certificarmos de que haverá um amanhã seguro para a humanidade.

Abri a boca para replicar, mas fui interrompido pela retomada da transmissão de rádio, que começou uma contagem regressiva de 20 segundos. Não havia nada que eu pudesse fazer para impedir. Estava acontecendo, bem diante das nossas vistas.

Aproximei-me da Kat, mas mantive os olhos pregados na tela, nos carros que atravessavam a rodovia tentando sair da cidade. Talvez houvesse Luxen naqueles carros, tanto bons quanto maus. Talvez houvesse pessoas com problemas cardíacos. Dava para ver hospitais em alguns pontos da tela, cheios de pacientes cujo próximo suspiro jamais viria.

E então aconteceu.

Kat levou a mão à boca ao mesmo tempo que uma explosão de luz ofuscante fez com que a imagem na tela oscilasse por alguns instantes. Ela, então, estabilizou. Tudo continuava como antes, exceto que todos os carros na rodovia tinham parado. Nada se movia, e...

A cidade inteira estava apagada.

[13]

Katy

Ai, meu Deus! Senti como se devesse me sentar para não desmaiar.

Não conseguia desgrudar os olhos da tela. Nada acontecia. Claro que não. Milhões de pessoas em Los Angeles estavam momentaneamente paralisadas. E, dentre elas, quantas jamais voltariam ao normal? Centenas? Milhares? Não podia crer no que eu acabara de testemunhar.

A voz chiada no rádio soou novamente, declarando que o bombardeio tinha sido um sucesso. Ninguém na sala comemorou. Fiquei feliz que não, caso contrário tinha certeza de que o Daemon e eu terminaríamos com borrifos de ônix na cara.

— Vamos iniciar um escaneamento em busca de pulsos elétricos — informou o homem que fizera a contagem regressiva. — Em dois minutos teremos os dados.

O general Eaton assentiu.

— Os Luxen, híbridos e originais emitem sinais elétricos — explicou Nancy, embora eu já soubesse. Por isso as PEP e as PEM eram tão perigosas.

Elas fritavam nossas células de forma irreversível.

Daemon passou um braço em volta dos meus ombros e me puxou de encontro a si. Apoiei a mão em seu peito e pude sentir seu corpo vibrando.

LUX 5 Opostos

Ele estava zangado, assim como eu. A fúria que fervilhava dentro de mim gerou uma descarga de estática em minha pele. A frustração era enorme, principalmente por saber que nossas opções eram limitadas, mas isso...?

A magnitude do que acabara de acontecer suplantava em muito as mortes. Hoje, qualquer que fosse o dia, seria infamemente conhecido como o dia que Los Angeles *parou*. Nada lá jamais seria o mesmo. Todas as malhas elétricas, as redes, a complexa infraestrutura que ia muito além da minha compreensão, tinham sido destruídas.

— Não há como recuperar tudo o que foi destruído, certo? — perguntei numa voz rouca.

Archer trincou o maxilar.

— Levará décadas, se não mais, para reconstruir tudo.

Fechei os olhos, estarrecida com as consequências daquilo.

— Não captamos nenhuma atividade — anunciou o homem. — Nem mesmo um pequeno sinal.

Ao meu lado, Daemon enrijeceu, e fiz pressão com a mão em seu peito. Muitos inocentes deviam ter morrido.

E isso era apenas o começo. Eu sabia. Eles fariam a mesma coisa em outras cidades pelo mundo afora, mais inocentes morreriam e o mundo se tornaria... puta merda, a vida que conhecíamos se tornaria uma maldita distopia como as dos romances que eu gostava de ler, só que de verdade.

Desvencilhei-me do Daemon e me virei para o general.

— Vocês não podem continuar com isso.

Aqueles olhos cinza-escuro encontraram os meus, e me dei conta de que ele devia estar pensando: *Quem diabos* é *essa garota que acha que tem o direito de dizer alguma coisa?* Talvez eu realmente não tivesse direito algum. Inferno, no grande esquema das coisas eu não era ninguém, apenas uma aberração da natureza, mas não podia ficar ali sem dizer nada enquanto eles literalmente destruíam o mundo cidade por cidade.

— Vocês estão acabando com o estilo de vida de milhões de pessoas, isso sem levar em consideração as que morreram quando as bombas detonaram — falei numa voz trêmula. — Não podem continuar com isso.

— Não foi uma decisão fácil. Confie em mim quando digo que já tivemos e ainda teremos muitas noites de sono mal dormidas — retrucou ele. — Mas não tem outro jeito.

Daemon cruzou os braços diante do peito.

— O que vocês estão fazendo é basicamente genocídio.

Ninguém disse nada. Também, o que poderia ser dito? Era genocídio *mesmo*; aquelas bombas iriam varrer da face do planeta a maioria dos Luxen.

Archer esfregou o maxilar com uma das mãos.

— O problema, pessoal, é que outra opção eles têm? Vocês sabem tão bem quanto eu que, se os Luxen invasores não forem detidos, assim como os originais que estão trabalhando com eles, teremos apenas umas poucas semanas antes que eles consigam o controle completo do planeta.

— Talvez menos que isso — observou Nancy, sentando-se numa das cadeiras vagas. Sua expressão continuava impassível, mas me perguntei se ela temia que os jovens originais estivessem escondidos perto de uma das cidades que seriam bombardeadas. — Se os originais estiverem metidos nisso...

— Eles estão — respondi, pensando na Sadi e no antigo que o Daemon havia mencionado. — Alguns deles estão.

Aqueles olhos escuros e frios pousaram em mim.

— Então realmente não temos opção. Os originais foram criados para ser a espécie perfeita, com habilidades cognitivas muito além das dos humanos. Eles...

— Já entendemos — rosnou Daemon, os olhos brilhando feito esmeraldas polidas. — Talvez se vocês não tivessem interferido com a Mãe Natureza e criado os originais...

— Ei — murmurou Archer. — Eu estou bem aqui.

Daemon o ignorou.

— Se vocês não tivessem feito isso, talvez os Luxen não tivessem vindo.

— Você não tem como saber — rebateu ela, os ombros tensos. — Eles talvez...

— O que eu sei é que eles estão trabalhando com os Luxen — continuou ele, interrompendo-a. — E não é preciso muitos neurônios para deduzir que eles tiveram alguma coisa a ver com a chegada dos invasores. Essa merda está em suas mãos... nas mãos do Daedalus.

— O que é terrivelmente irônico, não acha? — comentou Archer. Ao ver o Daemon olhar para ele sem expressão, achei por um segundo que o soldado fosse revirar os olhos. — Na mitologia grega, Daedalus, ou

LUX 5 Opostos

Dédalo, foi o pai de Ícaro. Ele fabricou asas para que o filho pudesse voar, mas o garoto idiota chegou perto demais do sol. As asas derreteram e ele despencou de volta para a Terra, afogando-se no mar. O que eu quis dizer é que a invenção dele foi sua própria perdição. A mesma coisa aconteceu com Prometeu.

Daemon olhou para o Archer por um longo tempo e, então, se virou de volta para a Nancy.

— De qualquer forma, independentemente do que possam dizer, essa confusão é responsabilidade de vocês.

— E estamos tentando dar um jeito nela — respondeu o general Eaton. — A menos que vocês tenham alguma outra ideia, não vejo alternativa.

— Não sei. — Pressionei as têmporas com as pontas dos dedos. — A gente bem que podia usar os Vingadores no momento.

— Pro inferno com eles. Precisamos do Loki — retrucou Daemon.

O general arqueou uma sobrancelha.

— Bom, infelizmente o universo Marvel não é real, portanto...

Comecei a rir, e quase se tornou uma daquelas risadas histéricas que a gente não consegue parar, mas então Daemon piscou algumas vezes, como se tivesse tomado uma súbita paulada na cabeça.

— Espera um pouco — disse ele, correndo uma das mãos pelos cabelos desgrenhados. — A gente precisa de algo equivalente ao Loki.

— Não faço ideia de onde você quer chegar — repliquei.

Ele balançou a cabeça como que para clarear as ideias.

— Tem algo que podemos usar. Sei que podemos.

O general Eaton inclinou a cabeça ligeiramente de lado ao mesmo tempo que o Archer voltava seus olhos afiados como aço para o Daemon. O soldado pressionou os lábios numa linha fina, o que me disse que estava tentando captar os pensamentos dele. O que quer que tivesse visto, deu a impressão de que não tinha gostado muito, não.

Quando Archer enfim falou num sussurro estarrecido, minha suspeita foi confirmada.

— Isso é uma tremenda loucura, tipo, totalmente surtado, mas pode funcionar.

Daemon o fuzilou com os olhos.

— Credo, por que não conta logo para eles o que estou pensando?

— Ah, não. — Archer brandiu a mão como quem descarta a sugestão. — Não estou com a menor vontade de roubar a cena.

— Você já fez isso, portanto...

— Vamos lá — intervim, impaciente. — Conte ao resto de nós que não possuímos essa bela capacidade de ler pensamentos.

Os lábios do Daemon se repuxaram num meio sorriso.

— Existe uma coisa contra a qual os Luxen invasores não têm como se defender.

— As bombas PEM, claro — observou Nancy de maneira obstinada.

Ele inflou as narinas.

— Algo além de uma arma que destrói tudo o que conhecemos aqui na Terra.

Ela desviou os olhos e se concentrou no monitor como se estivesse entediada com a conversa. Perguntei-me se alguém ficaria chateado se eu lhe desse um belo chute na nuca.

— Os Arum — despejou Daemon.

Pisquei lentamente, com a sensação de que meu cérebro acabara de entrar em curto.

— Como?

— Os Luxen invasores sabem sobre os Arum. Até aí consegui captar, mas tem mais uma coisa que aprendi com eles — explicou Daemon. — Eles não possuem nenhuma experiência em lidar com nossos inimigos.

— Mas sabem sobre eles — rebateu o general. — Você mesmo disse.

— Verdade, mas por experiência própria posso dizer que saber da existência dos Arum e escutar a respeito deles é totalmente diferente de saber lidar com eles, especialmente se você nunca tiver visto um cara a cara... e eles nunca viram. Os Arum partiram há muito tempo e vieram para cá, enquanto esses Luxen seguiram na direção oposta. Mesmo que já tenham visto um, deviam ser crianças na época.

Alguns dos oficiais presentes que estavam trabalhando nos monitores pequenos tinham virado a cadeira e escutavam tudo atentamente.

— A primeira vez que me deparei com um Arum, eu teria morrido se o Matthew... — Ele inspirou fundo. Talvez os outros não tivessem percebido o lampejo de dor que cruzou seu rosto, mas eu vi, e meu peito apertou. Matthew, que tinha sido como um pai para todos eles, os traíra,

LUX 5 Opostos

e eu sabia que isso ainda iria doer por um longo tempo. — Se ele não tivesse aparecido, alguém mais velho e com mais experiência, eu teria morrido. Diabos, até pegar o jeito de como lutar contra eles, eu teria morrido diversas vezes.

— Os Arum foram criados de acordo com as malditas leis da natureza para lutar contra os Luxen e mantê-los na linha — explicou Archer, a voz transbordando entusiasmo. — Eles são os únicos verdadeiros predadores dos Luxen.

Uma centelha de esperança acendeu em meu peito, mas não quis deixar que ela ganhasse muita força.

— Mas os originais saberão como lutar contra eles.

— Tem razão, mas não existem milhares e milhares de originais — observou Daemon. — E eles não têm como ensinar a tantos Luxen como se defenderem. Para ser honesto, duvido até que os Luxen achem que os Arum serão um problema. Minha espécie é arrogante por natureza.

— Não diga, jura? — murmurei.

Um dos cantos de seus lábios se repuxou num meio sorriso sexy e presunçoso ao mesmo tempo que o Archer soltava uma risadinha.

— Os originais são ainda mais arrogantes, você sabe — continuou Daemon. — O tipo de arrogante burro e borderline.

O sorrisinho do Archer desapareceu.

— Uau, sinto como se fosse o Morgan Freeman narrando algo tipo: "A fraqueza deles já está aqui" — falei, enrubescendo ao ver vários pares de olhos se virarem para mim com uma expressão atordoada. — Que foi? Isso é dito em *A Guerra dos Mundos*, e acho totalmente apropriado à situação.

Um sorriso de verdade se desenhou no rosto do Daemon e, apesar de tudo, senti minhas entranhas derreterem, como sempre acontecia quando ele sorria daquele jeito, o que era tão raro.

— Adoro o modo como seu cérebro funciona.

Aí está aquela cara de bobo apaixonado sobre a qual você pensou lá no quarto do Dawson e da Beth. Encolhi-me ao escutar as palavras do Archer flutuarem em minha mente. Sentindo as bochechas queimarem, pigarreei.

— Vocês acham que isso vai funcionar?

— Quantos Arum vivem aqui? — Daemon direcionou a pergunta ao general e à Nancy.

Uma das coisas que mais nos surpreendera no decorrer dos anos era o fato de o Daedalus estar trabalhando com os Arum para manter os Luxen na linha, quaisquer que fossem seus motivos nojentos e nefastos.

Nancy fez um muxoxo.

— Ao contrário dos Luxen que foram assimilados, não sabemos o número exato. Muitos deles sumiram do radar depois que vieram para cá.

— Sumiram do radar? — Franzi o cenho.

— Se esconderam — explicou o general. — Eles começaram a se mudar de cidade para cidade. É difícil acompanhar o rastro deles.

— E vocês estavam mais preocupados com a gente e com as coisas incríveis que podemos fazer. — Daemon deu uma risadinha. — Legal.

— Então, quantos sabemos que estão aqui? — perguntei antes que a conversa degringolasse para uma briga.

— Tínhamos algumas centenas trabalhando para a gente — respondeu Nancy.

— Espera um pouco. — Daemon estreitou os olhos. — Você usou o verbo no passado.

Ah, não!

O general Eaton estava com cara de quem queria tirar o paletó.

— Muitos se mandaram quando os Luxen chegaram.

— Muitos? — ironizou Nancy, esfregando as mãos nas pernas. — Todos eles. Nenhum de nós deveria ter ficado surpreso. Eles não são as mais leais das criaturas.

A pequena centelha de esperança começou a se apagar quando Archer falou:

— Mas eles continuam aqui no planeta.

— E daí? — desafiou a agente. — Você vai forçá-los a nos ajudar?

Um sorrisinho misterioso se insinuou no rosto do soldado.

— Eu não, mas conheço alguém que deve a outra pessoa um grande favor.

Nancy revirou os olhos.

— Mesmo que você consiga convencê-los a nos ajudar, seria inútil. Eles estão muito espalhados e...

LUX 5 Opostos

— Na verdade, se me derem licença — falou uma voz oriunda do meio da sala. Era uma mulher de meia-idade com cabelo louro-escuro preso num coque severo. Ela estava em pé, com as mãos entrelaçadas atrás das costas.

O general fez sinal para que ela prosseguisse.

— A maior parte dos Luxen invasores aterrissou nos Estados Unidos. Apenas um número administrável foi para outras áreas. Acreditamos que isso aconteceu porque já existem muitos Luxen aqui. Como vocês sabem, estamos acompanhando suas movimentações nas últimas dez horas. Muitos estão seguindo para o leste, em direção à capital. Se nossas suspeitas estiverem corretas, eles irão reunir forças lá a fim de formar uma imensa unidade — informou a mulher, olhando de relance para o Daemon e o Archer. — Alguns se integraram às cidades que perdemos, mas se pudermos atacar Washington D.C., conseguiremos acabar com muitos deles.

— E é isso o que estamos planejando — acrescentou o general.

— Mas isso significa detonar uma bomba eletromagnética sobre a capital — declarei, crispando as mãos ao lado do corpo.

— Na verdade, dependendo do número de Luxen, serão várias bombas — interveio Nancy. — O suficiente para afetar a maior parte da Virginia, de Maryland e da interestadual I-81 na West Virginia.

— Jesus! — murmurei, fechando os olhos com força. Era lá que estavam minha mãe e meus amigos. — O que vocês vão fazer com as cidades que já perderam... Houston, Chicago e Kansas?

— As PEM serão lançadas sobre elas no decorrer das próximas 24 horas. — Um quê de simpatia se insinuou na voz do general. — Essas cidades já estão perdidas, srta. Swartz. Quase todos são Luxen que assumiram a forma humana, e os humanos que não se adequavam foram mortos. Temos muito pouco ou nenhum contato com pessoas que a gente confia nesses lugares. Rezo por qualquer humano que tenha conseguido sobreviver.

— Certo, essas cidades estão perdidas, mas até o momento só elas. E se pudermos detê-los? — perguntou Daemon. — E se pudermos fazer a mesma coisa sem matar inocentes de ambos os lados e sem arrasar as cidades até o ponto de elas ficarem inabitáveis?

Nancy abafou uma risada e balançou a cabeça com incredulidade.

— Pensem nisso — interveio Archer. — Vocês terão milhões de americanos desabrigados só nessas três cidades, para não falar em Los Angeles, e quanto mais bombardeios, mais refugiados. Os Estados Unidos não suportariam.

Um músculo pulsou no maxilar do general.

— Você acha que não pensamos nisso nem que não estamos nos preparando para tanto? Enquanto falamos, estamos nos aprontando para um desfecho ainda pior do que a perda de nossas cidades mais importantes. Estamos nos preparando para perder a guerra totalmente caso as PEM falhem por algum motivo.

Ele descreveu as precauções que estavam tomando, como a transferência de computadores e outros equipamentos eletrônicos valiosos para bunkers subterrâneos equipados com itens não perecíveis. Um relato tão extenso que tive a sensação de que ia vomitar.

Se eu achava que a invasão era ruim era porque era muito ingênua. Estávamos realmente à beira de uma catástrofe.

— Podemos recrutar os Arum — disse Archer. — Sei que podemos.

Meu coração falhou uma batida. Será que podíamos mesmo? Duvidava de que fosse ser fácil, e quase não acreditei quando o general Eaton disse as palavrinhas mágicas:

— Se vocês conseguirem recrutar os Arum, a gente segura o bombardeio às cidades que cercam a capital.

— Obrigada. — Quase pulei e abracei o sujeito, mas fiquei feliz por não ter feito isso, pois seria extremamente constrangedor.

— Mas não temos muito tempo. Uns seis dias, talvez sete, e então teremos que recorrer às PEM — declarou o general. — Terei que dar vários telefonemas.

— Isso é ridículo! — Nancy se levantou e jogou as mãos para o alto. — Não posso acreditar que você está pensando em permitir que *eles*...

— Está esquecendo o seu lugar, Husher. Como sempre — rebateu o general Eaton. Ele se levantou também, exalando autoridade. — Eu, assim como o presidente dos Estados Unidos, estou disposto a averiguar táticas diferentes.

Ele continuou descascando a agente. Achei que fosse ficar feliz em ver uma coisa dessas, mas acabei experimentando um caso estranho de constrangimento por tabela, e desejei não estar ali para testemunhar aquilo.

LUX 5 Opostos

Daemon, por outro lado, parecia radiante quando fui me postar ao seu lado enquanto a Nancy recebia o sermão do século.

Archer começou a falar sobre os diferentes modos como um Arum podia acabar com um Luxen em menos de cinco segundos, uma conversa que jamais esperaria ver o Daemon tomar parte com tanto entusiasmo.

Por fim, Nancy saiu da sala, provavelmente para ir se balançar em algum canto e planejar sua vingança. O general, por sua vez, começou a dar os telefonemas. Foi nesse momento que meu estômago decidiu anunciar que desejava quilos e mais quilos de comida.

Surpresa por estar com fome após ver e ouvir tanta coisa, levei a mão à barriga e abri um sorriso sem graça quando os rapazes voltaram a atenção para mim.

— Que foi?

Os lábios do Daemon se elevaram nos cantos.

— Com fome?

— Talvez. Um pouquinho.

— Tem comida no refeitório perto do quarto de vocês — informou Archer. — Achei que já tinha dito isso.

— Não tivemos tempo... — Deixei a frase pela metade e comecei a imaginar bebezinhos dançando nus, a fim de não pensar no motivo de não termos tido tempo.

O soldado ergueu as sobrancelhas.

— Que diabos?

Com as bochechas pegando fogo, virei para o Daemon. Precisava dar o fora dali antes que o Archer pudesse dar uma de voyeur.

— Acho que vou lá pegar algo para comer.

— Tudo bem. — Ele roçou os lábios em minha testa. — Te encontro depois no quarto.

Virei de costas sem sequer um olhar para o Archer. Deixei os rapazes na sala de controle e saí apressada para o corredor. Não só precisava comer alguma coisa como tinha que fazer algo que me parecesse normal. Enquanto subia a escada deserta que levava ao primeiro andar, pensei em dar outra passadinha no quarto da Beth e do Dawson, mas parei assim que fiz a curva, surpresa.

Luc estava um pouco mais à frente, não muito distante do quarto do Dawson e da Beth, mas não estava sozinho. Havia uma garota com ele, mais ou menos da mesma idade ou talvez um ano mais nova. A menina era tão baixinha que fazia com que ele parecesse um gigante ao seu lado. E magrinha também, tanto que mesmo de jeans suas pernas pareciam tão finas quanto meus braços. Tinha cabelos louro-escuros e um rosto belíssimo em formato de coração, com sardas suaves e olhos tom de chocolate derretido.

Eu já a vira antes.

No dia em que o Daemon e eu tínhamos ido com... com o Blake ver o Luc pela primeira vez. Ela estava no palco, tão linda e fluida quanto uma bailarina. Tempos depois, a vimos de novo quando estávamos no escritório do jovem mafioso e ela meteu a cabeça pela porta, deixando-o um tanto ou quanto irritado.

Mas ela parecia diferente agora.

Uma garota *humana* muito bonita, porém com fortes olheiras, maçãs do rosto salientes, bochechas encovadas e pele pálida. Sua aparência como um todo parecia demasiadamente frágil, como se precisasse recorrer a toda a sua força de vontade apenas para permanecer em pé.

Mas ela não estava em pé totalmente por conta própria. Luc mantinha as mãos fechadas em seus braços, na parte superior, quase como se a sustentasse. Não precisava ser médica para saber que a garota tinha alguma doença grave. Não um simples resfriado ou uma gripe, mas algo mais sério.

Algo que me fez pensar no meu pai.

Mordi o lábio. Luc parecia não ter me visto, pois começou a deslizar as mãos para cima e para baixo nos braços da menina.

— Agora vai ficar tudo bem — disse ele. — Como eu prometi.

Um leve sorriso se insinuou nos lábios dela.

— Faz alguma ideia do que está acontecendo aí fora? Acho que nada nunca mais vai ficar bem, Luc.

— Não dou a mínima para isso agora — retrucou ele, com seu jeito tipicamente Luc. — Lembra o que eu te falei sobre aquele novo medicamento?

— Ah, Luc. — Ela envolveu os pulsos dele com ambas as mãos, excessivamente brancas e ossudas. — Acho que já passamos do ponto em que qualquer coisa possa funcionar...

LUX 5 Opostos

— Não diga isso. — A voz dele transbordava força e determinação. — Vai funcionar. Tem que funcionar. Ou ele vai se ver comigo.

A garota não pareceu muito convencida, mas ampliou o sorriso, se inclinou e fechou os braços em volta da cintura dele.

Luc fechou os olhos por um breve instante, entreabriu os lábios e soltou um longo suspiro.

— Por que não entra e descansa um pouco, Nadia? — Ele, então, se afastou, mas continuou olhando para ela e sorrindo. — Preciso resolver algumas coisas. Volto depois, tudo bem?

A essa altura, sabia que ele estava totalmente consciente da minha presença, mas levando em consideração o número de vezes que o jovem mafioso tinha entrado em nossas mentes, não me senti mal por estar escutando a conversa deles.

Ela olhou de relance para o ponto onde eu me encontrava. Seu olhar curioso me percorreu dos pés à cabeça e, ao chegar lá, um lampejo de reconhecimento cintilou em seus olhos. Após um momento de hesitação, entrou correndo no quarto.

Luc fechou a porta e se virou para mim. Mais uma vez, fiquei chocada ao ver a sabedoria naqueles olhos estranhamente violeta e em sua expressão, como se ele fosse muito mais velho do que aparentava.

— Quem é ela? — perguntei.

— Você me ouviu dizer o nome dela.

— Não é disso que estou falando. — Olhei de relance para a porta fechada. — Eu lembro, ela estava na boate, dançando no palco.

Ele inclinou a cabeça ligeiramente de lado.

— Já matei pessoas apenas por olharem para ela, e você quer saber quem ela é?

Luc podia fazer isso num piscar de olhos, assim como podia me fazer cacarejar feito uma galinha se quisesse, mas eu queria saber o que a garota representava para ele, e duvidava seriamente de que ele se meteria comigo. Pelo menos, esperava que não.

Ele enfiou as mãos nos bolsos e veio até mim.

— Depois de tudo o que viu e escutou, quer realmente que eu te conte sobre ela?

Cruzei os braços.

— No momento, quero a chance de pensar em qualquer outra coisa que não as que eu vi e escutei.

Ele ficou em silêncio por um longo momento, me estudando, e então recostou um ombro na parede.

— Nadia acabou de chegar de Maryland... Hagerstown para ser mais exato. Cobrei alguns favores depois que cheguei aqui na base.

O garoto tinha mais gente lhe devendo favores do que um agiota tinha dívidas a cobrar.

— Claro.

Um leve sorriso se desenhou em seus lábios.

— Eu a conheci faz uns dois anos, quando visitei a bela e selvagem West Virginia pela primeira vez. Ela estava fugindo... lar abusivo, um pai que te deixaria enojada.

Ao escutar essas palavras, imaginei o pior cenário possível.

— O que você está pensando não chega nem perto do que realmente aconteceu — disse ele numa voz dura. — Não se preocupe. Ele recebeu o que merecia de forma lenta e dolorosa.

Meu coração pulou uma batida ao ver o sorriso frio que se estampou em seu rosto. Não precisava nem perguntar o que ele tinha feito. Eu sabia.

— Ela era jovem, e estava vivendo nas ruas quando a encontrei, de modo que a trouxe para minha casa. Paris não gostou nem um pouco. Afinal de contas, ela é humana, mas havia algo... Bem, Nadia é especial. — Seu rosto assumiu uma expressão distante.

— Ela é sua namorada?

Ele soltou uma risada seca.

— Não. Eu jamais teria tanta sorte.

Ergui as sobrancelhas, e não consegui impedir o pensamento que se formou em minha mente. Ele estava apaixonado.

Se Luc captou alguma coisa, não deu sinal.

— Cerca de uns dois anos e meio atrás, começaram a surgir manchas escuras pelo corpo dela. Nadia se cansava rápido e com facilidade, e não conseguia manter a comida no estômago. Ela tem um tipo de câncer no sangue. O nome científico é comprido demais e irrelevante. — Ele estreitou os olhos. — E é fatal.

Fechei os meus.

LUX 5 Opostos

— Ah, Luc! Sinto... sinto muito.

— Não sinta — retrucou ele. Abri os olhos novamente e peguei-o me encarando. — Seu pai morreu... muitas pessoas morrem de câncer. Eu entendo. Mas a Nadia não vai morrer.

— Era por causa dela que você queria o Prometeu. — Desde que a vira, vinha somando dois mais dois. — Luc, segundo eles, o soro não funciona...

— Ele funciona para *algumas* doenças e *alguns* tipos de câncer. Eles não tiveram a chance de testar a droga em todos os tipos — interrompeu-me ele, e eu calei a boca. — Por mais surtado que o Daedalus fosse, eles fizeram algumas coisas boas. Com sorte, esse vai ser mais um ponto positivo para o carma deles.

Queria que ele estivesse certo. Não conhecia a garota, mas após ter perdido meu pai para o câncer e todo e qualquer contato com minha mãe, conhecia a dor da perda. Ela jamais ia embora, ficava com você como uma sombra suave, mais densa em alguns dias do que em outros.

— Espero que o soro funcione — falei por fim.

Luc assentiu com um breve menear de cabeça. Após um momento, disse:

— Então vocês querem usar os Arum na luta contra os Luxen?

Pisquei.

— Você não se cansa de ser um sabichão?

Ele riu.

— Não, nunca.

Assumi uma expressão impassível.

— Tentar usar os Arum é um grande tiro no escuro, você sabe, certo?

Suspirei.

— Sei. Archer disse que conhece alguém que pode cobrar um certo favor. Vou arriscar e dizer que essa pessoa é você.

Luc riu de novo e apoiou a cabeça na parede, parecendo um adolescente fazendo hora para não entrar em sala.

— É, um dos Arum me deve um favor. — Um sorriso inocentemente atraente se estampou em seu rosto. — O nome dele é Hunter.

[14]

DAEMON

unter?

Luc soltou um suspiro e repetiu:
— Hunter.
— O babaca lá da sua boate? — Luc e Kat tinham me encontrado no quarto. Não estava gostando nem um pouco do rumo dessa conversa.

— Hum... — O jovem mafioso tamborilou um dedo na bochecha e olhou de relance para a Kat, que estava sentada na cama. — Havia dois babacas lá. Ele era um deles. Portanto você era...

— Muito engraçado — retruquei.

— Também acho. — Luc abriu um sorriso e se sentou ao lado da Kat. — Já ouviu aquele ditado que diz que para a fome não existe pão duro?

Estreitei os olhos.

— Não estou com fome.

— Rapazes... — Kat prendeu o cabelo atrás das orelhas. — Qual é o problema com esse tal de Hunter?

— Deixe-me ver. — Fingi pensar a respeito. — Para começar, ele é um Arum.

Ela revirou aqueles olhos cinzentos.

LUX 5 Opostos

— Além disso?

— Você precisa de outro motivo? — A meu ver, isso já explicava muito bem o meu ódio pelo sujeito.

Luc cutucou a Kat com o cotovelo.

— Não faz diferença se ele gosta ou não do Hunter. O Arum me deve um favor, e se alguém pode nos dizer onde esses assassinos por natureza estão escondidos, esse alguém é ele.

— Mas podemos confiar nele? — perguntou ela.

Bufei. Confiar num Arum? Até parece!

Luc me ignorou.

— Ele não ousaria me ferrar, não quando tem tanto a perder.

Minha língua coçou de vontade de soltar alguma piadinha grosseira, mas tal como uma lembrança fugaz, esqueci o que ia dizer ao lembrar a garota que tinha visto com ele na boate — uma garota humana. Sem dúvida havia algo entre os dois.

Quase vomitei só de pensar nisso.

— Já falei com ele — disse Luc, estendendo os braços acima da cabeça como um gato se esticando ao sol. — Ele vai nos encontrar em Atlanta.

— Atlanta? — repetiu Kat, obviamente surpresa. — E como vamos chegar lá?

— Teremos que ir de carro. — Ele deu de ombros. — Os aviões não estão levantando voo, não desde que o ET ligou para casa e eles abateram um jato comercial.

Kat empalideceu. Ainda não tínhamos escutado essa notícia.

— Pois bem, sugiro não arriscarmos uma travessia aérea por esses horizontes não muito amigáveis — continuou Luc. — Já verifiquei. De carro deve levar umas 30 horas, o que significa que será uma viagem épica. Hunter irá encontrar vocês no aeroporto... na ala de voos domésticos. — Ele sorriu, como se algo a respeito disso o divertisse.

Recostei na cômoda.

— Então, como o Hunter vai nos ajudar a recrutar os Arum? Não sabia que ele era um cara tão importante.

— Ele é importante, mas nem tanto. — O jovem original esticou as pernas sobre a cama. Não fazia ideia se o garoto conseguia ficar sentado sem se mexer. — Hunter é o ingresso de vocês para o playground dos Arum. Ele sabe onde os outros estão escondidos. Conseguir que ele os leve até seu líder... mestre... seja lá como eles o chamam... não vai ser o problema.

Arqueei uma sobrancelha.

— O problema vai ser convencer o Chefe Fodão a ajudá-los. Os Arum são como vocês. Tudo de que precisam é um líder, e eles o seguirão abismo abaixo. — Ele fez uma pausa e franziu o nariz. — Nunca vi o sujeito. Mas já ouvi falar algumas coisas a respeito dele.

— Que tipo de coisas? — perguntou Kat.

Luc deu de ombros, mas com um só.

— Isso é irrelevante.

Kat franziu o cenho, unindo as sobrancelhas.

— De qualquer forma, vou ter que ficar por aqui. Tenho certeza de que minha presença é necessária para impedir a Nancy de fazer alguma coisa que destrua o equilíbrio do universo. Archer irá com vocês. O dois vão, certo? — Luc olhou para mim e para a Kat. — Duvido que qualquer um de vocês fique para trás.

— Pouco provável. — Esfreguei o maxilar com uma das mãos. Trinta horas dentro de um carro com a Kat podia ser interessante, até mesmo divertido, mas com o Archer? Senti vontade de socar a mim mesmo.

— Por falar na Nancy... — Kat olhou para a porta fechada antes de continuar. — Você não pode devolver aqueles garotos para ela, mesmo que tenha prometido.

Seus lábios se repuxaram num sorriso de orelha a orelha, porém um tanto assustador.

— Não se preocupe. Nancy não vai ser um problema. No final, o lance com ela vai se resolver sozinho.

❈ ❈ ❈

Na manhã seguinte, ao me sentar a uma mesa branca retangular, lembrei do refeitório da escola. Não sabia o que pensar sobre isso. Eu sentia saudades do colégio? Na verdade, não. Sentia falta da minha vida

LUX 5 Opostos

antes de toda essa confusão começar, quando éramos apenas eu, minha caneta de confiança e a Kat sentada à minha frente?

É, sentia. De vez em quando.

Mas não era como se pudéssemos voltar no tempo.

Dawson estava sentado diante de mim, passando uma porção de ovos mexidos do prato dele para o da Beth. Levando em consideração a quantidade de comida que ela vinha ingerindo, a garota estava definitivamente comendo por dois, mas ainda não havia recuperado totalmente as forças.

Gravidez era uma coisa estranha.

Kat pescou uma fatia de bacon no meu prato.

Já ela não tinha motivo para comer tanto, exceto pelo fato de que adorava comida... e bacon. Com uma risadinha, partiu a fatia em dois e botou um dos pedaços de volta no meu prato.

— Acho que você devia ficar aqui — falei, voltando a atenção para o meu irmão ao mesmo tempo que pescava meu diminuto pedaço de bacon.

Dawson franziu o cenho enquanto brincava com a garrafinha de leite achocolatado. Sabia o que ele estava pensando. Meu irmão era como um livro aberto, com figuras e letras grandes.

— Você precisa ficar. — Meu olhar recaiu sobre a Beth, que levava à boca uma garfada gigantesca de ovos mexidos. — É aqui que você tem que estar. Lá fora é perigoso demais para você ou a Beth.

Ela ergueu os olhos.

— E não é perigoso para você e a Kat?

— É, sim. — Kat olhou para mim e mordeu o lábio inferior. Não tínhamos contado a eles ainda o que a Nancy nos dissera sobre o fato de não estarmos conectados da mesma forma que os dois. Kat inspirou fundo e abriu a boca para falar, mas o Archer apareceu de surpresa.

Ele se sentou do outro lado dela.

— Esses dois — disse o soldado, brandindo a mão em nossa direção — não estão conectados... não da forma como você e a Beth estão.

Dawson franziu o cenho e olhou para a gente.

— O que você quer dizer com isso? Ele a curou. Ela é uma híbrida... que nem a Beth.

— Tem razão, mas aparentemente o Daedalus injetou um tipo de soro na Beth, e outro mais novo na Kat, o Prometeu — explicou ele. — O que significa que eles não estão conectados como vocês.

Como era de esperar, Dawson argumentou que isso era impossível, mas depois que repeti o que a Nancy nos contara, ele se recostou na cadeira, absolutamente chocado.

— Entenderam agora? Vocês estariam assumindo um risco muito grande — falei. — Você tem tanto a Beth quanto o bebê com os quais se preocupar.

Dawson soltou uma maldição por entre os dentes e esfregou a nuca com ambas as mãos.

— Vocês vão realmente atrás dos Arum?

— Vamos. — Por mais louco que isso soasse, era melhor do que não fazer nada.

Ele balançou a cabeça, frustrado.

— Nunca achei que veria o dia em que iríamos pedir ajuda aos nossos inimigos.

Soltei uma risadinha zombeteira.

— Não diga!

— O Luc vai ficar também — disse Kat, empurrando o restante de seus ovos de um lado para o outro do prato. — Para garantir que a Nancy se comporte. Vamos partir em algumas horas. E assim... assim que conseguirmos convencer os Arum a nos ajudar, avisaremos o general Eaton. Depois disso, acho que a gente volta para cá.

— Mas vocês precisam partir tão cedo? — Beth lançou um olhar apreensivo na direção do Dawson.

— Não temos muito tempo para cuidar de tudo — expliquei. — Mas vocês dois ficarão seguros aqui.

— Não estou preocupado com a gente — retrucou Dawson. Senti vontade de dar um murro no meu irmão, pois ele deveria estar sim. — Deixar vocês irem sozinhos atrás daqueles malditos Arum para tentar convencê-los a nos ajudar? Isso é absurdamente perigoso.

Era mesmo.

Não dava para negar, e eu não tinha o hábito de mentir. Não ia começar agora.

LUX 5 Opostos

Archer se debruçou sobre a mesa, apoiando o peso nos braços. Fitando meu irmão no fundo dos olhos, disse:

— Entendo a sua preocupação e sei que não nos conhecemos direito, que você não tem nenhum motivo para confiar no que eu digo, mas prometo me certificar de que o Daemon e a Katy voltem em segurança, *com* a Dee. Marque as minhas palavras.

Recostei na cadeira e olhei para o original.

Eu jamais admitiria, nem em um milhão de anos, mas o Archer... é, de vez em quando ele era bem legal. Gostei do modo como o soldado disse aquilo. Parecia totalmente disposto a cumprir a promessa e trazer de volta não apenas a gente, mas a Dee. Ele só não precisava saber o quanto isso havia me tocado.

Terminamos o café tranquilamente, como se fosse um dia normal, tentando não pensar no fato de que, apesar das promessas do Luc e do Archer, essa talvez fosse a última vez em que estaríamos juntos. Depois disso, Kat e eu fomos empacotar as mudas de roupa que o Archer arrumara para nós.

Meu coração martelava contra o peito enquanto a observava guardar o último suéter numa sacola de lona que tínhamos encontrado no fundo do armário. Assim que partíssemos, as coisas começariam a acontecer rápido, e eu não fazia ideia do que encontraríamos pelo caminho ou quando nos deparássemos com o Hunter.

Essa podia ser a última vez em que Kat e eu ficávamos sozinhos.

Não estava sendo pessimista. A verdade é que o Archer estaria com a gente o tempo todo. Nós três permaneceríamos grudados por tempo indeterminado e, se as coisas dessem errado, bem, essa seria realmente a última vez em que teríamos alguns minutos a sós.

Kat fechou a sacola e se virou. Estava com o cabelo solto, do jeito que eu gostava. As bochechas estavam ligeiramente coradas e seus olhos cinzentos pareciam tomar o rosto inteiro.

Seus lábios se curvaram nos cantos. O fato de ela ainda conseguir sorrir, tipo, sorrir de verdade com toda a merda que estava acontecendo à nossa volta, dizia muito.

— Que foi? — perguntou ela.

— Nada. — Dei um passo à frente e, em seguida, mais outro, até parar diante dela e obrigá-la a erguer a cabeça para me fitar.

Corri os olhos lentamente por aquele rosto enquanto o envolvia entre as mãos, memorizando o formato das maçãs, a grossa cortina de cílios, o contorno dos olhos, o nariz ligeiramente arrebitado e o lábio inferior mais cheio que o de cima.

Diabos, eu não queria desperdiçar aqueles minutos. Queria passá-los idolatrando-a. Acima de tudo, queria que nossos caminhos tivessem sido diferentes. Não que não tivéssemos nos encontrado ou alguma merda do tipo, mas, pela primeira vez desejei ser humano, que a minha espécie fosse a mesma que a dela e que não estivesse ocorrendo uma invasão alienígena. Queria que tivéssemos podido nos formar na escola como adolescentes normais e partido juntos para a universidade, e que, em vez de estarmos seguindo para um covil de sociopatas, estivéssemos planejando um final de semana na praia ou qualquer outra coisa normal que os humanos faziam quando seu planeta não estava em guerra. Mas passar o tempo desejando coisas que jamais aconteceriam era atitude de perdedores. E eu estava desperdiçando um tempo muito curto.

Colei a boca na dela e, a princípio, a beijei com suavidade, mas quando suas mãos repousaram em meus ombros e se fecharam em meu pescoço, aprofundei o beijo. Deus do céu, eu poderia passar a vida inteira saboreando-a.

Levei um tempo — um tempo que na verdade não tínhamos — traçando com a língua o contorno dos lábios dela, memorizando a textura deles. Com um suave gemido, Kat colou o corpo no meu e entrelaçou os dedos nos cabelos de minha nuca. Fui invadido por uma profunda necessidade que se apoderou de cada célula do meu corpo.

Deslizei as mãos por seu tronco, demorando-me na cintura por alguns instantes, e, então, continuei acompanhando a doce curva de seus quadris. Queria a Kat ainda mais perto, desejava estar dentro dela. Eu era um canalha carente, mas ela gostava de mim mesmo assim.

— Dois minutinhos? — perguntou ela.

Sorri de encontro à sua boca e, em seguida, tracei um caminho de beijos até a orelha.

— Hum, gosto do seu jeito de pensar.

— Por que será que não fico surpresa?

— Você me conhece.

LUX 5 Opostos

Kat se afastou, postando-se longe do meu alcance. Ela me fitou e, com um sorrisinho sedutor, fechou as mãos na bainha do suéter e o puxou pela cabeça.

Ó céus!

Perdi toda e qualquer capacidade de raciocínio quando ela tirou a calça em seguida, juntamente com o resto do que estava usando. Um lindo tom avermelhado se espalhou por todo o seu corpo, mas ela não abaixou a cabeça nem tentou se esconder de mim.

Cara, ela me fascinava, em todos os aspectos. Kat não era só linda, era muito mais do que isso. Era inacreditavelmente forte, e carregava as cicatrizes dessa força como uma lutadora profissional. Além disso, era inteligente e teimosa, mas, acima de tudo, gentil. E me dera o maior presente que alguém poderia me dar ao retribuir o meu amor.

Isso era o que havia de mais importante, algo que carregaria comigo para sempre.

O amor era um presente.

Tirei a roupa também e a envolvi em meus braços. Não precisava dizer a ela que a amava. As palavras perdiam peso quando proferidas em excesso. As ações sempre falavam mais alto, e eram muito mais poderosas.

Assim sendo, mostrei a ela.

Primeiro de joelhos, e então na cama estreita, com seus seios colados em meu peito. Em seguida, desci mais um pouco. Desejava fazer mais, muito mais, mas não havia tido a presença de espírito de trazer as camisinhas que encontrara na mansão do prefeito, e a última coisa que precisávamos era ter que nos preocupar com uma pequena Kat ou um pequeno Daemon.

Mas, tal como antes, havia outras... coisas que podíamos fazer. E fizemos todas até meus sentidos entrarem em curto e eu me apaixonar novamente por ela, de novo e de novo. Famintos, instigamos um ao outro até quase perdermos completamente a cabeça, só recuando no último momento, quando resvalamos juntos pelo precipício, com as mãos um no outro e as bocas coladas.

Foi perfeito.

Ela era perfeita.

E eu era o canalha mais sortudo do planeta.

❋ ❋ ❋

Quando enfim descemos para encontrar o Archer, Dawson nos aguardava ao lado da entrada, com um dos braços sobre os ombros da Beth. Não sabia o que dizer para ele. Adeus parecia errado, agourento demais. Assim sendo, simplesmente parei e os encarei, rezando para que mesmo que tudo desse completamente errado, meu irmão e a namorada conseguissem seguir com suas vidas. Para que ficassem em segurança. Ficassem bem.

Kat aproximou-se deles primeiro. Ela abraçou o Dawson e, em seguida, a Beth. A namorada do meu irmão disse alguma coisa que a fez sorrir em resposta.

Precisei inspirar fundo antes de seguir até eles e fechar uma das mãos no ombro do Dawson.

— Vocês vão ficar bem.

Ele se inclinou até pressionar a testa contra a minha.

— Vocês também.

— Você sabe que sim.

Dawson riu e, em seguida, me abraçou. Nós dois sabíamos os riscos e como as coisas poderiam terminar. Mas não dissemos nada enquanto nos despedíamos. Afastar-me dele, deixá-lo no mesmo prédio em que estava a mulher que quase destruíra sua vida, ia contra tudo o que eu acreditava.

Mas eu precisava fazer isso.

Precisava deixá-lo cuidar de si mesmo, da Beth e do filho que estava por vir. Esse era o trabalho dele agora.

Minha pele coçou de vontade de dar meia-volta quando passei por aquelas malditas portas, mas ignorei a sensação e me forcei a continuar. O general Eaton nos aguardava ao lado de um Explorer preto, o tipo de carro que o Daedalus costumava usar.

Senti uma súbita vontade de explodir o maldito veículo, mas isso seria errado. Controlei o impulso, e fiquei orgulhoso de mim mesmo.

— Vamos esperar que vocês entrem em contato — disse ele, nos fitando. — Acho que não preciso lembrá-los da importância do que estão

LUX 5 Opostos

fazendo, de tudo que depende de vocês, mas se conseguirem alcançar seu objetivo, poderão passar o resto da vida sem se preocuparem com nenhum de nós. Independentemente das precauções que venham a ser tomadas no futuro, vou me certificar de que vocês tenham completa imunidade perante as leis e sanções. Vocês ficarão livres de tudo isso.

Levei um momento para processar o que ele estava dizendo ao ver o olhar de surpresa da Kat. Assim que meu cérebro voltou ao normal, adivinhei o que ela estava pensando.

— Não apenas para nós.

O general me encarou.

— Quero que essa imunidade se estenda à minha família e aos meus amigos — repliquei, olhando de relance para o Archer. Não tinha ideia do que ele planejava fazer depois que tudo isso acabasse, e não dava a mínima. — Quero também que a família da Kat, a mãe dela, jamais tenha nenhum tipo de dor de cabeça por conta do que a gente é.

Kat pressionou os lábios, que tremiam. Seus olhos estavam marejados.

— Entendeu o que eu disse? — perguntei.

— Entendi. — Ele assentiu com um curto menear de cabeça. — E posso fazer isso por vocês.

— Vou obrigá-lo a cumprir a promessa.

O general assentiu novamente e, então, estava na hora de partirmos. Contornei o militar e abri a porta do carona para a Kat. Quer Archer gostasse ou não, ele iria no banco de trás.

— O que a Beth te falou? — perguntei, ainda segurando a porta.

Ela abriu um ligeiro sorriso e me fitou.

— A mesma coisa que eu quero dizer para você.

— Que eu sou incrível?

Kat riu, e o som de sua risada me fez sorrir.

— Não. Ela disse obrigada.

[15]

Katy

ocê sabia — começou Archer. Fechei os olhos e me segurei para não bufar. Lá íamos nós. Após dez horas de viagem, meu traseiro estava começando a doer e os dois se bicavam como um casal de velhos. — Que em geral existe um limite de velocidade nessas estradas? — terminou ele.

— Sabia — respondeu Daemon.

— Só estava curioso. — Archer estava no momento sentado no banco de trás, mas podia muito bem estar nos nossos colos. Ele se posicionara exatamente entre os dois assentos dianteiros, com os braços apoiados no encosto de cada um deles. — Porque tenho quase certeza de que a placa ali atrás dizia 90 km/h, e não 140 km/h.

— Você sabe ler? — Daemon olhou de relance para ele pelo espelho retrovisor. — Puta merda! Estou surpreso.

Archer suspirou.

— Ah, muito espertinho! — Fez uma pausa. — Só não quero morrer preso entre as ferragens.

— Você é um original. Vai ficar bem.

LUX 5 Opostos

— Mas não quero virar um original tostado ou marca de asfalto.

— Hum — murmurou Daemon. — Original tostado me remete a frango à milanesa. Eu bem que gostaria de uma porção agora.

— KFC? — perguntou o soldado, e fiquei surpresa por ele conhecer a rede. — Ou Popeye's?

Uau! Ele também conhecia o Popeye's.

Daemon curvou os lábios num meio sorriso.

— Não. Estou falando de frango feito em casa. Empanado e frito numa frigideira. Dee prepara um de dar água na boca.

— Nunca comi frango à milanesa feito em casa.

Daemon revirou os olhos.

— Céus, você é tão bizarro!

— Eu me pergunto se conseguiria convencer a Dee a preparar para mim — observou Archer como quem não quer nada, ignorando o Daemon. — Você sabe, quando ela decidir largar o Time de Psicopatas Assassinos.

— Ela não vai preparar nada pra você — rebateu Daemon.

— Ah, vai, sim. — Archer riu com vontade. — Ela vai preparar a quantidade que eu quiser.

Daemon soltou um grunhido baixo de aviso. Não podia acreditar que eles estavam discutindo por causa de uma coisa tão hipotética quanto a Dee preparar um frango ou não. Mas não devia ter ficado surpresa. Cerca de uma hora antes, eles haviam tido uma discussão acalorada sobre quem seria o melhor pai em *The Walking Dead*, Shane ou Rick. De alguma forma, Daemon acabara argumentando que o governador, apesar de suas tendências sociopatas, era um pai melhor. O fato de o Archer nunca ter comido num Olive Garden, mas acompanhar a série *The Walking Dead*, me deixava absolutamente estarrecida.

O soldado suspirou como uma criança petulante presa num carro por tempo demais. Seguiu-se um segundo de silêncio.

— Então, já chegamos?

Daemon rosnou:

— Vou costurar sua maldita boca.

Encobri meu sorriso com uma das mãos e me virei para a janela. O sorriso, porém, desapareceu quando olhei para o cenário lá fora. Não fazia ideia de onde estávamos. Desde que havíamos saído de Billings, uns 160 quilômetros antes, tudo parecia igual.

Um deserto inóspito.

Destruição total.

Não tínhamos visto nenhum outro carro na estrada nas últimas duas horas. Nem unzinho só. Havia, porém, vários parados pelos acostamentos. Alguns abandonados com pilhas de objetos pessoais no banco traseiro, como se os donos tivessem encostado e fugido deixando tudo para trás.

Os outros... os outros eram de dar medo.

Carcaças carbonizadas. Um triste e bizarro cemitério de metal retorcido ou derretido. Jamais vira algo assim. Tinha lido em romances, visto em filmes, mas observar quilômetro após quilômetro daquilo na vida real era bem diferente.

— O que vocês acham que aconteceu com eles? — perguntei quando os dois deram uma trégua na discussão.

Archer chegou para trás e se inclinou para poder espiar pela janela traseira.

— Tenho a impressão de que alguns se depararam com alienígenas não muito amigáveis. Outros fugiram.

Passamos por um SUV com o porta-malas aberto. Havia roupas espalhadas pelo compartimento. Um ursinho de pelúcia marrom encontrava-se esquecido no meio da pista, pouco atrás do carro. Pensei na garotinha que vira no mercado e senti vontade de perguntar se eles achavam que os que haviam escapado tinham conseguido chegar em segurança a algum lugar, mas não perguntei, pois tinha quase certeza de que já sabia a resposta.

Os humanos jamais seriam mais rápidos do que os Luxen.

— Enquanto vocês estavam no quarto fazendo coisas sobre as quais não quero nem pensar, outras estavam acontecendo aqui fora.

Daemon não pareceu constrangido pelo comentário. Já eu fiquei vermelha feito um pimentão.

— Não diga!

— Lembra quando eles disseram que algumas cidades caíram sob o controle dos Luxen? Bem, nessas cidades tudo está funcionando... televisão, internet, telefone. É como se nada tivesse acontecido, exceto que agora mais da metade da população é constituída por alienígenas que odeiam

LUX 5 Opostos

os humanos — observou Archer, se aboletando novamente entre os nossos assentos. — Mas tem muitas outras cidades que foram simplesmente... destruídas.

— Por que eles fariam isso? — Recostei-me de volta no assento e me virei de lado. — Não seria melhor evitar algo assim para que elas continuassem sendo habitáveis?

— Seria. — Daemon lançou outro olhar de relance pelo espelho retrovisor. — Mas se os humanos tiverem tentado revidar, mesmo que sem a mínima chance de vencer, então...

— Elas acabaram destruídas no processo — completou Archer. — Mesmo que consigamos detê-los, a situação vai ficar difícil. Muitas coisas precisarão ser reconstruídas. Irão ocorrer várias mudanças.

— *Várias* não — retruquei ao passarmos por um ônibus escolar mais preto do que laranja. Não queria nem pensar se o ônibus estava cheio ou não, mas meus olhos arderam mesmo assim. — *Tudo* vai mudar.

❉ ❉ ❉

Pegamos um longo desvio para contornar a Cidade do Kansas, pois queríamos passar o mais longe possível da metrópole controlada pelos Luxen. Acabamos parando nos arredores de uma cidadezinha desconhecida no Missouri para que Daemon e Archer pudessem revezar a direção.

Consegui dormir de forma intermitente por umas duas horas, não só por causa da posição desconfortável e do questionável gosto musical do Archer. Meu corpo parecia um feixe de nervos retesados demais. Estávamos prestes a invadir a fortaleza dos Arum, e por mais que o Luc tivesse dito que o Hunter era um cara legal, eu ainda não encontrara um Arum do qual não quisesse fugir correndo. Só que o problema não era só esse.

Sentia falta da minha mãe. Sentia falta da Dee e da Lesa. Dos meus livros e do meu blog. Enquanto o Daemon seguia desmaiado no banco traseiro, fiquei como uma coruja olhando pela janela, sem conseguir imaginar como seria o futuro, fosse ele amanhã ou daqui a um mês.

— Você está bem? — perguntou Archer baixinho.

Não tinha me dado conta de que estava me mexendo sem parar.

— Estou.

— Não consegue dormir?

— Não.

— Ele não parece ter problemas com isso.

Olhei de relance por cima do ombro e sorri. Daemon estava deitado de costas, com um dos braços cobrindo o rosto. Seu peito subia e descia de maneira uniforme. Virei de volta para a frente.

— Ele precisa.

— Você também.

Dei de ombros.

— E quanto a você?

Ele me fitou como se eu já devesse saber a resposta.

— Não passei todo o meu tempo livre transando como se o mundo fosse terminar no dia seguinte.

Minhas bochechas queimaram.

— Não precisa ficar me lembrando de que não existe privacidade quando você está por perto.

Um ligeiro sorriso se desenhou em seu rosto enquanto ele se concentrava na estrada escura, mas desapareceu tão rápido quanto a estrela cadente que eu vira mais cedo. Analisei-o pelo canto do olho: Archer tinha um perfil forte, com um maxilar destacado.

— Para de me olhar — resmungou ele.

— Desculpa. — Mas o encarei com vontade e pensei...

— Tem razão.

Franzi o cenho.

— Como eu disse antes, não só me preocupo como penso nela. Muito. — Tamborilou os dedos no volante. — Gosto dela. A garota é... bem, ela é especial.

Era provavelmente bom que o Daemon estivesse desmaiado enquanto tínhamos essa conversa.

— Ela também gosta de você.

— Eu sei. — Ele riu por entre os dentes. — Dee não é muito boa em esconder seus pensamentos. Na verdade, acho que ela nem tenta. Essa é uma das coisas que gosto nela.

LUX 5 Opostos

— Afora o fato de ela ser linda. — Dei uma risadinha.

— É, isso também não machuca. — Suas mãos se fecharam com força em volta do volante.

Cruzei os braços e voltei a olhar para a frente, pensando no canteiro que Dee e eu tínhamos criado diante da varanda da minha casa. Uma profunda tristeza se instalou em meu peito.

— Vamos recuperá-la — declarou ele, de um jeito que não dava margem a qualquer outra possibilidade.

Depois disso, nenhum de nós disse nada por um longo tempo. Devo ter cochilado um pouco, porque quando reabri os olhos, o dia já havia amanhecido e o Daemon estava acordado.

— Onde estamos? — perguntei numa voz arranhada, estendendo o braço para pegar a garrafinha de água.

— Acabamos de entrar no Kentucky. — Daemon meteu os dedos entre o encosto de cabeça e o banco. Em seguida, apertou meus ombros enquanto eu espiava pela janela.

A estrada estava abarrotada de carros abandonados, o que nos obrigou a diminuir drasticamente a velocidade a fim de contorná-los. Eu apertava o cinto de segurança cada vez que nos aproximávamos de um punhado de veículos vazios. A situação só piorava à medida que prosseguíamos. Os carros não tinham sido apenas abandonados. Muitos estavam totalmente destruídos.

De repente, Daemon apertou meus ombros.

— Não olha, gatinha.

Tarde demais. Ao contornarmos uma minivan queimada, tive que olhar. Havia algo na natureza do ser humano que exigia que você olhasse mesmo quando todos os seus instintos lhe diziam para não fazer isso.

A van tinha sido carbonizada, provavelmente com uma rajada da Fonte, mas ao contrário dos veículos que eu tinha visto antes, ela não estava vazia. Ó céus, ela definitivamente não estava vazia.

Havia quatro formas dentro dela. Duas na frente e duas atrás. Uma estava debruçada sobre o volante, a outra pressionada contra a porta do carona como se a pessoa tivesse tentado fugir desesperadamente e não houvesse tido tempo. Os corpos no banco traseiro... ai, meu Deus, eles eram tão pequenos!

Todos os quatro estavam queimados a ponto de ficarem irreconhecíveis.

E esse não era o único carro desse jeito. Um após o outro, os veículos tinham sido queimados com as pessoas dentro.

Horrorizada, fechei a mão na garganta como que para me impedir de vomitar. Apesar de tudo o que eu já tinha visto, nada se comparava a isso. Um verdadeiro show de horror. Uma forte emoção apertou meu peito.

— Gatinha — disse Daemon baixinho, dando um puxão em meus ombros. — Kat. Para com isso.

Forcei-me a desviar os olhos, e vi um músculo pulsando no maxilar do Archer. Daemon acariciou meu rosto ao mesmo tempo que lançava um olhar furioso na direção do soldado.

— Será que não podemos ir mais rápido?

— Estou indo o mais rápido que posso — retrucou ele. — A menos que você queria sair da estrada, e não tenho certeza do quão inteligente isso seria...

— *Merda!* — Daemon puxou a mão de volta subitamente e estreitou os olhos para enxergar melhor a estrada congestionada.

Archer soltou uma maldição.

Enrijeci.

— Que foi? — Quando nenhum dos dois respondeu, quase comecei a quicar no assento. — O que aconteceu?

— Estou sentindo — disse Archer.

A única coisa que eu conseguia sentir era um misto crescente de confusão e irritação.

— Juro por Deus que, se vocês não disserem nada, vou socar os dois.

Um sorrisinho irônico repuxou os lábios do Daemon.

— Tem Luxen na área.

Ah, não.

Inclinei-me para a frente e apoiei as mãos no painel. Mais adiante, uma das quatro vias da estrada estava totalmente desbloqueada, pelo menos até onde eu podia ver.

— Não estou vendo nada.

— Você está olhando na direção errada, gatinha.

Com o coração pesado, me virei no assento e olhei pelo vidro de trás.

LUX 5 Opostos

— Ah, santos alienígenas pederastas!

Um gigantesco Hummer vinha descendo o morro que acabáramos de atravessar, abrindo caminho em alta velocidade pelos carros destruídos.

— Vou arriscar e dizer que eles não são amigáveis. — Meu estômago revirou.

— O que te faz pensar uma coisa dessas? — rebateu Archer, contornando um caminhão.

Daemon xingou de novo.

— Nem um pouco. Posso senti-los tentando entrar na minha mente. Eles estão me chamando e eu não estou respondendo.

— E isso os está deixando furiosos, certo? — perguntou o soldado, franzindo o cenho e pisando no acelerador, o que fez os pneus guincharem.

— Certo.

— Essa comunicação mental entre a sua espécie é realmente estranha — comentei. Alguém precisava dizer.

— Você não faz ideia. — Daemon chegou mais para a frente e se esticou entre os dois assentos. Archer gritou e o fuzilou com os olhos, mas ele era um homem numa missão. Envolvendo meu rosto entre as mãos, me beijou.

O contato foi tão repentino e inesperado que simplesmente fiquei ali, sem reação, enquanto ele fazia um profundo reconhecimento da minha boca.

— É sério isso? Mesmo com um grupo de alienígenas furiosos atrás da gente, tudo em que você consegue pensar é beijá-la?

— Beijá-la é sempre a coisa mais certa a fazer. — Ele se afastou e fechou as mãos nos assentos. — Precisamos parar e lidar com eles. Não vamos conseguir despistá-los, e não podemos nos dar ao luxo de deixá-los nos seguirem até o Arum.

Archer suspirou.

— Isso não vai ser nada divertido.

Eu continuava sentada ali feito uma idiota, com os lábios formigando.

— Ah, isso vai ser superdivertido. — Daemon olhou de relance para mim. — Pronta pra festa, gatinha?

— Acho que sim — balbuciei. — Estou. Claro.

Ele riu.

— Então vamos.

Archer deu uma guinada para a direita e parou o carro subitamente no acostamento. As portas se abriram e, por mais incompetente que isso pudesse soar, fui a última a conseguir desafivelar o cinto e saltar.

— Desapareça de vista — ordenou Daemon.

Ahn? Ao ver minha expressão, ele fez sinal para que eu me agachasse. Lancei-lhe um olhar irritado.

— Que foi? Não sou uma maldita ninja.

— Eu já te vi lutar. — Archer contornou a frente do Explorer como se estivesse num posto de gasolina ou algo do gênero. — Acho que você é metade ninja.

Ofereci-lhe um rápido sorriso.

— Obrigada.

— Você seria uma ninja deliciosa — observou Daemon, dando uma piscadinha quando me virei para ele. — Preciso que os dois se mantenham afastados por alguns instantes.

Sei. Como se eu fosse dar ouvidos a ele, mas antes que pudesse me meter na estrada, Archer me agarrou pelo braço.

— É sério — disse ele, sem me largar. — Fique aqui.

Fiz menção de me desvencilhar, porém o rugido ensurdecedor de metal se retorcendo quando o Hummer passou por cima de um carro me manteve quieta no lugar.

Os alienígenas estavam vindo com tudo para cima da gente. Daemon foi para o meio da pista, curvou ligeiramente a cabeça e ergueu um braço. Seu rosto era uma máscara de concentração. Ele era uma visão e tanto parado ali, com as pernas abertas, o peito estufado e os ombros empertigados. Como um deus prestes a encontrar um titã.

Um brilho esbranquiçado o envolveu e, de onde eu estava, pude ver suas veias se acendendo de dentro para fora. Uma teia de finas linhas brancas que se espalhou pelo rosto, desceu pelo pescoço, desapareceu sob a gola da camiseta e ressurgiu ao longo dos braços.

Já o vira assim antes, não totalmente transformado, quando ele congelara o caminhão que quase havia me atropelado.

Ele estava congelando o tempo.

LUX 5 Opostos

O Hummer parou de supetão, fazendo com que seus ocupantes levassem um tranco enquanto o ar em torno do veículo crepitava de poder. Ele podia ter feito o carro parar, mas não podia congelar os Luxen lá dentro. Por mais que já o tivesse visto fazer algo assim antes, aquela demonstração de poder me deixou maravilhada. Era preciso um desprendimento de energia muito grande para congelar o tempo, e eu só conseguira fazer isso uma vez, por acidente.

Daemon puxou o braço de volta, e foi como se o Hummer estivesse preso por um cabo invisível. Ele havia descongelado o tempo, e o veículo retornou à vida com força demais para uma coisa chamada gravidade.

O jipe embicou, ficando equilibrado nas rodas dianteiras por um segundo antes de despencar de cabeça para baixo com a força de um elefante. Um som de metal se retorcendo ecoou pelos ares quando o teto cedeu.

— Isso! — murmurou Archer.

Os Luxen não demoraram muito a se recobrar. As portas se abriram com um rangido e eles saltaram de dentro numa explosão de luz vermelho--esbranquiçada. Os cinco reassumiram a forma humana e vieram com tudo em nossa direção.

— Deixem comigo — disse Daemon, agachando e se preparando para o impacto com os cinco alienígenas.

— Que merda...? — Olhei para o Archer.

O soldado anuiu.

— Tem razão, não vamos ficar aqui olhando enquanto ele se diverte sozinho.

Ele me soltou e eu parti correndo em direção à zona de combate. Nesse exato instante, o capô de um sedã próximo foi arrancado e cruzou o ar como uma faca gigante. Ele acertou um dos Luxen, partindo-o ao meio. Alienígena ou não, esse já era.

Maldição.

Parei com um leve derrapar ao ver o sorrisinho maquiavélico do Archer.

— Ponto!

— Um arremesso e tanto — observou Daemon, capturando outro Luxen pela cintura. Em seguida, o suspendeu no ar e o lançou com toda a força no meio da estrada. O asfalto rachou. Um líquido azul brilhante começou a se espalhar pela pista.

Eca!

Um dos Luxen restantes, do sexo feminino, se separou dos colegas e veio para cima de mim. Invocando a Fonte, ergui o braço e me concentrei no que eu queria que acontecesse. Nas primeiras vezes em que eu tentara usar a Fonte, acabara com alguma coisa batendo na minha cara ou se espatifando no chão.

Agora?

Já não era mais assim.

Quando a alienígena estava a pouco mais de um metro de mim, lancei-a contra a lateral de uma caminhonete. Seguiu-se um barulho nauseante de ossos se quebrando que eu adoraria esquecer, mas não podia me dar esse luxo. Assim sendo, avancei antes que a idiota conseguisse se recobrar e invoquei a Fonte de novo. A descarga a acertou como um raio no meio do peito, logo acima do coração. A Luxen se acendeu como fogos de artifício, mas rapidamente se apagou.

Daemon segurava pelos ombros o Luxen que havia arremessado no meio da estrada. Ele ergueu o joelho e o pressionou contra o peito do sujeito. O som de ossos se partindo foi acompanhado pelo urro do alienígena. Virei ao mesmo tempo que o Daemon puxava o braço para trás e deixava a Fonte escorrer por ele.

Dei de cara com o Archer e a Glock que ele empunhava. Um medo súbito invadiu minha alma quando nossos olhares se cruzaram. Congelei, o ar preso na garganta. Tudo o que conseguia ver era o cano da arma e, em seguida, uma leve centelha quando ele puxou o gatilho. Preparei-me para a dor da bala rasgando minha pele e ossos.

Exceto que ela não veio.

Escutei o baque de um corpo caindo no chão atrás de mim e girei nos calcanhares. Meu queixo caiu ao ver o Luxen estatelado de cara no chão em meio a uma poça azul brilhante.

— Bala na cabeça — explicou o soldado. — Nem mesmo eles conseguem se recobrar de algo assim.

— Isso é trapaça — alfinetou Daemon, girando também e acertando o último Luxen com uma descarga da Fonte, lançando-o contra um caminhão que havia por perto.

LUX 5 Opostos

— Não estou nem aí. — Archer guardou a arma atrás das costas. — Prefiro poupar energia quando posso.

Afastei o cabelo do rosto e avaliei a lúgubre cena.

— Não tem mais nenhum?

Archer correu os olhos em torno.

— Por enquanto não.

Por enquanto? Não tinha certeza se aguentaria outra rodada. Ao me virar de volta para o Daemon, senti um espasmo no peito. Um fio vermelho-azulado escorria pelo canto de sua boca. Corri ao encontro dele, chocada. Não o vira ser ferido.

— Você está machucado!

— Estou bem — assegurou-me ele, mas ver aquilo... o Daemon sangrando, mexeu com a minha alma. — Um deles me acertou, mas está tudo bem. Em dois minutinhos vou estar novo em folha.

O que não ajudou em nada a aplacar meu pânico.

— Ele está bem, sério! — interveio Archer. — Daemon vai se curar rapidinho, especialmente porque ainda é dia claro.

A princípio, não entendi o que ele quis dizer com isso, mas então lembrei do que o Dawson dissera tempos atrás sobre o sol fazer maravilhas pelos Luxen, o mesmo efeito que altas doses de açúcar tinha para os híbridos.

— Precisamos nos apressar. — Daemon pegou minha mão e me puxou em direção ao Explorer. — Outros sentirão a nossa presença, e é só uma questão de tempo até que eles descubram o que a gente está fazendo.

E isso seria péssimo — definitivamente péssimo.

[16]

Katy

Quando enfim nos aproximamos de Atlanta, eu já havia devorado três barras de chocolate e vibrava com o excesso de açúcar. Com Daemon atrás do volante, novo em folha como ele próprio dissera, recuperamos o tempo que havíamos perdido lutando contra os Luxen na estrada do Kentucky, embora eu e o Archer talvez tivéssemos envelhecido alguns anos.

Não havíamos nos deparado com mais nenhum Luxen, mas não sabíamos exatamente em que lugar eles tinham sentido nossa presença nem se tinham comunicado aos demais que estávamos a caminho de alguma coisa, e nem se eles sabiam quem a gente era, mas só por segurança nos preparamos para o surgimento de outros.

Ao entrarmos na Georgia, vi algo que parecia ter saído direto de um filme. As árvores que ladeavam a estrada estavam partidas ao meio e queimadas. Os destroços de um avião podiam ser vistos em meio à densa vegetação. A cauda. O corpo central com as janelas destroçadas.

Desviei os olhos, triste em ver toda aquela destruição e violência desnecessárias. Quanto mais coisas eu via, mais dificuldade tinha em acreditar que a gente — que o mundo — conseguiria se recuperar qualquer que fosse

LUX 5 Opostos

o resultado da guerra contra os Luxen. Agora que os humanos sabiam da existência deles, como poderiam seguir em frente? Como conseguiriam voltar a confiar num Luxen depois disso?

Não podia me deixar levar por essas preocupações, da mesma forma que você não se preocupa com a travessia de uma ponte esburacada até parar diante dela. Mas não conseguia imaginar como seria a vida para quem sobrevivesse.

Surpreendentemente, as estradas estavam, em sua maior parte, livres. Qualquer carro abandonado tinha sido empurrado para o acostamento e, apesar de tudo, vista do trevo da rodovia principal, a cidade parecia bem.

Provavelmente devido à presença maciça de militares e da Guarda Nacional. Eles, porém, não conseguiriam deter os Luxen por muito mais tempo. Eram quase sete da noite quando a gente chegou ao aeroporto. A sensação era de que tinha sido imposto um toque de recolher, visto que não havia praticamente ninguém em lugar algum. Mas, também, não era como se algum avião fosse decolar no momento.

— Aqui vamos nós. — Archer apontou para um elegante sedã com todas as janelas cobertas por insulfilm. — Foi isso o que ele disse que estaria dirigindo. Belo carro.

— Sei que não adianta te pedir para ficar no carro, mas, por favor, fique perto de mim. — Daemon diminuiu a velocidade ao cruzar o estacionamento, seguindo em direção ao elegante carro preto. — Luc pode confiar no babaca, mas eu não.

Controlei a vontade de revirar os olhos.

— Não é como se eu fosse sair correndo e abraçá-lo.

Ele me fitou sem expressão.

— Espero que não. Eu ficaria com ciúmes.

— Você ficaria com ciúmes se ela abraçasse uma árvore — intrometeu-se Archer.

— Talvez. — Daemon parou numa vaga atrás do carro. — É que eu sou carente assim mesmo.

Perdi a luta contra a vontade de revirar os olhos ao abrir a porta do carona.

Enquanto saltávamos, três portas se abriram no luxuoso veículo. Fui tomada por uma súbita curiosidade. Jamais vira um Arum que não quisesse sugar minha energia. Havia, portanto, certo quê de novidade na chance de encontrar e interagir com um que, com alguma sorte, não iria se transformar num monstro assassino e tentar matar todos nós. Concentrei-me na figura que saltava de trás do volante.

Santos Arum...

O sujeito de cabelos escuros era tão alto quanto o Daemon, só que mais largo. A camiseta preta se esticava sobre um tórax semelhante ao de um boxeador. Só esse pequeno detalhe já dava a impressão de que o cara poderia provocar alguns sérios danos. Pelo que eu podia ver do rosto marcante, com maxilar bem talhado, a pele era clara, como a de todos os Arum, porém sem aquele ar fantasmagórico. Mais como alabastro ou porcelana. Os olhos estavam escondidos atrás de óculos escuros. Com uma calça também preta, ele mais parecia um daqueles modelos da revista *GQ* do que uma versão alienígena desalmada do chupa-cabra.

Uma réplica idêntica a ele saltou do banco traseiro. A única diferença era que esse outro sujeito usava um par de calças pretas com uma camisa de botão aberta até o meio do peito. A pele que despontava da abertura tinha o mesmo aspecto pálido e forte.

Os Arum nasciam em quatro — três homens e uma mulher. Esperava ver mais um irmão ou irmã, mas a pessoa parada ao lado da porta do carona não era nem um nem outro.

Era uma mulher humana.

Meu queixo caiu. O que diabos uma humana estaria fazendo com eles? Ao se virar para mim, pude dar uma boa olhada na loura. A garota era bonita — muito bonita —, mas não consegui entender o motivo de ela estar ali.

Daemon foi o primeiro a falar.

— E aí, babaca?

Meu queixo bateu literalmente no chão.

— Você realmente sabe como cumprimentar as pessoas — murmurou Archer.

O Arum que saíra de trás do volante inclinou a cabeça ligeiramente de lado com um suspiro.

— Você de novo.

LUX 5 Opostos

— Você parece tão feliz quanto eu com esse encontro. — Daemon abriu um sorriso sarcástico e cruzou os braços. — Vamos acertar uma coisinha antes de continuarmos. Se você nos ferrar de alguma forma, vai ser a última coisa que vai fazer.

Hunter soltou uma risadinha presunçosa e se virou para o irmão.

— Eu não disse que ele era uma graça?

O outro Arum apoiou os braços no teto do carro e uma das sobrancelhas sobressaiu acima dos óculos escuros que ele também usava.

— Tão fofo quanto um porco-espinho.

Daemon ergueu o dedo do meio.

Isso estava indo bem.

Mesmo de óculos escuros, senti quando o olhar do Hunter recaiu sobre mim.

— Estou vendo que conseguiu resgatar sua garota das mãos do Daedalus.

Como assim?

— E eu vejo que de alguma forma você continua na companhia de uma mulher humana — retrucou Daemon. — Sinto como se devesse perguntar se ela está aqui por vontade própria ou não.

Hunter soltou uma risada curta.

— Você está, Serena?

A loura revirou os olhos e fez que sim.

— Estou.

— Aí está sua resposta — acrescentou o alienígena.

— Por mais lindo que esteja sendo esse reencontro, acho que devemos ir direto ao ponto — sugeriu Archer. — Nos disseram que você estaria disposto a nos levar onde quer que os Arum estejam.

— Estou. — Hunter cruzou os braços, imitando o Daemon. Seguiu-se um momento de silêncio, e pude jurar que seus olhos recaíram sobre mim novamente. — Vocês têm certeza de que querem fazer isso?

Ah, isso não soava nada bom. Mudei o peso de um pé para o outro.

— A gente precisa fazer.

O sol finalmente desapareceu por trás das nuvens densas, e um lusco-fusco rapidamente se espalhou por todo o estacionamento. Hunter ergueu a mão e tirou os óculos. O tom extremamente claro de seus olhos azuis era perturbador.

— Algum de vocês já ouviu falar no Lotho?

— Afora o fato de que ele é o amistoso líder de vocês? — respondeu Daemon. — Não.

— Amistoso líder? — O outro Arum abaixou a cabeça e riu. — Você quis dizer um tanto louco.

— Totalmente louco, Lore.

— Lore? — perguntei, sentindo-me uma idiota. — Espera um pouco. Esse é o seu nome? Lore?

Ele sorriu, deixando à mostra uma fileira de dentes brancos e retos.

— Espera até você conhecer nosso outro irmão, o Sin.

Sin, ou melhor, pecado, e *Lore*, tradição? O nome do Hunter, que significava caçador, realmente se destacava. Balancei a cabeça como que para afastar esses pensamentos. Nada disso era importante.

— O que você quis dizer com Lotho ser um tanto louco?

— Bem, ele é totalmente insano — respondeu Hunter, recostando-se no carro. Serena contornou o capô e foi se postar ao lado dele. — A meu ver, pelos padrões humanos, Lotho é um lunático psicopata. Eu jamais o deixaria chegar perto da Serena. Diabos, eu não o deixaria chegar perto de uma barata de estimação se tivesse uma.

Ah! Uau!

Daemon franziu o cenho.

— Ele parece um cara divertido.

— E é também muito poderoso — continuou Hunter. — Ele se alimenta dos Luxen como se a raça de vocês estivesse prestes a entrar em extinção, e está munido com um pedaço de opala. Na verdade, ela foi costurada na pele dele.

Arregalei os olhos.

— Ai!

— Lotho odeia os humanos — interveio Lore. — Mas odeia os Luxen ainda mais. Tampouco é fã dos híbridos e dos originais.

A coisa toda soava cada vez pior.

— Pelo visto isso vai ser bem divertido — observou Daemon de modo seco.

LUX 5 Opostos

Hunter riu, um som de dar arrepios.

— Os Arum são leais a ele. Eles irão fazer o que ele pedir, mesmo que isso implique em suas mortes.

— E você não? — perguntou Daemon.

— De jeito nenhum — respondeu Hunter, passando um braço de forma superprotetora sobre os ombros da Serena e a puxando de encontro a si. — Acredite ou não, garoto, mas eu não tinha a menor vontade de entrar em guerra com os Luxen antes dessa merda acontecer. Agora parece ser absolutamente necessário, mas quando tudo terminar não quero mais saber de vocês nem da sua espécie. — Fez uma pausa e olhou para a mulher em seus braços. — Tenho coisas melhores com as quais me preocupar. Lore também.

A expressão do Daemon era de puro choque, o que traduzia muito bem a forma como eu me sentia por dentro. O modo como o Hunter olhava para a Serena? Uau! Ele realmente estava apaixonado pela mulher — uma mulher humana.

Daemon o fitou por um momento e, então, jogou a cabeça para trás e riu.

— Certo. Posso aceitar isso.

Hunter não disse nada pelo que pareceu uma eternidade.

— Se vocês conseguirem convencê-lo a ajudar, vão ter um exército e tanto. Só não acho que o Lotho irá concordar.

— É, bem, isso é problema nosso. — Daemon inclinou a cabeça ligeiramente de lado enquanto eu começava a me preocupar com as implicâncias da declaração. — Quantos Arum estão sob o comando dele?

— Milhares — respondeu o alienígena. Senti como se o chão tivesse se mexido sob meus pés. — Vários que sempre se mantiveram escondidos e outros que trabalhavam para o Daedalus até os Luxen aparecerem.

— E todos estão sob o comando dele agora? — Archer correu uma das mãos pelos cabelos curtos, que começavam a crescer.

— Sim — respondeu Lore de maneira arrastada, sorrindo. — Vai ser como entrar num covil de fanáticos. Estejam preparados.

— É muito estranho. — Serena enrolou o cabelo e o jogou por cima do ombro enquanto falava. — Eles te olham como se estivessem planejando comê-lo no jantar. Para ser honesta, o jeito dos Arum é um tanto assustador. — Olhou de relance para o Hunter e, em seguida, o Lore. — Sem ofensa.

Lore ergueu um dos braços de cima do teto do carro e abriu um sorriso.

— Sem problema.

— Então, vocês estão prontos? — perguntou Hunter.

Na verdade não, mas não contestei quando o Daemon assentiu. Tudo o que fiz foi observar o Hunter se virar para a Serena e envolver o rosto dela entre as mãos gigantes. O gesto foi inacreditavelmente gentil. Fiquei surpresa por um Arum ser capaz de algo assim.

Ele abaixou a cabeça e a beijou, e ela se aconchegou a ele como se fosse sua segunda natureza. Senti-me uma ogra por estar observando, mas não conseguia desviar os olhos. Um Arum e uma humana. Uau! De repente, me dei conta de que eles deviam pensar a mesma coisa quando viam um Luxen com uma humana.

— Já volto — disse ele ao erguer a cabeça.

Serena franziu o cenho.

— Posso ir...

— Você sabe que eu não a quero perto do Lotho e do Sin, e sabe que vou ficar bem — assegurou ele. — Lore prometeu mantê-la distraída.

Lore assentiu com um muxoxo.

Serena não me pareceu muito feliz, e, se ela estava preocupada com o Hunter e o que ele estava prestes a fazer, talvez fosse melhor a gente repensar a ideia.

O problema é que não tínhamos opção.

Ela o abraçou com força, agarrando-se a ele por alguns instantes e, então, o soltou. Postando-se atrás dele, deu-lhe um tapa na bunda.

— Vou ficar esperando.

A forma como o Hunter a fitou fez minhas bochechas corarem, mas então Serena parou e se virou para a gente.

— Olhem bem, tive algumas experiências realmente ruins com os Luxen no passado... Luxen que sabiam que os outros estavam a caminho.

Daemon e eu nos entreolhamos.

— Se importa de dar mais detalhes? — pediu ele.

Ela inspirou fundo.

LUX 5 Opostos

— Havia um senador que, na verdade, era um Luxen disfarçado, e ele tinha dois filhos. Minha melhor amiga... viu os dois acidentalmente em suas formas verdadeiras e eles a mataram para mantê-la em silêncio. Depois tentaram me matar.

— Ó céus! — murmurei.

— Hunter foi contratado pelo governo para me manter em segurança. Não porque eles se importassem comigo, só não gostaram de saber que os Luxen achavam que podiam matar qualquer um sem consequências. — Um lampejo de tristeza cruzou seus olhos. — Mas teve outra coisa também. Minha amiga escutou os irmãos conversando sobre um tal... Projeto Águia. Algo a ver com a Pensilvânia e algumas crianças.

— Mais alguma coisa? — perguntou Archer, os olhos assumindo uma expressão cortante.

Ela olhou de relance para o Hunter antes de anuir.

— O Projeto Águia foi criado em resposta ao Daedalus... Sua intenção era a de contatar os Luxen que estavam lá fora... onde quer que esse *lá fora* fosse. E o objetivo era o controle do planeta. Eles vêm planejando isso há um tempo, e usando os originais para tanto. A gente achou que eles estavam falando de crianças... tipo, crianças pequenas.

— Mas não estavam — completou Hunter, franzindo o cenho. — Estavam falando de originais como ele.

Um músculo pulsou no maxilar do Archer.

— Você quer dizer originais adultos?

Ele fez que sim.

— Exato.

Puta merda! A gente estava certo.

— Nós sabíamos que algo assim iria acontecer, ou que pelo menos eles iriam tentar, mas não havia nada que pudéssemos fazer — disse ela.

— Nossas cabeças estão a prêmio — explicou Hunter. — Digamos apenas que eu irritei os Luxen, alguns Arum e o Daedalus. Estávamos entre a cruz e a espada.

— Queríamos fazer algo, mas não podíamos. Assim sendo, ajudar vocês... bem, é melhor do que não fazer nada de novo. — De repente, dei-me conta de que Serena era provavelmente a força motriz por trás do Hunter, a responsável por forçá-lo a pagar o favor que devia ao Luc.

Seu olhar recaiu sobre o Daemon. — Sei que vocês não confiam no Hunter, mas nós tampouco confiamos em vocês. Portanto, se fizerem algo que o ponha em perigo, vou logo dizendo que sei como eliminar um Luxen e que não tenho o menor receio de fazer isso.

Daemon inspirou fundo, fazendo o peito inflar.

— Compreendido.

— Ótimo — retrucou ela.

Gostei da garota.

Hunter deu uma risadinha.

— Vamos lá, pessoal. Não é muito longe.

Nós três o seguimos até um poste de luz que havia a uns dez metros do carro. Ele, então, parou.

— Chegamos.

Ergui as sobrancelhas e corri os olhos em volta, mas não vi nada.

— Isso é alguma coisa tipo a porta mágica do Harry Potter? Algo assim?

Ele me fitou.

— Que foi? — perguntei, envergonhada. — Você sabe, tipo, a Sala Precisa? A porta simplesmente aparece... Ah, deixa pra lá!

— Tudo bem. — Ele apontou para nossos pés. — Vamos descer.

Tudo o que eu conseguia ver era a tampa de um bueiro. Hunter, porém, se agachou e levantou a pesada tampa de ferro. Meu coração foi parar nos pés. Íamos descer mesmo, literalmente.

— Aqui? — perguntou Archer.

Ele assentiu com um sorriso tenso.

— Por que outro motivo vocês acham que eu sugeri o aeroporto? Não é como se eu gostasse de perambular por aqui.

— Como a gente poderia saber? — retrucou Daemon, olhando para o buraco como se fosse o último lugar em que gostaria de se meter. O mesmo valia para mim. — Você é um Arum, portanto...

— Esperava que a essa altura você já tivesse desistido desse maldito sarcasmo.

Daemon deu uma risadinha presunçosa.

— Vai se foder.

LUX 5 Opostos

— Não, obrigado — replicou o Arum, mas nenhum dos dois estava zangado de fato. Hunter ergueu os olhos, olhou de relance para mim e, em seguida, para o Daemon. — Imagino que você prefira descer antes dela.

Controlei a vontade de revirar os olhos enquanto prendia o cabelo num rabo de cavalo. Archer se agachou ao lado da entrada, acenou para a gente e desapareceu escada abaixo. Alguns segundos depois, sua voz ressoou do além.

— Esse lugar fede. Pra valer.

Excelente.

Descemos em seguida. Archer não estava mentindo. O túnel mal iluminado fedia a mofo e excrementos — excrementos mofados.

Hunter foi o último. Ele sequer usou a escada, simplesmente aterrissou suavemente ao nosso lado. Pelo visto, o cara era realmente especial.

Ele se empertigou e, com um rápido olhar por cima do ombro, se pôs a andar.

— Temos um pequeno caminho a percorrer.

Acabamos descobrindo que "o pequeno caminho a percorrer" equivalia a uns 160 quilômetros. Apesar dos meus genes mutantes, minhas pernas começaram a doer à medida que prosseguíamos por aquele interminável corredor subterrâneo, que por sua vez encontrava-se no mais completo silêncio, exceto pelo ecoar de nossos pés. Passamos de um túnel para outro, cruzando uma estação de metrô abandonada que parecia ser a fonte do cheiro horroroso. Eu observava as janelas sujas e quebradas de um dos vagões quando Hunter surgiu subitamente na minha frente. Surpresa, dei um passo para o lado.

Um par de olhos translúcidos me fitou.

— Eu não olharia com muita atenção para esses vagões. Eles não estão vazios. Alguns Luxen apareceram de surpresa. E carbonizaram tudo o que havia dentro. Essa era uma estação terminal, de modo que havia muita gente aqui. Entende aonde quero chegar?

Fiz que sim, sentindo o estômago revirar. Tanta morte desnecessária — um verdadeiro horror. Levei algum tempo para clarear a mente. Penetramos ainda mais o labirinto de túneis, passando por uma porta de aço que não parecia ter sido aberta há pelo menos uma década e entrando num túnel mais largo e fortemente iluminado por tochas presas às paredes. Hunter parou diante de uma porta de aço circular um pouco mais à frente.

Mordi o lábio, sentindo algo estranho no ar. Ele parecia estagnado demais, difícil de respirar. Um forte nervosismo brotou em meu âmago.

Daemon parou na minha frente e estendeu o braço, inclinando a cabeça ligeiramente de lado. Os músculos de suas costas vibravam, tensos.

— Tem muitos Arum do outro lado dessa porta.

Hunter se virou para a gente com uma risadinha.

— Eu falei. Tem *milhares* de Arum aqui.

Eu não conseguia acreditar.

— Como pode haver tantos? Esses são os túneis do metrô!

O Arum apoiou uma de suas mãos enormes na porta.

— Eles criaram um mundo inteiro aqui embaixo, garotinha.

Fixei-me no estranho apelido.

— Garotinha? — Esse seria o último termo que eu usaria para me descrever.

— Lotho vive aqui há anos com vários outros Arum, tendo criado uma cidade subterrânea com a ajuda dos que lhe são leais. Eles vêm e vão como bem entendem, mas sempre voltam. — Ele fechou a mão numa pesada alavanca. — O modo como vivem é um tanto arcaico, portanto o que vocês estão prestes a ver...

— Vai fazer com que eu precise de terapia depois? — Assenti com um suspiro. — Entendi.

Ele curvou os lábios num meio sorriso e, em seguida, se virou para o Daemon.

— Pronto?

— Vamos acabar logo com isso. — Daemon envolveu minha mão com a dele, mas não liguei.

Sabia que o que estávamos prestes a ver, as coisas com as quais nos depararíamos, seria extremamente perigoso, mas encararíamos isso juntos.

Hunter hesitou por um momento, como se realmente não quisesse fazer o que estava fazendo, e, então, com um flexionar dos bíceps, abriu a porta. Entramos em outro salão, porém este era diferente. As paredes eram feitas de vigas de madeira preenchidas com placas de drywall. As tochas encimavam postes semelhantes a totens, com estranhas gravuras esculpidas

LUX 5 OPOSTOS

que me fizeram lembrar os nós celtas. Ao final do amplo salão havia outra porta de madeira que parecia ter sido tirada de uma lenda da Renascença.

Assim que entramos no salão e antes que o Hunter tivesse a chance de alcançar a porta, esta se abriu com uma pancada na parede e um segundo Hunter apareceu.

Ah, aí estava o terceiro gêmeo.

Mesmo que ele parecesse uma cópia exata do irmão, com exceção do cabelo, que era mais comprido e estava preso na nuca, o sujeito me fez pensar num pirata. E não o tipo de pirata divertido da Disney.

O cara exalava animosidade e ódio por todos os poros. Ele fitou o irmão longamente e, então, voltou aqueles olhos azuis gélidos para nós. Tremi ao sentir uma queda na temperatura. Meus braços ficaram arrepiados e o ar que saiu de minha boca condensou numa leve nuvem branca de vapor.

— Você não devia tê-los trazido aqui — disse o irmão. Escutar a voz do cara era como andar debaixo de uma chuva enregelante.

Hunter inclinou a cabeça.

— E eu não preciso da sua permissão, Sin.

Sin fitou o irmão em silêncio por alguns instantes e, então, riu.

— Deixa pra lá!

Daemon estava tenso, como que se preparando para uma iminente batalha, e não relaxou nem quando o Sin girou nos calcanhares e desapareceu. Também não consegui relaxar. O mau pressentimento que se instalara dentro de mim desde que o Hunter começara a falar sobre o Lotho aumentou exponencialmente.

Archer se postou do meu outro lado e nós três entramos no novo aposento atrás do Hunter. Nada poderia ter me preparado para o que eu vi.

Cidade subterrânea? Ele não estava brincando!

Era como entrar num universo diferente. A impressão era de que não havia teto, mesmo que eu soubesse que estávamos vários metros abaixo do chão. Uma série interminável de andaimes se estendia até onde o olho conseguia enxergar, criando dúzias e mais dúzias de passarelas em torno de uma enorme construção. Era possível ver algumas portas nos andares mais baixos, além de materiais grossos e aparentemente peludinhos pendurados nos corrimões. O lugar como um todo me remeteu a uma prisão feita de madeira.

Deus não permita que ninguém se atrapalhe com um fósforo!

Enquanto eu observava tudo com os olhos arregalados, seguimos até o centro do salão. Berços e mesas ricamente esculpidas encontravam-se dispostos pelos cantos, juntamente com armários grandes e largos. Alguns estavam abertos, deixando à mostra itens aparentemente normais — comida enlatada, toalhas de papel e latas de refrigerante.

— Isso é tão estranho! — murmurei para o Daemon.

Ele concordou com um menear de cabeça.

— Eu não fazia ideia de que algo assim podia existir.

— E queremos que continue assim — disse Hunter por cima do ombro. — Por mais que eu não seja fã do Lotho, ele construiu algo aqui para o nosso povo... uma espécie de santuário. O que quer que aconteça, vocês não podem contar a ninguém sobre isso.

— Não vamos — prometeu Archer. — Não temos a intenção de contar a ninguém.

— Tudo bem, então. — Hunter fechou a mão na maçaneta de uma das portas. — Eu falo. Ou seja, cala a boca, Daemon. Sério.

Daemon franziu o cenho.

— Nossa, quanta delicadeza... — Ao me ver erguer as sobrancelhas, ele suspirou. — Certo, vou ficar calado.

Entramos em mais outro salão e seguimos até uma nova porta. Dava para ouvir um misto de conversa, risos e gritos, e o que me pareceu alguém batendo com alguma coisa. Eu não fazia ideia de com o que iríamos nos deparar, de modo que me preparei para o que quer que fosse enquanto Hunter a abria, revelando um novo e gigantesco aposento.

Santos bebezinhos Arum, havia um exército de alienígenas ali dentro. Eles estavam por todos os lados, sentados às compridas mesas de madeira ou em pé entre elas. Parei de supetão, e Daemon apertou minha mão.

Todos os Arum no aposento pararam de falar e pareceram congelar. Alguns estavam no processo de se levantar. Outros seguravam xícaras gigantes, que mais pareciam canecas medievais, a meio caminho da boca. Havia até mesmo mulheres com bebês de colo. Todos eram pálidos. A maioria tinha cabelos pretos como piche, um contraste surpreendente com os olhos azuis translúcidos. Mas alguns tinham o cabelo descolorido, de um louro platinado ou vermelho vibrante.

LUX 5 Opostos

Todos estavam com os olhos fixos na gente.

Ó céus! Os pelos da minha nuca se eriçaram e um calafrio desceu pela minha espinha.

— Que merda é essa, Hunter? — ecoou uma voz grave às nossas costas.

Girei nos calcanhares e inspirei fundo, os olhos quase saltando fora das órbitas. Uma gigantesca plataforma de madeira pairava acima do que era obviamente uma enorme sala de jantar. Os degraus que levavam a ela não eram muitos, porém eram íngremes. Tipo, eu provavelmente quebraria o pescoço se tentasse descer.

Um homem estava sentado numa espécie de trono no alto da plataforma, e mesmo naquela posição dava para ver que o sujeito era um Armário em Forma de Gente. O Arum era imenso, com tórax largo e pernas musculosas. Estava sentado languidamente, como se estivesse quase cochilando. Seus olhos azuis, porém, nos observavam com extrema atenção.

Ele era... muito bonito, ainda que de um jeito frio e surreal. Os traços eram marcantes, como se tivessem sido esculpidos em mármore, com lábios cheios e expressivos, um nariz reto e maçãs do rosto altas. O cabelo era de um louro quase branco, porém as sobrancelhas eram escuras. De alguma forma, aquela combinação estranha funcionava. Enquanto nos observava, segurava um cálice cheio de algum líquido amarelado na mão direita.

Então esse era o tal Chefe Fodão, como Luc o chamara? Mesmo relutante, fiquei impressionada.

Hunter deu um passo à frente enquanto eu dava uma boa olhada no trono em que Lotho estava sentado, o qual parecia ser feito de...

Ah, não, melhor fugir correndo para as montanhas sem olhar para trás. Aquelas coisas eram ossos? Eles pareciam estranhos, embora desse para ver que não eram humanos. Eram mais finos e aparentemente mais flexíveis, como que feitos de cartilagem moldada e remoldada, e emitiam um suave brilho azulado...

Ai, meu Deus.

Eram ossos de Luxen.

Isso não era nada bom. Na verdade, péssimo.

— Você sabe o que está acontecendo na superfície — começou Hunter. Ele, porém, não conseguiu ir muito longe. — Os Luxen...

— Sei o que está acontecendo — interrompeu Lotho, tomando um golinho do drinque, em vez de virá-lo de uma só vez, como eu esperava. — Os Luxen chegaram. Eles estão matando os humanos e blá-blá-blá... um monte de outras coisas que não me interessam. Mas isso não explica por que você os trouxe aqui.

Hunter fez menção de responder.

— A menos que esteja nos trazendo o jantar. — Lotho sorriu, deixando à mostra uma fileira de dentes brancos e estranhamente afiados. — Se for isso, muito obrigado.

— Não estamos aqui para sermos o jantar — intrometeu-se Daemon, a voz tão fria quanto o ar do salão. Encolhi-me. — Nem somos a sobremesa. Viemos aqui pedir sua ajuda para lutar contra os Luxen invasores.

Uau! Olhei para o Daemon, um tanto ou quanto orgulhosa por ele ter proferido aquelas palavras sem a menor insinuação de sarcasmo.

Lotho, porém, deu a impressão de que ia engasgar com a bebida que acabara de ingerir.

— Ajuda?

Risadas eclodiram por todos os lados, ecoando nas paredes e fazendo meu coração bater mais rápido.

— Isso mesmo. — Daemon projetou o queixo para a frente e sorriu. — Ajuda. É uma palavra bem fácil, mas se quiser posso te dizer o que ela significa.

É, lá estava o sarcasmo de novo!

O cálice na mão do Arum se partiu em mil pedaços.

Daemon franziu o cenho ao ver uma chuva de cacos bater no chão.

— É por isso que não podemos ter utensílios delicados.

Abafei uma risadinha. Tinha certeza de que, se começasse a rir, o Arum decidiria fazer da gente seu próximo lanche.

Seguiu-se um longo momento de silêncio, durante o qual pude sentir os outros Arum se levantando de suas cadeiras e se aproximando da gente. Uma série de calafrios desceu pela minha espinha e meu peito apertou como se eu estivesse sufocando.

Sin cruzou minha linha de visão e parou ao pé da escada que levava à plataforma.

LUX 5 Opostos

— O que você quer que a gente faça com eles? — A ansiedade com que ele falou, olhando de relance para a gente, me deixou de cabelo em pé.

Lotho deu uma risadinha.

— Mate-os e deixe que o Deus deles cuide do resto.

[17]

DAEMON

Ah, merda! Pior do que almôndegas num jantar de domingo!

Esse era definitivamente o pior cenário possível.

Dei um passo à frente, posicionando a Kat entre mim e o Archer. Se tivesse que incendiar aquele lugar inteiro para tirá-la dali, que assim fosse. Mas e depois? A missão teria sido um completo fracasso. O governo começaria a lançar bombas eletromagnéticas sobre as cidades, o mundo resvalaria para um lugar que com certeza eu não gostaria de viver e, o pior de tudo, eu perderia a minha irmã. Para sempre.

Talvez devesse ter ficado de bico fechado.

Lotho levantou. O cara devia ter mais de dois metros de altura, e me fitava como se quisesse me devorar e depois cuspir os ossinhos.

— Você esperava uma resposta diferente? — Ele jogou a cabeça para trás e soltou uma sonora gargalhada. Vários Arum à nossa volta riram também. — Que algum de nós ajudaria um Luxen? Ou uma híbrida, ou seja lá o que diabos aquela coisa ali é? — Apontou para o Archer. — Ou você é incrivelmente arrogante ou estúpido!

Uma forte irritação aflorou em meu âmago, fazendo minha pele vibrar com eletricidade. Sabia que precisava manter a calma, pelo menos até eles decidirem atacar de fato. Por mais que eu detestasse reconhecer, precisávamos deles.

— Que foi? — Lotho desceu um degrau. Enrijeci. — O gato mordeu sua língua?

Estreitei os olhos.

— Me dá só um segundo. Vou pensar em algo para dizer.

Hunter soltou um grunhido.

Um par de mãos pequenas pressionou minhas costas em aviso.

— Não esperava que nenhum de vocês quisesse nos dar a mão e cantar "Kumbaya" — falei, e Lotho ergueu uma sobrancelha. — Tampouco esperava que nos acolhessem de braços abertos. O que eu esperava é que não agissem feito um bando de imbecis.

— Ó céus! — murmurou Kat atrás de mim, enterrando as unhas em minhas costas.

— Essa atitude não vai fazer com que você conquiste nenhum amigo. — Hunter me fitou como se eu tivesse alguns neurônios a menos do que o normal.

Seu irmão, Binky ou Pinky — não fazia ideia, tinha esquecido o nome dos dois —, estava com cara de quem não se incomodaria de sair fora para tomar um drinque.

Inspirei fundo.

— Vocês se dão conta do que vai acontecer se os Luxen assumirem o controle da Terra, certo?

A expressão do Lotho dizia que ele não dava a mínima.

— Você acha que a gente se importa com os humanos? Eles são... irrelevantes para nós.

Comecei realmente a questionar a inteligência do cara.

— Assim que os Luxen assumirem o controle e subjugarem todo e qualquer humano restante, virão atrás de vocês. Eles podem não estar preocupados com vocês no momento, mas isso vai mudar. E, da última vez que cheguei, os Luxen *mandavam* nos Arum.

Lotho bufou.

— Não é verdade.

— Tem certeza? — interveio Archer. — Porque vocês estão aqui, no subterrâneo, vivendo nos túneis do metrô. Só achei que devia ressaltar o fato.

— É um bom argumento — acrescentei com uma risadinha presunçosa. — Quando enfim eles tomarem a Terra, já vão ter descoberto uma forma de lutar contra vocês — continuei, rezando para que pelo menos um dos Arum conseguisse ver a lógica da situação. — No momento, eles não fazem a menor ideia. Mas passado um tempo? Depois de terem lutado com um Arum aqui e outro ali? A história vai se repetir.

— A história não vai se repetir — ironizou uma das mulheres. — Eles jamais vão nos controlar novamente.

— Continue repetindo isso enquanto se esconde aqui embaixo — retruquei.

Pinky — acho que era isso — começou a mudar de forma.

— Não estamos nos escondendo.

— Não é o que parece. — Kat deu uma espiada por cima do meu ombro, e o olhar do Lotho recaiu sobre ela de um jeito que me deu vontade de arrancar sua laringe e o obrigar a engoli-la. — Quero dizer, olhando de fora, parece que vocês estão se escondendo.

Hunter fechou os olhos com força como se tivesse sido acometido por uma súbita dor de cabeça.

Com alguns passos pesados, Lotho se colocou ao alcance do meu punho. Ele, porém, não estava me olhando. Crispei as mãos.

Acalme-se, aconselhou Archer.

— Você não é uma simples observadora — disse Lotho para Kat, numa voz tão densa quanto as sombras que se reuniam à sua volta. — É uma piranha dos Luxen que se esconde atrás deles.

Enrijeci.

— O quê...

— Aguenta aí. Você vai me desculpar, mas... — Kat saiu de trás de mim e ergueu uma das mãos. — Em primeiro lugar, até onde eu sei não sou piranha de *ninguém*. Em segundo, não estou me escondendo atrás dele. Ao contrário de algumas pessoas.

Lotho inclinou a cabeça ligeiramente de lado.

— E em terceiro? Ninguém nesta sala, nem unzinho só de vocês, foi responsável pela destruição do seu planeta, certo? Tem alguém aqui velho o bastante para ter participado da guerra entre suas espécies? — Ao não obter resposta, ela balançou a cabeça, frustrada. — Vocês são ridículos! Todos vocês.

Lufadas de ar gelado nos envolveram por todos os lados. Péssimo sinal.

— Ah, gatinha...

— Cala a boca — rebateu ela, e eu arregalei os olhos. — Você é tão idiota quanto eles.

— Como é? — perguntei.

O clone do Hunter ergueu as sobrancelhas.

— Acho que quero escutar aonde ela pretende chegar com isso.

Novas risadinhas ressoaram por toda a galeria.

— Vocês se odeiam simplesmente por serem quem são. — Kat praticamente gritou.

— Bom, eles foram criados para nos destruir, portanto... — Deixei a frase no ar.

— E eles massacraram e *escravizaram* a nossa espécie — retrucou Lotho, a voz se tornando quase um sibilo.

— Mimimi, mimimi, mimimi. Isso é tudo o que eu escuto. — Kat jogou as mãos para o alto. — Deixe-me lhes oferecer uma breve história da humanidade. De forma constante e sistemática, os humanos se ferram por causa de religião ou raça. E fazem coisas muito piores do que vocês jamais fizeram uns com os outros, mais do que um professor de história é capaz de descrever numa única aula. Desde o começo, os humanos se matam pelos motivos mais imbecis.

— Uau! Os humanos são realmente muito bacanas — observou o irmão do Hunter de modo seco.

— Vocês não entendem. — Por um segundo, achei que ela fosse começar a bater os pés. — Mesmo com tanto sangue entre várias raças deste planeta, quando a coisa esquenta, nós sempre unimos força. *Sempre.* Por quê? Porque sabemos que há momentos em que precisamos nos ajudar mutuamente, e é o que fazemos. Dessa forma, quando o problema é resolvido, podemos voltar a caçar uns aos outros. E o planeta volta a ser como era antes.

Lotho reassumiu a forma humana enquanto a encarava.

— Deus do céu! — Kat enfim bateu os pés. — Por que vocês não podem agir como os humanos pelo menos uma vez?

Seguiu-se um momento de silêncio e, então, Lotho perguntou:

— Você está pedindo que a gente esqueça tudo o que eles já fizeram conosco e continuam fazendo?

— Não. Estou pedindo que se lembrem — retrucou ela. — Quero que se lembrem de tudo o que foi feito, porque esses Luxen, os que acabaram de chegar, são iguaizinhos aos que foderam a vida de vocês. Não o Daemon. Nem eu. Nem a maioria dos Luxen que já vivia aqui. Os invasores são o inimigo. Quero que se lembrem disso.

Ele curvou ligeiramente os lábios.

— Como se houvesse alguma diferença entre eles.

Kat balançou a cabeça, incrédula.

— As coisas nem sempre são pretas ou brancas. E se vocês realmente acham que ir atrás desses Luxen invasores não é do interesse de vocês, então... bem, boa sorte.

Lotho desviou os olhos e os correu pelo seu exército de minions. Por um momento, permaneceu tão quieto quanto o ar à nossa volta. Mas, então, avançou direto em direção a Kat, fazendo os pelos dos meus braços se arrepiarem.

Girei, mudando de forma ao mesmo tempo que ele a agarrava pelo pescoço e a empurrava de encontro à parede mais próxima.

Fui tomado por uma fúria indescritível. Um urro animalesco escapou de minha garganta. Com um grito de puro ódio, fiz menção de avançar, mas o irmão do Hunter e outro Arum me seguraram pelos braços. Meio segundo depois, um terceiro Arum surgiu às minhas costas e me forçou a ajoelhar no chão frio e gosmento. Não precisei olhar para saber que Archer também estava cercado.

Debati-me, invocando a Fonte, mas os três Arum eram grandes — e definitivamente experientes —, além de fortes, como se tivessem se alimentado recentemente de alguns Luxen. A luz pulsou e espocou, partindo-se no ar. Ergui a cabeça, vendo o mundo diante de mim em tons de vermelho e branco.

— O que você acha que me impede de acabar com a sua vida nesse exato momento? — rosnou Lotho a poucos centímetros da cara dela.

— Nada — respondeu Kat. — Mas me matar vai resolver o quê?

LUX 5 Opostos

— Seria divertido. — Lotho se aproximou ainda mais, praticamente invadindo o espaço vital da Kat. Ele inclinou a cabeça um tiquinho de lado e, mesmo de onde eu estava, pude ver que a analisava de cima a baixo. — Estou certo de que seria um enorme prazer.

Perdi a cabeça.

Uma descarga de energia pura se espalhou por todo o meu corpo e foi expelida numa explosão de luz. O Arum às minhas costas foi lançado para trás como um saco de feijão. Pus-me de pé, puxando o irmão do Hunter e o outro idiota comigo. O poder reverberou por mim numa onda tumultuada ao mesmo tempo que eu recolhia os braços com toda força, fazendo com que os dois Arum batessem a cabeça um no outro e caíssem, nocauteados.

Menos dois.

Comecei a avançar, parando apenas por tempo suficiente para dar um chute certeiro em outro Arum em rápida transformação, que iria apagá-lo até semana que vem, e depois mais outro que acertei bem debaixo do queixo, arremessando-o contra a multidão de Arum.

— Solta ela — mandei, voltando à forma humana. A Fonte crepitava por todo o meu braço. Com o coração martelando contra o peito, senti o chão sob meus pés começar a tremer. — Ou vou fazer esse lugar inteiro desmoronar sobre as nossas cabeças.

Lotho me fitou por cima do ombro.

— Olha só você, todo fortão e irritado. Grrr.

— Você ainda não viu nada — rosnei. — Vou te dar cinco segundos pra se afastar dela. Um. Quatro. Cin...

Ele a soltou e se virou para mim.

— Acho que você não sabe contar.

— E acho que você não quer continuar vivo.

Lotho me fitou por alguns instantes e, então, jogou a cabeça para trás e riu com vontade, enquanto o irmão do Hunter começava a se recobrar.

— Ahn... — Hunter franziu o cenho e olhou de relance para o irmão, que cambaleava alguns passos para o lado. — Por essa eu não esperava.

Nem eu. Sem tirar os olhos do Lotho, voltei a avançar, dando-lhe um belo empurrão com o ombro quando alcancei a Kat.

— Você está bem?

— Estou — respondeu ela, engolindo em seco ao olhar para o Lotho. — Ele está rindo...?

Eu me virei para o cara, minha visão ainda envolta numa bruma vermelho-esbranquiçado. Eu ia arrancar o coração do desgraçado, mas Kat fechou a mão em meu braço, me impedindo.

— Acho que gosto deles — disse Lotho para o Hunter, que parecia tão confuso quanto o resto de nós. — O que é uma ótima notícia para você, já que desisti de matá-lo por trazê-los aqui.

Hunter franziu a testa com força e cruzou os braços diante do peito.

— Bom saber.

— Afastem-se do idiota — ordenou ele aos demais. Em seguida, subiu os degraus que levavam ao "trono" e se sentou com uma postura arrogante, com as pernas bem abertas. — Combinado, então. Você quer um exército. Vou lhe dar um.

A turba de Arum voltou à forma humana, e parte da tensão se esvaiu de meus ombros. Senti como se devesse dizer obrigado, mas não consegui me forçar a formular a palavra.

— Eu te dou minha palavra, mas com uma condição — disse Lotho, projetando o queixo para a frente.

— Claro — murmurei.

Ele me fitou como se eu fosse uma espécie de inseto sob a lente de um microscópio.

— Só exijo uma única coisa, bem simples.

Archer assentiu, mas pelo canto do olho, vi Hunter empertigar os ombros, fechar os olhos e soltar uma maldição por entre os dentes.

— Que você permita que eu me alimente dela.

Encarei-o, em choque.

— Tenho certeza de que entendi mal.

— Não. Não entendeu — retrucou Lotho de modo frio. — Quero que permita que eu me alimente dela. — Apontou com a cabeça para a Kat. O sangue se esvaiu do rosto dela ao mesmo tempo que começou a rugir em minhas veias. — Não vou matá-la. Só quero uma provinha. Ou duas. Talvez três.

Encarei por um longo tempo o filha-da-puta-prestes-a-morrer. Parte de mim não conseguia sequer registrar que ele tinha ousado fazer aquele

LUX 5 Opostos

pedido. Uma fúria inacreditável brotou em minhas entranhas e se espalhou como um incêndio descontrolado. Minha visão enevoou, e o mundo mudou de cor.

Hunter balançou a cabeça de maneira frustrada enquanto esfregava a nuca.

— Isso é absurdamente bizarro, meu amigo.

— Eu sei. Sou um canalha assim mesmo. — Lotho sorriu. A essa altura, meu ódio não conhecia limites. — Essa é a minha condição. É pegar ou largar.

[18]

Katy

Eu ia vomitar nos meus próprios pés.

Aquela... aquela coisa queria se alimentar de mim? Essa era sua única condição? O pânico aflorou rapidamente, despejando seu veneno em minha corrente sanguínea.

Daemon explodiu. Ele avançou, alcançando o primeiro degrau antes que o Hunter ou o Archer conseguissem segurá-lo. Uma enxurrada de palavrões combinados que eu sequer sabia ser possível escapou de sua boca.

— Você está absolutamente louco — gritou Daemon, os olhos totalmente brancos, brilhando feito diamantes. Ele lutou para se desvencilhar dos outros dois. — Seu filho da puta doente!

Lotho arqueou uma sobrancelha.

O contorno do corpo do Daemon começou a pulsar, projetando frenéticos feixes de luz por todo o sombrio aposento subterrâneo.

— Esquece. Isso nunca vai acontecer, e você nunca mais vai andar de novo depois que eu terminar com você!

Lotho ergueu um dos ombros largos, fitando-o de maneira impassível.

— Como eu disse, é pegar...

Outro belo palavrão foi lançado na direção dele.

LUX 5 Opostos

— Se você pensa que vou deixá-lo chegar perto dela, deve estar louco.

Meu estômago foi parar no chão ao ver o Lotho soltar uma risadinha presunçosa.

— Se não quer brincar, então pode ir embora.

Daemon fez menção de avançar, quase derrubando o Archer e o Hunter. Outra tirada explosiva escapou de seus lábios enquanto meu coração martelava com força de encontro às costelas.

— Essa é a sua condição mesmo? — Minha voz soou rouca. — Você não vai nos ajudar se não acatarmos essa exigência?

Lotho fez que não. Aqueles olhos sem vida repousaram em mim, e tive certeza de que ele não iria ceder. Iríamos embora sem a ajuda dos Arum. Os militares despejariam suas bombas por todos os Estados Unidos. Luxen e humanos inocentes morreriam, assim como híbridos e originais. Dee estaria perdida para sempre, provavelmente morta. O planeta retornaria à Idade das Trevas, perdendo centenas de anos de avanços tecnológicos.

Não podíamos deixar isso acontecer.

Meu estômago foi parar no chão quando a realidade se fez presente com a força de um caminhão carregado de dinamites. Eu... eu ia ter que permitir que ele fizesse isso. Não tínhamos opção.

Archer e Hunter tinham conseguido obrigar o Daemon a recuar alguns passos. Ele, porém, continuava encarando o líder dos Arum com uma expressão assassina. Sabia que, se ele conseguisse se desvencilhar dos dois, partiria para cima do cara com tudo. Talvez fosse isso o que o Lotho realmente desejava.

Ou talvez ele fosse apenas totalmente surtado.

Eu não sabia e, na verdade, não fazia diferença.

Corri as mãos trêmulas pelas laterais do meu corpo.

— Daemon!

Ele pareceu não me ouvir de tão focado que estava no Arum. Exalava violência por todos os poros. O peito subia a descia com cada respiração entrecortada. Parecia uma garrafa com a rolha prestes a explodir.

— Pode nos dar alguns minutos? — perguntei.

Lotho brandiu a mão como quem não está nem aí.

— Tenho todo o tempo do mundo. Já vocês? Nem tanto.

Daemon começou a se transformar.

— Você tem menos tempo do que pensa, seu imbecil filho da...

— Daemon! — Fechei a mão no braço dele, fazendo-o se virar para mim, os olhos ainda emitindo faíscas. — Precisamos...

— Não precisamos de nada — rosnou ele. — Eu só preciso acabar com ele...

— Para — pedi, fitando-o no fundo daqueles olhos raivosos. — Precisamos conversar sobre isso.

— Não temos nada o que conversar. — Seu olhar se voltou novamente para o Lotho. — A menos que você queira escutar os detalhes do que pretendo fazer com esse canalha. Se for isso, podemos conversar o quanto você quiser.

Archer me fitou por cima do ombro do Daemon. *É nossa única chance.*

Eu sei, respondi.

Então precisa fazê-lo concordar.

O que diabos o Archer achava que eu estava fazendo?

— Vocês podem me ajudar a tirá-lo daqui? — Tentar conversar ali dentro só faria com que ele começasse a ofender o Lotho de novo.

Hunter assentiu.

— Vamos lá, garotão. Vamos dar uma volta para você esfriar a cabeça.

Levamos um tempão para conseguir arrastar o Daemon de volta até o túnel de acesso à galeria. Tanto Archer quanto Hunter hesitaram em deixá-lo a sós comigo, como se achassem que ele fosse querer retornar à força para o salão e arrebentar o Lotho.

Pela maneira como Daemon fitava a porta de metal fechada, havia uma boa chance de que ele abrisse um buraco bem no meio dela e partisse para cima do Lotho como o Rambo sob efeito de esteroides.

Observei-o parado ali, a pouco mais de um metro de mim, o peito subindo e descendo visivelmente. O contorno do corpo continuava borrado, e eu quase podia sentir o gosto amargo e metálico de seu ódio.

— Não posso acreditar que ele tenha sugerido uma coisa dessas — disse Daemon, a voz tão cortante quanto um pedaço de vidro quebrado.

— Nem eu, mas... — Inspirei fundo quando seus olhos luminosos encontraram os meus. — Mas essa é a condição dele.

Daemon abriu e fechou a boca, e, em seguida, a abriu de novo.

LUX 5 Opostos

— Não dou a mínima se ele pode fazer os Luxen sumirem com um simples franzir do nariz; ele não vai se alimentar de você.

— Se ele não fizer isso, não irá nos ajudar — argumentei com cuidado. — Não conseguiremos ajuda de nenhum dos Arum.

— Eu. Não. Dou. A. Mínima.

— Dá, sim. Sei que dá. Tem muita coisa em jogo para você não se importar.

Ele soltou uma risada áspera, ainda me encarando.

— Você me conhece bem demais para dizer uma coisa dessas.

— Exatamente! Eu te conheço, e sei que está zangado no momento...

— Zangado não é uma palavra forte o bastante para descrever o que estou sentindo — rebateu ele.

— Certo. — Levantei as mãos para o alto. — Mas precisamos encontrar um jeito de fazê-lo nos ajudar.

— Não se isso significa acatar esse pedido louco. — Daemon começou a andar de um lado para o outro. — Não posso permitir isso. De forma alguma posso deixá-la virar um lanchinho. Nada no planeta vale um sacrifício desses. Você não faz ideia...

— Conheço a sensação de ter um Arum se alimentando de mim — lembrei-o, e ele se encolheu. Podia jurar que era a primeira vez que o via fazer aquilo. — Quando fui capturada em Mount Weather, eles se alimentaram de mim. Sei que não é nada divertido e que vai doer, mas...

— Não! — gritou ele, crispando as mãos. Com outro palavrão, Daemon correu os dedos pelo cabelo e virou o tronco em minha direção. — Me mata saber que você conhece a sensação, que teve essa experiência e eu não pude protegê-la.

— Daemon...

— Não vou permitir que isso aconteça de novo. De jeito nenhum, portanto não tente me convencer.

— Então o que a gente faz? Manda tudo pro inferno?

— Para mim parece um ótimo plano.

Simplesmente o encarei.

— Que foi? Podemos ir viver numa maldita caverna — disse ele, voltando a andar de um lado para o outro. — Entenda, sou uma pessoa egoísta. Você sabe. E não quero que você passe por isso, portanto estou disposto a mandar todos para o inferno e aceitar que perdemos.

— Jura? E que tipo de vida a gente teria?

— Não tente inserir lógica nessa conversa.

Parei diante dele, absurdamente frustrada, e envolvi seu rosto entre as mãos. A barba por fazer arranhou minhas palmas.

— Daemon, não teremos vida alguma se não conseguirmos persuadi--los a nos ajudar.

— Podemos dar um jeito. Sei que sim.

— Daemon...

Ele se afastou.

— Não posso acreditar que estamos tendo essa conversa.

— Sei que a ideia o incomoda.

— Sabe? Parece que não.

Estreitei os olhos e fechei as mãos na cintura.

— Vamos lá. Você sabe que não quero fazer isso. A simples ideia de... de sentir aquilo de novo me apavora e me deixa nauseada, mas se essa é a condição para que eles nos ajudem, então é o que preciso fazer. É o que nós dois precisamos fazer.

— Você não precisa fazer nada — rebateu ele.

Inspirei fundo algumas vezes.

— Precisamos, sim. Pela Dee.

— Vai me fazer escolher entre você e ela? — gritou ele, os olhos totalmente brancos.

— Não estou te fazendo escolher nada. — Comecei a andar atrás dele. — Você é quem está fazendo isso. Tentando me proteger, está permitindo que ela se vá.

Daemon parou e se virou para mim. Achei que fosse soltar o verbo de novo, mas ele apenas fechou os olhos, aquele lindo rosto tenso e o corpo retesado.

Percebi naquele instante que o estava fazendo pensar, em vez de apenas sentir. Retomei o assunto.

— Você está preparado para isso? Porque ela provavelmente vai morrer. Odeio ser eu a dizer, não gosto nem de pensar, mas é verdade.

LUX 5 Opostos

Ele pressionou os lábios, se virou de costas e abaixou a cabeça. Após alguns instantes, disse:

— Ele vai tocá-la. Vai...

— Não é como se o Lotho quisesse fazer sexo comigo.

Daemon se virou de novo para mim, as narinas infladas.

— Por Deus, vou matá-lo. Só de ouvir o nome dele e a palavra "sexo" numa mesma frase...

— Daemon.

— Que foi? — Ele correu ambas as mãos pelo cabelo. — Como pode me pedir que concorde com uma coisa dessas?

— Não estou pedindo isso! Não estou pedindo que concorde, apenas que entenda o que precisamos fazer, que reconheça quanta coisa e *quem* está em jogo. Estou pedindo que não pense em mim nem em você mesmo no momento. Estou pedindo...

— Está me pedindo o impossível.

Ele avançou e, um segundo depois, eu estava com as costas coladas na parede e a boca dele pressionada contra a minha. O beijo... santos bebezinhos alienígenas, o beijo foi uma latente combinação de luxúria e possessão. Havia um quê de desespero e raiva no modo como ele me beijava, a ponto de nossos dentes baterem, embora a mão em meu rosto continuasse gentil, mal me tocando. Tudo isso estava presente no beijo, inclusive o amor, que era mais forte do que qualquer outra coisa.

Com aquela boca explorando a minha e o som gutural que escapou do fundo de sua garganta reverberando por todo o meu cérebro, não senti sequer o frio úmido da parede ou o gosto amargo do pânico que se instaurara em minhas entranhas no momento em que o Lotho declarara sua condição.

Daemon me beijou como se estivesse declarando sua posse sobre mim, embora eu já fosse dele — todinha dele. Meu coração. Minha alma. Todo o meu ser.

Ele, enfim, ergueu a cabeça, mas eu ainda podia sentir seu hálito quente contra os meus lábios.

— Não posso prometer que vou deixar isso acontecer. Tampouco posso prometer que não vou voltar lá para dentro e tentar matá-lo. Mas você está certa. Precisamos deles. — Ele pareceu ter uma tremenda dificuldade em pronunciar essas duas palavrinhas. — Tudo o que posso prometer é que vou tentar.

Fechei os olhos e apoiei a testa contra a dele. O que estávamos prestes a fazer — porque não se tratava só do que eu estava pensando ou sentindo, mas dizia respeito a nós dois — não ia ser fácil. De tudo o que já havíamos passado, esse seria o teste mais difícil, e possivelmente o mais legítimo, que teríamos de encarar.

❋ ❋ ❋

Eu ia ter um colapso nervoso. Somando a iminente alimentação — céus, não queria sequer pensar nisso — e o modo como o Daemon andava de uma ponta à outra do amplo aposento ao qual tínhamos sido levados após concordarmos com a condição do Lotho, sentia como se estivesse prestes a surtar.

Mas Daemon tinha apresentado uma condição também — ele exigira estar presente durante o processo. Lotho simplesmente abrira um sorriso de orelha a orelha, radiante demais. Em vez de recusar, ele praticamente estendera o tapete vermelho.

Archer continuava lá fora, aguardando no salão principal, e embora eu soubesse que ele podia cuidar de si mesmo, tinha visto vários Arum o avaliando como se ele fosse um delicioso aperitivo.

Daemon parou no meio do salão, fitando em fúria algo à sua frente. Acompanhei o olhar dele e vi uma cama gigantesca coberta com o que me pareceu peles de animais.

— É o quarto do Lotho — observou ele, empertigando os ombros. — O filho da puta tinha que fazer isso no próprio quarto.

É, tinha!

Eu estava começando a achar que esse negócio todo era apenas para mexer com as nossas cabeças. Lotho podia ter escolhido um monte de outros lugares. Estremeci, sem saber ao certo se conseguiria levar isso a cabo.

Mas era preciso.

Nós dois tínhamos que ir até o final.

LUX 5 Opostos

Um gosto de fel aflorou à minha garganta, me dando a sensação de que ia vomitar a qualquer segundo. Fechei os olhos e sacudi os braços, tentando aliviar parte da tensão que se instaurara em meus músculos.

Eu posso fazer isso. Eu posso fazer isso. Eu posso fazer isso.

— O que você está fazendo?

Parei com aquela espécie de dancinha improvisada.

— Desculpa. Só estou nervosa.

— Não se desculpe. — Ele arqueou uma sobrancelha. — Achei interessante. Meio que me fez lembrar um bebê Muppet.

Uma risada amargurada escapou de meus lábios.

— Jura?

Ele fez que sim.

— Juro. — Olhou de relance para a cama novamente e soltou um palavrão. — Kat, isso... isso é surtado demais.

Sentindo a garganta fechar, murmurei:

— Eu sei.

Aqueles brilhantes olhos tom de esmeralda se fixaram em mim.

— Você alguma vez achou que terminaria assim quando bateu na minha porta pedindo informações?

Fiz que não e andei até o lugar onde ele havia parado.

— Não. Nem em um milhão de anos. Jamais poderia imaginar nada disso quando bati na sua porta. — Fiz uma pausa e forcei um sorriso ao olhar para ele. — Tudo em que conseguia pensar naquele dia era no seu abdômen.

Daemon soltou uma curta risada.

— E que você era um tremendo babaca — acrescentei.

Um sorrisinho cínico se desenhou em seus lábios.

— Às vezes me pergunto se você se arrependeu.

— Me arrepender do quê? — Meu sorriso, ainda que preocupado, desapareceu por completo.

— Disso... de tudo isso — respondeu ele em voz baixa. — Da gente.

— Como assim? — pressionei ambas as mãos em seu peito. — Não. De jeito nenhum.

— Jura? — A voz dele transbordava escárnio. — Tenho certeza de que houve momentos em que você se arrependeu de ter posto os pés na West Virginia.

— Houve momentos péssimos... realmente terríveis... e eu jamais gostaria de repeti-los, mas não me arrependo da gente. — Fechei os dedos em sua camiseta. — Não poderia, porque eu te amo. Eu te amo de verdade, e o amor... bem, ele vale para os bons e maus momentos, certo? Quero dizer, sei que minha mãe jamais imaginou que passaria tudo o que passou com meu pai para no final perdê-lo, mas ela nunca se arrependeu de tê-lo amado. Nem mesmo com toda a dor e sofrimento, e eu não...

Daemon me beijou, capturando minhas palavras com a doce e suave pressão de seus lábios.

— Sei que tiveram inúmeros momentos em que não fiz por merecê-la, especialmente levando em consideração o modo como a tratei a princípio. Mas prometo usar cada segundo da minha vida tentando compensá-la.

— Você já faz isso. — Beijei-o de volta. — Sempre.

Assim que nos afastamos, a pesada porta do aposento se abriu com tanta força que bateu na parede. Virei nos braços do Daemon e me deparei com um par de olhos não muito amigáveis.

Lotho entrou, com sua calça de couro pendendo baixo — beeem baixo — nos quadris estreitos. Havia uma enorme quantidade de pele nua e pálida à mostra. Estômago. Peito. Mas não era só isso. Assim que ele passou pela gente, vi o que o Hunter e o Lore tinham falado a respeito antes de virmos para cá.

Opalas.

As pedras brilhavam em suas costas, acompanhando toda a linha da coluna. Vê-las daquele jeito, costuradas à pele... era muito bizarro.

Fechei os olhos com força.

— Ai, meu Deus!

— Você perdeu a camisa, foi? — perguntou Daemon, fechando ainda mais os braços em volta de mim.

Lotho riu.

— Não.

— Então por que a tirou para se alimentar? — Mesmo que o Daemon soasse perfeitamente calmo, sabia que ele estava a segundos de virar um Exterminador alienígena sob efeito de esteroides.

— A alimentação pode provocar uma lambança — respondeu ele como quem não quer nada. — Não quero arruinar minha camisa favorita.

LUX 5 Opostos

Daemon começou a exalar tanto calor quanto uma bomba nuclear. Forcei-me a abrir os olhos e observei Lotho atravessar o quarto e se jogar na cama. Ele se deitou de lado, bem no meio.

Com uma piscadinha, bateu no espaço à sua frente.

— Vamos logo com isso.

Meus pés estavam pregados no chão.

— Eu...

Os braços do Daemon pareciam duas cintas de aço em volta de mim.

— Não. Desse jeito, não.

— Mas eu quero assim — ronronou Lotho, apoiando a cabeça no punho fechado. — Afinal de contas, desse jeito é mais confortável.

Eu ia vomitar.

— Você está indo longe demais — avisou Daemon.

— Ainda nem comecei. — Faíscas espocaram daqueles olhos translúcidos. — Mas não se trata de mim, não é mesmo? Trata-se de até que ponto vocês estão dispostos a ir para conseguir a minha ajuda.

Daemon soltou um grunhido baixo e animalesco enquanto eu tentava respirar, mas o ar não passou pela minha garganta.

— Será que tenho que lembrá-lo do fato de que não preciso de nada de vocês? — perguntou ele com um ligeiro sorriso, quase brincalhão. — Não sou eu quem está pedindo um favor. Se vocês não querem fazer isso do meu jeito, tudo bem. Mas essa é a única forma. Portanto, podem dar o fora...

— Não! — A palavra escapou de meus lábios. — Podemos fazer isso.

— Não podemos, não — retrucou Daemon.

Lotho arqueou as sobrancelhas.

— Estou confuso.

Virei-me nos braços do Daemon e o encarei.

— Você prometeu que ia tentar.

— Tem razão. — Ele olhava para algum ponto acima da minha cabeça, as pupilas novamente brancas. — E eu tentei. Ele está sendo...

— Ainda nem aconteceu nada — intervim, tentando forçá-lo a ser razoável. — O que significa que não tentamos. Ainda não. — Desejei com todas as forças que o Lotho não estivesse deitado naquela cama com um sorrisinho presunçoso, porque isso definitivamente não estava ajudando em nada. — Por favor. — Envolvi o rosto do Daemon entre as mãos, obrigando-o a olhar para mim. As palavras seguintes carregaram o peso de tudo o que estava em jogo ali. — Precisamos fazer isso.

Daemon fechou os olhos e permaneceu em silêncio por um longo tempo. Ao falar, sua voz dilacerou minhas entranhas. Ele só disse duas palavras:

— Pode ir.

Soltei o ar que não sabia que estivera prendendo e, em seguida, inspirei fundo, sem precisar. Tentei recuar, mas ele me segurava com firmeza. Com todo o cuidado do mundo, fechei as mãos nos braços dele e, recorrendo a toda a minha força de vontade, o obriguei a me soltar.

Daemon acatou, embora pelo calor que emanava dele, aquilo o estivesse matando. Diabos, a mim também. Com os olhos ardendo de lágrimas que eu não podia verter, me virei e comecei a andar em direção ao Lotho.

Eu precisava fazer isso.

Ia doer — e muito. E seria repulsivo — absurdamente repulsivo. Enquanto forçava meus pés a me levarem até a cama, uma forte luz branca refletiu nas paredes. Daemon havia assumido sua forma verdadeira.

Gatinha...

Inspirei fundo, mas o ar só entrou superficialmente, e sentei na cama. Minhas mãos tremiam tanto que eu não conseguia sentir a ponta dos dedos. Isso era tão, tão errado!

Forcei-me a permanecer quieta quando o Lotho estendeu o braço e tocou meu rosto com aqueles dedos absurdamente frios. Encolhi-me ao vê-lo se sentar e apoiar a outra mão no colchão, ao lado do meu quadril. Ele se inclinou ao mesmo tempo que a mão em meu rosto descia para o pescoço, provocando ondas de repulsa e de medo por todo o meu ser. O Arum sequer olhava para mim. Seus olhos estavam fixos no Daemon, os lábios curvados num sorrisinho provocativo.

Sinto muito. Essas duas palavras ecoaram em minha mente. *Não posso permitir isso.*

Contraí o corpo, preparando-me para a explosão que estava por vir. E veio mesmo. Daemon partiu para cima da gente num borrão de luz.

Tudo aconteceu rápido demais.

Fui arrancada da cama, afastada daquele frio de gelar os ossos, e, de repente, Daemon estava debruçado sobre o Lotho. Um profundo horror

LUX 5 Opostos

se instalou em meu âmago ao perceber que era o Arum quem o mantinha naquela posição sem sequer tocar nele. Uma lufada de vento veio por trás de mim, soprando o cabelo em meu rosto. Era como se Lotho fosse um gigantesco aspirador de pó, sugando tudo à sua volta.

Daemon, então, foi lançado contra uma das paredes e mantido ali, a uns dois metros do chão, enquanto Lotho se levantava ao pé da cama.

Eu não podia deixar isso acontecer, mas tampouco podíamos ir embora dali sem a ajuda do Lotho.

— Para! — gritei, avançando sem pensar duas vezes. — Por favor, vamos terminar logo com isso!

Lotho olhou de relance para mim com uma expressão intrigada e, em seguida, abriu um sorriso de orelha a orelha. Empertiguei os ombros.

Mas, em vez de vir para cima de mim, ele simplesmente se jogou de costas no chão com uma forte risada e plantou os pés em cima da cama. A força que mantinha o Daemon pregado à parede cedeu e ele despencou no chão.

Ahn?

Virei-me para o Daemon, que continuava em sua forma verdadeira, a menos de um metro da cama. Será que ele estava vendo o mesmo que eu?

Lotho ria de se acabar, o som das risadas ecoando nas paredes de cimento. Afastei-me da cama e fui até o Daemon ao mesmo tempo que ele retomava a forma humana mais uma vez. Eu não estava entendendo nada. Não fazia ideia do que estava acontecendo.

Após o que me pareceu uma eternidade, o Arum enfim parou de rir e se sentou com um movimento fluido.

— Jesus, vocês são fantásticos! — Bateu ambas as mãos nas coxas. — Juro, gente, fantásticos!

— Sei... — pronunciou Daemon de maneira arrastada. — Não estou entendendo porra nenhuma.

Lotho abriu um amplo sorriso que quase o fez parecer... normal. Ainda um pouquinho assustador, mas normal.

— Vocês dois iam realmente fazer isso, não iam?

Pisquei.

— Puta merda, você realmente ia me deixar prová-la. — Ele se levantou e esticou os braços acima da cabeça, se espreguiçando. Com as costas ainda curvadas, soltou uma risadinha de escárnio. — Vocês realmente acharam que eu me alimentaria de uma híbrida? Claro que vocês híbridos são de-li-ci-o-sos, mas eu só ingiro Luxen de primeira linha. E só de um tipo. Prefiro aqueles que não fazem isso por vontade própria.

Pisquei de novo.

— Que merda...? — explodiu Daemon.

Lotho jogou a cabeça para trás e riu novamente, e nós esperamos... mais uma vez.

— Eu só queria ver até que ponto vocês estariam dispostos a ir.

Pisquei uma terceira vez.

— Espera um pouco. Você não pretendia se alimentar de mim?

— Não me entenda mal, querida. Você é uma graça, mas não faz meu tipo.

Será que eu devia me sentir ofendida?

— Mas, se a gente não concordasse, você teria nos deixado ir embora sem nos ajudar.

— Teria. — Ele deu de ombros, andou até uma mesa alta e pegou uma garrafa de Jack Daniels. Após tomar um gole, se virou para a gente.

Ai, meu Deus, a gente tinha acabado de passar por uma forte tensão emocional e, para quê? Para que ele pudesse foder com as nossas cabeças? Subitamente exausta, tudo o que eu queria era enfiar a cabeça debaixo de uma daquelas peles de animais.

— Estou com vontade de socá-lo — comentou Daemon. — Não só no rosto, mas em outros lugares também.

Lotho deu de ombros novamente.

— A maioria das pessoas sente a mesma coisa. A boa notícia é que agora eu sei que vocês estão dispostos a fazer o que tiver que ser feito. Respeito isso. Assim sendo, podem contar com um exército de Arum.

Eu não sabia o que dizer. A enxurrada de emoções ao mesmo tempo fora tão forte que eu estava sem palavras. Meus ombros penderam.

Lotho pegou dois cálices em cima da mesa, encheu-os e entregou um para mim e outro para o Daemon. Ainda em estado de choque, aceitei o meu.

— Vamos brindar — convidou ele, os olhos tão frios quanto uma manhã de janeiro. — Em nome de uma totalmente improvável e sem dúvida temporária aliança.

[19]
DAEMON

Tive que recorrer a toda a minha força de vontade para não introduzir a ponta da minha bota na cara do Lotho. Aquele Arum era louco de pedra. Tão pancada que deveria estar trancafiado numa daquelas celas acolchoadas de hospício. Ou melhor, num quarto repleto de estacas de metal e, em seguida, arremessado de um lado para o outro.

Eu queria esmurrá-lo.

Mas não era estúpido. Hunter e o irmão não estavam de brincadeira quando disseram que o sujeito era poderoso. A pequena amostra que ele nos dera em seu quarto me mostrou que o líder dos Arum era capaz de muito mais, e que se a gente realmente resolvesse enfrentá-lo, a coisa ia ficar feia.

Estávamos agora sentados num pequeno aposento que parecia ter sido escavado na pedra. O ambiente exalava um cheiro de umidade e as tochas presas às paredes não proporcionavam muita luz.

Kat estava onde eu queria, no meu colo, com meus dedos massageando os músculos tensos de seus ombros e pescoço. Ela não dissera nada desde que havíamos deixado o quarto do Lotho, e eu sabia que tudo o que desejava era dar o fora dali.

Assim como eu.

— Vou levar um ou dois dias para reunir todo mundo. — Lotho havia trocado o uísque pela vodca, e desde que passáramos para este novo aposento, uns 30 minutos antes, já tomara meia garrafa. Estava curioso para saber se um Arum ficava bêbado. — Alguns dos meus rapazes estão caçando na superfície.

Hunter estava recostado na parede próxima à porta. Parecia completamente relaxado, porém a expressão afiada em seus olhos me dizia que ele estava pronto para entrar em ação caso necessário.

— Quanto tempo eles deram a vocês?

Tínhamos contado a eles sobre o plano do governo de lançar as bombas eletromagnéticas sobre as cidades.

— Temos tempo — respondeu Archer, aboletado num banco ao lado da gente. — Uns quatro dias mais ou menos, mas quanto antes pudermos investir contra os Luxen, melhor.

— Tem razão... — Lotho tomou outro generoso gole da vodca. — Vocês têm medo que o dedo deles trema sobre os detonadores, certo?

Archer se virou para o líder dos Arum e assentiu com um menear de cabeça.

— Como eu disse, preciso só de um ou dois dias. Diga aos seus mestres humanos que nós estaremos lá.

Mestres humanos? Revirei os olhos e passei os braços em volta da cintura da Kat.

Lotho franziu o cenho ao baixar os olhos para a garrafa agora vazia.

— Para onde a gente tem que ir mesmo?

Kat suspirou.

— No momento, eles os querem em Mount Weather, na Virginia — explicou Archer. De novo. — Se isso mudar...

— Vocês nos avisam. — Lotho apalpou o bolso traseiro da calça de couro. O idiota ainda não havia encontrado a camisa. — Entendi. — Fez uma pausa enquanto jogava a garrafa no chão à sua esquerda. Ela se espatifou em mil pedaços. Ele sorriu. — Você tem minha palavra de que estaremos lá. E, quando prometo, eu cumpro.

LUX 5 Opostos

Voltei os olhos para o Hunter, que assentiu.

— Eu e minha espécie não vamos perder a oportunidade de nos vingar e fazer um lanchinho ao mesmo tempo. — Lotho apontou para a porta fechada. — Foi muito bom conversar com vocês, pessoal. A gente se vê em breve, mas agora está na hora de irem embora. A propósito, nenhum de vocês é bem-vindo aqui, inclusive você — falou diretamente para o Hunter.

Hunter pareceu realmente incomodado com aquela declaração. Afastou-se da parede, sem se dar ao trabalho de esconder o sorriso.

— A gente vai se falando.

Kat se levantou e eu a imitei, mais do que pronto para ir embora daquele maldito lugar. No entanto, ao passarmos pelo Lotho, ele se enfiou subitamente na frente dela. Fiz menção de puxá-la de volta, mas ele foi mais rápido.

— Você tem mais colhão do que qualquer macho nesta sala — comentou ele, o rosto a centímetros do dela. — Gosto disso. E a manteria comigo se não fosse pelo fato de que você é em parte Luxen. O que pra você deve ser uma boa notícia. Azar o meu.

Em seguida, a beijou. Tipo, a beijou de verdade.

Antes que qualquer um de nós pudesse reagir e eu partisse como um louco para cima dele, Lotho se transformou em nada além de uma massa de sombras e fumaça e desapareceu.

— Eu ainda vou matá-lo — jurei, sentindo a Fonte crepitar por minha pele.

Kat se desvencilhou de mim, o rosto pálido e os lábios arroxeados, como se tivesse passado um tempo trocando uns amassos com um bloco de gelo. Ela, então, se virou para o Archer e o Hunter.

— Quero ir embora daqui. Agora!

Hunter olhou de relance para o soldado.

— Tudo bem. Acho que é uma boa ideia. Antes que essa missão vá pelo ralo.

✹ ✹ ✹

Uma hora depois, estávamos finalmente de volta à superfície. O dia estava raiando, e eu ainda continuava irritado com o gosto metálico que preenchia minha boca a cada inspiração de ar.

— Se quiserem vir até a casa do Lore para esfriar a cabeça por algumas horas antes de seguirem viagem, sintam-se bem-vindos — convidou Hunter. — Descansem um pouco. Comam alguma coisa. O que vocês quiserem.

Enquanto a Kat se acomodava no banco traseiro do Explorer, olhei de relance para o Archer. A gente podia realmente descansar um pouco antes de pegarmos a estrada de novo. Kat mal falara durante todo o caminho de volta pelo labirinto de túneis subterrâneos, e eu sabia que ela estava exausta. Provavelmente um tanto perturbada, também.

O que você acha?, perguntei ao Archer.

Ele abriu a porta do motorista. *Acho que podemos realmente descansar e relaxar um pouco, assim como acho que o Hunter e o Lore são dois caras... hum... bacanas, mas, se liga, a Katy não quer voltar para a base.*

Ergui as sobrancelhas e olhei rapidamente para o interior do veículo. Kat lutava com o cinto de segurança. Com um ligeiro sorriso, debrucei-me sobre ela, afastei seus dedos e prendi o cinto. *Não diga?*

Ela quer ir para casa. Quer ver a mãe. Faz mais ou menos uma hora que ela só pensa nisso.

Soltei um suspiro. Não tinha coragem de abordar aquele assunto com a Kat. Visitar a mãe dela seria arriscado — arriscado demais.

— Obrigado pelo convite — respondeu Archer, virando-se para o Arum. — Vamos aceitar.

Hunter passou rapidamente o endereço antes de se transformar naquele ser de sombras, optando pela forma mais rápida de viajar. Assim que Archer se sentou atrás do volante e eu me acomodei no banco traseiro, em vez de no do carona, ele pegou o telefone que havia deixado no compartimento entre os bancos e bateu de leve na tela. Ao fazer isso, franziu o cenho.

— Que foi? — perguntei.

Ele balançou a cabeça como se dissesse que não era nada.

— Tem uma chamada perdida do Luc. Deixa eu verificar, mas ele provavelmente só está impaciente, querendo saber como foram as coisas com

LUX 5 Opostos

os Arum. — Ele se ajeitou melhor no banco enquanto checava o recado. Ao erguer os olhos e me fitar pelo espelho retrovisor, desconfiei de que a notícia não fosse nada boa. Ele, então, soltou o telefone, os lábios pressionados numa linha fina. — O Luc disse... ele disse que a Nancy sumiu.

— O quê? — perguntou Kat, projetando o queixo para frente.

— Não entendi direito. Vou ligar para ele — respondeu o soldado. Uma sensação incômoda aflorou em meu âmago e foi aumentando à medida que eu escutava apenas um lado da conversa. Enquanto o Archer explicava em poucas palavras o que havia acontecido com o Lotho e que tínhamos conseguido a ajuda dos Arum, a preocupação em relação ao que a Nancy estaria tramando não diminuiu nem um pouco.

Ele desligou, soltou o telefone no colo e se virou para a gente.

— Certo, ao que parece a Nancy sumiu no mapa. Ela foi vista na base pela última vez pouco depois da gente partir. O Luc e o general Eaton não fazem ideia de onde ela possa estar.

Kat olhou de relance para mim.

— E o que isso quer dizer?

— Não sei — admitiu ele. — Luc acha que ela está procurando os jovens originais e pediu a algumas pessoas para ficarem de olho, mas em se tratando da Nancy... cara, a gente nunca sabe o que ela está tramando.

Verdade. Não sabia o que pensar a respeito disso. Se tudo desse certo com os Arum e a gente conseguisse eliminar os Luxen invasores, continuaríamos tendo que nos preocupar com o desaparecimento da agente. De forma alguma eu conseguiria passar o resto da vida imaginando onde ela poderia estar e correndo o risco de que a mulher aparecesse do nada quando a gente menos esperasse.

— Mas esse não é nosso maior problema no momento. — Archer me fitou de novo e, em seguida, lançou um rápido olhar na direção da Kat. — Nem de longe.

O que também era verdade.

— Luc irá encontrá-la — falei. Precisava acreditar nisso. Mas enquanto me aproximava da Kat e rearrumava seu corpo surpreendentemente dócil de modo a deixá-la esticada no banco com a cabeça no meu colo, não conseguia parar de pensar na Nancy Husher. Será que ela realmente tinha ido atrás das crianças? Se eu aprendera alguma coisa durante o tempo em que convivera com a agente, era que não havia nada que ela pudesse fazer que fosse me deixar surpreso.

Inclinei o corpo e rocei os lábios no rosto da Kat.

— Descansa um pouco.

Ela abriu um ligeiro sorriso.

— Você é muito mandão.

— Certo. — Tentei de novo enquanto o Archer ligava o carro. — Tenta dormir.

Ela ergueu uma sobrancelha.

— Você ainda está sendo mandão.

Ri e afastei algumas mechas de cabelo de seu rosto, prendendo-as atrás da orelha.

— Dorme, anda.

— Acho que você realmente não entende o significado de mandão. — Mas ela fechou os olhos, e pude jurar que pegou no sono antes mesmo que o Archer descobrisse como sair daquele maldito aeroporto.

Lore vivia nos arredores da Atlanta, e mesmo com o pouco trânsito dentro e fora da cidade, levamos um tempo para chegar lá. Recostei a cabeça no encosto do banco, fechei os olhos e comecei a brincar com o cabelo da Kat. Archer se manteve em silêncio.

Nancy estava desaparecida, fazendo sabe Deus o quê, e a Kat... ela desejava voltar para casa e ver a mãe.

Merda.

Eu conseguia entender esse desejo e a última coisa que queria era partir seu coração dizendo que não podíamos arriscar fazer isso no momento. A coisa mais esperta a fazer seria voltar para a base e deixar os Arum cuidarem do problema com os Luxen, especialmente agora que a Nancy havia desaparecido.

Não estava conseguindo digerir isso muito bem, como se tivesse um copo de leite azedo no estômago. Voltar para a base significava abrir mão do controle, e também deixar a Dee... encarar sozinha o que o destino lhe apresentasse, o que podia muito bem vir na forma de mil Arum famintos.

Céus, não tinha certeza de que poderia deixar algo assim acontecer.

Mas como eu conseguiria encontrá-la? Tentar significava seguir direto para o centro da zona de perigo, o que não era simplesmente um risco.

LUX 5 Opostos

Era pedir para morrer. E, diabos, como eu poderia sugerir uma coisa dessas se não queria permitir que a Kat voltasse a Petersburg?

Que inferno!

Mudei ligeiramente de posição ao sentir o Explorer diminuir a velocidade e virar numa entradinha estreita que mal dava para ver da estrada. Fui prestando atenção no longo caminho até que uma gigantesca casa surgiu à vista.

O Porsche do Hunter estava parado diante da garagem. Vasos de plantas decoravam toda a enorme varanda da frente.

Ahn...

A casa era uma monstruosidade em termos de tamanho, porém surpreendentemente acolhedora. Estava esperando algo frio e decrépito, ou, em outras palavras, uma casinha de merda. Ela, contudo, ficava muito longe disso.

Kat se sentou e afastou o cabelo do rosto enquanto Archer desligava o motor. Seu queixo caiu ao dar uma olhada pela janela. Sem dúvida ela também não esperava algo tão bacana.

Passei o braço em torno dos ombros dela e subimos os degraus que levavam à varanda. O lugar inteiro cheirava a flores. O que me deixou ainda mais chocado.

Lore abriu a porta antes que tivéssemos a chance de bater. Ao vê-lo apertar os olhos, dei-me conta de que era por causa dos suaves raios de sol que incidiam na varanda.

— Entrem.

Não hesitei, o que era mais outra nova experiência. Tínhamos entrado no covil dos Arum, feito uma aliança com eles e agora íamos ficar na casa de outro Arum, uma residência que poderia muito bem estampar a capa da revista *Casa e Jardim*.

A essa altura, tinha desistido de tentar entender qualquer coisa.

Archer entrou primeiro, seguido pela Kat, que precisou de um pequeno empurrãozinho meu. Descalço, Lore fechou a porta, atravessou o vestíbulo e entrou numa sala de estar com as persianas abaixadas.

Serena estava parada no meio do aposento, analisando algo num pedaço de papel.

— Isso é tudo o que a gente precisa?

Lore olhou para o que estava escrito no papel e assentiu.

— A meu ver, sim.

— Vamos sair para comprar comida — anunciou ela, sorrindo. — Lore está com vontade de cozinhar e, confiem em mim, vocês vão querer provar o que quer que ele prepare.

Arqueei uma sobrancelha.

— Ele... cozinha?

Ele jogou as chaves ao passar pelo Hunter, que havia surgido subitamente do nada.

— Também faço pães e bolos. Sou uma espécie de chefe gastronômico... isto é, quando não estou aí fora caçando inocentes bebezinhos Luxen.

Não soube como responder ao sarcasmo.

Serena se aproximou da gente, assim como o Hunter. Ele parecia não confiar em *nós* perto da namorada. A inversão de papéis era... estranha.

— Tem dois banheiros no segundo andar que ninguém usa. Coloquei xampu, sabonetes e toalhas limpas neles.

— Obrigada — respondeu Kat, sorrindo. Olhou de relance para o Lore e, em seguida, o Hunter. — Obrigada por nos convidar, e por todo o resto.

Lore deu de ombros.

Hunter também.

Todos deram de ombros.

Serena abriu um sorriso radiante.

— Está tudo bem. Fico feliz em podermos ajudar. Já estava na hora de começarmos a trabalhar juntos.

Hunter olhou para o teto.

Lore começou a brincar com uma espécie de palmeira gigantesca plantada num vaso.

— Tudo certo, então. — Serena bateu palmas quando o silêncio se estendeu em um nível desconfortável. — Vamos lá.

— Devemos estar de volta em mais ou menos uma hora — disse Lore e, de alguma forma, isso soou como um aviso. O que a gente poderia fazer? Sair correndo e rearrumar as inúmeras plantas e flores que pareciam brotar das paredes?

LUX 5 Opostos

Eles saíram, deixando nós três sozinhos na casa. Archer foi o primeiro a expressar o que todos nós estávamos pensando.

— Não acredito que eles nos deixaram sozinhos aqui — disse ele, erguendo as sobrancelhas.

Eu ri.

— Sinto como se a gente devesse começar a mudar a mobília de lugar ou algo do gênero. — Corri os olhos com atenção pela sala de estar cuidadosamente decorada e por outra salinha adjacente. — Acho que o Lore ficaria felicíssimo.

— Nem pense nisso — retrucou Kat, me fitando com os olhos estreitados. — Sei que os Luxen e os Arum são o que eu chamaria de II, mas, vamos lá, eles estão sendo muito legais em nos deixar ficar aqui.

— II? — Franzi o cenho.

— Inimigos Intergalácticos — explicou ela, dando de ombros, mas com um só. — De qualquer forma, sugiro sermos educados uns com os outros. Seria uma boa mudança de comportamento para variar.

— Tem razão, especialmente se nenhum deles tentar te beijar — observou Archer.

Fuzilando-o com os olhos, Kat prendeu o cabelo num rabo de cavalo baixo ao mesmo tempo que uma onda de calor emanava de mim.

— Você precisava me lembrar disso?

Ele abriu um rápido sorriso, que senti vontade de arrancar da cara dele no tapa. O maldito original não parecia nem um pouco arrependido por ter despertado meu lado violento com aquela lembrança.

— Vou buscar nossas malas — ofereceu ele.

Lancei-lhe um olhar irritado.

— É, faça isso!

Assim que ele se virou e deixou a sala, Kat se aproximou de mim. Sem dizer nada, ela apoiou as mãos no meu peito, se ergueu na ponta dos pés e me beijou com suavidade. O gesto aplacou minha raiva, transformando-a em algo muito mais prazeroso.

Passei um braço em volta dela e a puxei para mim, colando nossos corpos. Entrelacei a outra mão em seus cabelos e aprofundei o beijo. Sentir o gosto dela sempre me deixava com a cabeça leve, assim como escutar o suave gemido quando mordisquei seu lábio inferior.

Archer pigarreou.

— É sério isso, gente?

Desgrudei a boca da dela lentamente e o fitei com os olhos estreitados. Kat enterrou o rosto em meu peito.

— Você não pode ir dar uma volta?

— Não estou a fim, não. Por que não vão vocês? Que tal subirem para um dos quartos com portas ou algo assim? Ei! Essa até que é uma ótima...

Archer percebeu ao mesmo tempo que eu. Agucei os sentidos quando sininhos de alerta me envolveram como um manto quente demais. Afastei a Kat de mim, soltando uma maldição por entre os dentes.

— Que foi? — Ela exigiu saber.

Archer se virou para a porta, soltando nossas malas.

— Tem Luxen na área.

— Ah, não! — exclamou ela, inspirando fundo. — Você acha que são do tipo amigáveis, que não vão tentar...?

A enorme vidraça da sala explodiu, lançando no ar pedaços de plástico e vidro como se fossem pequenos e irritantes projéteis. Kat se agachou e cobriu o rosto com as mãos, enquanto eu dava um passo à frente, invocando a Fonte e a usando para deter a chuva de cacos afiados.

Eles caíram no chão a poucos centímetros de onde a gente estava.

— Acho que essa é a sua resposta, gatinha.

Ela se levantou, crispando as mãos.

— Merda! Tudo o que eu queria era tomar um banho, tirar um cochilo e comer um pouco de bacon!

Archer lançou-lhe um olhar de relance.

— Bem, acho que isso vai ter que...

Um Luxen entrou pela janela quebrada, um borrão de luz branca. Avancei, colidindo contra ele ao mesmo tempo que me transformava. Caímos sobre uma cadeira que mais parecia uma peça de antiguidade. As pernas cederam sob nosso peso. O estofado do encosto rasgou e flocos de enchimento voaram pelos ares. A palmeira acabou como um transeunte distraído atropelado por um caminhão.

Batemos com força no chão, mas me recobrei rápido e dei um soco no peito do Luxen, liberando uma descarga da Fonte que acertou direto o coração do babaca, fritando-o de dentro para fora.

LUX 5 Opostos

A luz dele se apagou e eu me levantei, girando nos calcanhares. *Quantos mais?*

Não sei, respondeu Kat, seguindo em direção ao vestíbulo.

Retomei a forma humana e fui me juntar a ela e ao Archer no vestíbulo. Cheguei lá no exato instante em que a porta da frente se abriu com tanta força que foi literalmente arrancada das dobradiças e arremessada contra a parede oposta.

Soube quem era antes mesmo de olhar.

Senti em meus ossos, em cada célula do meu ser. Não precisava olhar.

Minha irmã estava parada na entrada, ainda na forma humana. Ela correu os olhos pela gente e sorriu de um jeito que não tinha nada a ver com ela.

— Peguei vocês! — disse.

Katy

Dee parecia uma deusa da vingança saída de um dos livros que eu adorava ler. Estava parada com as pernas abertas e os ombros empertigados. Com o sol que incidia por trás formando um halo em torno do seu corpo e aqueles cintilantes olhos brancos, ela parecia feroz e assustadora.

Certo. Eu talvez tivesse lido livros demais, porque isso agora era a vida real e ela parecia pronta para nos matar. Tipo, matar de verdade.

Archer deu um passo à frente.

— Dee...

Ela ergueu uma das mãos. O soldado deveria ter se desviado a tempo, porém, tal como o Daemon, ele parecia enraizado no lugar. A descarga da Fonte o acertou no ombro, fazendo-o girar.

Ah, ela não ia sacanear a gente assim, não!

Dee se virou para mim e o Daemon e, como quem não quer nada, entrou na casa. Atrás dela, vi outros Luxen.

A coisa ia ficar feia.

— Confraternizando com os Arum? — Ela fez um ruído de reprovação no fundo da garganta e olhou de relance para o Archer, que começava a se recobrar. — Até que ponto você desceu, irmão!

Daemon deu um passo à frente.

— Dee...

Meu coração foi parar na boca ao vê-la dar um longo salto na direção dele. Tudo o que Daemon fez foi segurá-la pelos ombros. Ele não tentou nada além disso, e Dee tirou proveito da situação.

Ela pressionou a mão no peito dele. Daemon só se moveu no último instante para impedir que Dee o acertasse direto no coração, mas mesmo assim a descarga da Fonte o atingiu perto demais. Soltei um grito ao vê-lo cair, com a irmã por cima.

Percebi naquele instante que ela o mataria ou, pelo menos, o machucaria para valer, a menos que ele a tratasse como fizera com o Luxen que acabara de eliminar.

Enquanto eu decidia o que fazer e avançava, Archer se engalfinhara com outro Luxen.

Daemon talvez viesse a me odiar se eu acabasse tendo que matar sua irmã, mas preferia que ele me desprezasse a que se odiasse por machucá-la de algum jeito ainda pior.

Agarrei um punhado de seus cabelos compridos e a puxei de cima dele. Ela caiu no chão, com os braços e as pernas abertos feito um caranguejo. Ao erguer os olhos, eles brilhavam como dois diamantes.

— Você não quer fazer isso — falei. — Você...

Dee ser levantou. Tipo, nem sequer dobrou os joelhos, simplesmente deu um pulo, ficando cara a cara comigo.

— Ah, você não faz ideia do quanto estou ansiosa por isso.

Em seguida, puxou o braço para trás e desferiu um soco certeiro no meu rosto.

O impacto me derrubou, fazendo com que eu caísse de bunda no chão. Uma dor forte se espalhou pelo meu maxilar e desceu para o pescoço. Piscando para conter uma súbita leva de lágrimas, olhei para ela.

— Adorei! — exclamou Dee, inclinando a cabeça ligeiramente de lado. — Acho que quero fazer de novo.

LUX 5 Opostos

Ah, estava começando a parecer aquele joguinho do Donkey Kong.

Levantei também, nem de perto tão graciosamente quanto a Dee. Outro Luxen entrou na casa por trás dela no exato instante em que o Daemon se pôs de pé. Eles colidiram um contra o outro ao mesmo tempo que eu desferia um soco no maxilar da Dee.

A cabeça dela foi lançada para trás, as mechas negras ondulando em volta do rosto como as serpentes do cabelo da Medusa. Uma dor embotada se espalhou pelos meus dedos, mas não tinha tempo de pensar nisso agora.

Dee atacou de novo, agarrando meu rabo de cavalo e dando um forte puxão. Uma espécie de queimação desceu pela minha espinha e eu ergui as mãos, enterrando os dedos em seus braços. Ela não me soltou; parecia determinada a arrancar minha cabeça do pescoço.

Hora de jogar sujo.

Virei e agarrei-lhe os braços ao mesmo tempo que dava uma joelhada em suas partes íntimas.

Dee soltou um grito rouco e me largou, dobrando-se ao meio. Empertiguei o corpo, agarrei seus cabelos e desferi outra joelhada, dessa vez no rosto. Ela caiu de joelhos enquanto eu cambaleava alguns passos para trás, ofegando visivelmente.

— Por favor — eu pedi, num fio de voz. — Essa não é você, Dee. O que quer que tenha acontecido, essa não é…

Dee se recobrou e me deu uma épica bofetada, que me fez girar no próprio eixo. Puta merda, aquilo doeu.

Em seguida, espalmando as mãos em minhas costas, me botou de joelhos no chão, passou um dos braços esguios em volta do meu pescoço e apertou.

Soltei um arquejo, desesperada por ar.

Lembrei subitamente do rápido treinamento que recebera do Daedalus. Agarrando a mão dela, joguei o peso do corpo para frente. Dee voou por cima do meu ombro e caiu estatelada de costas no chão.

Ela gritou algo com tanta raiva que não consegui entender. Estava me esforçando para não pegar algum objeto afiado e cravá-lo em seu olho.

— Somos amigas — falei, colocando-me de pé ao mesmo tempo que ela. — Não se lembra? Somos melhores amigas, Dee.

— Você é apenas uma humana idiota. — Um fio de sangue vermelho-azulado escorria de seu lábio. — Porque, no fundo, isso é tudo o que você é, uma humana inútil e frágil que sangra com facilidade.

— Credo! É como se eu fosse uma trouxa e você uma puro-sangue ou algo do gênero.

Ela simplesmente me fitou com raiva.

Recuei, mantendo um olho fixo nela. Essa definitivamente não era a hora para menções a Harry Potter.

— Nós cultivamos um canteiro juntas e você pegou emprestado um monte de livros meus, que, por sinal, nunca devolveu. Obrigou o Daemon a falar e ser legal comigo... escondeu as chaves dele e...

Ela me jogou de novo no chão, tentando me arranhar e puxar meu cabelo.

Estávamos num corpo a corpo tipicamente feminino.

Ambas segurávamos um punhado de cabelos uma da outra enquanto rolávamos pelo chão. Por um segundo, consegui assumir a vantagem.

— Comemoramos juntas o Halloween e assistimos a um monte de filmes idiotas. Lutamos contra o Baruck e...

Dee conseguiu se colocar por cima de mim e, com as unhas, rasgou a gola do meu suéter.

— Nada disso significa porra nenhuma. — Agarrando meus ombros, me empurrou com tanta força contra o chão que fiquei paralisada por um segundo.

Tempo suficiente.

Ela me suspendeu com um grito e girou — *me girando junto* —, e, no segundo seguinte eu estava voando pelos ares. Bati contra uma das paredes. O reboco rachou e soltou alguns pedaços. Por um instante, tudo o que consegui enxergar foi uma nuvem de poeira branca e, então, eu estava na salinha adjacente à sala de estar, voando por cima do encosto de um sofá e me estatelando no chão.

Aquela... aquela vaca! Ela me arremessara através da parede!

Fiquei deitada no chão, incapaz de me mover, olhando para o teto e piscando para me livrar das estrelinhas que nublavam minha visão. Com os ouvidos zumbindo, me forcei a virar de lado.

LUX 5 OPOSTOS

Dee passou pelo buraco tamanho Kat que ficara na parede, e que não era nada pequeno. Deus do céu, ela não ia desistir.

Com as mãos trêmulas, coloquei-me de pé e inspirei fundo. Minhas costelas e minhas costas queimavam. Eu devia ter fraturado alguns ossos importantes.

Dee pulou no sofá e se lançou sobre mim com uma expressão assassina. Saí da frente no último segundo, e ela atingiu a mesinha de canto atrás de mim. O vidro se partiu em mil pedaços.

Foi a vez dela de ficar com os olhos fixos no teto, chocada, arfando visivelmente. Não lhe dei a chance de se recobrar.

Caí sobre ela, enterrando os joelhos nos pedaços de vidro quebrado, e fechei as mãos em seus ombros.

— Somos melhores amigas — tentei de novo, sem saber o que mais poderia dizer. — Você escolheu meu nome falso... o retirou de um dos meus livros prediletos. E escolheu o novo nome do Daemon também. — Eu a sacudi, fazendo com que a cabeça dela balançasse para a frente e para trás. — Há pouco tempo você imaginou o Archer nu, e disse que adoraria passar a noite com ele. — Ela me deu outra bofetada. Soltei um grunhido de dor. — Já passamos por muitas coisas, mas sempre acertamos as pontas no final, mesmo depois do que aconteceu com o Adam.

Dee surtou. Parecia um demônio saído de um pesadelo, batendo, socando, chutando e arranhando.

— Você e o Adam tentaram me ajudar — gritei, tentando imobilizá-la com o peso do meu corpo, lutando para não deixar que suas mãos acertassem meu peito e meu rosto. — Lembra dele?

— Lembro — berrou ela de volta. — Claro que lembro! E lembro que...

— Eu fui a razão de ele ter morrido? — Meu corpo inteiro doía. Podia sentir também que estava sangrando em vários pontos, alguns bem desconfortáveis, mas precisava alcançá-la de algum modo. Tinha que conseguir. — A culpa foi minha. Sei disso! E jamais vou me perdoar completamente pelo que isso fez com você e com a nossa amizade. Mas a gente conseguiu superar, porque para mim você é como uma irmã.

Dee congelou, os dedos fechados na bainha rasgada da minha camiseta, como se pretendesse arrancá-la num único puxão. Àquela altura, não ficaria nem um pouco surpresa se ela fizesse isso.

— Você acha que ele estaria desse jeito agora? Adam amava todo mundo. Ele teria odiado essa guerra... o que sua própria espécie está fazendo com pessoas inocentes. — Observei o brilho branco desaparecer de seus olhos tom de esmeralda. — Ele teria odiado ver o que você se tornou. Não consegue perceber? Você é melhor do que isso, Dee. Você...

Ela jogou a cabeça para trás e gritou — gritou como se eu estivesse tentando matá-la. Soltei-a e ergui as mãos. Aquele som terrível era semelhante ao de um animal mortalmente ferido. Ela estremeceu debaixo de mim e fechou os olhos com força. Nós duas ficamos imóveis por alguns segundos e, então, Dee gritou de novo, até sua voz sair rouca e dolorida. Achei que ela estivesse realmente morrendo.

— Sinto muito — murmurou ela, estremecendo novamente. Fitei-a, tentando recuperar o fôlego enquanto processava aquelas duas palavrinhas. Seu lindo rosto se contraiu e lágrimas começaram a rolar por suas bochechas. — Sinto muito, mesmo.

[20]
DAEMON

Assim que o derradeiro Luxen caiu todo desconjuntado no chão, me virei para o último lugar em que tinha visto a Kat e a Dee. Havia um gigantesco buraco no reboco, deixando à mostra a estrutura de madeira interna da parede, que por sua vez também estava completamente arrebentada.

Elas tinham atravessado a parede.

— Deus do céu! — Meu estômago foi parar no chão. Pulei por cima do Luxen morto e segui em direção ao vão que levava à salinha contígua à sala de estar.

Fui dizendo a mim mesmo que elas tinham que estar vivas — as duas —, visto que teria sentido se qualquer uma delas tivesse sofrido um ferimento mortal. Isso, porém, não ajudou em nada a desacelerar meu coração ou aplacar o enjoo que revirava meu estômago.

Archer estava parado ao lado do vão, arfando visivelmente. Não disse nada quando passei por ele e entrei no aposento. Parei de supetão. O lugar estava totalmente destruído — o sofá quebrado, a televisão estraçalhada e os vasos em pedaços espalhados pelo chão. Pilhas de terra e pétalas cobriam todo o carpete.

Em desespero, olhei para o centro do aposento, e minhas pernas quase cederam sob meu peso.

Elas estavam sobre o que restava de uma mesinha de canto completamente destruída, com a Kat por cima da minha irmã. Mas não estavam lutando; ambas pareciam congeladas. Congelei também. Foi então que escutei. O som rouco e desesperado de uma pessoa desmoronando.

Kat, com parte do cabelo ainda preso num rabo de cavalo, ergueu a cabeça e estremeceu; em seguida, saiu de cima da Dee e se levantou. Ela recuou alguns passos, correu as mãos trêmulas pelo cabelo bagunçado e me fitou com os olhos arregalados. Um fio de sangue escorria de seu nariz e da boca, e cada respiração saía chiada.

Fiz menção de me aproximar dela, mas parei e olhei para minha irmã. Quando a Kat saíra de cima da Dee, ela se virara de lado e se encolhera numa bola. Os sons desesperados... vinham dela.

— Dee? — Minha voz falhou.

— Sinto muito — disse ela, os braços cruzados sobre a cabeça. — Sinto muito. Muito, mesmo. — E continuou repetindo isso sem parar entre um soluço e outro.

Pisando com cuidado sobre os cacos de vidro, segui até onde a Dee estava enroscada e, ao alcançá-la, minhas pernas enfim cederam. Agachando-me ao lado dela, pousei a mão gentilmente em seu ombro trêmulo.

— É você mesma, Dee?

Seus soluços se tornaram ainda mais desesperados, acompanhados por uma enxurrada de palavras que pareceram quicar em minha mente. Não consegui entender grande coisa; era como um único e gigantesco pensamento atropelado, mas não dava para confundir o significado por trás das palavras.

De alguma forma, a conexão com o restante dos Luxen fora quebrada. Não tinha a menor ideia de como isso acontecera, e tampouco me importava.

Puxei-a de cima dos cacos e pedaços da mesinha arruinada e me sentei, trazendo-a comigo. Dee se aconchegou a mim, do jeito como fazia quando era criança e ficava com medo de alguma coisa. Enquanto a mantinha num abraço apertado, tirei com cuidado os pedacinhos de vidro que tinham grudado em seu cabelo e nas roupas.

LUX 5 Opostos

— Deus do céu, Dee... — Ajeitei-a de encontro ao ombro. — Você quase me matou, sabia?

Ela fechou os dedos em meu braço, tremendo.

— Não sei o que aconteceu. Eles chegaram, e a vontade deles era tudo em que eu conseguia pensar.

— Eu sei. — Fechei os olhos e acariciei-lhe as costas. — Mas está tudo bem agora. Está tudo bem.

Ela não pareceu me escutar.

— Você não faz ideia das coisas que eu fiz ou que pensei em fazer. Da indiferença com que aceitei o que eles faziam com as pessoas.

Fazia, sim. Tinha testemunhado algumas dessas coisas durante o curto período em que passara com eles. E me forçara a não dar muita atenção a nada do que a vira e escutara fazer; não era culpa dela.

Foi o que lhe disse, repetidas vezes, que nada daquilo tinha importância e que ela não podia ser responsabilizada. Dee começou a despejar um monte de merda, dizendo que era uma pessoa má, o que me deixou de coração partido. Estraçalhou minha alma.

— A culpa é deles. Não sua. Se confia em mim, acredite no que estou dizendo. — Envolvi a cabeça dela com a mão, tentando forçá-la a aceitar minhas palavras. — Você não tem um pingo de maldade dentro de si. Nunca teve, Dee. Nunca!

A tremedeira diminuiu um pouco. Não sei quanto tempo ficamos ali sentados em meio aos destroços, mas quando enfim abri os olhos a saleta me pareceu meio borrada.

— Foi a Kat — disse ela, a respiração um pouco mais tranquila do que antes. — Foi ela quem conseguiu. Eu queria matá-la. Ai, meu Deus, Daemon, eu realmente queria matá-la, mas...

— Mas o quê?

— Enquanto a gente lutava, ela ficou falando comigo, me fazendo lembrar como tudo era... antes de eles chegarem. — Dee se afastou, as pestanas molhadas de lágrimas. — Foi a menção ao Adam que surtiu efeito. — Ela engasgou ao dizer o nome dele. — A Kat falou sobre ele, o que me fez lembrar outras coisas além da dor e da raiva. Não sei como, mas a conexão simplesmente se rompeu e, de repente, eu estava olhando para ela, sem escutar nenhum deles. Meus pensamentos... voltaram a ser apenas meus.

Fechei os olhos por um breve instante, prometendo a mim mesmo que recompensaria a Kat em dobro assim que tivesse a oportunidade.

Quando Dee se acalmou o bastante para eu ver que ela estava bem, sem nenhum machucado sério, corri os olhos pelo aposento. Não tinha percebido que o Archer e a Kat tinham saído. Agora que sabia que minha irmã ia ficar bem, fui tomado por uma súbita preocupação com a Kat.

Ajudei-a a se levantar.

— Como você está?

Usando as mangas de seu suéter escuro, Dee limpou as lágrimas e o sangue do rosto — um sangue brilhante e vermelho que não podia ser dela. Enquanto meu coração martelava de encontro ao peito, ela inspirou fundo e disse:

— Eu estou bem, mas a Kat... as coisas ficaram bem feias entre a gente. Ó céus, ela agora deve me odiar. Tipo, odiar de...

— Não. Ela não odeia você. Se odiasse, não teria tentado trazê-la de volta. Kat a ama como uma irmã, Dee. Na verdade, ela agora é sua família mesmo.

A declaração pareceu arrancar Dee de seus pensamentos conturbados. Ela franziu o nariz.

— O que você quer dizer com isso? Porque essa história soa meio... estranha levando em consideração o que rola entre vocês dois e... tudo o mais.

Eu ri. Diabos, era muito bom poder rir com a minha irmã de novo.

— Kat e eu nos casamos.

Dee me fitou com os olhos arregalados e, em seguida, piscou algumas vezes.

— Como assim?

— Bom, nós não estamos realmente casados, porque fizemos isso sob nomes falsos quando fomos a Las Vegas... Ai! — Recuei um passo, esfregando o braço para aliviar o soco que tomei da Dee. — Por que você fez isso?

— Vocês se casaram e ninguém me contou? — Ela bateu o pé, os olhos chispando fogo. — Isso é um verdadeiro absurdo! Eu deveria ter participado. — Girou nos calcanhares. — Cadê ela? Vou arrebentá-la de novo!

LUX 5 Opostos

— Eeei... — Rindo, segurei-a pelo braço. — Será que você pode esperar para *arrebentá-la de novo* depois de nos certificarmos de que ela está bem?

— Ah... certo... provavelmente é uma boa ideia. — Dizendo isso, se virou de novo e jogou os braços compridos em volta do meu pescoço. Cambaleei um passo para trás. — Vocês realmente se casaram?

Seus lábios se curvaram num ligeiro sorriso, bem diferente dos sorrisos que ela vinha dando ultimamente. Não havia nenhuma frieza. Era realmente a Dee.

— Que máximo! — murmurou ela, me soltando. — Fico feliz por vocês... por ela. Mas vou socá-la mesmo assim. Depois que nos certificarmos de que ela está bem. Ai, meu Deus! — Sua expressão tornou-se séria. — E se ela...?

— Vai dar tudo certo. — Apoiando a mão em suas costas, conduzi-a para fora da saleta.

A primeira pessoa que vi foi o Archer. Claro. Ele sequer lançou um olhar de relance para mim. Ah, não! O soldado estava pálido, com os olhos arregalados e as pupilas dilatadas. Parecia mexido. Jamais o vira desse jeito, e definitivamente não queria reconhecer o motivo.

— Katy está lá fora — murmurou ele, olhando para a Dee, que também o fitava de volta. Pareciam duas pessoas que jamais tinham visto outro ser humano antes. Merda! — Ela está bem.

Abafei uma maldição ao perceber que a Dee não desgrudava os olhos dele. Ao falar, a voz dela soou rouca.

— Vai lá!

Pelo menos ela havia esquecido a história de socar a Kat. Resisti à tentação de dizer ao Archer para... bem, para ele não fazer nada, mas, enquanto seguia para o vestíbulo, dei uma pequena parada e olhei por cima do ombro. O que eu vi deveria ter me feito surtar.

Não tinha escutado nenhum dos dois se mover, mas eles estavam parados um diante do outro. Archer acariciava suavemente o rosto dela com a ponta dos dedos e a fitava no fundo dos olhos. Havia algo de comovente naquela cena. É, desse jeito até o fim do ano eu estaria escrevendo poemas de amor. No entanto, num momento de empatia e maturidade que sequer me imaginava capaz de sentir, consegui manter a calma.

Ela precisava disso — precisava do Archer, e quem era eu para impedi-la de ter aquele momento de conforto quando tinha a minha própria Kat?

Soltei o ar com força e continuei em direção ao vestíbulo, encolhendo-me ao ver o que restara da porta da frente. Merda, o Lore e o Hunter iam ficar putos!

Kat estava sentada no primeiro degrau da varanda, ligeiramente curvada. Contornei-a de modo a ficar de frente para ela. Kat, então, ergueu lentamente a cabeça e me fitou com aqueles olhos cinzentos. Seu olhar me atingiu como uma flecha, fazendo meu coração apertar.

— Ela está bem. — Não era uma pergunta, e sim uma constatação.

Assenti com um menear de cabeça e me ajoelhei.

— Por sua causa.

Ela fez que não.

— É, sim. Dee me contou o que você fez. Ela podia tê-la matado, Kat.

— Eu sei, mas... não queria que você tivesse que lutar com a sua irmã, que fosse obrigado a machucá-la. Que você fosse forçado a fazer essa escolha e depois tivesse que viver com as consequências.

Escutar isso me fez amá-la ainda mais do que imaginava ser possível. Fechei as mãos em seus joelhos e, inclinando-me, pressionei um beijo em sua testa.

— Obrigado. Eu sei que isso não é o bastante, mas é o melhor que tenho a oferecer no momento.

— Não precisa me agradecer. — Ela apoiou a testa contra a minha e murmurou: — Eu te amo.

Sentei ao lado dela, resistindo à vontade de puxá-la para o colo. Sabia que ela estava com dor.

— Onde?

Kat sabia o que eu estava perguntando.

— Estou bem, de verdade.

— Você parece estar com dor. Vamos lá. Sabe que eu vou curá-la. Não dificulta as coisas.

Kat me fitou por um momento e, logo em seguida, mostrou a língua, o que me fez rir.

— O corpo quase todo, especialmente na área das costelas. A Dee me fez atravessar a parede.

LUX 5 Opostos

Inspirei fundo para aplacar a súbita raiva, dizendo a mim mesmo que Dee não tivera culpa, de modo que não fiquei com aquela "cara de puto", como a Kat gostava de dizer. Com cuidado, toquei-lhe as laterais do corpo e deixei que a cura começasse.

— Bom, preciso de você nova em folha, porque a Dee provavelmente vai surrá-la de novo.

Kat se encolheu.

— Será que eu quero saber o motivo?

— Não se mexa — mandei. — Contei a ela que a gente se casou. Dee ficou feliz, mas quer te socar porque não teve a chance de participar.

— Ah! — Ela soltou uma risada, que a fez se encolher de novo. — Ela ficou feliz? Quero dizer, aceitou a notícia na boa?

— Claro. — À medida que o calor da cura se espalhava pela Kat, ela fechou os olhos e apoiou o rosto em meu ombro. Gostei da sensação. Tê-la daquele jeito, aconchegada a mim, fazia com que me sentisse todo bobo e apaixonado. — Na verdade, ela ficou radiante. Espera só até eu contar que estou planejando uma cerimônia de verdade, com tudo o que a gente tem direito. Pode ser que ela desista de surrá-la.

Kat riu de novo e, dessa vez, o gesto não terminou com ela se encolhendo de dor. Levei a mão ao seu rosto e comecei a cuidar dos hematomas.

— Ela está lá dentro com o Archer agora — falei.

Kat suspirou.

— Ele não é um mau sujeito.

— Ele é um original.

Ela revirou os olhos.

— Archer pode ser um original, mas é um cara bacana, e gosta dela, Daemon. Gosta de verdade. Ele esteve preocupado esse tempo todo.

Argh!

— Você sabe muito bem que ele pode protegê-la. E vai ser bom para ela, de modo...

— Eu os deixei em paz. Sei que ela precisa dele, especialmente agora que... que ela está tendo que lidar com tanta coisa.

Os olhos da Kat vasculharam os meus e, em seguida, ela abriu um sorriso de orelha a orelha. O sangue em seu queixo não afetava em nada sua beleza, mas mesmo assim o limpei com a ponta do polegar.

— Uau! Estou orgulhosa de você, Daemon.

— Não fique orgulhosa demais. Ainda não gosto do sujeito.

— Sabe o que eu acho? — Ela baixou a voz como se fosse compartilhar um segredo. — Que você gosta do Archer, sim, só não quer admitir que estão no estágio inicial de uma profunda amizade para o resto da vida.

Bufei.

— Você é quem está dizendo.

Kat riu de novo. Durante o silêncio que se estendeu entre nós, vasculhei o rosto dela com os olhos e fiz menção de me inclinar, porém o som de um carro se aproximando obrigou a gente a se separar. Era o carro do Lore.

— Ai, ai — murmurei.

Kat se encolheu.

— A gente destruiu a casa dele.

— Foi um acidente — retruquei, me levantando e me postando na frente dela para o caso de o Lore ficar irritado, o que seria bastante compreensível. — Ele vai entender.

Em outras palavras, eu o faria entender.

Lore parou ao lado do Explorer. Hunter e Serena foram os primeiros a saltar, carregando um par de sacolas. Contornaram a varanda e pararam de supetão ao verem a porta... ou melhor, ao verem que não havia porta nenhuma.

Hunter se virou para mim.

— Será que eu quero saber?

— Bem... — comecei, lentamente.

Com um suspiro, ele girou nos calcanhares e agarrou o irmão pelo braço. Lore dera uma boa olhada na entrada de sua casa — a porta faltando, as janelas quebradas —, e continuava simplesmente parado ali.

— Tivemos um pequeno problema — comentou Kat.

— O que vocês fizeram com a minha casa? — perguntou ele. — Vocês ficaram sozinhos por no máximo uma hora. Uma hora. Sério!

Se ele achava que aquilo era ruim, devia esperar para ver o interior. Lore, porém, já estava subindo os degraus da varanda, e ia descobrir rapidinho assim que entrasse em casa. Com uma das mãos na base das costas da Kat, entramos atrás dele.

LUX 5 Opostos

— Puta... — A voz do Lore falhou, dando lugar a um silêncio petrificado.

Hunter soltou um assobio baixo ao ver os estragos.

— Caramba, pessoal, isso é realmente impressionante!

Meus lábios se curvaram ligeiramente, mas fui esperto o bastante para esconder o sorriso quando o Lore se virou para a gente.

— Alguém vai ter que limpar toda essa bagunça, e esse alguém não sou eu.

Ele estava lidando com a situação surpreendentemente bem, mas imaginei que, por ser um Arum, essa não devia ser a primeira vez que sua casa servia de local para uma daquelas festas que terminam em pancadaria.

Contornei o Hunter e corri os olhos pelo último aposento em que deixara a Dee, mas não vi nem ela nem o Archer em lugar algum. Lancei um olhar de relance para a escada em espiral.

Estreitei os olhos. Estava tentando ser compreensivo e tolerante, em vez de um canalha, mas era melhor que eles não estivessem lá em cima. Minha súbita mudança de comportamento era algo novo, e só ia até certo ponto.

Hunter soltou as sacolas no chão, tomando cuidado com os cacos de vidro, e olhou para um dos corpos.

— Isso vai dar um trabalhão.

Serena se aproximou dele, avaliando os estragos.

— O fato de isso não me incomodar tanto assim *na verdade* me deixa bastante perturbada.

Um ligeiro sorriso se desenhou no rosto da Kat ao se virar para a garota.

— Entendo a sensação.

Antes que aquele momento de identificação pudesse ir adiante, Dee e Archer apareceram, tendo vindo da direção da cozinha. Meu alívio por eles não estarem lá em cima bancando dois coelhos no cio não durou muito.

Minha irmã estava pálida. Ela fez menção de dizer alguma coisa, mas simplesmente arregalou os olhos ao ver o Lore e o Hunter.

Archer pousou uma das mãos no ombro dela.

— Eu te falei que os Arum estavam nos ajudando.

— Eu sei, mas uma coisa é escutar, outra bem diferente é ver com meus próprios olhos — retrucou ela.

Lore franziu o cenho e cruzou os braços.

— Você destruiu a minha casa.

Dee corou.

— Sinto muito. De verdade! É uma casa adorável, e eu adoro plantas, e...

— Ele entendeu o recado — interrompi, antes que a Dee começasse a balbuciar desculpas sem parar. — Sobre o que você queria conversar?

Ela olhou de relance para o Archer e, em seguida, despejou tudo de uma vez só, sem nem mesmo parar para respirar.

— É o Ethan. Ele é um original, e a colônia inteira sabe. Ethan vem trabalhando com um senador e um grupo de Luxen na Pensilvânia. Acha que se conseguirem controlar a capital, o resto será moleza. E quer que você e o Dawson ou sejam capturados ou mortos.

Ethan Smith.

Nosso extraordinário antigo.

A lembrança da primeira vez que ele vira a Kat pipocou em minha mente — o modo como olhara para ela com um desprezo mal disfarçado. Ethan jamais fora um grande fã dos humanos, limitando suas interações com eles, mas por mais que eu já suspeitasse que ele fosse um original a confirmação mexeu comigo mesmo assim. Há quanto tempo os Luxen com os quais a gente havia crescido vinham tramando para destruir a humanidade? E bem debaixo dos nossos narizes?

— Aposto que a gente sabe quem é o tal senador — comentou Serena, visivelmente pálida.

— Isso não importa. — A voz do Hunter soou dura. — Porque esse senador já não é mais um problema. Eu me certifiquei disso.

— Mas por quê? — perguntou Kat. — Você sabe por que o Ethan está fazendo isso?

Hunter bufou.

— Em prol do controle do planeta? Afinal, está no sangue dos Luxen a vontade de dominar e governar.

Fuzilei-o com os olhos.

— Não sei — observou Dee, torcendo uma generosa mecha de cabelo entre as mãos. — Mas tenho a sensação de que não é só isso.

LUX 5 Opostos

— Bem, merda... — Deixei a mão pender ao lado do corpo e olhei para o teto.

— Archer me contou sobre os Arum. — O entusiasmo em sua voz era notório. — Você tem razão, Daemon. Nenhum dos Luxen invasores jamais lutou contra um Arum. Eles vão conseguir eliminar esses filhos da puta com os pés nas costas.

Archer ergueu uma sobrancelha ao escutar o palavrão.

— Mas o Ethan já, certo? — Com uma expressão tensa, Kat baixou os olhos para os pés. — Tanto a colônia da nossa área quanto a da Pensilvânia saberão como lutar contra os Arum... eles irão senti-los chegando e irão...

— Fugir — completou Lore.

Ela fechou os olhos, o peso da constatação fazendo seus ombros penderem.

— Irão se esconder.

Em outras palavras, nosso plano brilhante de usar os Arum de repente não era mais tão brilhante. Tinha um tremendo furo, com cerca de um quilômetro de diâmetro.

Hunter correu os olhos pelo grupo.

— Se quiserem a minha opinião, que vocês não pediram, mas vou dar mesmo assim, eu diria para não esperarmos o Lotho. Vamos eliminar esse sujeito antes que eles possam nos ver chegando. Porque, se esse Ethan for tão esperto e malandro como vocês dizem, ele vai fugir quando a merda acertar o ventilador. E depois? Lotho e sua turma podem até conseguir eliminar a maioria dos Luxen, mas se esse cara continuar vivo vai ser um tremendo problema.

Archer assentiu em concordância.

— Seria como colar um band-aid sobre um tiro de revólver e rezar para que isso funcione.

Ele tinha razão — ambos tinham. Olhei para a Kat, que me fitava de volta.

— Ir atrás do Ethan não faz parte do acordo — falei para ela. Não dava a mínima para a opinião do restante do grupo. Só me importava com a opinião *dela*. — O trato era a gente conseguir a ajuda dos Arum e depois voltar... ou ir para qualquer outro lugar. Você sabe o que o general Eaton prometeu. A gente não precisa fazer isso.

Ela entreabriu os lábios.

— Eu sei.

— Mas...

Kat inspirou fundo e empertigou os ombros.

— Nós *não* precisamos fazer isso. Mas, se o Ethan partir antes que os Arum cheguem lá ou se ele conseguir escapar, o que vai acontecer? Estaremos perdidos. Então, quer saber? Vamos terminar logo com isso.

[21]

Katy

De banho tomado e descansada o bastante para que as dores resultantes do épico corpo a corpo com a Dee tivessem amainado, fui me juntar aos outros na sala de estar. Antes de subir para limpar o sangue e a sujeira e tirar um cochilo, tínhamos arrumado a sala e a salinha adjacente.

Tirando, é claro, a ausência de porta, as janelas, os móveis e os vasos de plantas quebrados — ah, e o buraco na parede.

Estava me sentindo muito mal por tudo isso. Mas Lore era um cara bacana. Antes do incidente, sua casa *costumava ser* um lugar muito bonito. Na verdade, ele estava sendo *realmente* compreensivo, considerando que não havia gritado com a gente nem tentado nos comer após descobrir o que acontecera com a casa.

Estava começando a gostar dos Arum.

Bom, pelo menos daqueles dois. Os outros, em especial o Lotho, ainda me deixavam de cabelo em pé.

Assim que terminamos de conversar sobre o Ethan até o momento em que subi para tomar um banho e tirar um cochilo, Dee se desculpou pelo menos um milhão de vezes. Desse modo, não fiquei surpresa ao vê-la pousar imediatamente aqueles enormes olhos verdes em mim quando entrei na sala.

— Katy — disse ela, fazendo menção de se levantar. Soube na hora o que viria a seguir. Dee ia recomeçar a chorar e se desculpar.

Fui até onde ela estava sentada, na única peça de mobília que não fora destruída — um banco acolchoado —, e a abracei.

— Está tudo bem — sussurrei em seu ouvido. — Tudo resolvido entre a gente.

Estava sendo sincera.

A vida era curta e complicada demais para alimentar ressentimentos, especialmente por algo do qual ela não tinha controle algum.

Dee apertou meu braço e sussurrou de volta:

— Obrigada. Prometo que não vou te bater por não me contar que se casou com meu irmão. — Ela abriu um amplo sorriso, que transformou sua beleza em algo fora deste mundo. Deus do céu, como eu sentia falta daquele sorriso caloroso!

— Estávamos conversando sobre o plano. — Daemon se aproximou de mim e deu uma cafungada em minha bochecha antes de erguer a cabeça e acrescentar: — Vamos voltar, o que nos dá menos de um dia, se tanto, de vantagem sobre o prazo que o Lotho pediu para reunir seu exército.

Corri os olhos pela sala, esperando um plano melhor.

— E?

— Isso não é tudo. — Archer cruzou os braços.

— É simples — continuou Daemon, soltando meu ombro e entrelaçando a mãos em meu cabelo úmido. — A gente vai para casa... e eles nos encontram lá.

Arqueei uma sobrancelha.

— Isso me parece simples demais.

— Ele está sendo preguiçoso com os detalhes — interveio Hunter.

— Acho que está é distraído — comentou Lore.

Corei, porque quando os dedos dele soltaram meu cabelo e deslizaram lentamente por minhas costas, tive quase certeza de que estava mesmo.

— Teremos que fingir que estamos do lado deles. — Dee se virou para a gente. — Sei que deve ser uma droga ouvir isso, mas nós vamos conseguir. Podemos fazê-los acreditar.

LUX 5 Opostos

Eu realmente não estava gostando nada dessa história. Ao mesmo tempo, tentava não prestar atenção à mão em minhas costas.

Dee passou a língua nos lábios para umedecê-los.

— Eles não sabem que eu desertei ou que os outros... bem, que eles estão mortos.

— Como assim?

— Dee recebeu ordens de não entrar em contato até resolver o problema com o Daemon... quer fosse acabando com ele ou o convencendo a se juntar a eles de novo — explicou Archer. Pela forma como a Dee havia chegado, não achava que ela quisesse convencê-lo de nada a não ser passar desta para melhor. — Eles esperam que ela entre em contato logo, mas há uma boa chance de que não saibam o que aconteceu ainda.

— Uma boa chance? — repeti, atordoada.

A mão do Daemon estava agora abaixo do cós da minha calça jeans.

— É nossa melhor chance, gatinha.

— Quer dizer que a gente volta para casa, vocês fingem que são o diabo encarnado e rezamos para que aconteça o melhor?

— Vamos usar a Dee e o Daemon para chegar ao Ethan antes que os militares ou os Arum apareçam — disse Archer, com uma expressão penetrante nos olhos ametista. — Antes que ele consiga fugir.

Tinha entendido essa parte, mas... era um plano duvidoso e arriscado — do tipo que a gente segura com cuspe e fita crepe e reza para que dê certo. A única parte boa era o fato de que voltaríamos para casa e eu teria a chance de ver minha mãe. Isto é, se ela ainda estivesse lá.

— Mas e quanto à Nancy? — perguntou Daemon.

Dee correu os olhos em volta.

— O que tem ela?

— Ela sumiu — respondi. — Ninguém sabe onde a mulher se meteu, mas duvido que tenha ido para onde está ocorrendo qualquer coisa. Não faz o menor sentido, portanto não acho que ela iria para lá.

Daemon deu um puxão no cós da minha calça, mas não disse nada.

— Katy tem razão. Eles a estão procurando, mas a probabilidade de ela ter ido para Petersburg é bem pequena. Vou ligar para o Luc, avisar a ele o que está acontecendo e que os Luxen por trás dessa história estão em

Petersburg, juntamente com o Ethan — continuou Archer. — Depois a gente liga para o Lotho e avisa a ele que precisamos dos Arum lá.

Isso fazia sentido. Se a informação que a Dee nos dera estivesse correta, precisávamos acabar tanto com eles quanto com o restante da colônia, visto que depois ainda teríamos que lidar com os originais.

Eu me encolhi.

Acabar com. Lidar com. Estávamos começando a soar como um grupo mafioso.

Ou como o Luc.

— Bom... — falei por fim. — Então este é o plano.

Daemon deu um tapinha na minha bunda.

— Vocês vão precisar de algumas coisas — disse Hunter, baixando os olhos para a cabeça da Serena, com seus lindos cabelos louros. — Este é o fim da linha para a gente.

Assenti com um menear de cabeça. A ajuda deles seria bem-vinda. Na verdade, toda e qualquer ajuda, mas entrar na cidade em companhia de dois Arum provavelmente entregaria nosso disfarce.

— Não nos entendam mal — interveio Serena, correndo os olhos pela gente. — Gostaríamos de poder fazer mais, mas...

— Mas como eu disse antes, tenho muitos inimigos no governo. Ainda que o Daedalus tenha sido desmantelado, não confio em ninguém associado a ele. — Hunter apertou Serena ainda mais de encontro a si. — E não vou colocá-la na mira deles novamente.

— Totalmente compreensível — declarou Daemon, o que me surpreendeu, visto que ele não retrucara com alguma resposta irônica.

Lore se empertigou e foi até um armário cuja porta continuava intacta. Ao abri-la, vislumbrei um pequeno arsenal. Glocks penduradas em ganchos nas paredes laterais. Rifles apoiados na parede dos fundos em ordem decrescente de tamanho. E também outras armas que não reconheci... armas que pareciam Glocks, mas que não eram.

— Uau! — murmurei.

— Talvez devesse ter contado a vocês sobre isso aqui — disse ele, enfiando o braço dentro do armário. — Montei essa pequena coleção no decorrer dos anos. — Ele tirou uma das armas e a entregou ao Archer. — O que quase

LUX 5 Opostos

todo mundo esquece é que tanto os Luxen quanto os Arum são suscetíveis a certos ferimentos.

— Uma bala na cabeça ou no coração é catastrófica, independentemente da raça. — Hunter abriu um sorriso um tanto... assustador. — O problema é que tanto a nossa espécie quanto a deles se move com bastante rapidez, de modo que acertar o coração ou a cabeça não é muito fácil.

— Não mais. — Lore também sorria do mesmo jeito assustador.

— Puta merda! — exclamou Archer, analisando a arma de aspecto estranho. — Como vocês conseguiram uma dessas?

Lore deu uma risadinha convencida.

— Tenho meus talentos.

Archer balançou a cabeça, visivelmente surpreso.

— Diabos, essas armas nunca foram aprovadas para uso geral. O Daedalus possuía alguns exemplares, mas jamais imaginei que as veria fora de lá.

Daemon enfim me soltou.

— O que ela tem de tão especial?

— Ela foi especialmente projetada para os Luxen. Não é exatamente uma PEP. — Archer agora também sorria de um jeito totalmente assustador. — Ela é preparada para utilizar projéteis recheados com o mesmo tipo de material utilizado nas PEP. Mas também não é uma arma MPO.

— MPO? — perguntou Dee.

— Morto num Piscar de Olhos — explicou ele. — Mas, se você acertar qualquer Luxen, híbrido ou original com uma dessas, ele estará fora de combate. Em geral é fatal, especialmente se a bala ficar alojada dentro do corpo e não for retirada rapidamente. Elas matam de forma mais lenta. Por isso nunca foram aprovadas.

— Seria o mesmo que torturar alguém até a morte. — Senti-me subitamente enjoada.

— Tem razão, só que você não precisa de uma mira precisa com uma dessas. Ainda precisa ser rápida, mas não tem que gastar energia invocando a Fonte, o que ajuda bastante. — O soldado parecia um garotinho que ganhara um bolo de aniversário no seu sabor predileto. — Superútil.

— Cada um de vocês vai ganhar uma — disse Lore. — Portanto não digam que nunca lhes dei nada. Ah, e espero receber um cartão de Natal este ano.

Com um ligeiro sorriso, peguei a minha — minha arma de aspecto mais perigoso do que o normal —, e tentei me acostumar com o peso e a sensação do metal e do plástico frio.

Eu estava empunhando uma arma. De novo.

Me senti como uma verdadeira mafiosa.

✹ ✹ ✹

Estávamos de volta à varanda, mas posicionados agora de forma ligeiramente diferente. Daemon estava sentado no primeiro degrau e eu entre suas pernas, com o corpo levemente torcido de modo a conseguir enxergar seu rosto sob a luz bruxuleante do fim de tarde.

A princípio, nenhum de nós disse nada. Ele brincava com meu cabelo, torcendo-o entre os dedos e roçando as pontas em minha bochecha. Não entendia que mania era essa de usar coisas — meu cabelo, canetas, lápis, o que quer que fosse — para me tocar, mas não me importava. Embora antes costumasse achar esses momentos extremamente irritantes, havia algo de relaxante neles agora. Estava recostada em sua perna esquerda, deixando-o fazer o que bem quisesse. Teríamos que partir logo se quiséssemos estar em casa pela manhã.

Archer informara o Luc sobre a mudança de planos. O jovem mafioso se encarregaria de repassar a informação ao general Eaton e seus associados. Havia grupos de militares perto de Petersburg, a maior parte alocada no norte da Virginia, mas pelo que pudemos captar da conversa não poderíamos contar com eles, visto que eles não podiam se dar ao luxo de deixar a capital. Teríamos que esperar pelos grupos espalhados por todos os Estados Unidos, a maioria concentrada em Montana — cerca de umas 30 horas de carro de Petersburg, o que os faria chegar lá mais ou menos ao mesmo tempo que os Arum. Archer entraria em contato com Lotho — isto é, se o líder dos Arum não tivesse mentido para a gente e de fato aparecesse.

LUX 5 Opostos

Assim sendo, se algo desse errado, estaríamos ferrados e mal pagos. Mas pelo menos eu estaria de volta a Petersburg, onde minha mãe provavelmente ainda se encontrava...

Refreei essa linha de pensamento pessimista. Minha mãe tinha que estar bem. Ela estaria me esperando, pois jamais desistiria de mim, independentemente de quanto tempo eu estivesse sumida ou do que estivesse acontecendo com o planeta.

Mas não podia ficar pensando nela agora. Tinha que me concentrar no que estávamos prestes a fazer.

— No que você está pensando?

— Que esse é um péssimo plano — admiti após alguns segundos, erguendo os olhos para ele.

— É mesmo.

Encarei-o.

— Isso não é muito tranquilizador.

Seus lábios se repuxaram num meio sorriso.

— Tem uma ideia melhor?

Pensei nisso por alguns instantes e, em seguida, soltei um suspiro.

— Na verdade, não. Desde que eles não saibam que a Dee desertou e os outros estão mortos, vão esperar que ela apareça felicíssima por ter matado todo mundo.

Ele abaixou a cabeça e roçou os lábios nos meus.

— Você está preocupada.

— A-hã.

— Sabe que vou cuidar de você.

— Não é com isso que estou preocupada.

— Não? — Antes que eu pudesse responder, ele me deu um leve beijo, mas que me deixou sem fôlego mesmo assim. — Então está preocupada com o quê?

— Você. A Dee. O Archer. O Dawson e a Beth, ainda que estejam seguros no momento. Até mesmo com o Luc. — Fiz uma pausa, franzindo o cenho. — Embora ele seja a última pessoa com quem eu deveria me preocupar, afinal estamos falando do *Luc*. De qualquer forma, estou bem preocupada com ele, e também com o Hunter, o Lore e a Serena. Estou preocupada...

Daemon me beijou de novo, interrompendo minhas palavras, e aprofundou esse beijo até levá-lo para outro patamar.

— Você tem um grande coração, gatinha. — Seus lábios roçavam os meus enquanto falava. — É uma das coisas que mais amo em você. Bem, isso e seu corpo delicioso, mas seu coração? É, ele completa o pacote lindamente, envolvendo-o com uma bela fita vermelha. Faz com que você seja perfeita para mim.

— Às vezes... — Fitei-o, piscando para tentar conter as lágrimas. — Às vezes você diz coisas maravilhosas.

— Também adoro ver minhas mãos envolvendo sua bunda.

Soltei uma sonora gargalhada.

— Ai, meu Deus! Você tinha que estragar o momento.

— Preciso ser coerente comigo mesmo. — Ele me beijou de novo. — Gatinha, não é errado você se preocupar com todo mundo, mas não se esqueça que podemos nos cuidar. — Apoiou a testa na minha. — Também sei que por mais terrível e perigosa que seja essa ideia, sairemos disso juntos. Todos nós. Vou me certificar disso.

— Promete? — murmurei.

— Prometo. — Daemon ergueu ligeiramente o queixo e plantou um beijo na ponta do meu nariz. — E eu nunca quebro minhas promessas, certo?

— Não. Nunca.

[22]

Katy

A viagem até Petersburg foi bem mais tranquila do que para Atlanta, exceto pela troca de alfinetadas entre o Daemon e o Archer e o estado de algumas rodovias pelas quais passamos.

Sabia agora que não devia ficar olhando para dentro dos carros, mas, ao que parecia, a Dee não. De vez em quando, a pegava olhando pela janela para a destruição. Ela, então, emitia um ruído baixo, uma espécie de gritinho estrangulado. Será que havia participado de algum daqueles massacres? Talvez não pessoalmente, mas será que algo do que fizera havia surtido uma espécie de efeito dominó que terminara com a perda de tantas vidas?

Sentia muito por ela, mas fiquei feliz ao ver que o Archer estendia a mão em sua direção sempre que a pegava com o olhar perdido observando o entorno. No entanto, à medida que nos aproximávamos da West Virginia, de casa, parei de pensar na Dee.

Quando, enfim, entramos em Petersburg pela rodovia principal, meu coração começou a martelar dentro do peito como se quisesse pular para fora e fazer uma dancinha de comemoração. Tudo parecia normal, como se aquele pequeno pedacinho do mundo, uma cidade pouco maior que um vilarejo, tivesse de alguma forma sido poupada dos eventos que estavam ocorrendo no resto do mundo. A não ser pelo fato de que não vi ninguém nas ruas ao cruzarmos o centro da cidade. Nem uma única alma andando pelas calçadas. Percebi alguns carros, mas era como se todos estivessem trancafiados dentro de casa. Esse, porém, não foi o único indício de que algo estava errado.

— Deus do céu! — exclamou Archer num suspiro, os dedos brancos de tanto apertar o volante, ao virar rapidamente na rua que levava às nossas casas. — Eles estão por todos os lados.

Não precisei de explicação. Ele estava falando dos Luxen.

Daemon se enfiou entre os dois bancos da frente e pousou uma das mãos no ombro da irmã. Disse alguma coisa bem baixinho, mas que fez a Dee se virar para ele com os lábios apertados e o rosto pálido.

Meu estômago entrou em compasso com meu coração, revirando com a mesma velocidade com a qual o segundo batia.

Dee assentiu e disse em voz alta:

— Posso escutá-lo, mas estou bem. Estou com vocês. — Olhou de relance para o Archer de um jeito que quase me fez esquecer o que estava acontecendo. — Vou ficar bem.

Eu esperava que sim. Estávamos obviamente em território inimigo, e não demoraria muito para que eles sentissem nossa presença. Talvez até já soubessem da nossa chegada.

E a nossa força de apoio, os Arum e os militares, estavam ainda a horas de viagem. O plano poderia ir pelo ralo num piscar de olhos, uma vez que estávamos seguindo propositalmente ao encontro de uma armadilha. A Dee e o Daemon teriam que ser muito convincentes em seus respectivos papéis para conseguirem chegar perto do Ethan.

Tão convincentes que eu temia que acabassem trocando de lado.

Sabia que era um medo idiota, porque eu acreditava de verdade que o que o Daemon sentia por mim era forte o bastante para suplantar a influência deles, mas estava preocupada mesmo assim. Era algo como uma sombra pairando sobre mim, um pensamento irritante no fundo da mente, uma pedrinha no sapato que se recusa a sair.

A coisa toda podia estourar na nossa cara.

LUX 5 Opostos

Ao nos aproximarmos da saída que eu não via há tanto tempo, inclinei-me para a frente e segurei o encosto do banco da Dee. Minha respiração ficou presa na garganta quando o Explorer parou diante da entrada da garagem. A grama parecia crescida demais, com talos altos praticamente invadindo a rua; era óbvio que ninguém andava muito preocupado em cuidar dos jardins, o que não era de admirar, não com o mundo encarando um apocalipse alienígena. Qualquer outra opção era impensável. Minha mãe tinha que estar bem, tinha que estar esperando por mim.

Ela devia estar em casa, visto que o Prius estava parado diante da varanda, onde o balanço de madeira continuava oscilando para a frente e para trás ao sabor da brisa.

Enquanto o Archer desligava o carro, olhei para o canteiro de flores que circundava a varanda. Havia mais ervas daninhas do que flores, mas tudo bem, já que minha mãe estava tendo que lidar com o desaparecimento de uma filha e um apocalipse alienígena. Além disso, ela nunca fora muito boa em cuidar das plantas.

Com os dedos trêmulos, desafivelei o cinto.

Mamãe devia estar lá dentro. Será que ela já nos vira? Será que a porta se abriria a qualquer instante e ela viria para fora? Uma versão mais bonita, elegante e esperta de mim mesma — o que eu gostaria de me tornar quando ficasse mais velha.

Mal consegui inspirar ar suficiente para fazer meus pulmões funcionarem. Segundo nosso plano, Daemon conduziria o show, e a última coisa que qualquer um de nós precisava era que eu saísse correndo ao encontro dela. Mas eu queria vê-la. Precisava vê-la, não só porque sentia uma saudade desesperadora como porque precisava me certificar de que ela estava bem.

Eu era tudo o que lhe restara, e ela precisava saber que eu continuava viva.

Daemon agarrou meu braço e me manteve sentada no carro enquanto a Dee e o Archer saltavam e verificavam a casa dela com uma expressão apreensiva.

— Tem alguns Luxen nas redondezas — disse ele, acariciando meu pulso com a ponta do polegar. — Não sei se eles estão em uma das casas.

— Por que eles estariam nas nossas casas? — Assim que terminei de proferir a pergunta, dei-me conta do quanto ela soava idiota. Eles poderiam estar na minha casa ou na do Daemon por um zilhão de motivos.

Ele abriu um sorriso tenso, e a preocupação em seus olhos fez com que os nós em meu estômago se expandissem.

— Sei que você quer ver a sua mãe. Entendo, mas, por favor, não fuja. Nós vamos até lá, mas se houver alguma coisa estranha e eu te disser para sair...

— Por que haveria alguma coisa estranha?

Ele inclinou a cabeça ligeiramente de lado.

— Kat...

— Eu sei — murmurei. Era só abrir a boca para soltar alguma estupidez.

— Não se esqueça da arma. — Ela estava enfiada no cós da calça, logo acima da bunda, tal como um gângster faria. Seus olhos vasculharam os meus e, então, ele assentiu com um menear de cabeça. — Vou saltar logo atrás de você. E Kat... — O olhar tornou-se intenso, profundo e minucioso. — Peço desculpas de antemão para o caso de eu ter que falar ou agir com você como fiz em Idaho.

— Tá tudo bem. Posso lidar com isso.

Daemon me fitou por mais alguns instantes e anuiu. Inspirei uma porção superficial de ar, me virei e abri a porta do carro. Ele saltou logo atrás de mim e imediatamente fechou uma das mãos em meu pescoço. Imaginei que o gesto passava a impressão de controle e dominância, mas havia algo de tranquilizador no peso da mão dele em contato com minha pele. Fazia com que eu soubesse que ele estava ali.

Segurando o Archer pelo braço, Dee o conduziu em direção aos degraus da varanda da casa dela. Fez uma pausa apenas para lançar um rápido olhar para o Daemon por cima do ombro. Não tinha ideia se eles estavam se comunicando ou não, uma vez que havia uma boa chance de que algum outro Luxen pudesse escutar.

Daemon me fez contornar a frente do Explorer e, ao nos aproximarmos da minha casa, reparei nas ervas daninhas mais uma vez. Heras haviam brotado com força, tão grossas e numerosas que tinham começado a subir pelas laterais da varanda, enrolando-se no corrimão.

LUX 5 Opostos

Meu olhar se voltou para a porta de entrada.

Ela estava aberta. Apenas a segunda, de vidro, estava fechada. Com o coração martelando feito um louco dentro do peito, tive que me forçar a andar devagar, como se o Daemon estivesse me conduzindo, e não o contrário.

Os degraus rangeram sob nossos pés, e o familiar estalo de uma tábua solta do piso da varanda fez com que eu desse um pequeno pulo.

— Definitivamente há Luxen nas redondezas — disse ele por entre os dentes.

O que significava que eles podiam estar em qualquer lugar, tanto na mata do outro lado da rua quanto dentro de casa. A julgar pela intensidade com que Daemon os sentia, podiam muito bem estar sentados na sala de estar. Um calafrio me percorreu de ponta a ponta quando Daemon passou o braço livre em volta de mim e abriu a porta de vidro. Pisando sem fazer o menor barulho, entramos e fomos imediatamente acolhidos pelo ar levemente aquecido do interior e o perfume que eu tanto sentira falta — roupa lavada.

Meus olhos ficaram marejados ao corrê-los pelo vestíbulo. Tudo continuava igual. Ó céus, havia caixas da Amazon ao lado da porta, juntamente com correspondências. Sabia que as caixas estavam repletas de livros, que deviam ter chegado sem parar até as editoras se darem conta de que eu não postava nada no blog havia meses.

Minha sacola de livros repousava ao lado da adorável pilha de correspondência fechada, assim como meus chinelos. Mamãe os deixara ali, como se soubesse que eu voltaria. O fato de ela não os ter removido fez com que meu lábio inferior começasse a tremer, e tive que piscar algumas vezes para conter as lágrimas.

Ainda sem fazer barulho, seguimos até a sala de estar. Deserta. Olhei para a escada e, em seguida, para o corredor, na direção da área de serviço. Fui assaltada pela lembrança do dia que havia dançado de meias, brandindo os braços, e o Daemon tinha entrado sem bater e me pego no flagrante. Tremendo, inspirei para me acalmar. Tantas lembranças! Doídas, de um jeito ao mesmo tempo bom e ruim, doce e amargo. Daemon apertou de leve meu pescoço, e passamos para a sala de jantar. Dali dava para ver a cozinha.

Meu coração parou e, então, disparou.

A mão do Daemon em meu pescoço se fechou um pouco mais.

Era ela — minha mãe.

Ela estava parada ao lado da pia, de costas para a gente, e... ai, meu Deus, era ela mesma — os cabelos louros presos num coque severo no centro da cabeça. Mas não usava seu típico uniforme de enfermeira, e sim um par de jeans escuro com um suéter fininho. As lágrimas afloraram novamente. Não consegui impedi-las.

— Mãe? — Minha voz falhou.

Ela enrijeceu as costas por um segundo enquanto eu dava um passo à frente, cansada de fingimentos. Daemon tentou me segurar, mas eu era rápida quando precisava, e consegui me desvencilhar.

Minha mãe se virou.

Ela estava *ali*. Estava *bem*. Estava *viva*.

— Kat! — gritou Daemon.

Com a visão embaçada pelas lágrimas como uma verdadeira manteiga derretida, atravessei correndo a cozinha, contornei a mesa e, em questão de segundos, estava diante dela, jogando os braços em volta de seu pescoço.

— Mãe!

Mantive-a num abraço apertado, inalando seu perfume e me deixando inebriar por ele, o que aliviou um pouco os nós em...

De repente, um par de braços me envolveu pela cintura e me puxou para trás. Colidi contra um peitoral de pedra. Meu cérebro entrou em curto. Não entendia o que estava acontecendo. E, então, meus pés deslizaram pelo chão ao mesmo tempo que o Daemon se postava na minha frente, com um dos braços abertos para me proteger.

— Daemon, para com isso! — Lutei para sair de trás dele, mesmo sabendo que deveria permanecer na minha, mas isso era diferente. Não havia ninguém ali que quisesse nos machucar. Estávamos bem, e eu queria a minha mãe.

— Katy — falou Daemon. O tom rouco de sua voz e o modo como proferiu meu nome me fizeram congelar.

Com a respiração pesada, ergui a cabeça a fim de espiar por cima do ombro dele, e... e dei uma olhada na minha mãe, uma boa olhada.

LUX 5 OPOSTOS

Meu mundo inteiro desmoronou — partiu e se espatifou em milhares de pedacinhos minúsculos e profundamente afiados, que me rasgaram por dentro até me deixarem em frangalhos.

Seus olhos... eles eram de um azul brilhante, sobrenatural.

Tão azuis que pareciam duas safiras magistralmente lapidadas. Só que os olhos da minha mãe eram amendoados, mais verdes do que castanhos, dependendo do tempo e do humor.

— Não — murmurei, balançando a cabeça em negação. — Não. Não.

Ela inclinou a cabeça ligeiramente de lado e olhou de mim para o Daemon. Em seguida, abriu um ligeiro sorriso totalmente destituído de qualquer calor.

— Estávamos esperando vocês.

Não, não e não.

Desvencilhei-me do Daemon e recuei, sem conseguir despregar os olhos da minha mãe — não, minha mãe, não. Esta não era minha mãe. Não era *ela*. Aqueles olhos azuis frios acompanharam meus movimentos, os lábios ainda curvados num sorriso enquanto me observava de uma maneira tão apática que dava para sentir o gosto.

— Não. — Eu parecia um disco quebrado. Era tudo o que conseguia dizer enquanto meu coração se partia com o horror da realidade.

Minha mãe não estava mais ali.

E nunca mais estaria. Nunca.

Ela havia sido assimilada. Minha mãe se fora. Para sempre.

DAEMON

Eu já devia saber.

Isso era tudo em que conseguia pensar. Eu já devia saber que havia a probabilidade de algo assim acontecer. Que os Luxen invasores viriam atrás da mãe da Kat e fariam algo pavoroso na esperança de que ela ou eu ou algum dos outros voltasse para casa. Ou talvez não estivessem realmente esperando pela gente e tivessem feito isso apenas por crueldade, uma vez que o Ethan sabia quem era a mãe dela e o que um ato desses provocaria.

Pude sentir em meu próprio peito o coração da Kat se partindo, como se fosse o meu. Já experimentara esse tipo de dor, quando os agentes me disseram que o Dawson estava morto. Gostaria que ela jamais tivesse que passar por isso, mas não havia como evitar.

Com os olhos arregalados, Kat recuou alguns passos cambaleantes até bater de costas na parede. Ela, porém, pareceu nem se dar conta disso, e continuou repetindo a mesma palavra sem parar.

Não.

Lágrimas escorriam por seu rosto quando ela ergueu as mãos, como se quisesse afastar a realidade, mantê-la a distância. Ela, então, cruzou os braços sobre a barriga e se dobrou ao meio.

Meu olhar se voltou para a Luxen parada diante da pia, sorrindo friamente enquanto observava a Kat desmoronar. Os filhos da mãe tinham feito isso com ela.

A raiva aflorou como um vulcão, espalhando-se por cada célula do meu corpo. Não usei a arma — o tiro, o barulho, seria demais para uma situação daquelas. Porque mesmo que não fosse a mãe da Kat, a Luxen se parecia com ela. A alienígena diante de mim percebeu o que estava para acontecer um segundo tarde demais. Ela começou a se transformar ao mesmo tempo que eu liberava minha fúria e a atingia no peito com uma rajada da Fonte, fazendo-a girar e colidir contra a bancada. A desgraçada tentou se agarrar à pia, mas a acertei com outra descarga na parte de trás da cabeça.

Sua luz, de um branco ofuscante, piscou uma, duas vezes, e então se apagou como uma lâmpada que é desligada. Ela caiu por cima de um saco de batatas e resvalou para o chão com um baque surdo. De volta à forma verdadeira, o brilho de sua malha de veias foi se apagando até restar apenas uma carcaça com contornos humanoides.

Kat caiu de joelhos, chorando copiosamente com o queixo encostado no peito.

Corri ao encontro dela.

— Kat... gatinha. Eu... — Não havia nada que eu pudesse dizer, exceto: — Sinto... sinto muito.

LUX 5 Opostos

Ela se moveu sem aviso. Plantando as mãos no chão da cozinha, jogou a cabeça para trás e soltou um grito de partir o coração, de uma tristeza profunda e absoluta.

No começo foi um leve tremor sob meus pés, mas que foi aumentando até chacoalhar a mesa da cozinha e os pratos e copos nos armários. O tremor, então, tornou-se quase um terremoto, que fez a casa gemer e nuvens de poeira se desprenderem do teto. Uma cadeira tombou de lado e, em seguida, outra. Em algum lugar da sala, uma janela explodiu.

Kat ia implodir a casa.

— Merda.

Agachei ao lado dela e a envolvi em meus braços, puxando-a para mim. Ela tremia da cabeça aos pés, o que fez com que me desequilibrasse e caísse sentado de bunda no chão. Puxei-a, então, para o colo e entrelacei uma das mãos em seu cabelo, pressionando seu rosto contra o peito. Isso, porém, não ajudou em nada a abafar os altos soluços que a acometiam.

Deus do céu, não tinha a menor ideia do que fazer. Não sabia como aliviar aquela dor, que no momento era a única coisa com a qual eu me preocupava.

— Vai ficar tudo bem, meu amor — falei de encontro ao topo da cabeça dela. — Estou aqui, gatinha. Estou com você.

Ela não deu sinal de ter me ouvido. Simplesmente enterrou o rosto ainda mais em meu peito, o dela própria subindo e descendo visivelmente, a pulsação acelerada demais. Kat, então, se fechou numa bola, soluçando de maneira entrecortada e irregular, o que me rasgou por dentro.

Eu devia ter previsto.

No entanto, não havia como saber se o Luxen estava dentro ou fora de casa antes de entrar. Outros apareceriam, mas tudo o que eu podia fazer era abraçá-la, mantendo-a o mais perto de mim possível enquanto olhava para o teto. Uma rachadura se formara bem no meio, mas a casa agora estava calma, exceto por um leve tremor nas fundações de poucos em poucos segundos.

Acariciei-lhe as costas e pressionei um leve beijo no topo de sua cabeça. Outro Luxen se aproximava. Quando a porta da frente se abriu com um estrondo, escutei minha irmã me chamar.

— Estou aqui.

Kat continuava tremendo em meus braços e, embora os soluços tivessem amainado, seu desespero ainda estava longe de terminar.

— O que está acontecendo...? — Dee parou de supetão na porta da cozinha. Seu olhar recaiu rapidamente sobre a Luxen morta e, em seguida, se voltou para a gente. — Kat?

Archer estava logo atrás dela, com uma das mãos fechada em seu ombro. Vendo que ele havia captado o que acontecera, voltei a atenção novamente para a Kat. Envolvi sua cabeça com a mão livre e apoiei a minha sobre a dela, mantendo-a assim.

Soube na hora que o Archer tinha contado a Dee o que acontecera, pois minha irmã soltou um grito e, num piscar de olhos, estava atrás da Kat, estendendo os braços a fim de puxá-la para um abraço. Eu, porém, não podia soltá-la.

— A gente sentiu a casa tremer — disse Dee, me olhando por cima da cabeça da Kat. — Sei que não devia ter vindo aqui. Que isso não estava no plano, mas fiquei preocupada.

O plano já era. De forma alguma eu poderia dar prosseguimento a ele após o que acabara de acontecer. Não poderia tratar a Kat do jeito como teria que fazer. Tinha que tirá-la dali.

— Foda-se o plano — disse Archer de modo grave, ecoando meus próprios pensamentos. — A gente precisa dar o fora daqui, ir para algum lugar seguro e nos reorganizar. Não podemos...

Não podíamos fazer a Kat passar por isso, qualquer que viesse a ser o desfecho. Eu estava mais do que pronto para entrar no Explorer e dar o fora dali. Para o inferno não só com o plano como com tudo ligado a ele. Tínhamos feito a nossa parte. Os Arum estavam a caminho, e tudo o que nós tínhamos conseguido fazer agora — tudo o que eu tinha conseguido — era expor a Kat a uma das piores dores do mundo, a de perder um ente amado, e testemunhar isso em primeira mão.

Enquanto a Dee se afastava lentamente, corri as mãos pelos braços da Kat.

— Precisamos ir — falei, me levantando devagarinho e a puxando comigo.

Suas pernas não pareciam estar funcionando, e seu rosto estava vermelho de tanto chorar. Ela ergueu a cabeça e me fitou, os lábios tremendo e aqueles lindos olhos vidrados.

LUX 5 Opostos

— Ir? — Sua voz falhou.

Assenti com um menear de cabeça. No mesmo instante, Kat se desvencilhou de mim. Ela se virou de costas e, quando fiz menção de agarrá-la, virou-se de novo e me deu um soco na boca do estômago. Mal senti o golpe.

— Kat...

— Não — retrucou ela, armando outro soco. Dessa vez, acertou meu braço. — Não! — A exclamação foi acompanhada de uma bofetada.

Com os olhos arregalados, Dee fez menção de se aproximar, mas ergui uma das mãos para detê-la. Minha irmã balançou a cabeça, frustrada, ao ver a Kat acertar mais um soco não muito eficiente em outra parte do meu corpo.

— Está tudo bem — falei para eles. — Encontro vocês lá fora.

Dee franziu o cenho.

— Mas...

— Vão!

Ela hesitou, porém Archer deu um passo à frente e a pegou pela mão. Ao vê-los seguirem para a porta, voltei minha atenção novamente para a Kat. Não tinha sequer certeza de que ela estava me vendo. Suas pupilas estavam brancas e brilhantes. Ela fez menção de me socar de novo, e eu deixei.

— Faça o que você precisa fazer — pedi com sinceridade.

Kat começou a socar meu peito, a princípio com alguma força. Continuei parado ali, deixando-a extravasar até os socos se tornarem mais espaçados e seus ombros começarem a tremer. Ela jamais conseguiria me infligir tanta dor quanto estava sentindo.

— Ó céus — murmurou ela, apoiando a cabeça em meu peito. — Ó céus, ela está morta. Minha mãe está morta. — Seus braços penderam ao lado do corpo. — Eles... eles fizeram isso com ela. Por quê?

Passei os braços em volta dela.

— Não sei, meu amor. Sinto muito... muito mesmo.

Kat continuou parada ali, tremendo. Odiava não poder lhe dar tempo para se ajustar, dar vazão à sua dor.

— Temos que ir...

De repente, um calafrio percorreu minha pele. Lá estava ele de volta, aquele zumbido constante reverberando com mais força em minha mente.

Merda! Girei nos calcanhares, protegendo a Kat com meu próprio corpo ao mesmo tempo que a porta da frente se abria mais uma vez.

Um som de passos pesados ecoou pelo corredor e, em seguida, pela sala de jantar. Enrijeci, sabendo que não era a Dee nem o Archer. Pelo visto, o plano de voltar para casa e esperar que eles viessem até a gente tinha dado certo. Certo até demais.

Ethan Smith entrou na cozinha.

[23]

DAEMON

O canalha entrou na cozinha como se fosse o dono do lugar, totalmente à vontade e sem um pingo de medo. Até mesmo as malditas calças pretas com camiseta branca pareciam ter sido recém--passadas.

A arma enfiada no cós da calça, atrás, começou a queimar minha pele, mas antes que eu tivesse a chance de sacá-la, ele falou:

— Nem pense em fazer nada. Sei que nem você nem a sua irmã estão do nosso lado. Eu sabia que *você* seria difícil, mas sua irmã me surpreendeu. O jogo acabou. — Ele mal olhou para a gente ao seguir até a mesa, desvirar uma das cadeiras e se sentar. — Se algum de vocês me desagradar, ela e aquele outro serão mortos num piscar de olhos. Mantenham isso em mente.

Um rosnado baixo reverberou em minha garganta.

Ethan olhou para a Luxen morta e, em seguida, com um ruído de reprovação por entre os dentes, aqueles olhos violeta voltaram a pousar na gente.

— Daemon Black, eu tinha tanta esperança em você!

Precisei recorrer a todo o meu autocontrole para não mandá-lo dessa para melhor.

— Engraçado, você soa igualzinho a alguém que eu conheço. Ela também ficou desapontada.

Ele ergueu uma sobrancelha escura.

— Hum. Deixe-me adivinhar. Nancy Husher?

Rangi os dentes.

— Você tem contato com ela?

Ethan esfregou a parte de trás dos dedos nas coxas e, em seguida, cruzou as pernas.

— Na verdade, não. Por favor... — Estendeu uma das mãos e outras duas cadeiras se desviraram sozinhas. — Sentem-se.

— Não, obrigado — respondi. Kat se aproximou de mim. Não fazia ideia do que ela estava sentindo ou pensando no momento.

O antigo abriu um sorriso tenso.

— Isso não foi um pedido. Sentem-se ou eu mando os outros lá fora matarem sua irmã. Lentamente.

A raiva era como ácido em minhas veias. Olhei para o antigo, ou o que quer que ele representasse de fato para a nossa espécie.

Foi Kat quem falou, numa voz surpreendentemente calma, para alguém que acabara de passar pelo que ela havia passado.

— Tudo bem, vamos sentar.

Olhei de relance para ela. Kat estava pálida e com as pálpebras ligeiramente inchadas, porém seus olhos cinzentos o observavam de modo afiado. Dei-lhe a mão.

Ethan riu.

— Me diga, Daemon, o que te fez se apaixonar por uma humana?

Como diabos eu poderia responder a uma pergunta dessas? Sentei na cadeira mais próxima a ele, o que deixou Kat com a mais afastada.

— Por que você quer saber?

— Estou curioso. — Ele inclinou a cabeça ligeiramente de lado. — Responda.

Meus dentes iam rachar.

— Tem alguma coisa nela que não seja absolutamente adorável?

— Bem, ela é humana. — Ele olhou rapidamente para a Kat e franziu o lábio superior. — Ela pode até ter passado por uma mutação, mas no fundo ainda é humana.

— E daí? — desafiou Kat.

Ethan a ignorou.

— Ela é humana, Daemon.

— Para mim, isso não faz a menor diferença.

— Jura? Porque lembro que você costumava detestar os humanos. Odiava o que eles fizeram com o seu irmão e como isso repercutiu em sua família — retrucou o antigo. — Aquele era o Daemon no qual depositei tanta fé.

— Eu estava errado em odiar os humanos por causa do que aconteceu com o Dawson. Não foi culpa da Beth ou do fato de ele ter se apaixonado por ela. Foi culpa do Daedalus.

— Uma organização controlada totalmente por humanos.

Estreitei os olhos. Tudo o que podia fazer era mantê-lo falando, ao mesmo tempo que tentava não pensar em nada relacionado ao nosso plano.

— Tem razão. Obrigado pelo esclarecimento.

Ele não pareceu nem um pouco afetado.

— Não pode me dizer que, se o seu irmão não tivesse conhecido aquela garota humana, as coisas seriam muito diferentes. O mesmo vale para você. Talvez o mundo todo fosse diferente. Afinal de contas, o que vocês fizeram em Las Vegas nos proporcionou a oportunidade perfeita.

Um músculo em meu maxilar começou a pulsar. *Aquela garota humana.* Lembrava de ele ter se referido à Kat desse jeito umas duas vezes, mas na hora não havia percebido o puro ódio em suas palavras, apenas um certo desprezo. Agora, porém, era notório. Ah, sim, agora eu conseguia captar com clareza.

— E, quer saber, Ethan? — Podia sentir os olhos da Kat em mim. — Eu não mudaria nada. Nem o Dawson. Portanto, engula essa.

Um brilho branco surgiu rapidamente por trás daqueles olhos violeta, mas logo desapareceu.

— E se eu dissesse que seus pais estavam vivos quando chegaram aqui?

Fiquei sem reação por um momento — não consegui pensar em nada. As palavras não faziam sentido.

— Como assim? — Kat exigiu saber.

Ethan sequer lançou um olhar de relance para ela. Seus olhos estavam fixos em mim, como se pretendesse me levar para jantar mais tarde.

— Seus pais, Daemon. E se eles tivessem vindo para a Terra e sido mortos por humanos? Como você se sentiria a respeito de sua preciosa humana sabendo disso? Ou a respeito de qualquer humano?

Incapaz de manter um ar de indiferença perante o que ele estava dizendo, recostei na cadeira e o fitei. Mais uma vez, pude sentir os olhos da Kat em mim, e não precisei de muito para descobrir a resposta.

— Eu me sentiria do mesmo jeito.

Ethan me fitou de volta com curiosidade.

— Eles... eles estavam vivos? — perguntou Kat.

— Não importa — retruquei. E era verdade. Nada disso importava mais. — É tudo bobagem. — Crispei as mãos sobre o tampo da mesa. — O que você quer, Ethan? Por que essa história? Quer conquistar o planeta ou algo do gênero?

— Dominar o mundo? — Ele riu. — Isso é tão clichê! Tão bobo! Não estou nem aí para esse lance de conquistar a Terra ou qualquer outro planeta.

Ergui as sobrancelhas.

— Meus pais foram mortos, Daemon. Mas você provavelmente já tinha deduzido isso, uma vez que sabe exatamente o que eu sou. Além disso, tenho certeza de que a Nancy te contou... bem, te contou parte da verdade. — O antigo entrelaçou as mãos sobre o colo. — Fui parte do primeiro grupo de originais, antes de a Nancy aparecer, ainda novinha, e assumir o Daedalus.

Um dos primeiros originais? É, se o que a Nancy dissera fosse verdade, o primeiro grupo não tinha sido um grande sucesso.

— Quando eles descobriram que meu pai havia transformado a minha mãe, eles os capturaram. E começaram a fazer experiências. Qualquer amor que os dois pudessem ter um pelo outro foi destruído pelas coisas que fizeram com eles e que os obrigaram a fazer, inclusive eu — explicou ele, sem um pingo de emoção. — Fui parte de um grupo limitado de originais, e cresci num laboratório.

— Que merda!

O sorriso tenso apareceu de novo.

— Você não faz ideia. Passei vários anos sabendo que podia ser morto se fizesse qualquer coisa errada. Testemunhei diversas vezes originais, jovens

LUX 5 Opostos

demais para entenderem de fato o que eram, serem levados e nunca mais aparecerem. Eles foram mortos. E, então, fui obrigado a ver meus pais serem mortos por causa de uma infração que eu cometi.

Minhas mãos coçavam, na verdade o corpo inteiro, para terminar logo com isso.

— Como eu disse, que merda! Mas não entendo aonde você quer chegar com essa história.

— Não? — Ethan riu e, pela primeira vez, seu rosto demonstrou alguma emoção. — Vivi no laboratório do Daedalus até ficar velho o bastante para ser enviado para outro lugar, embora ainda monitorado. Não ganhei um cargo de senador ou de doutor. Isso não. Fui enviado para nossa comunidade Luxen, com ordens de ficar de olho neles. — Soltou outra risadinha. — Como se eu fosse ajudá-los com o que quer que fosse. Nem eu nem nenhum outro da minha turma de originais.

— Turma?

— Isso mesmo. Ao todo foram cerca de cinco turmas. Fui parte da primeira. Seu amigo lá fora era da segunda, e depois vieram mais três.

Imaginei que as duas últimas fossem a do Luc e a das crianças assustadoras.

— Todos os originais do seu grupo são como você?

— Como eu? — Ethan bufou e balançou a cabeça, frustrado. — Você quer saber se eles desejam o mesmo que eu ou se não estão mais sobre o controle do Daedalus? Sim para as duas coisas. Nenhum original pode ser realmente controlado por ninguém. Somos o mais próximo que existe de um deus.

— *Uau!* — murmurou Kat, mas sem som.

— E os poucos que sobraram da minha turma desejam o mesmo que eu.

Kat chegou mais para a frente e tirou as mãos de cima da mesa.

— Poucos? Não sobraram muitos da sua... ahn, turma?

O olhar dele recaiu sobre ela, o que me incomodou. Não gostei nem um pouquinho.

— Depois que vocês dois escaparam do Daedalus e provocaram aquela situação em Las Vegas, o Daedalus começou uma operação de limpeza... erradicando os originais.

Ela franziu as sobrancelhas.

— Eles disseram que só começaram isso depois da invasão.

— E você acredita em alguma coisa que um humano diga? Claro que sim, porque também é humana. — O antigo soltou uma risadinha sarcástica, o desprezo evidente. O cara estava começando a me deixar *realmente* irritado. — Eles começaram a limpeza assim que vocês deram aquele pequeno espetáculo em Las Vegas. Por todo o país, fomos caindo feito moscas. Simplesmente chegou a hora de acabar com isso.

— Acabar com isso. — Estava começando a entender aonde ele queria chegar. — Você encontrou um meio de se comunicar com os Luxen fora do planeta.

— A gente vinha estudando uma forma. Digamos apenas que conseguimos abrir a porta para eles. Foi o momento perfeito. — Ele abriu bem as mãos, as palmas para cima. — E, agora, aqui estamos. A maioria dos Luxen, tanto os que já estavam na Terra quanto os que chegaram recentemente, responde a mim. — O sorriso se alargou mais um pouco. — Posso ser muito convincente.

Kat o encarou. Alguns segundos se passaram em silêncio.

— Você odeia os humanos.

— Eu os abomino — confirmou ele. — Eles são desprezíveis. São fracos e frágeis. Volúveis e perigosos. Merecem tudo o que estão prestes a receber. Os Luxen querem governá-los, e assim será. Eles já estão no comando, o que por mim tudo bem. Não dou a mínima para o que estão fazendo, desde que os humanos sofram e experimentem tudo o que eu experimentei.

— Tudo isso... tudo isso é por causa do que aconteceu com você? — perguntou ela, balançando a cabeça lentamente em reprovação. Sua voz soava incrédula. Não podia culpá-la, eu também estava chocado.

Dominar o mundo pelo menos era uma aspiração válida. Mas isso? Isso era apenas um ódio desmedido, aliado à vingança e... sim, loucura. Como Ethan conseguira convencer tantos Luxen a ficarem do seu lado estava além da minha compreensão. Como eles podiam não enxergar o que ele era de verdade? Embora, diabos, até então *eu* mesmo jamais o enxergara de fato.

LUX 5 Opostos

— Você está fazendo isso só por causa do que aconteceu com você? — repetiu Kat.

— E pelo que eles fizeram com outros da minha espécie. — Os olhos dele faiscaram novamente. — E o que eles continuariam a fazer, mesmo que o Daedalus e seus projetos tenham sido desmantelados.

— Mas existem pessoas que jamais fariam essas coisas. Que teriam acolhido os Luxen de braços abertos — argumentou ela. — Você não pode julgar uma raça inteira com base nas ações de um pequeno grupo.

— Posso, sim — retrucou ele.

Jesus! Não havia palavras para descrever uma coisa dessas.

— Isso é loucura! — Kat ficou vermelha de raiva, e, maldição, ela estava certa. — É pior do que os sentimentos que os Luxen nutrem pelos Arum e vice-versa. É absolutamente...

Ethan se moveu mais rápido do que meus olhos podiam acompanhar. Num segundo ele estava sentado e, no seguinte, ao lado da Kat, os dedos fechados em sua garganta.

Levantei da cadeira num pulo, derrubando-a no chão. Comecei a me transformar. *Solta ela!*

Seus dedos se fecharam ainda mais.

— Dê um passo, se transforme ou invoque a Fonte e eu quebro o pescoço dela. Vamos ver se você consegue curá-la de uma coisa dessas.

Meu coração... — merda! — meu coração simplesmente parou enquanto eu os observava. Ele *me* tinha a seus pés, uma vez que tinha meu mundo inteiro em suas mãos. Forcei-me a interromper a transformação e disse as duas únicas palavrinhas que achava que jamais diria àquele canalha.

— Por favor... — Engoli em seco, mas as palavras saíram com mais facilidade do que eu jamais poderia imaginar. — Não a machuque.

Ethan deu uma risadinha sarcástica.

— Você implora por uma humana que jamais faria o mesmo por você?

— Eu faria qualquer coisa por ela.

— E eu faria... o mesmo por ele. — Kat soltou num ofego, as mãos se fechando sobre o colo. — Eu jamais seria... tão surtada quanto você.

— Kat — alertei.

Ethan apertou o pescoço dela de novo, e Kat se retraiu.

— O que foi que você disse?

— Você é pior... do que os Luxen. Julgou milhões de pessoas por algo que elas não fizeram. — A voz dela falhou. — Você matou minha mãe, e ela nunca lhe fez nada. Provavelmente nem sabia o nome dela.

— Aquela vaca? — Ethan cuspiu de volta. — Ela sequer merecia que eu soubesse seu nome.

Várias coisas aconteceram ao mesmo tempo. Uma luz azul espocou lá fora, um feixe que iluminou todas as janelas e se projetou sobre as paredes. Um ruído de asas gigantes ecoou acima do telhado. E gritos soaram de todas as direções.

Ethan ergueu a cabeça, franzindo o cenho numa expressão de perplexidade.

Kat chutou a cadeira para trás e levantou a perna com tudo. Seu pé acertou em cheio a virilha do antigo. Ela, então, se desvencilhou dele com um safanão, fazendo-o perder o equilíbrio e cair sobre a mesa. Corri ao encontro dela e a segurei pelos ombros antes que ela caísse também. Suspendi-a e a tirei do alcance do Ethan ao mesmo tempo que me transformava.

A janela acima da pia, que dava para o jardim da frente, explodiu. Puxei a Kat para trás de mim a fim de protegê-la da chuva de cacos de vidro.

Um pelotão de homens de preto com os rostos cobertos por capacetes invadiu a cozinha como uma cena retirada de um filme de ação, os pés esmagando os cacos. Presumi que fossem os militares, ou então uma equipe da SWAT estava invadindo a casa errada. As gigantescas armas que eles portavam — PEP — confirmaram que se tratava do primeiro grupo.

Continuei mantendo a Kat atrás de mim. Não queria que ela fosse pega no fogo cruzado que estava prestes a começar. Só que eu não era o único preocupado em escapar da confusão.

Ethan girou nos calcanhares e fugiu.

✹ ✹ ✹

LUX 5 Opostos

Katy

Um vendaval de emoções turbilhonava dentro de mim. Era como se eu fosse um tornado, prestes a varrer tudo em meu caminho. Meus sentidos estavam em curto, e eu estava aturdida por tudo o que havia acontecido — que estava acontecendo.

Homens de preto tinham acabado de entrar em minha casa através das janelas.

Minha mãe estava morta.

O mundo inteiro fora tirado dos eixos. E tudo por causa de uma vingança. Somente isso. Nada mais. Apenas uma vingança ensandecida, que afetara o mundo inteiro — meu mundo. Não havia outro motivo além desse. Nenhuma razão válida.

Quando Ethan se virou para fugir, não parei para pensar. Não hesitei em pegar a Glock que trazia presa às costas — a arma modificada. A coisa aconteceu muito rápido. Enquanto os homens gritavam para que Ethan parasse, mirei.

Ele já estava junto da pia, prestes a dar uma de Houdini e escapar pela janela. Sabia que, se conseguisse sair, nunca o encontraríamos. Teríamos que começar tudo de novo, e o canalha jamais pagaria pelo que havia feito.

Mirei na cabeça dele e puxei o gatilho.

Tudo isso aconteceu num prazo de um ou dois segundos, e os meses e anos que haviam levado a essa situação chegaram ao fim num piscar de olhos.

Ethan caiu de cara no chão da cozinha.

Já era.

Morto.

A vida dele chegara ao fim na velocidade necessária para mover um dedo. A morte da minha mãe provavelmente demorara mais e fora muito mais dolorosa. *Ethan tem sorte*, pensei, ainda atordoada. Num segundo o cara estava vivo e, no seguinte, não mais.

Com a mão trêmula, baixei a arma, vagamente ciente dos olhos do Daemon em mim e dos homens virados em minha direção, os rostos escondidos atrás das viseiras dos capacetes. Ainda assim, podia sentir seus olhos em mim também.

Ethan estava morto.

Não foi como acontecera com os outros Luxen. Não houve nenhum show de luz antes de ele morrer. De forma irônica, Ethan deixara a Terra do mesmo jeito que os humanos que tanto odiava — os humanos dos quais, na verdade, descendia. Dava para ser mais surtado que isso? A mãe dele tinha sido uma híbrida, ou seja, em parte, humana. Será que ele se odiava também? E por que eu estava pensando nessas coisas? Nada disso tinha a menor importância.

Tentei inspirar fundo, mas o ar ficou preso na garganta. Sentia o corpo ao mesmo tempo frio e quente, muito quente.

Um dos homens se virou e levou a mão enluvada à lateral do capacete. Após uma explosão de estática, ele disse:

— Eles estão aqui.

A princípio achei que estava falando dos Arum, porém os feixes de luz que subitamente acenderam o mundo lá fora me disseram que não se tratava de nossos aliados alienígenas.

— Vão! Vão! — ordenou um dos sujeitos que parecia pertencer a uma equipe da SWAT.

Cinco deles saíram do mesmo jeito como haviam entrado, pelas janelas. Senti vontade de ressaltar que a porta ficava a apenas alguns passos de distância, mas continuava chocada demais. Enquanto isso, Daemon se aproximou de mim e fez menção de tirar a arma da minha mão.

Dei um pulo para trás, apertando o cabo com mais força ainda.

— Kat...

Meu olhar recaiu sobre o Ethan e, em seguida, sobre a Luxen que havia assimilado minha mãe. Enquanto permanecia parada ali, gritos ressoaram lá fora. Ainda que fosse dia claro, a impressão era de que raios cruzavam o ar horizontalmente. Daemon soltou um palavrão, sua atenção dividida entre mim e o lugar onde a irmã estava. Tomei a decisão por ele.

— Ainda não acabou — falei numa voz um pouco esganiçada demais.

Ele deu mais um passo calculado em minha direção e abaixou ligeiramente a cabeça a fim de me fitar no fundo dos olhos.

LUX 5 Opostos

— Pra gente acabou, Kat. Pra gente, sim.

— Não. — Ainda não tinha acabado. Coisas demais continuavam fervilhando dentro de mim, um misto de energia inquieta, raiva e mil outras emoções. — Não.

— Kat...

Girei nos calcanhares e saí correndo da cozinha em direção à porta de entrada. Daemon estava logo atrás de mim quando a abri.

O caos havia se instaurado.

Cerca de uma dúzia de Luxen tinha saído de trás da densa fileira de árvores que cercavam nossas casas, e, com eles, pelo menos três originais. Não consegui ver a Dee ou o Archer em lugar algum, mas havia corpos estendidos no chão, tanto humanos quanto alienígenas. Feixes das PEP e rajadas da Fonte cruzavam o jardim de um lado para o outro. Os Luxen estavam em maior número do que os humanos e, em suas formas verdadeiras, emitiam uma luz tão brilhante quanto o sol que penetrava através das nuvens.

Era uma cena de guerra, muito parecida com a que ocorrera em Las Vegas. As árvores mais próximas estavam chamuscadas, com alguns dos galhos queimando e liberando uma fumaça preta no ar. Um cheiro forte de queimado impregnava toda a área, o que fez meu estômago revirar.

Os Luxen lançavam rajadas da Fonte sobre os homens de preto como se estivessem arremessando bolas de beisebol, uma atrás da outra. Uma delas acertou um soldado bem no meio do peito, fazendo-o girar e despencar perto da varanda. A PEP bateu no chão e disparou, lançando um feixe mortal em nossa direção.

Daemon me empurrou para o lado meio segundo antes de a rajada estourar contra a porta às nossas costas, espatifando o vidro.

Pelo canto do olho, vi o Archer cruzar feito um raio a entrada da garagem, empunhando uma arma e atirando sem parar — o mesmo tipo de arma que eu usara no Ethan. Ele foi acertando um Luxen atrás do outro como um atirador de elite fodástico. O primeiro caiu... depois outro e mais outro. Suas formas piscaram algumas vezes até se estabilizarem numa carcaça sem vida com contornos humanoides.

Foi então que vi a Dee agachada atrás do carro da minha mãe. Ela se levantava de poucos em poucos segundos e liberava uma rajada da Fonte na direção dos Luxen.

Daemon se postou na minha frente ao ver um dos originais vir correndo em direção à varanda, o braço estendido para trás sendo envolvido por uma luz branca numa velocidade estonteante. Num piscar de olhos, Daemon saltou por cima do corrimão e caiu sobre o original antes que ele tivesse a chance de fazer qualquer coisa.

Deus do céu, ele parecia um ninja! Muito foda também!

Incapaz de continuar parada ali sem fazer nada, ergui a arma de novo e comecei a atirar na direção dos Luxen até acabar toda a munição. Acertei uns dois, talvez três. Os tiros não foram fatais, porém Archer se encarregou de terminar o trabalho com descargas da Fonte.

Desci correndo os degraus, dispensando a arma ao mesmo tempo que outro original se aproximava do local onde o Daemon e seu oponente encontravam-se atracados num combate *mano a mano*. Daemon estava por cima, montado no babaca, o braço preparado para desferir mais um soco.

Meu coração ficou preso na garganta quando vi um flash de luz vermelho-esbranquiçada surgir da direção da casa do Daemon. Gritei para avisá-lo, mas não deu tempo. A bola de energia o acertou no ombro, derrubando-o de cima do original e o fazendo bater de costas no chão. Seu rosto se contorceu de dor enquanto ele levava a mão ao braço, os lábios murmurando uma série de palavrões.

Ele, então, assumiu a forma verdadeira e se colocou de pé num pulo. Sua luz era branca, com contornos de um vermelho vibrante. Estava prestes a liberar toda a sua "ninjice fodástica", mas algo profundamente violento continuava a fervilhar dentro de mim.

Meu olhar se fixou no original no jardim ao lado. A estática se espalhou pela minha pele. Uma fúria profunda fundiu minhas células, misturando-se à raiva e à dor que eu já vinha sentindo. Ela emergiu de mim numa onda de choque e foi liberada com uma descarga de poder.

O carro da minha mãe chacoalhou, fazendo a Dee dar um pulo para trás. Ela me fitou com os olhos arregalados, as ondas negras soprando em

LUX 5 OPOSTOS

torno do rosto. Abriu a boca para dizer alguma coisa, porém as palavras se perderam em meio à ventania.

A descarga de poder era como os ventos provocados por um furacão. Ela atingiu o Explorer, fazendo-o se erguer sobre duas rodas e o virando de cabeça para baixo. O veículo continuou sendo empurrado na direção do original, que girou nos calcanhares e fugiu.

Fugiu.

Meu cérebro havia desligado. Finquei as botas no chão, peguei impulso e parti correndo ao encalço dele. Escutei alguém gritar meu nome, mas não dei ouvidos; não podia parar. Meus pés foram ganhando velocidade à medida que a explosão de poder e energia se espalhava pelo meu corpo.

Ao alcançar o limite da floresta, escutei meu nome de novo, dessa vez em minha mente, mas não parei. Continuei a perseguição, ganhando mais e mais velocidade. Meu coração martelava como uma britadeira perfurando concreto, a pulsação tão errática quanto o bater das asas de um pássaro capturado numa arapuca.

O suor encharcou minha pele enquanto eu seguia correndo, meu cabelo esvoaçando às minhas costas. Galhos açoitavam meu rosto e meus braços como chicotes finos, agarrando-se e arrancando pequenas tiras de roupa. Isso, porém, não me deteve. Continuei com tudo, pulando por cima de pedras e troncos caídos, meus músculos gritando enquanto eu os levava ao limite.

O original se mantinha a um ou dois metros à minha frente, contornando árvores e pedregulhos grandes. Ponderei lá no fundo da mente se aquela energia violenta que fervilhava dentro de mim tinha sido testada o suficiente para assegurar que eu não me autodestruísse como alguns híbridos, tipo a Clarissa. Se não, será que essa... essa era a sensação provocada pela autodestruição?

Eu queimava por dentro, transbordando uma fúria assassina aliada à frustração e a uma tristeza tão atroz que era como um poço sem fundo. Não conseguia acreditar que meu coração pudesse bater tão rápido sem entrar em colapso.

Kat!

Escutei a voz de novo, mas estava focada no original, na necessidade de eliminá-lo, de acabar logo com isso sem que nenhum deles conseguisse escapar.

Não fazia a menor ideia da distância que já havia percorrido, mas as árvores tinham começado a rarear. Quando o original lançou um rápido olhar por cima do ombro, alguma coisa na expressão dele fez com que meus pés titubeassem ligeiramente.

Só que tarde demais.

Mais à frente podia ver a base das Seneca Rocks, erguendo-se tão altas quanto o olho conseguia enxergar, com seus cristais de quartzo brilhando sob a luz do sol. Seus picos pareciam dedos escarpados estendendo-se em direção ao céu. Foi então que me dei conta de que já havia percorrido muitos *quilômetros*.

Quando o original enfim deixou a mata, eu estava poucos segundos atrás dele. No entanto, ao passar pela última árvore, parei, ou melhor, tentei parar. Meus pés deslizaram pelo chão, levantando terra e arrancando tufos de relva. A primeira coisa que vi foram os telhados das casas situadas no pé da montanha. Mas então baixei os olhos e os corri freneticamente pelo aglomerado de pessoas à minha frente.

Havia centenas, quiçá milhares, e não eram realmente pessoas. De jeito nenhum. Eram Luxen. Talvez uns poucos originais também. Não fazia diferença. Meu coração quase pulou para fora do peito quando me dei conta do horror da situação em que me encontrava.

— Ah, merda! — Soltei num suspiro.

Um deles, uma Luxen, abriu um sorriso ao me ver começar a recuar, tentando engolir o súbito pânico. *Burra. Burra. Burra.* Eu era inacreditavelmente burra e inconsequente, mas, sobretudo, burra.

Tinha seguido direto até a colônia dos Luxen.

Não tive sequer um segundo para dar o fora dali. Fui subitamente ofuscada por uma explosão de luz vermelho-esbranquiçada, seguida por uma forte fisgada de dor no ombro. A força do ataque me lançou para trás. Meus pés perderam contato com o chão e, de repente, tudo o que conseguia ver era o céu azul acima de mim.

Ó céus!

LUX 5 Opostos

O baque com o chão, porém, nunca veio.

Fui envolvida por um par de braços fortes e quentes. Fiquei suspensa no ar por um momento e, então, senti meu corpo ser pressionado contra o Daemon, que estava parado diante da colônia em sua forma verdadeira.

Ele se posicionara como um escudo diante de mim, protegendo-me de sua própria espécie.

Eles começaram a se transformar, um após o outro, como aquelas luzinhas de Natal que piscam sucessivamente. Havia tantos, tantos. Jamais conseguiríamos lutar contra todos eles. Tampouco conseguiríamos escapar. E a culpa era minha.

Sinto muito, falei para ele. A única coisa em que conseguia pensar era que talvez um dos dois pudesse fugir se o outro provocasse uma distração. Ele não merecia isso. Com o ombro doendo e provavelmente fumegando, fiz menção de me afastar. *Sinto muito.*

O braço dele me apertou ainda mais, mantendo-me no lugar. *Não*, sua voz ecoou em minha mente. *Nem pense nisso. Se esse for o fim, vamos encará-lo juntos.* A luz dele retrocedeu, revelando a forma pela qual eu havia me apaixonado. Cabelos escuros e revoltos, maçãs do rosto proeminentes e olhos de um verde-esmeralda reluzente.

— Juntos — repetiu em voz alta.

Minha respiração ficou presa na garganta, enquanto uma onda de estática crepitava no ar à nossa volta. Meu corpo tremia com a energia contida e a certeza de que não havia como escapar.

— Juntos — murmurei.

Daemon abaixou a cabeça e roçou a boca bem de leve na minha. De repente, um ruído estranho fez o sangue congelar em minhas veias. Temia que esse fosse o fim.

Os gigantescos carvalhos e pinheiros à nossa volta começaram a balançar, os galhos farfalhando. Milhares de pássaros levantaram voo, as asas rasgando o ar e ganhando altitude enquanto voavam em círculos bem acima das casas para em seguida partirem na direção que tínhamos vindo.

Que diabos...?

Foi então que aconteceu algo muito estranho. Nuvens, densas e tão escuras que quase chegavam a ser pretas, despencaram do céu sobre as Seneca Rocks e continuaram mergulhando em direção ao chão numa velocidade estarrecedora.

Exceto que não eram nuvens.

— Ai, meu Deus! — murmurei.

Ainda me apertando de encontro a si, Daemon começou a recuar, afastando-se da fileira de Luxen, que tinham começado a se transformar ininterruptamente, assumindo e abandonando suas formas verdadeiras.

Alguém — só podia ser um Luxen que já estava na Terra antes ou um original — gritou:

— Arum!

[24]
Katy

Os Arum surgiram em massa, formas ganhando solidez à medida que pairavam acima das casas como sombras oleosas e encobriam tudo feito neve negra. Uma lufada de ar gélido nos envolveu pelas costas.

Ao nos virarmos, vimos outros tantos, pulando do meio das árvores e se aproximando em alta velocidade pela mata, quase nos derrubando enquanto se espalhavam pela área como um exército de formigas.

— Eles chegaram — falou Daemon. — Ele está aqui.

Não é que tinham chegado mesmo? Os Arum estavam por todos os lados.

Era como observar cem bolas de boliche derrubando mil pinos. Os que estavam no chão avançaram contra a primeira fileira de Luxen, fechando o cerco e engolindo-os por inteiro.

Outros mergulhavam do céu como gaivotas, pescavam um Luxen e o jogavam para o alto, onde eles eram capturados por outro Arum, transformado em algo aparentemente sólido, porém não por completo.

Recuei ao ver um Luxen vir em minha direção. Ele passou por mim e colidiu contra uma árvore, mas antes que pudesse cair, um dos Arum avançou, um borrão de escuridão, o apanhou e o arremessou com tanta força contra a árvore que o tronco se partiu, lançando pequenas farpas de madeira no ar.

O Arum assumiu a forma humana, uma mulher alta com cabelos negros como piche. Ela armou o ataque e enfiou a mão com toda a força no fundo do peito do Luxen. Ele soltou um grito que retiniu acima do rugido em meus ouvidos, ao mesmo tempo que a Arum voltava a se transformar em fumaça oleosa.

De repente, um original despencou no chão ao meu lado — não fazia a menor ideia de onde ele viera. O impacto chacoalhou os galhos, provocando uma chuva de folhas enquanto o infeliz deslizava pelo solo, levantando poeira e pedrinhas menores. Ele se colocou de pé com algum esforço e soltou uma rajada da Fonte, errando a mira ao ser novamente derrubado por uma densa sombra negra. A explosão de luz branca acertou um olmo, partindo-o ao meio. A imponente árvore tombou sobre um grupo de Arum e Luxen. Alguns conseguiram escapar pulando para o lado, mas não por muito tempo. Suas brilhantes luzes foram rapidamente apagadas quando outra onda de Arum chegou para o combate.

— Puta... — Soltei num suspiro, as mãos trêmulas.

Girei nos calcanhares e vi outro Luxen ser capturado em pleno ar. O processo de alimentação havia começado com força total, e eu... jamais vira nada parecido. Era um show de brutalidade, porém, ao mesmo tempo, perturbadoramente belo — flashes de luz em oposição às sombras densas. Um lindo contraste.

Uma das sombras se destacou do grupo e se solidificou diante da gente, uma criatura alta com pele como obsidiana polida. E, então, terminou de se transformar. Maçãs do rosto proeminentes. Lábios. Nariz reto. Tórax desnudo e calças de couro. E cabelos louros platinados.

Era o Lotho, parado ali com a cabeça virada para cima. O peito de alabastro estava coberto por um líquido azul brilhante. Ele sorriu de maneira um tanto insana.

— Hora do jantar.

Antes que qualquer um de nós pudesse responder, Lotho voltou para... ai, meu Deus, não sabia nem como descrever aquilo. Imaginei que deveria ter sido assim quando os nativos americanos chegaram à conclusão de que já haviam penado o bastante nas mãos dos peregrinos e os dizimado com habilidade e rapidez. Um verdadeiro massacre — bem merecido, mas, ainda assim, um massacre.

Respingos de sangue azul e brilhante voavam para todos os lados, encobrindo a relva e a área pavimentada em torno da vila. As luzes se apagavam como vaga-lumes esmagados. O combate foi se afastando, seguindo em direção ao apanhado de casas que costumavam ser protegidas pelos cristais de quartzo beta incrustados na montanha.

Um atrás do outro, os telhados das cabanas cediam sob o peso da colisão de algum Luxen ou Arum. Centelhas espocavam aqui e ali à medida que as linhas de frente dos Luxen eram derrubadas. Chamas irromperam de dentro das casas. Uma construção explodiu ao longe, fazendo com que eu me encolhesse ao sentir a onda de calor que se espalhou pela clareira. A lufada de ar quente, porém, rapidamente arrefeceu.

Outra casa explodiu, lançando tábuas de madeira pelos ares e uma chuva de cacos de vidro. Eu dei um pulo, imaginando ter escutado o Daemon me chamar, mas não conseguia desviar os olhos da destruição. Colunas de fogo elevavam-se em direção ao céu. Os gritos... eles soavam por todos os lados, retumbando em minha mente e me deixando toda arrepiada.

Meu estômago revirou.

O que era um sinal de estupidez e fraqueza, visto que eu já matara antes.

Só de pensar nisso meu cérebro quase congelou. A cena diante de mim perdeu nitidez. Quantas vezes eu já havia matado? Ó céus, acho que tinha perdido a conta.

— Kat, seu coração... — falou Daemon, erguendo uma das mãos e envolvendo meu rosto. O braço em volta da minha cintura afrouxou e, ao fitá-lo no fundo dos olhos, quase não consegui acreditar que pudesse haver tanta beleza em meio a tamanha carnificina. — Acalme-se, gatinha. Acabou.

Será que tinha acabado mesmo? A energia dentro de mim intensificou novamente ao olhar para o... o horror que se desdobrava à minha frente. Desvencilhei-me dele.

De repente, eu precisava... não sei do que precisava. Sentia a pele tão retesada a ponto de vibrar. O calor voltou, queimando de dentro para fora. Precisava dar o fora dali, me afastar do Daemon, de tudo.

Estava confusa demais. Virei e comecei a correr de novo, só que dessa vez não estava perseguindo ninguém. Ou talvez estivesse perseguindo a mim mesma. Não sabia nem conseguia entender. Simplesmente corri, mas só depois que deixei a colônia para trás e comecei a subir uma encosta íngreme, uma trilha escavada na pedra, foi que me dei conta de que estava escalando as Seneca Rocks.

A subida era árdua, cansativa, e meus pés escorregaram inúmeras vezes. Quanto mais alto eu chegava, maior a pressão em meu peito, até que ficou difícil respirar ou mesmo pensar no que eu estava fazendo. O que era bom, pois não queria mesmo pensar em nada daquela loucura.

Sabia que não estava me autodestruindo. Pelo menos, achava que não, pois enquanto subia a trilha escarpada, tropeçando em pequenos arbustos e escorregando ao pisar em pedrinhas menores, lembrei de como tinha sido com a Carissa. Ela agira como algo enfiado num micro-ondas que não devia ter sido colocado lá.

Minhas pernas quase cederam sob meu peso quando alcancei o primeiro pico, um ponto que não passava de uma pequena plataforma no topo de um paredão vertiginoso. Parei — parei de caminhar, de pensar e de subir.

Inspirei fundo algumas vezes, ergui o queixo e olhei para cima. Podia jurar estar vendo fantasmas do passado. Vi o Dawson e a Bethany olhando para mim lá do alto. Meu olhar percorreu o outro pico de cima a baixo, até o ponto onde eu me encontrava.

Só que não eram fantasmas.

Eram lembranças de uma conversa sobre o que acontecera com eles. Tudo começara ali. Dawson havia curado a Beth depois de ela ter caído das pedras, o que levara o tio dela a entrar em contato com o Daedalus. Tudo o que acontecera depois até a presente situação era decorrente desse momento

Ou seja, tudo começara com o Dawson e a Bethany.

— Kat?

LUX 5 Opostos

Prendi a respiração ao escutar a voz dele. Abaixei a cabeça e me virei lentamente.

E tudo terminava com o Daemon e comigo.

Ele estava parado na trilha, me fitando com aqueles olhos brilhantes. Seu peito subia e descia tão rápido quanto o meu.

Meu cérebro ainda não havia entrado nos eixos quando ele deu mais um passo e subiu na plataforma. Recuei em resposta, respirando com dificuldade. Fechei os olhos e vi minha mãe — não a mulher de olhos azuis, mas minha mãe mesmo, com seus lindos olhos amendoados. Tentei respirar, mas o ar ficou preso no bolo em minha garganta. Em seguida, vi o Ethan sentado em minha cozinha e, depois, parado na varanda da casa do Daemon; fora a primeira vez que eu o vira. Vi também o Blake, com seu sorriso fácil e charmoso que escondia tantos segredos. E a Carissa, para cuja morte jamais teríamos respostas. Por fim, vi inúmeros rostos de pessoas desconhecidas.

— Gatinha. — Daemon tentou de novo. Abri os olhos e o fitei. — O que a gente está fazendo?

A gente. Não você. *A gente.*

— Não sei — admiti num sussurro rouco. — Achei... simplesmente precisava dar o fora de lá.

— Compreensível.

E era mesmo, não era? Recuei mais um passo, os olhos ainda fixos nele. Era óbvio. Eu não estava me autodestruindo. Sentei. Ou melhor, despenquei no chão. Não sei bem qual dos dois. Vários momentos se passaram em silêncio enquanto eu me lembrava de algo muito estranho.

— É... é como a história da Snowbird.

Ele me olhou como que preocupado que eu estivesse louca. Talvez estivesse mesmo.

— Do que você está falando?

— Da lenda que você me contou. — Virei e olhei por cima da beira da plataforma. Todos os meus músculos doíam. Era bem provável que houvesse um buraco no meu ombro, e eu estava muito, muito cansada. — É que nem a história da princesa Snowbird.

Daemon não disse nada.

— Ela escalou essas montanhas e apenas um único e bravo guerreiro conseguiu acompanhá-la até o final. — Umedeci os lábios e inspirei fundo mais uma vez, forçando meus pulmões a se expandirem. — Você me contou a lenda quando saímos para caminhar, no dia em que encontramos o urso. — Meu olhar se voltou para ele. Daemon parecia mais calmo. — Você me falou... me falou sobre as pessoas mais bonitas e o que elas têm dentro de si. — Fiz uma pausa, franzindo o cenho. — O modo como você disse essas coisas foi tão bonito!

Ele se aproximou até parar diante de mim. Em seguida, ajoelhou-se, os olhos cintilando.

— Lembro de ter dito: "As pessoas mais bonitas, cuja beleza só perde para o que têm dentro de si, são aquelas que não têm noção do efeito que causam." Ou algo parecido.

— Foi isso. — Assenti.

Ele inclinou a cabeça ligeiramente de lado.

— Eu estava falando de você. Essas palavras eram para você.

Fitei-o no fundo dos olhos de novo e engoli em seco.

— Você não fazia ideia do quanto era linda. Acho até que ainda não faz, mas o que importa é o que tem aí dentro. — Com cuidado, ele estendeu a mão e a pressionou contra o espaço entre meus seios. — O que tem aí é a coisa mais linda deste mundo. O que tem *dentro* de você.

Meus olhos ficaram marejados. Soltei um suspiro trêmulo. Aquelas palavras... bem, elas me tocaram no fundo da alma. Eu não era uma assassina. Não era louca. Estava cansada e era um milhão de outras coisas e, para o Daemon, era bonita por fora e por dentro.

— Obrigada.

Ele fez um ruído no fundo da garganta, se aproximou ainda mais e passou os braços em volta dos meus ombros.

— Não precisa me agradecer por dizer a verdade.

Fechei a mão em sua camiseta.

— Pelo menos dessa vez não ri na sua cara.

— Pelo menos isso. — A voz dele traiu a vontade de sorrir. — Ah, gatinha...

De onde estávamos, a impressão era de que nuvens escuras e densas cruzavam o céu velozmente, encobrindo as estrelas. Exceto que não eram

LUX 5 Opostos

nuvens, e as luzes piscando não eram estrelas. Daemon apoiou o queixo no topo da minha cabeça e correu uma das mãos pelas minhas costas, seu toque provocando um calor aconchegante e familiar.

— Acabou.

Enfim relaxei de encontro a ele e fechei os olhos. Tinha acabado mesmo.

✱ ✱ ✱

DAEMON

Não sabia ao certo se havia conseguido fechar os olhos a noite inteira. Talvez eu tivesse dormido um pouco, mas não tinha certeza. A primeira e a última coisa de que me lembrava era de estar observando a Kat.

Ela estava aconchegada a mim, a cabeça apoiada em meu braço agora dormente. Estávamos na minha casa e, antes que ela desmaiasse na noite anterior, tinha vestido uma das minhas camisetas que fora deixada intocada no armário. A peça era grande demais para ela, pendendo dos ombros e deixando uma porção tentadora de pele à mostra.

Eu sentia um tremendo fascínio por aquela pele. Com o braço que ainda respondia aos meus comandos, corri os dedos pelo ombro dela, acompanhando a linha da clavícula. Estivera fazendo isso por pelo menos metade da noite. De vez em quando, Kat se aconchegava ainda mais, jogando uma perna por cima de mim ou pressionando o corpo contra o meu.

Estava preocupado com ela.

Absurdamente preocupado.

Mesmo depois de descobrir o que havia acontecido com a mãe na véspera, Kat conseguira manter a cabeça no lugar, eliminara o Ethan e testemunhara o massacre provocado pelos Arum. É verdade que ela havia surtado e fugido. Mas, caramba, tinha conseguido se controlar antes que os Arum terminassem de passar o rodo na colônia, tendo sofrido apenas umas poucas baixas, e partissem em direção ao norte da Virginia para botar um ponto final na invasão.

Quando, à noite, recebemos a notícia de que os Luxen invasores tinham virado um gigantesco banquete para os Arum, ela até sorrira enquanto o resto de nós celebrava a vitória, o fim da loucura. No entanto, eu não tivera muito tempo para confortá-la ou conversar de verdade sobre o que acontecera. Tudo o que conseguira fazer fora abraçá-la e observá-la dormir. Não me parecia o suficiente.

Jamais seria o suficiente.

Sentia o peito pesado pela perda, pela dor que eu sabia que ela ainda sentiria por muito tempo em decorrência de uma morte tão cruel e desnecessária. Sua família lhe fora arrancada. O pai perdido para o câncer, e a mãe, para alguém de minha própria espécie.

Ainda assim, como num verdadeiro milagre, suas últimas palavras para mim antes de pegar no sono tinham sido: *eu te amo*. O fato de que ela ainda conseguia sentir algo assim me deixava estupefato.

Teria feito qualquer coisa para evitar que ela sentisse uma dor daquelas, mas tal como tantas outras coisas que desejava poder voltar no tempo e apagar, esta era mais uma que precisaríamos aprender a aceitar, e que teríamos que encarar juntos.

Kat se mexeu, esticando-se de um jeito que me fez lembrar o motivo de lhe ter dado o apelido de gatinha. Um sorriso se desenhou nos cantos dos meus lábios ao vê-la abrir os olhos.

Ela me fitou, sonolenta.

— Olá.

— Olá pra você também.

Kat pressionou a mão em meu peito e correu os olhos pelo meu rosto.

— Acordou faz muito tempo?

— Acho que nem cheguei a dormir.

— Quer dizer que ficou me observando enquanto eu dormia?

Minha boca se repuxou num meio sorriso.

— Talvez.

— Bom, quem é o maluco pervertido agora?

— Pode me chamar do que quiser, não ligo. — Deslizei a ponta do polegar por seu lábio inferior. — Passei horas olhando para a paisagem mais linda deste mundo.

Ela corou.

— Com elogios assim você vai conseguir tudo.

— Eu já tenho tudo.

— Isso é muito gentil da sua parte. — Ela me deu um tapinha no peito como se eu fosse um bom menino. Ignorei a parte do meu corpo que ficou toda assanhadinha com esse gesto. Kat desviou os olhos e os correu pelo quarto antes de voltar a pousá-los em mim. — Acabou mesmo, não acabou?

Envolvi-a em meus braços, tentando ignorar a fisgada de dor e tristeza.

— Acho que sim. Quero dizer, pelo menos a invasão acabou. As coisas vão ser diferentes. A vida vai ser diferente, mas a invasão foi detida.

Kat semicerrou os olhos e mordeu o lábio inferior de um jeito que fez com que aquela parte do meu corpo prestasse ainda mais atenção.

— O que a gente vai fazer agora? — perguntou num sussurro.

— O que der na telha.

Ela rolou até ficar de barriga para cima, mas não conseguiu ir muito longe.

— Parece um bom plano.

Um súbito retinir de panelas oriundo da cozinha fez com que a Kat abrisse um sorriso radiante.

— Imagino que a Dee e o Archer já tenham se levantado, certo?

— Já. Se não me engano, escutei os dois se movendo pela casa não faz muito tempo. Eles provavelmente estão aproveitando o fato de que quem quer que tenha ficado aqui manteve a despensa abastecida. — Franzi o cenho. — Até onde sei, Archer ia dormir no quarto do Dawson, mas escutei uma cama...

— Daemon... — Ela riu.

Suspirei.

— Já sei. Tenho que virar a página e blá-blá-blá. — Fiz menção de me levantar. — É melhor eu ir ver...

Kat estendeu o braço, me envolveu pelo pescoço e me puxou para baixo. Não resisti. No que dizia respeito a ela, minha força de vontade era praticamente nula, ainda mais quando ela ergueu a cabeça e me beijou.

O corpo da Kat era macio e quente sob o meu, e o beijo rapidamente se transformou em algo mais. Ela enroscou a perna na minha e deslizou as mãos por minhas costas até alcançar o cós da calça de pijama que eu havia encontrado e, em seguida, as enfiou por baixo dele.

Maldição!

Esqueci a ideia de ir dar uma espiada nos quartos, verificar quem estava lá embaixo e quase todo o resto quando ela soltou um suspiro satisfeito que fez minha pele repuxar. Enquanto suas unhas percorriam meu corpo, arranhando de leve, enfiei as mãos por baixo da camiseta emprestada e acariciei aquela pele macia. Kat arqueou o corpo, aumentando meu desejo. Eu *sempre* a desejava. Ia passar o resto da vida desejando aquela mulher, mas tínhamos tempo. Um pouco mais tarde. Hoje à noite. Amanhã. Tínhamos uma semana, um mês, um ano. Finalmente tínhamos a chance de um futuro e de muitos outros momentos como este.

Mas agora ela precisava de mim.

Suas mãos vieram para a parte da frente, me fazendo soltar um gemido gutural no fundo da garganta. Certo. Melhor esclarecer. Ela precisava de mais do que *isso*.

Encontrando a força de vontade que pouco antes achara que não tinha, mas que descobri que podia exercitar quando realmente importava, afastei-me um tiquinho dela e trouxe suas mãos para onde eu podia vê-las.

Kat franziu o cenho e ergueu aqueles olhos profundamente cinzentos para mim. Beijei-a com suavidade, demorando-me mais do que devia.

— Como você está? — perguntei numa voz que soou rouca para meus próprios ouvidos.

— Hum, bem, eu *estava*...

— Não estou falando disso. — Sentei e botei uma pequena distância entre a gente, de modo a não poder mudar de ideia e me entregar às fantasias. — Como está se sentindo depois... depois do que aconteceu ontem?

Ela ficou imóvel por um instante, e, então, inspirou fundo e fechou os olhos com força.

— Não quero pensar sobre isso agora.

— Kat...

— Não quero. — Kat se ajeitou também, sentando com as pernas dobradas debaixo do corpo. Em seguida, envolveu meu rosto entre as mãos e se inclinou até ficarmos olho no olho. Ao falar, senti como se meu coração estivesse rachando dentro do peito. — Sei o que está fazendo e, juro por Deus, amo você por isso, mas não estou pronta, Daemon. Digo isso porque não consigo sequer pensar no assunto sem querer implodir esta casa ou me

LUX 5 Opostos

enroscar numa bola. E não quero sentir nenhuma dessas coisas. Perder meu pai doeu... doeu demais, e não quero sentir essa dor de novo no momento. A única coisa que eu quero agora é sentir você. E a única coisa em que quero pensar é no que você *provoca* em mim. É isso o que preciso de você.

Fiquei sem reação por uns cinco segundos, mas, então, pulei da cama, fui até meu estoque particular, graças a Deus ainda intocado, peguei um pacotinho e voltei para a cama num piscar de olhos.

— Acho que posso te ajudar com isso.

A gente se encarou por mais um segundo. Kat, então, empertigou ligeiramente o corpo, fechou as mãos na bainha da camiseta e a puxou pela cabeça.

Esqueci de respirar.

Com as pontas dos dedos, tracei o contorno de suas curvas.

— Você é tão linda! — Beijei a pequena depressão no meio de sua clavícula. — E é mais forte do que pensa. — Plantei outro beijo no ponto logo atrás da orelha. — Para mim, você é perfeita.

Botei tudo o que sentia no beijo seguinte. O direito de fazer isso seria para todo o sempre um presente dos deuses.

Pressionei-a contra a cama e me acomodei entre suas pernas. Ajudei-a a manter a escuridão afastada, de modo que as únicas coisas que ela pudesse sentir fossem minhas mãos, minha pele e todo o meu amor.

❋ ❋ ❋

De banho tomado e roupas limpas, descemos bem a tempo de comer o que restava do bacon com ovos. A comida estava fria e o Archer e a minha irmã nos observavam como se soubessem exatamente por que tínhamos demorado tanto a descer para o café, mas não dei a mínima. Havia um quê de tristeza no suave sorriso da Kat ao fitá-los de volta, mas pelo menos ela *estava* sorrindo, e eu pudera lhe dar o que ela desejava na hora em que precisava.

Após terminar de comer, Kat pediu licença e se levantou. Parando atrás da minha cadeira, inclinou-se e me deu um beijo no rosto.

— Vou dar uma voltinha lá fora, ok?

Fiz menção de me levantar para segui-la, mas me dei conta de que ela provavelmente desejava alguns minutos sozinha, de modo que disse a mim mesmo para manter minha bunda quieta no lugar. No entanto, assim que ela se virou, estendi o braço e a puxei de volta até conseguir capturar sua boca num beijo profundo e ardente que provavelmente a fez pensar no que havia acontecido entre a gente no quarto.

Archer tossiu.

— Esqueçam que a gente está aqui.

— Já esqueci — murmurei, soltando a Kat, que correu os olhos pela sala, o rosto vermelho feito um pimentão. Com um aceno um tanto sem graça, ela se virou e saiu apressada da cozinha. Recostei-me de volta na cadeira e lancei um olhar irritado na direção do Archer que dizia: *Cala a boca*.

Erguendo as mãos, ele se afastou da mesa, juntou o lixo e seguiu direto até a lata que ficava no armário debaixo da pia. Franzi o cenho.

— Você está terrivelmente familiarizado com a minha cozinha.

Ele bufou.

— Como ela está? — perguntou Dee.

Suspirei.

— Como seria de esperar.

Um lampejo de empatia cintilou nos olhos dela.

— Eu não sabia que o Ethan tinha mandado matar a mãe da Katy. Juro. Se soubesse, teria dito alguma coisa.

— Eu sei. — Dei-lhe um tapinha no braço. — E a Kat também.

— Bizarro — comentou o soldado, fechando a porta do armário e se empertigando. — Acho que seria uma boa ideia a gente ir embora daqui.

— Tem razão — murmurei, rezando para que a Kat resolvesse se abrir logo sobre o que estava sentindo. Sabia por experiência própria o quanto aquele tipo de dor podia destruir uma pessoa. — Vou ver...

O telefone do Archer tocou em seu bolso. Franzindo o cenho, ele o pescou e atendeu no mesmo instante.

— Que foi, Luc? — perguntou, virando-se de volta para a pia e pegando um pano de prato.

LUX 5 Opostos

Quem diria que o Archer era tão prendado nos afazeres domésticos? Olhei para minha irmã, que o observava com um sorriso como se ele fosse a melhor coisa do mundo.

— Como? — Archer se virou para a gente lentamente, o cenho franzido. — Não. De jeito nenhum.

Empertiguei-me na cadeira, subitamente alerta.

Os olhos dele encontraram os meus.

— Sim, eu sei o que você planejava fazer. Não precisa desistir. — Seguiu-se uma pausa, e uma sensação ruim instaurou-se em meu estômago. — Eu ligo se descobrir alguma coisa.

Quando ele enfim desligou o telefone, eu e a Dee já estávamos de pé.

— O que aconteceu?

Archer guardou o telefone de volta no bolso.

— Nancy foi vista.

— Como? — A pergunta escapuliu antes que eu me desse conta. — Mais detalhes, por favor.

Archer aproximou-se da mesa e fechou as mãos no encosto de uma das cadeiras.

— Luc não sabe exatamente quando foi isso. Em algum momento ontem à noite. Com tudo o que estava acontecendo, ele só soube agora. Foi perto da Georgia. Talvez ela esteja procurando pela gente.

— Merda — retruquei. Não gostei nem um pouco do som daquilo, de saber que aquela merda toda ainda não estava resolvida. Não com ela...

— Luc está puto. Ele planejava matá-la.

— Como?

— Você me ouviu. Quando tudo terminasse, ele queria matá-la. Jamais teve nenhuma intenção de devolver os originais para ela.

Não fiquei nem um pouco triste em saber desse plano, e não dava a mínima para a impressão que isso causaria de mim.

Archer esfregou o maxilar.

— Jesus, aquela mulher pode estar em qualquer lugar, literalmente. E vou lhes dizer uma coisa, não dá para prever o que ela... — Ele parou no meio da frase, se virou e olhou para o relógio na parede. — Georgia... a gente não levou muito tempo para percorrer... Ah, *merda*! — Virou-se de novo.

Parti correndo em direção à porta da frente. Pelo tempo, Nancy podia muito bem já estar aqui, embora não pudesse imaginar que a mulher seria burra o bastante de tentar se vingar da gente. Abri a porta, saí para a varanda e corri os olhos pelo entorno. Soltei um forte suspiro de alívio ao ver a Kat diante da casa dela. Ela estava de joelhos, com o cabelo preso num nó, tirando as ervas daninhas que infestavam o canteiro de flores. Na verdade, ela as estava *arrancando* como se não houvesse amanhã.

Ao me aproximar, Kat ergueu os olhos. Sem dizer nada, agachei e a puxei para os meus braços, apertando-a com força de encontro a mim.

— Ei. — A voz dela saiu abafada. — Está tudo bem?

Ainda com ela em meus braços, me levantei.

— Está — falei de encontro ao topo de sua cabeça. — Só estava com saudade.

Botei-a de volta no chão, sem saber ao certo como contar sobre a Nancy ou até mesmo se deveria dizer alguma coisa. Talvez fosse errado não falar nada, mas, por Deus, não queria ser o portador daquela má notícia. Não depois de tudo o que ela havia passado e do fato de que eu sabia que estava tentando se concentrar num futuro no qual, até poucos dias antes, não acreditava ser possível.

— Você é tão estranho às vezes — disse Kat, sorrindo ao erguer os olhos para mim. — Mas eu ainda amo... — O que quer que estivesse prestes a dizer terminou com um grito de aviso.

O tempo pareceu passar em câmera lenta enquanto eu me virava e me deparava com ninguém mais, ninguém menos do que a agente. Nancy estava um trapo, os cabelos escuros totalmente desgrenhados, e o tradicional terninho horroroso todo amarrotado. Empunhava uma arma, que não parecia uma pistola normal. Na verdade, parecia uma daquelas Glock modificadas, como as que tínhamos usado.

Algo definitivamente letal.

Levou um tempo, que me pareceu uma eternidade, para que meu cérebro registrasse o que estava acontecendo e o que estava prestes a acontecer. O ódio nos olhos dela me disse tudo o que eu precisava saber. Ela não pretendia me matar.

Não.

Ela queria que eu — um dos seus tesouros mais preciosos — sofresse.

LUX 5 Opostos

A arma não estava apontada para mim.

Nancy sorriu.

— Você arruinou tudo.

Os segundos que eu levaria para invocar a Fonte seriam um risco grande demais. Assim sendo, entrei em ação antes mesmo de terminar esse pensamento. Meus dedos se fecharam nos braços da Kat ao mesmo tempo que ela erguia um braço, preparando-se para lançar mão de seu poder. Joguei-me com ela no chão no instante em que vi um espocar de luz azulada, seguido por um estalo baixo.

Meus olhos encontraram os da Kat.

Gritos soaram próximo à minha casa. Escutei a Dee berrar — uma mistura de horror e fúria assassina. Em seguida veio uma rajada da Fonte, um urro baixo de dor, e o ruído da Nancy despencando no chão — morta.

E, então, silêncio.

Baixei os olhos para o espaço entre nossos corpos. Havia algo estranho na frente do suéter creme que a Kat usava, como se ele tivesse sido borrifado com spray de tinta vermelha e...

— Gatinha? — Soltei num suspiro.

Não era o sangue dela.

Graças a Deus. Não era o sangue *dela*.

Mas não conseguia entender o que havia acontecido. Eu não tinha sentido nada. Não era estranho? Jamais fora baleado antes, mas imaginava que uma bala penetrando o corpo deveria doer. Só que não tinha doído nada.

Agora minhas costas e meu peito estavam pegando fogo.

— Daemon? — murmurou ela.

Ah, merda!

Tentei expandir meus pulmões, mas eles pareciam congelados. Sem tirar os olhos da Kat, saí de cima dela e tentei me levantar, porém minhas pernas não pareciam estar conectadas ao cérebro. Apoiei uma das mãos no chão para me escorar, sentindo um líquido quente descer pelo meu estômago. O braço cedeu e eu caí de lado.

De repente, eu estava de costas no chão, com a Kat pairando acima de mim. Tudo o que conseguia ver eram seus lindos olhos cinzentos — olhos que tinham se tornado minha vida, provavelmente antes mesmo que eu me desse conta.

Mas aqueles olhos estavam arregalados de medo, brilhando de um jeito que me deixou com vontade de tocá-la, de me certificar de que ela estava bem. Consegui erguer um braço e traçar as pontas dos dedos pelo contorno do rosto dela, mas não por muito tempo. Eu parecia um pedaço de carne morta.

— *Daemon!*

Tentei responder, mas tudo o que conseguia fazer era me concentrar naqueles olhos. Enquanto ela continuava pairando acima de mim, seus doces lábios quase roçando os meus ao pronunciar meu nome, pensei que se fosse para morrer, se este fosse o fim, pelo menos eu estava olhando para ela, somente ela.

[25]

Katy

aemon? — Meu coração martelava de encontro às costelas, embora não de um jeito normal. Parecia cansado, lento demais. E minhas costas queimavam, mas eu sabia que não estava ferida.

Ele é quem estava.

Ai, meu Deus, *Daemon* estava ferido.

Passei a mão pelo peito dele, gritando ao vê-la ficar coberta de um sangue azul-avermelhado.

— Ah, não...

Alguém me chamou. E chamou o Daemon também, mas não olhei para ver o que era. Meus olhos estavam pregados nele. Seus lábios, totalmente brancos, se mexeram, mas não saiu nenhum som.

Isso não estava acontecendo!

Não podia estar acontecendo!

Não tínhamos sobrevivido a tantas coisas, entre elas uma invasão alienígena, para ele morrer agora desse jeito.

— Não! Não! Não! — Procurei pela origem do ferimento, mas ele tinha sido baleado nas costas.

E não por uma arma normal.

Daemon começou a piscar, e uma sensação de puro horror se instalou em meu peito. Envolvi seu rosto entre as mãos enquanto meus pulmões lutavam desesperadamente por um pouco de ar. Seus olhos estavam fechados.

— Abre os olhos! Que droga, Daemon, abre os olhos!

Minhas pernas começaram a tremer com o esforço de me manter de joelhos. De repente, Archer e Dee estavam ao meu lado. Não consegui evitar pensar naquela noite terrível em minha casa, quando a situação fora invertida e era eu quem estava deitado no chão. Na época achávamos que estávamos profundamente conectados, e que se um morresse, o outro morreria também. Agora, porém, conhecíamos a verdade.

— Não! — gritou Dee, despencando ao lado da cabeça do Daemon. As mãos se fecharam nos ombros do irmão e ela imediatamente assumiu a forma verdadeira. Sua luz era brilhante, tal como a aura de um anjo.

— Cura o Daemon, por favor. — Minha visão escureceu e eu comecei a oscilar. — Por favor, por favor. Cura seu irmão.

Archer fez menção de me afastar, mas me desvencilhei dele, agarrando-me ao Daemon enquanto lágrimas escorriam por minhas faces.

— O que... o que a gente faz? — Não conseguia desviar os olhos. Daemon continuava piscando sem parar, sua linda e brilhante luz cada vez mais fraca. Um frio gélido se espalhou por mim feito uma doença. — Não era uma... arma normal. Era uma daquelas... armas como as que o Lore deu pra gente. Por favor... faz alguma coisa.

— Foi uma das PEP modificadas. — Archer fechou as mãos sobre as minhas, o rosto contorcido em concentração. — Merda. Precisamos nos certificar de que a bala não ficou alojada no corpo. Se não...

Enquanto a ficha caía, tombei de lado, incapaz de me manter ereta por mais tempo. Uma das minhas mãos escorregou do rosto dele. Já não conseguia mais fazer a língua funcionar, e respirar estava se tornando muito difícil. Recorri a todas as minhas forças para me contatar com o Daemon. *Não... me deixe. Ó céus... por favor, não... me deixe. Eu te amo, Daemon, eu te amo. Por favor, não desista. Por favor!*

Archer soltou uma maldição por entre os dentes, seu olhar dardejando entre mim e a Dee.

LUX 5 Opostos

— Kat, eu...

Sequer percebi que estava caindo, mas de repente me vi de costas no chão, olhando para um céu azul sem uma única nuvem. Tão lindo! Um céu de brigadeiro! Mas meu coração doía. Meu peito apertou e meu corpo inteiro ficou rígido.

Não. Não. Não.

Era para a gente ter uma vida inteira pela frente. Hoje, amanhã, muitas semanas e meses, mas ao que parecia não teríamos nem mais um minuto. Meu rosto estava molhado, encharcado de lágrimas, e meu coração batia cada vez mais devagar. O mundo começou a perder nitidez.

Eu te amo. Eu te amo. Eu te amo.

Daemon e eu... não tínhamos mais nada. Não haveria mais nada para a gente.

✹ ✹ ✹

Meu corpo voltou à vida pouco a pouco, dormente e dolorido como se eu tivesse corrido uma maratona com um time de zumbis e servido de petisco no caminho. Escutei um bipe contínuo e estranho. Aquilo me irritou, pois tudo o que eu desejava era resvalar novamente para a inconsciência, onde nada podia me alcançar. Não queria sequer me lembrar da razão de não querer abrir os olhos.

A realidade tentava se insinuar nos recônditos da minha consciência, uma realidade fria e assustadora, de partir o coração. Não queria contemplá-la. Queria permanecer naquele lugar onde não havia nada.

O bipe contínuo, porém, não me deixou fugir para esse lugar. Era um som baixo e persistente, um atrás do outro, como se estivesse me perseguindo ou eu o perseguindo, de modo que fiquei escutando enquanto meus dedos se mexiam sem parar. Um tremor percorreu meu braço e, em seguida, se espalhou pelo corpo.

— Katy?

Reconheci a voz, o que me provocou uma fisgada de dor, pois ela me fazia lembrar...

Não.
Não podia sequer pensar nisso. De jeito nenhum.
Uma mão quente se fechou sobre a minha e apertou de leve.
— Katy?
O bipe tornou-se mais rápido, assim como o outro.
Outro?
Algo se acendeu em meu peito, como uma pequena fagulha que brota subitamente do nada. Meus sentidos começaram a vir à tona. Podia sentir uma coisa fria em contato com o peito — presa a ele. Os bipes ficaram ainda mais rápidos. E, então, me dei conta do que se tratava.
Um aparelho de monitoramento cardíaco.
E eram duas sequências de bipes distintas, uma acima da outra. Duas. Isso só podia significar... Ao sentir um familiar aroma de natureza, forcei meus olhos a se abrirem e inspirei fundo.
Dee pairava acima de mim, seus olhos verdes cintilando, aliviados.
— Aí está você. Estava começando a me perguntar se você não ia acordar.
Olhei para ela, a boca seca de pânico. Dee parecia bem — talvez um pouco estressada. Seu cabelo estava uma bagunça, e o rosto ligeiramente pálido, mas ela sorria. Sua mão apertou a minha novamente.
Inspirei fundo mais uma vez e, lentamente, virei a cabeça para a esquerda. Meu coração pareceu explodir. Soltei um suspiro.
Ele estava deitado ali, sua pele naturalmente bronzeada apenas um pouquinho pálida. Só conseguia ver metade de seu rosto, mas era um perfil forte e belíssimo — o maxilar bem talhado, o nariz reto.
Eu olhei de volta para a Dee, confusa, e, em seguida, arrisquei outro rápido olhar para a cama ao meu lado, sem querer sequer piscar por medo de que ele desaparecesse. Tremendo, ergui-me nos cotovelos.
— Eu... não estou sonhando?
— Não.
Prendi a respiração, mas não por causa de algo ruim.
— Não entendo.
Dee se afastou, me dando espaço para sentar com as pernas para fora da cama.

LUX 5 Opostos

— É melhor ir com calma.

Ignorando-a, arranquei os fios de monitoramento grudados no peito e apoiei os pés descalços no chão frio. Só então me dei conta de que estava vestindo uma camisola hospitalar e que estávamos num quarto de hospital.

— Não entendo — repeti.

Dee se posicionou aos pés da cama *dele* e abriu um sorriso cansado.

— Era uma bala normal, embora com uma espécie de corrente elétrica inserida nela. Se tivesse ficado alojada dentro dele por muito tempo, poderia tê-lo matado... — Ela fez uma pausa, balançando a cabeça como se não conseguisse acreditar. — Ela *deveria* tê-lo matado, mas ele aguentou firme.

Ele aguentou firme.

Com as pernas bambas, aproximei-me da cama e fiquei olhando para o subir e descer ritmado de seu peito. *Ele* estava vivo. Estava respirando. Meu coração quase saltou para fora do peito.

Sem conseguir dizer nada, estendi a mão e envolvi os dedos em seu braço. A pele parecia quente e seca. O ar ficou mais uma vez preso em minha garganta.

— Archer ligou para o general e contou a ele o que tinha acontecido. Ainda havia muitos militares na área, de modo que ele mandou um helicóptero para pegar vocês.

Com a mão trêmula, acariciei-lhe o braço.

— Eles os trouxeram para cá. Estamos numa base militar em Maryland. Tem vários médicos aqui — explicou ela. — Eles conseguiram extrair a bala. E disseram... que ele vai ficar bem, Katy.

Encostei a cabeça no peito dele e fiquei escutando — o coração do Daemon batia tão rápido quanto o meu.

— Ai, meu Deus... — Sentei na beirada da cama, meu ouvido ainda colado em seu peito. — Por favor... me diga que isso não é um sonho — murmurei, com os olhos marejados. — Que eu não vou acordar e descobrir que tudo não passou de um sonho cruel. *Por favor.*

— Não é um sonho. Juro. — Dee se aproximou de mim e me abraçou com delicadeza. — É real, Katy. Ele vai ficar bem.

— Obrigada — respondi, a voz grossa de emoção. — E agradeça ao Archer por mim.

Dee falou alguma coisa, mas eu estava concentrada no som das batidas do coração do Daemon. Mal percebi quando ela deixou o quarto algum tempo depois. Permaneci onde estava, sem conseguir deter as lágrimas. Elas afloravam sem parar, escorrendo pelo meu rosto e pingando sobre o fino cobertor azul preso debaixo dos braços dele.

Alguns minutos se passaram. Talvez horas. Não me mexi — não era capaz nem queria. Meu coração, enfim, desacelerou. Assim como o dele. E, então, dei um pulo quando um braço pesado se acomodou sobre meu colo. Surpresa e cheia de esperança, ergui a cabeça.

Meus olhos se fixaram em outro par, de um verde brilhante.

— Daemon — murmurei. As lágrimas viraram uma enxurrada, e seu lindo rosto nublou.

Seus lábios se entreabriram lentamente.

— Não chora, gatinha. — Como se lhe demandasse um tremendo esforço, Daemon ergueu o braço e secou minhas lágrimas com as costas da mão. — Vamos lá, para de chorar.

Meu peito apertou.

— Eu achei... que nunca mais ouviria você dizer isso novamente. Que tivesse te perdido e... — Minha garganta fechou. Segurei a mão dele e a trouxe aos lábios. Em seguida, beijei-lhe os dedos.

Daemon emitiu um som no fundo da garganta.

— Achou que eu fosse te deixar?

Estremeci.

— Eu escutei — disse ele, tentando se sentar.

— Não faça isso — mandei, arregalando os olhos.

Ele fez outro ruído no fundo da garganta, dessa vez com um quê de frustração.

— Escutei o que você disse lá no jardim. Eu jamais a deixaria, Kat. Jamais. Agora venha aqui e me dê um beijo.

— Mas você... você foi baleado por minha causa, Daemon. — O ar ficou novamente preso em minha garganta. — Ela ia atirar em mim, e você... podia ter morrido. Achei que *tinha* morrido mesmo.

LUX 5 Opostos

Ele me fitou em silêncio por alguns instantes, como se de repente eu tivesse duas cabeças.

— O que mais eu poderia ter feito?

Foi a minha vez de fitá-lo sem dizer nada, uma nova leva de lágrimas escorrendo pelo rosto.

— Eu te amo — disse ele, os olhos brilhando de maneira inacreditável ao dizer isso. — Se a sua vida estiver em perigo, vou fazer tudo ao meu alcance para salvá-la. É isso o que o amor faz com a gente, certo?

— Certo — murmurei, ainda em choque. Ele falava como se isso não fosse grande coisa.

— Eu faria tudo de novo.

Ó céus!

— Daemon, eu... obrigada.

Ele franziu o cenho.

— Não precisa me agradecer.

— Preciso, sim.

Seus lábios se curvaram ligeiramente nos cantos.

— Tudo bem. Então me agradeça vindo aqui e me beijando.

Foi exatamente o que fiz. Abaixei a cabeça e o beijei com suavidade, me deleitando com o seu sabor e o calor de seus lábios.

— Eu amo você demais. E vou passar o resto da vida provando isso.

— Que bom. Gosto disso. — Ele deu um puxão no meu cabelo quando tentei erguer a cabeça. — Que... lugar é esse?

Dei a ele uma versão resumida do que a Dee havia me contado.

— Eles não sabem muito bem como você conseguiu sobreviver. — Funguei. Em seguida, usei meu ombro para secar as lágrimas. — É que não fazem ideia do quanto você é teimoso.

Daemon soltou uma risada seca e apertou minha mão um pouco mais.

— Você sabe como eu adoro um desafio.

Meu coração deu um salto ao me lembrar de suas palavras no dia em que havíamos descoberto que estávamos conectados. Daemon sugerira que a gente ficasse junto, e eu recusara terminantemente. Agora, debrucei-me sobre ele e rocei os lábios em sua testa. De olhos fechados, agradeci a todos os deuses, divindades e profetas que eu conhecia.

— Eu também, Daemon. Eu também.

EPÍLOGO

Onze meses depois...

Katy

rilhantes raios de sol penetravam através da janela do quarto de nossa casa na base das Flatirons. Ainda estávamos em outubro, porém uma precoce nevasca já encobrira os picos das montanhas de branco.

O Colorado era realmente muito bonito — ar fresco e árvores por todos os lados. Ele me fazia lembrar minha antiga casa, porém com acesso a muito mais coisas.

Como, por exemplo, um Starbucks.

O qual havia reaberto dois meses antes, bem a tempo de relançar um clássico do outono, o Pumpkin Spice Latte, um sinal seguro de que a humanidade voltaria a prosperar. Os humanos eram provavelmente as criaturas mais resilientes e teimosas de todos os universos.

Algo que os Luxen invasores restantes, os que tinham conseguido escapar dos Arum, haviam aprendido rapidinho. Poucos dias após a batalha, enquanto nosso grupo continuava reunido no norte da Virginia tentando decidir como e para onde iríamos, o restante dos invasores havia partido.

Tinha sido como um Dia D, só que ao inverso.

LUX 5 Opostos

Por todo o planeta, feixes de luz haviam acendido o céu durante algumas horas. Tinha sido uma visão e tanto, tal como quando eles haviam chegado. Algo que eu jamais esqueceria.

No entanto, todos sabíamos que alguns Luxen talvez tivessem permanecido na Terra. Tampouco podíamos impedir os que haviam partido de retornar. Talvez um dia eles fizessem isso, mas se eu havia aprendido alguma coisa nestes dois últimos anos é que não dava para viver o futuro presa ao passado.

Não era fácil.

Não se passava um dia sem que eu pensasse na minha mãe. Tal como acontecera com meu pai, a dor foi diminuindo aos poucos. Havia, porém, dias em que algo acontecia ou que eu me sentia entediada ou simplesmente com vontade de falar com ela, e nessas horas chegava a pegar o telefone, só para me dar conta de que ela não iria atender. Ela nunca mais iria atender.

Esses dias eram difíceis, repletos de lágrimas e raiva. Sentia vontade de poder ressuscitar o Ethan só para lhe dar uma surra e matá-lo de novo. O ódio, a sensação de impotência e, Deus, a dor tornavam-se quase sufocantes às vezes. Se não fosse o Daemon e os meus amigos — minha nova família —, esses momentos seriam insuportáveis.

Olhei de relance por cima do ombro.

Daemon estava recostado na cabeceira de nossa cama king-size — grande o bastante para acomodar metade da minha turma de economia. Estava com os braços cruzados atrás da cabeça e uma das pernas dobradas. E sem camisa. Somente um par de jeans desbotado, e eu sabia por experiência que era só isso mesmo. Seus bíceps retesados atraíram minha atenção, e aproveitei para me deleitar com aquele tórax naturalmente bronzeado e o abdômen de tanquinho. Até hoje, não fazia ideia de como ele conseguira arrumar aquelas depressões em cada lado da barriga. Que tipo de abdominal alguém precisava fazer para conseguir uma definição daquelas? As únicas vezes que eu fazia qualquer coisa semelhante a um exercício desses era quando, após passar um tempo deitada, me sentava para levantar da cama.

Ou para pegar uma barra de chocolate.

Ou um livro.

Mas, em suma, Daemon Black... ele fazia com que tudo se tornasse suportável.

Ele deu uma piscadinha. O gesto, que na maioria dos caras pareceria um tanto canalha, nele era sexy.

— Tá gostando da paisagem?

Nem me dignei a dar uma resposta. Em vez disso, virei para o computador, meus dedos pairando acima do teclado — do botão de enter, para ser mais precisa. Meu coração batia tão acelerado quanto no dia em que o Daemon e eu tínhamos enviado nossos formulários de matrícula, o dia em que a Universidade do Colorado havia finalmente reaberto as portas e retomado as aulas.

Tinha sido um momento e tanto.

Ainda me parecia algo extraordinário.

Nós dois estávamos fazendo uma coisa que eu jamais imaginara que fôssemos conseguir. Frequentar uma faculdade me parecera um sonho impossível, mas se tornara realidade.

Éramos universitários — tanto o Daemon quanto eu.

Nenhum de nós escolhera um curso definitivo ainda. Não tínhamos ideia do que queríamos fazer, o que não era um problema. Acabaríamos descobrindo.

— Manda logo — disse Daemon, a voz mais próxima do que eu esperava, o que me fez dar um pulo. Sua risada soprou alguns fiapos soltos do meu cabelo em torno das têmporas. Ele deu um puxão no meu rabo de cavalo, forçando minha cabeça para trás. Em seguida, me beijou com suavidade, quase me fazendo esquecer o que eu pretendia fazer. Daemon, então, ergueu a cabeça e me fitou com um sorriso. — Você tem andado obcecada com isso nas últimas semanas. Manda logo.

Mordi o lábio, o gosto dele ainda em minha boca.

— Vamos lá. — Ele pegou uma caneta na minha mesa e bateu com ela na ponta do meu nariz. Afastei sua mão com um tapa, e ele riu. — A viciada em livros que vive dentro de você vai ter um orgasmo literário.

Franzi o cenho.

— Que coisa estranha de se dizer... e um tanto nojenta.

Ele deu uma risadinha presunçosa e soltou meu rabo de cavalo. Seu olhar recaiu sobre a tela do meu MacBook novinho em folha, que eu protegeria com unhas e dentes até meu último suspiro. Chegara até a lhe dar um nome: Brittany, pois tinha que ser uma garota, uma vez que ela

LUX 5 Opostos

era brilhante, vermelha e perfeita, e mesmo que não tivesse dez dedos nas mãos e nos pés, era minha bebezinha.

E eu a amava.

Inspirei fundo e flexionei os dedos. Daemon apoiou as mãos nos braços da minha cadeira e se debruçou por cima do meu ombro. O calor que emanava dele desceu por minhas costas e fez meus lábios se curvarem nos cantos.

Apertei o enter e prendi a respiração enquanto a tela recarregava e abria na página inicial de meu novo blog.

— "Katy's Krazy Obsession" voltou com força total. — Ele me deu um beijo no rosto. — Sua nerd.

Ri ao sentir parte do peso ser tirada dos meus ombros.

— Acho que o rosa e marrom combinaram bem.

Ele resmungou algum tipo de resposta ao mesmo tempo que meu sorriso ganhava proporções assustadoras. *Quase* comecei a bater palmas. E quase me levantei, derrubando-o no processo, para correr até nosso quarto extra, onde guardara todos os livros — minhas preciosidades.

Depois que tudo se acalmara, Daemon e eu tínhamos voltado até minha casa. Archer aparecera, acompanhado da Dee, e nós quatro havíamos empacotado tudo. Assim que decidimos tentar fincar raízes no Colorado, tínhamos enviado meus livros para lá.

Para mim, retomar o blog era um grande passo. Não se tratava de fingir que tudo estava bem ou de volta à normalidade, mas sim de agarrá-lo pelas orelhas e fazê-lo sucumbir à minha vontade. Resenhar livros era algo que eu amava e sentia uma tremenda falta. Os livros eram uma parte de mim que eu estava, enfim, recuperando, a partir de agora.

— Ei! — Daemon apontou para a tela. — Você já tem um seguidor. — Ergueu uma sobrancelha escura. — A *"Irmandade Jovens Adultas"*? Hum, interessante.

Revirei os olhos com tanta força que chegou a doer.

— Você é tão pervertido!

Ele mordiscou minha orelha, fazendo com que eu me retorcesse na cadeira. Estendi o braço e fechei o laptop antes que começasse a seguir obsessivamente todo e qualquer blogueiro. Isso ficaria para outro dia, quando tivesse mais tempo.

Daemon recuou um passo e eu me levantei, correndo os olhos pela pilha de revistas no canto da escrivaninha, de onde vestidos de casamento me fitavam de volta, roubando de leve minha respiração.

Baixei os olhos para minha mão esquerda.

O brilhante diamante em meu dedo anular chamava bastante atenção. Às vezes, quando a luz incidia sobre ele no ângulo certo, seu brilho literalmente me botava em transe, e eu ficava a observá-lo por vários minutos.

Íamos nos casar, com direito a tudo: cerimônia, vestido branco, madrinhas e padrinhos, recepção, DJ e, o mais importante, um bolo. Dessa vez seria um casamento de verdade, com nossos verdadeiros nomes. As identidades falsas tinham ficado para trás, embora eu sentisse uma leve nostalgia ao me lembrar delas.

Kaidan Rowe era um tremendo gato!

Mas o general Eaton tinha mantido a promessa. O PRG — Programa de Registro Alienígena — não nos afetava, e, até o momento, ninguém reconhecera a gente por conta dos vídeos do incidente em Las Vegas que tinham viralizado na internet.

O PRG era a maneira que o general e o governo tinham encontrado de manter os Luxen e originais não muito amigáveis sob rédea curta. Todos os Luxen, híbridos, originais e Arum tinham que se registrar — todos, exceto a gente. De vez em quando, me perguntava se um dia isso mudaria, o que sempre me deixava de estômago embrulhado.

Agora que todos sabiam da existência de extraterrestres, e após as coisas terríveis que os Luxen invasores tinham feito, os alienígenas não eram muito bem... aceitos pela sociedade. Diariamente, escutávamos alguma notícia sobre um ataque a um Luxen ou colônia suspeita. Muitos Luxen inocentes tinham sido atacados nos últimos meses, e alguns até mesmo... mortos pelo simples fato de serem o que eram.

Era assustador saber que alguém que a gente via todos os dias podia se virar tão rápido contra você ao descobrir que não estava lidando com um simples humano normal. Que Deus jamais permitisse que a população em geral descobrisse como o ônix e os diamantes, ou até mesmo uma arma de choque, podiam nos afetar.

LUX 5 Opostos

As coisas não eram fáceis nem perfeitas, e de vez em quando o futuro parecia incerto, mas a vida não vinha mesmo embrulhada num lindo papel de presente.

Corri os dedos pelos pequenos papeizinhos multicoloridos que despontavam do topo das revistas, e que eu usara para marcar as páginas com vestidos, decorações e bolos que havia gostado.

Ainda que tivesse sido ideia dele, Daemon não era muito bom nessa coisa de planejar um casamento, mas, pelo menos, não resmungava nem reclamava quando eu pegava uma dessas grossas revistas e começava a folheá-la.

Embora ficasse *perturbadoramente* fascinado com as opções de cintas-ligas.

Ao erguer os olhos, percebi que ele me observava atentamente, daquele jeito que sempre me fazia sentir como se estivesse nua diante dele.

Um leve calor se espalhou por minhas veias. Mordi o lábio e olhei de relance para o relógio na parede.

— Temos tempo — disse ele, numa voz arranhada feito uma lixa.

Arqueei uma sobrancelha e meu coração pulou uma batida.

— Tempo pra quê?

— Na-na-ni-na-não. Não banque a inocente comigo. — Ele contornou a cadeira agora vazia e veio em minha direção, provocando um estremecimento bastante agradável no fundo do meu estômago. — Sei o que está pensando.

— Sabe nada. — Recuei um passo e enterrei os dedos do pé no carpete.

— Sei, sim — murmurou ele, com um meio sorriso.

— Você dá ouvidos demais ao seu ego bombado e à sua mente pervertida.

Daemon ergueu as sobrancelhas escuras.

— Jura, gatinha?

Lutando para conter a vontade de rir, assenti com um menear de cabeça e olhei mais uma vez para o relógio. Tínhamos tempo mesmo. Dei de ombros.

Aqueles olhos verdes escureceram em desafio. Fui tomada por uma súbita e profunda excitação.

— Acho que posso provar que esse não é o caso.

— Deixa pra lá.

Num piscar de olhos, Daemon estava diante de mim. Odiava que ele fizesse isso, de modo que comecei a gritar, mas ele simplesmente capturou minha boca num beijo tão ardente que meus joelhos ameaçaram ceder.

— Só preciso de dez minutinhos — disse ele numa voz grossa.

— O que aconteceu com aquela história de só precisar de dois minutos?

Ele riu e estendeu a mão, pegando a bainha da minha camiseta e a puxando pela minha cabeça.

— Bom, o que pretendo fazer vai demorar um pouquinho mais do que isso.

Daemon tinha uma capacidade inacreditável de me despir em tempo recorde. Antes que eu desse por mim, estava parada ali, me sentindo um tanto ou quanto exposta.

Ele, então, deu um passo para trás, como se estivesse admirando seu trabalho.

— Se por acaso ainda não tiver dito... — Ergueu os olhos, demorando-se em meu peito até o olhar parecer uma carícia. — Vou dizer agora. Eu te quero. Vou sempre te querer.

— Sempre? — murmurei.

Ele se aproximou de novo, fechou as mãos em meus braços e abaixou a cabeça, traçando a curva do meu maxilar com os lábios.

— Sempre.

Estufei o peito, me roçando nele. A sensação me acendeu da cabeça aos pés. Daemon soltou um grunhido baixo no fundo da garganta que revirou minhas entranhas. Em seguida, me beijou de novo enquanto suas mãos deslizavam pelos meus braços até se fecharem em minha cintura. Estremeci. Daquele jeito, acho que ele não precisaria nem de dois minutos.

Daemon me suspendeu e eu passei as pernas em volta dele. Sem desgrudar a boca da minha, me levou até a cama e, quando enfim minhas costas bateram no colchão, eu ofegava de tanto desejo.

— Quantos minutos a gente ainda tem? — perguntou ele, tirando a calça.

LUX 5 Opostos

Enquanto eu sorria, Daemon se ajeitou em cima de mim e abaixou a cabeça, as pontas do cabelo roçando meu rosto.

— Esqueci completamente de contar.

— Uau! Já? — murmurou ele de encontro à minha boca, passando um braço em torno da minha cintura e me levantando ligeiramente, de modo que nossos corpos ficaram pressionados em todos aqueles pontos maravilhosos. — Estou um pouco surpreso com minha própria habilidade.

Soltei uma sonora gargalhada, que ele capturou com um sorrisinho e um beijo. Depois disso, não houve mais espaço para risos. Daemon traçou um caminho ardente de leves beijinhos pela minha testa e foi descendo, descendo, demorando-se naquele ponto especial até me fazer perder completamente a noção de tempo e esquecer que tínhamos obrigações a cumprir.

Quando ele, enfim, ergueu a cabeça e encaixou o quadril no meu, meu corpo inteiro tremia.

— Kat, por Deus... eu te amo.

Eu jamais me cansaria de escutar aquelas palavras ou de sentir o quanto ele realmente me amava. Envolvi-o pelos ombros e comecei a beijá-lo: seu rosto, seus lábios... e, quando ele perdeu o controle, perdi o meu junto.

Não sei quanto tempo durou o ato em si. Eu estava perdida numa enxurrada de emoções, mas quando consegui abrir os olhos, o rosto dele estava pressionado contra meu pescoço e sua brilhante luz dançava no teto.

Um sorriso preguiçoso e satisfeito repuxou meus lábios quando ele ergueu a cabeça e plantou um beijo em minha têmpora úmida. O simples gesto fez com que me apaixonasse de novo. Daemon, então, rolou para o lado e me apertou de encontro a si. Apoiei a cabeça em seu peito e fiquei escutando as batidas rápidas de seu coração, num compasso perfeito com o meu.

Passado um tempo, ele lançou um rápido olhar por cima do ombro e soltou uma maldição por entre os dentes.

— Temos uns dez minutos antes que eles cheguem.

— Puta merda! — Levantei num pulo, dando-lhe um tapa no peito. Ele riu ao me ver sair apressada da cama.

— Aonde você vai?

— Preciso tomar um banho. — Soltei o rabo de cavalo e prendi o cabelo num nó no alto da cabeça. Enquanto contornava a cama, fuzilei-o com os olhos.

Seu olhar estava concentrado num ponto bem abaixo do meu rosto.

— Não precisa, não.

— Preciso, sim! — Abri a porta do banheiro. — Seu cheiro está... grudado em mim!

A profunda risada me acompanhou durante o banho mais rápido da minha vida, o que foi surpreendente, visto que ele entrou no chuveiro também e se lavou daquele jeito tipicamente masculino. Um pouco de sabonete aqui. Outro pouco ali. E pronto.

Eu odiava os homens.

Tive apenas o tempo suficiente para pegar a sacola de presente na minha maravilhosa biblioteca e descer correndo a escada antes que a campainha tocasse.

Daemon passou flanando por mim e seguiu até a porta enquanto eu soltava a sacola rosa sobre o sofá. Ao alcançá-la, se virou para mim.

— Meu cheiro continua grudado em você.

Meu queixo caiu.

Ele abriu a porta antes que eu pudesse gritar e voltar correndo lá para cima. Tive certeza de que devia estar com uma cara engraçada, porque nossos convidados se detiveram na entrada com uma expressão de "Que porra é essa?".

Ou então o maldito Archer tinha lido minha mente.

Um lampejo divertido cintilou em seus olhos ametista.

— Talvez — disse ele de modo arrastado. Estreitei os olhos.

— Você precisa parar de fazer isso. — Dee passou por ele, o cabelo grosso e ondulado balançando às suas costas como uma capa brilhante em alta definição. — Vocês sabem o que ele fez ontem?

— Será que eu devo perguntar? — murmurou Daemon.

O soldado interveio.

— Não.

— Foi o que imaginei.

— A gente estava no Olive Garden e... a propósito, obrigada por contar a ele sobre a porção gigantesca de palitinhos de alho. Acho que já comemos lá pelo menos umas dez vezes só este mês. Daqui a pouco vou começar a cheirar como um alho ambulante. — Dee seguiu até a espreguiçadeira, despencou nela e começou a bater os pés calçados com sapatilhas no chão.

— Gosto da sopa e da salada — comentou ele, dando de ombros e indo se sentar na poltrona.

Daemon franziu o cenho.

— De qualquer forma — continuou Dee. — Achei que a garçonete estava dando mole pra ele. Tipo, direto, na cara dura. Parecia até que eu não estava lá.

Era difícil de imaginar alguém tratar a Dee como se ela não estivesse lá.

— Pois então, o que eu fiz foi algo completamente normal — disse ela.

— Normal? — Ele soltou uma curta risada. — Ela ficou fantasiando em passar com o carro por cima da pobre coitada. Tipo, nos mínimos e sangrentos detalhes.

Dee deu de ombros, mas com um só.

— Como eu disse, você não devia espionar os pensamentos das pessoas e depois reclamar do que vê.

— Eu não reclamei — retrucou ele, curvando-se e roçando a boca no lóbulo da orelha dela. — Se bem me lembro, eu disse que aquilo era excitante e que me deixava com vontade de...

— Certo — gritou Daemon. — Esse é exatamente o tipo de coisa que não quero imaginar.

Dee olhou para o irmão e franziu o cenho.

— Como assim? Você acha que a gente não...

— Pode parar — avisou ele, brandindo a mão. — Sério! Eu já não gosto muito dele. Por favor não me deixe com vontade de arrebentá-lo.

— Mas eu gosto de você — replicou Archer.

Daemon o fitou com uma cara que faria com que a maioria das pessoas saísse correndo na direção oposta.

— Juro que me arrependo de sugerir que a Dee arrumasse um lugar por aqui. Não teria feito isso se soubesse que a sugestão se estenderia a você.

— Aonde eu for — cantarolou Dee. — Ele vai também. Somos como uma daquelas promoções: compre um, leve dois. Você tem duas opções: aceitar ou aceitar.

Meu sorriso ficou ainda maior quando os olhos da Dee, tão parecidos com os do irmão, encontraram os meus. Isso era outra coisa sobre a qual eu pensava bastante: os "e se". E se a Dee não tivesse conseguido romper o controle que os Luxen tinham sobre ela? Será que ela teria morrido na batalha ou sobrevivido? Será que teria deixado a Terra ou permanecido aqui e sido caçada?

Acho que jamais conseguiria superar se, além da minha mãe, a tivesse perdido também. E quanto ao Daemon? Não queria nem pensar em como isso o afetaria. Ele ficaria arrasado, destruído. O que já quase havia acontecido quando ela se voltara contra a gente.

Dee olhou de relance para a pequena sacola cor-de-rosa enquanto jogava o cabelo para trás.

— O que tem aí?

— Ah! — Peguei a sacola. — Algo que eu encomendei.

Daemon deu de ombros quando Archer se virou para ele.

— Também não sei o que é. Ela não me contou.

Animada com o meu achado, enfiei a mão na sacola e puxei o macacãozinho de dormir para que eles vissem.

— O que vocês acham?

Daemon franziu o cenho ao ler as palavras em letra de forma preta.

— Namorados São Melhores em Livros?

Rindo, estiquei o macacão sobre o braço da poltrona.

— Acho que o Dawson e a Beth vão gostar.

Archer parecia meio confuso.

— Não entendi.

— O que não me surpreende — retrucou Dee. — Achei muito fofo!

— Eu também. — Dobrei a peça direitinho e a guardei de volta na sacola. — Ela vai ficar viciada em namorados literários desde jovem.

— *Ela*. — Archer balançou a cabeça como se não conseguisse acreditar e soltou um suspiro. — Não sei quanto tempo vou levar para me acostumar com isso.

— É melhor se acostumar logo, porque não acredito que isso vá mudar — replicou Daemon.

— Como você sabe? — O soldado deu de ombros. — Ela é uma das primeiras originais do sexo feminino. Quem sabe do que essa criança será capaz?

LUX 5 Opostos

— Bem, duvido que mudar de sexo venha a ser uma de suas habilidades. — Dee franziu o nariz. — Pelo menos, espero que não. Seria estranho demais.

Dawson e Beth tinham deixado todos de queixo caído quando ela dera à luz uma menininha. A surpresa fora tanta que a primeira coisa que pensei foi na *Nessie*, o que me fez rir sem parar por uns 15 minutos.

— Vocês estão prontos? — perguntou Archer, já na entrada, segurando a porta aberta. — Adivinhem quem deu as caras hoje de manhã? — Fez uma pausa enquanto o Daemon passava por ele. — Não, idiota, não foi o Justin Bieber e eu não estou apaixonado por ele. Como?

Daemon riu.

— Quem? — perguntei, antes que a conversa virasse uma discussão.

Ele sorriu para mim, fechou a porta e a trancou. Dee já estava aboletada no banco do passageiro do jipe deles. Archer iria dirigir.

— O Hunter. Ele veio verificar como a gente estava.

Daemon me deu a mão e nós trocamos um olhar. Tínhamos falado com ele e a Serena alguns meses antes. Os dois estavam planejando deixar a casa do irmão dele e seguir para o oeste.

— Ele já se mudou?

— Já. Na verdade, não está muito longe daqui. Acho que eles foram para Boulder ou para algum lugar próximo, uma vez que a Serena é dessa região. — Archer pescou as chaves do carro e nós retomamos a conversa assim que Daemon e eu nos acomodamos no banco de trás. — Acho que, mais cedo ou mais tarde, vocês vão receber uma visita deles.

— Legal — murmurou Daemon.

Todos os sábados a gente ia até a casa do Dawson e da Beth. Mesmo sabendo que a neném já estivesse grandinha o bastante para sair, não achávamos que seria uma… boa ideia. A bebezinha tinha o hábito bizarro de mover coisas sem tocar nelas, fazer os olhos brilharem daquele jeito sobrenatural e, na última semana, tinha começado a levitar.

Tipo, sair do chão mesmo.

A casa ficava situada num terreno de 4 mil metros quadrados, com uma fileira de árvores frondosas na frente proporcionando uma muito necessária privacidade. Foi o Dawson quem atendeu a campainha e nos recebeu com um sorriso. Franzi o cenho; ele parecia diferente.

Dee estendeu o braço e bagunçou o cabelo dele.

— Esse é um corte de papai?

Ah! Era isso. O cabelo dele estava mais curto, bem batidinho dos lados e um pouco mais comprido em cima. Combinava com ele. Mas, também, os dois irmãos podiam raspar completamente a cabeça que continuariam gatos.

— Gostei — comentou Archer com um sorriso. Claro, era praticamente igual ao corte dele mesmo.

Beth apareceu na porta que dava para a sala de estar. Em seu colo estava uma bebê sorridente de lindos cachinhos escuros.

— Pedi comida chinesa — disse ela, com uma piscadinha. — Eu ia preparar uma lasanha, mas...

— Ah, comida chinesa está ótimo! — Dee olhou para mim antes de atravessar correndo o vestíbulo para ir brincar com as bochechas da nenê.

Todos tínhamos aprendido rapidinho que a Beth não sabia sequer fritar um ovo. Pedir comida era uma opção muito melhor.

Estávamos reunidos na sala, e eu não conseguia deixar de me maravilhar com o quanto a Beth parecia diferente. Seu cabelo estava preso num rabo de cavalo alto, o rosto com uma aparência saudável e brilhante. Ela ainda apresentava momentos de... escuridão, quando parecia meio fora da realidade, mas estava muito, muito melhor.

Daemon botou a sacola de presente sobre a mesinha de canto, ao lado da qual havia uma montanha de brinquedos. Em meio às bonecas e aos bichinhos de pelúcia, vi um punhado de blocos de letras formando um nome.

Ashley.

Dawson e Beth terem resolvido batizá-la em homenagem à Ash tinha sido um lindo gesto, perfeito. Se não tivesse sido pelo sacrifício dela, nenhum dos três estaria aqui agora.

— Está vendo? — Dawson acompanhou meu olhar com um sorriso orgulhoso, difícil de ignorar. — Ela fez isso hoje de manhã.

Meu queixo caiu.

— Ela soletrou o próprio nome?

— Exato. — Beth olhou de relance para o marido. — Ash estava no seu tapetinho, brincando, e, quando vimos, tinha feito isso.

LUX 5 Opostos

Dee se acomodou na namoradeira, ao lado do Archer, e fez um biquinho.

— Só aprendi a soletrar meu nome quando já estava, sei lá, na primeira série do fundamental, o que é muito triste, visto que meu nome tem, tipo, três letras.

Eu ri.

— Quer segurá-la um pouquinho? — perguntou Beth.

Seria grosseria dizer que não, de modo que assenti e ergui os braços sem muita confiança. Não era muito boa nesse lance de segurar bebês, mesmo que não fossem recém-nascidos e já tivessem o pescoço firme. Nunca sabia o que fazer com eles. Será que deveria niná-los? Balançá-los para cima e para baixo? E, por Deus, o que eu deveria dizer para eles?

Um segundo depois, a diminuta original estava em meus braços, me fitando com aqueles grandes olhinhos violeta. Rezei para que ela não estivesse lendo minha mente e entendesse o que eu estava pensando.

Porque eu estava um pouco preocupada em deixá-la cair sem querer.

Enquanto acomodava a pequena Ashley de encontro ao peito, ela fechou a mãozinha em dois dos meus dedos e apertou. Com força. Eu ri.

— Uau! Ela aperta pra valer.

— Ela é bem forte — retrucou Dawson com um sorriso. Beth se sentou ao lado dele no sofá. — Outro dia, ela jogou o ursinho de pelúcia da sala até a cozinha.

— Caramba! — murmurou Archer.

— Ela pode vir a se tornar uma jogadora de softbol — sugeriu Dee.

Beth soltou uma risada, supreendentemente leve e despreocupada.

— Se a força dela aumentar ainda mais, tenho medo de que arremesse alguma coisa através da parede.

— Bom, isso seria um tanto bizarro — falei para a Ashley, que deu uma daquelas risadinhas de bebê em resposta. Seu olhar se concentrou em algo acima do meu ombro. Era o Daemon que tinha se aproximado. Ela o observava com uma expressão séria e curiosa. — Acho que ela não gosta muito de você.

Ele riu.

— Todo mundo gosta de mim.

Archer bufou.

Daemon roçou os lábios no meu rosto e passou os braços em volta da minha cintura, me abraçando enquanto eu abraçava a filha do Dawson e da Beth. Ashley estendeu um dos bracinhos e acariciou o maxilar dele com seus dedinhos rechonchudos.

Como sempre, parecia fascinada ao tocá-lo.

Talvez um dia eu viesse a segurar nosso próprio filho. Quem sabe? Mas isso só daqui a um bom tempo, tipo, algumas *décadas*, se é que algum dia aconteceria. A ideia de criar um filho ainda era absolutamente assustadora, tanto para mim quanto para o Daemon, e nós dois preferíamos que continuasse assim. Sentindo seus braços se fecharem ainda mais em torno da minha cintura, soube que seríamos felizes qualquer que fosse o caso. Mas esperava de coração que o terceiro membro de nossa família viesse a ser um cachorro ou um gato. Bebês pareciam dar muito trabalho.

Ashley voltou os olhinhos novamente para mim. Enquanto eu sorria e falava com ela com sons típicos de neném, seus pequenos lábios em forma de arco se entreabriram num grande sorriso e as pupilas escuras tornaram-se subitamente brancas feito diamantes.

— Ela é especial — murmurou Daemon.

Era mesmo.

— Mas você é mais especial ainda — cochichou ele ao pé do meu ouvido. Ri e me recostei nele.

Ergui os olhos e os corri pelos rostos de todos que estavam ali: Dee, Archer, Dawson e Beth. E, então, me peguei olhando novamente para aqueles olhinhos brilhantes da Ashley. Ela havia finalmente parado de acariciar o rosto do Daemon e aconchegara a cabeça debaixo do meu queixo, murmurando baixinho enquanto parecia absorver tudo como uma esponja.

Dee e Beth começaram a conversar sobre o casamento — meu casamento —, ponderando sobre qual cor eu decidiria para os vestidos de madrinha. Acho que a Dee estava rezando para que fosse rosa. Archer e Dawson estavam sentados no meio delas, parecendo profundamente confusos com a conversa. Tinha a sensação de que eu jamais iria parar de sorrir

Independentemente do quão difícil viesse a ser nosso futuro, ali estava minha família, e eu faria tudo ao meu alcance para protegê-los, mesmo que um deles estivesse, no momento, babando em minha camiseta.

LUX 5 Opostos

Uma batida à porta me arrancou de meus devaneios. Corri os olhos pela sala até pousá-los no Archer. Ele sorria feito um idiota.

— Quem será? — perguntou Daemon. — Estamos todos aqui.

Dawson se levantou.

— Não faço ideia. Vou verificar.

Continuei olhando para o Archer. Meu estômago deu uma cambalhota. *É ele mesmo?*

O sorriso dele se ampliou ainda mais.

Prendendo a respiração, me virei para o vestíbulo bem a tempo de ver o Dawson entrar de volta na sala. Atrás dele vinha alguém que a gente não via desde que tínhamos deixado Montana.

Luc entrou na sala com passos largos e fluidos. Puta merda, ele estava ainda mais alto do que da última vez que o vira.

— Como vocês ousam marcar uma reuniãozinha sem me convidar?

Meus lábios se abriram num sorriso de orelha a orelha, e eu quase — quase — saí correndo para abraçá-lo. Motivos eu tinha de sobra, mas não fiz isso. Sabia que o Luc não era muito de abraços.

Dee, porém, jamais entendera essa característica.

Ela pulou de onde estava sentada como se fosse uma mola e envolveu o Luc num de seus épicos abraços antes que ele pudesse reagir. O jovem mafioso me fitou com os olhos ligeiramente arregalados por cima do ombro dela.

Era difícil a gente se referir a ele como um amigo, mas eu gostava de pensar que sim, e meu coração doía de saudade dele. Até onde a gente sabia, a última versão do soro — o Prometeu — não tinha surtido o efeito desejado na Nadia. Isso é que era chato a respeito do Daedalus. De certa forma, eles tinham boas intenções, e talvez se houvessem tido mais tempo tivessem conseguido produzir um remédio que viesse realmente a erradicar a maioria das doenças humanas.

Mas nem todo mundo conseguia seu final feliz.

Quando o Luc enfim se livrou da Dee, veio até onde Daemon e eu estávamos e parou diante de nós. Ele, porém, sequer olhou para a gente. Em vez disso, ficou analisando a Ashley como se eu estivesse segurando uma espécie nova nos braços.

O que eu realmente estava.

Em voz baixa, perguntei:

— Como você está?

Ele deu de ombros.

— Vocês sabem, deixando a vida me levar, seguindo ao sabor da maré.

Arqueei as sobrancelhas.

Daemon pareceu engasgar.

— Tá falando sério?

— Tô. É que eu sou cuca fresca assim mesmo.

Sorri enquanto o observava inclinar a cabeça ligeiramente de lado.

— Os originais ainda estão com você?

Ele fez que sim e olhou enviesado para a Ashley.

— Por enquanto. Acho que está sendo bom para eles, porque, como eu disse, sou um cara tranquilo e eles estão aprendendo com o melhor.

Ninguém disse nada, porque o Luc era... bem, o Luc. Sem dúvida os jovens originais estavam melhor agora do que com a Nancy ou o Daedalus, Mas o que diabos o nosso amigo mafioso poderia estar ensinando a eles?

Tinha certeza de que era melhor não saber. Tampouco queria saber quem estava cuidando das crianças enquanto ele estava aqui.

— Posso? — pediu ele, estendendo os braços.

Olhei para a Beth, que anuiu com um menear de cabeça.

— Claro.

Luc tirou a Ashley de mim como se estivesse para lá de acostumado a segurar crianças pequenas. Em seguida, a suspendeu no ar. *Ela* o fitou de volta como se estivesse analisando o *Luc*.

— Oi — disse o jovem mafioso.

Ashley respondeu dando um tapinha no rosto dele com uma das mãos e agarrando um tufo de seus cabelos com a outra.

— Isso significa que ela gostou de você — explicou Dawson, aproximando-se por trás da Beth e do Luc.

— Interessante — murmurou ele.

Ashley soltou uma daquelas estranhas risadinhas de bebê, fazendo Luc sorrir.

— Você é uma coisinha muito especial — declarou ele, praticamente ecoando o que o Daemon dissera um pouco antes.

LUX 5 Opostos

Luc, ainda com a Ashley no colo, se virou para o Dawson e a Beth e os três começaram a conversar, mas não dei muita atenção. Algo sobre batatas fritas, maionese e lugares estranhos, e isso foi tudo o que precisei ouvir.

— Gatinha? — murmurou Daemon.

Virei a cabeça ligeiramente e, como sempre, fiquei extasiada, tal como acontecia desde a primeira vez que batera na porta dele e acabara com vontade de esmurrá-lo. Ele era meu, todo meu — tanto o lado espinhoso quanto o carinhoso, brincalhão e amoroso.

— Que foi?

Ele roçou os lábios em minha orelha e cochichou uma série de palavras que me deixaram de olhos arregalados e com as bochechas queimando. Reconheci-as de imediato.

Eram as mesmas palavras que tinha escrito num bilhete e me entregara em sala de aula havia tanto tempo.

— Está disposta? — perguntou ele, os olhos verdes cintilando. — Espero que sim. Venho pensando nisso há uns dois anos. Não me desaponte, gatinha.

Meu coração começou a bater feito um tambor, e respondi com a maior sinceridade do mundo.

— Estou disposta a qualquer coisa com você, Daemon Black.

AGRADECIMENTOS

Concluir uma saga nunca é um trabalho fácil. É um momento maravilhoso e, ao mesmo tempo, docemente amargo. E jamais teria sido possível sem toda a equipe que trabalhou por trás dos panos para levar a Katy e o Daemon até vocês.

Em primeiro lugar, nada disso teria sido possível sem Liz Pelletier. Sério mesmo. Foi ela quem me perguntou no dia em que lhe entreguei outro livro se eu já havia considerado escrever sobre alienígenas no ensino médio. Eu ri e disse que não, porque, vamos lá, aliens no colégio? Mas depois pensei a respeito, imaginei a Katy e, logo em seguida, o Daemon, e, então, bem, o resto é história Luxeniana. Portanto, obrigada.

Também quero agradecer a toda a equipe da Entangled Teen e Macmillan — editores, assessores de imprensa, assistentes editoriais e todos que tiveram um papel nesta saga no decorrer dos anos. Obrigada a você, meu maravilhoso agente literário, Kevan Lyon, e às minhas agentes de direitos autorais em outros países, Rebecca Mancini e Taryn Fagerness, ao meu agente cinematográfico Brandy Rivers, e aos meus agentes publicitários KP Simmon, Deb Shapiro e Heather Riccio.

Outro enorme obrigado vai para Nancy Holder por tecer um maravilhoso elogio a *Opala*, assim como para Wendy Higgins por fazer o mesmo. Agradeço também a Laura Kaye, Molly McAdams e Sophie Jordan por me ajudarem a esquecer o trabalho por horas. O mesmo vale para Tiffany Snow, Jen Fisher, Damaris Cardinali, Lesa Rodrigues, Dawn Ransom e Tiffany King por atenderem minhas ligações mesmo quando provavelmente não estavam com vontade. Também não posso deixar de agradecer a Vi por me emprestar seu filho em diversos eventos, e a Jena Freeth por se mostrar disposta a comparecer a todos esses eventos e estimular as pessoas a comprarem meus livros.

Stacey Morgan — você é o máximo. E sabe disso, mesmo que você e tecnologia não se deem lá muito bem.

Há tantas outras pessoas que eu gostaria de agradecer — blogueiros e resenhistas que apoiaram a saga desde o primeiro dia. Vocês têm, para sempre, um pedaço do meu coração. Vocês também, leitores, que optaram por ler cada um desses livros.

Obrigada a todos vocês por me acompanharem nessa viagem.

Papel: Pólen Soft 70g
Tipo: Bembo
www.editoravalentina.com.br